nineteen eighty-four

1984

조지 오웰 지음

본명은 에릭 아서 블레어. 1903년 인도에서 영국 하급 관리의 아들로 태어났다. 이튼 칼리지를 졸업하고 미얀마에서 경찰로 근무했다. 그러나 5년간 경험한 식민 체제와 제국주의 생활에 회의를 느끼고, 유럽으로 돌아와 작가가 되기로 한다. 파리와 런던에서 여러 직업을 전전하는 속에서도 소설을 쓰고 서평과 에세이를 발표했다.
1933년 첫 소설《파리와 런던의 밑바닥 생활》을 출간, 이어《버마 시절》을 펴냈으며, 〈트리뷴〉에서 문학 편집자로 일하면서 틈틈이 집필한 정치 우화《동물농장》으로 큰 명성을 얻었다. 1948년에는 전체주의 속 개인의 저항과 파멸의 과정을 디스토피아적으로 묘사한《1984》를 출간하면서 20세기의 가장 중요한 작가로 자리 잡았다.

박유진 옮김

한국외국어대학교 통번역대학원에서 번역을 공부했다. 현재 '바른 번역' 소속 전문 번역가로 활동하고 있으며, 역서로는《에드거 앨런 포 소설 전집·공역》이 있다.

박경서 해설

조지 오웰 연구로 영남대학교 대학원에서 영문학 박사 학위를 취득했다. 다수의 조지 오웰 관련 논문을 발표했으며, 현재 영남대학교 영문학과에서 학생들을 가르치면서 번역가이자 평론가로 활발한 활동을 하고 있다. 저서로는《조지 오웰》이 있으며, 역서로는《영국식 살인의 쇠퇴》,《코끼리를 쏘다》,《동물농장》,《1984년》,《버마 시절》 등이 있다.

1984 초판본 리커버 고급 벨벳 양장본

1판 1쇄 펴냄 2020년 7월 15일
1판 3쇄 펴냄 2022년 10월 1일

지은이 조지 오웰
옮긴이 박유진
해설 박경서
펴낸이 하진석
펴낸곳 코너스톤
주소 서울시 마포구 독막로3길 51
전화 02-518-3919
ISBN 979-11-90669-21-4 03840

* 책값은 뒤표지에 있습니다.
* 잘못된 책은 구입하신 곳에서 바꾸어 드립니다.

George Orwell

1984

nineteen eighty-four

a novel

차례

1984

1984

제1부

1

화창하고 쌀쌀한 4월의 어느 날이었다. 시계가 13시를 알렸다. 윈스턴 스미스는 거칠게 불어닥치는 바람을 피해 턱을 가슴에 파묻고 승리 맨션 유리문으로 재빨리 들어갔다. 하지만 소용돌이치는 모래 먼지가 건물 안으로 들이닥치는 것까지는 막을 수 없었다.

복도에는 양배추 삶는 냄새와 낡은 깔개 냄새가 서려 있었다. 복도 한쪽 끝 벽에는 실내에 걸기에는 너무 큰 컬러 포스터가 붙어 있었다. 포스터에는 너비가 1미터도 넘는 거대한 얼굴이 덩그러니 그려져 있었다. 검은 콧수염을 텁수룩이 달고 있는 강인하고 잘생긴, 마흔다섯 살쯤 된 남자의 얼굴이었다. 윈스턴은 계단 쪽으로 향했다. 엘리베이터를 타려고 해봐야 소용없었다. 사정이 좋았을 때도 거의 작동하는 법이 없었는데, 지금은 낮 시간 동안에는 전기가 아예 끊겨 있었다. 이는 '증오 주간'을 대비한 절약 운동의 일환이었다. 윈스턴이 사는 아파트는 7층에 있어서, 서른아홉 살에 오른쪽 발목에 정맥류궤양이 있는 윈스턴은 여러 번 쉬어가며 천천히 계단을 올라갔다. 계단참에 오를 때마다 엘리베이터 건너편에 붙어 있는 거대한 포스터의 얼굴이 윈스턴을 빤히 바라보았다. 상당히 정교하게 제작된 포스터로 사람이 움직이면 그 시선이 함께 따라 움직이는 것이었다. **빅 브라더Big Brother가 당신을 지켜보고 있다.** 얼굴 아래로 이런 문구가 적혀 있었다.

아파트 안에서는 무쇠 생산과 관련된 수치 목록을 읽는 낭랑한 목소리가 들렸다. 그 소리는 오른쪽 벽면에 붙어 있는 흐릿한 거울 같은 직사각형 금속판에서 흘러나왔다. 윈스턴이 스위치를 돌리자 목소리가 조금 작아지긴 했지만 여전히 뭐라고 말하는지는 알아들을 수 있었다. '텔레스크린'이라고 불리는 그 기계는 소리를 줄일 수는 있어도 완전히 꺼버릴 수는 없었다. 윈스턴은 창가로 갔다. 작고 쇠약한 몸집이 당의 제복인 푸른 작업복으로 인해 더욱 두드러져 보였다. 금발 머리에 얼굴은 태어날 때부터 불그레했으며, 싸구려 비누와 무딘 면도날과 이제 막 물러난 겨울 추위 때문에 피부는 거칠었다.

닫힌 창유리 너머로 보이는 세상은 쌀쌀해 보였다. 거리에는 작은 회오리바람에 먼지와 종잇조각들이 휘날리고 있었다. 해가 반짝이고 하늘은 쨍하게 푸르렀지만, 여기저기 붙어 있는 포스터들을 제외하면 아무런 색채도 느껴지지 않았다. 검은 콧수염을 단 얼굴이 전망 좋은 골목골목을 내려다보고 있었다. 집 앞 바로 건너편에도 포스터가 하나 붙어 있었다. **빅 브라더가 당신을 지켜보고 있다.** 포스터의 검은 두 눈동자가 윈스턴의 두 눈을 깊이 들여다보며 이렇게 말하고 있었다. 길 저쪽에는 다른 포스터가 붙어 있었는데, 한 귀퉁이가 찢어져 바람에 나부

끼면서 **영사**('영국 사회주의English Socialism'를 말한다 - 옮긴이)라는 단어가 보였다 말았다 했다. 저 멀리 헬리콥터가 지붕 사이를 스치듯 날아와 금파리처럼 잠시 서성이더니 방향을 돌려 다시 잽싸게 날아가 버렸다. 창을 기웃거리며 사람들을 들여다보는 경찰 순찰기였다. 하지만 순찰은 문제가 아니었다. 문제는 사상경찰이었다.

윈스턴의 등 뒤에서 텔레스크린의 목소리가 여전히 무쇠와 제9차 3개년 계획의 초과 달성에 대해 주절거리고 있었다. 텔레스크린에서는 수신과 송신이 동시에 이루어졌다. 작은 속삭임보다 더한 소리는 모두 텔레스크린에 감지되었고, 금속판의 시야에 있는 한 소리는 물론 행동까지 감시받았다. 물론 자신이 어느 순간에 감시받고 있는지는 알 방법이 없었다. 사상경찰이 얼마나 자주, 또는 어떤 시스템으로 개개인을 감시하는지는 짐작만 해볼 뿐이었다. 모든 사람을 온종일 감시하고 있는지도 모른다. 어쨌든 그들은 원할 때면 언제라도 감시할 수 있었다. 모든 소리는 감청되며 어둠 속에 있지 않은 한 모든 움직임이 사상경찰 눈에 들어간다는 가정 아래 살아야 했고, 그런 습관은 본능으로 자리 잡았다.

윈스턴은 계속해서 텔레스크린을 등지고 서 있었다. 그편이 더 안전했다. 다만 스스로도 잘 알다시피 등에서조차 무언가 드러날 수 있었다. 1킬로미터쯤 떨어진 곳에 윈스턴의 직장인 진리부의 하얗고 거대한 건물이 지저분한 전경 위로 우뚝 솟아 있었다. 윈스턴은 막연한 불쾌감을 안고 생각했다. 이곳이 런던이다. 에어스트립 원Airstrip One의 중심 도시이자 오세아니아에서 세 번째로 인구가 많은 곳이다. 윈스턴은 런던이 항상 이런 모습이었는지 어린 날의 기억을 쥐어짜 보았다. 과거에도 이처럼 낡아빠진 19세기 건물이 늘어서 있었던가? 건물 벽을 목재로 받쳐놓고, 창문은 판자로 덧대놓고, 지붕에는 슬레이트가 얹혀 있고, 정원 담벽은 사방으로 내려앉아 있었던가? 폭격을 맞은 땅에 석회 가루가 소용돌이치고 분홍바늘꽃이 돌무더기 사이로 제멋대로 자라나 있었던가? 폭격으로 생겨난 큰 공터에 닭장처럼 지저분한 판자촌이 들어서 있었던가? 하지만 소용없었다. 아무것도 기억나지 않았다. 어린 시절의 기억이라고는 아무런 배경도 없이 펼쳐져 어떤 상황이었는지 대부분 이해할 수 없는, 밝게 빛나는 일련의 광경들 외에 아무것도 남아 있지 않았다.

신어로 '진부'(신어는 오세아니아의 공식 언어였다. 그 구조와 어원에 대해서는 부록 참조 - 원주)라고 하는 진리부는 시야에 있는 다른 건물들과는 놀랄 만큼 달랐다. 눈부신 하얀 콘크리트로 지어진 피라미드형 건물이 계단식으로 층층이 쌓여 300미터 위로 솟아 있었다. 하얀 건물 정면에는 윈스턴이 서 있는 곳에서 가까스로 읽을 수 있는 위치에 우아한 활자로 당의 3대 슬로건이 적혀 있었다.

전쟁은 평화
자유는 예속
무지는 힘

진리부에는 지상에 삼천 개의 방이 있으며 지하에도 그만한 수의 방이 있다고 한다. 런던 여기저기에는 비슷한 외형과 크기의 건물이 세 군데 더 있었다. 이 건물들에 비하면 주변 건물들은 몹시 작았기 때문에 승리 맨션 지붕에서는 네 건물을 동시에 볼 수 있었다. 이 건물들에는 모든 정부 기관의 역할을 나누어 맡은 네 부처가 각각 들어서 있었다. 진리부는 보도, 오락, 교육, 예술을 관할했으며, 평화부는 전쟁을 관장했다. 애정부는 법과 질서를 유지했고, 풍요부는 경제 문제를 총괄했다. 신어로는 각각 진부, 평부, 애부, 풍부라고 했다.

애정부는 아주 무시무시한 곳이었다. 애정부 건물에는 창문이 하나도 없었다. 윈스턴은 이 건물 안에는커녕 500미터 근방에도 가본 적이 없었다. 공무 목적 외에는 방문할 수 없으며, 미로같이 복잡한 철조망과 철문은 물론 잠복해 있는 기관총 부대의 소굴을 통과해야만 들어갈 수 있는 곳이었다. 외벽으로 통하는 거리에조차 고릴라같이 험악한 얼굴을 한 경비원들이 검은 제복을 입고 조립식 경찰봉으로 무장한 채 돌아다니고 있었다.

윈스턴은 갑자기 돌아섰다. 얼굴은 긍정적인 표정을 지어 보였다. 텔레스크린을 향할 때는 그런 표정을 짓는 것이 바람직했다. 그는 방을 가로질러 작은 부엌으로 들어갔다. 이 시간에 퇴근하느라 구내식당에서 점심을 먹지 못했다. 부엌에는 흑빵 한 덩어리 외에는 달리 먹을 것이 없다는 걸 알고 있었다. 이 빵은 내일 아침으로 남겨둬야만 했다. 윈스턴은 선반에서 하얀색 무지 라벨에 **승리주**라고 적힌 무색의 술병을 꺼냈다. 중국산 곡

주에서 날 법한 메스꺼운 기름 냄새가 풍겼다. 윈스턴은 찻잔에 가득 차오를 정도로 술을 붓고는 충격에 대비해 마음을 추스르고 약을 삼켜내듯 들이켰다.

그 즉시 얼굴이 붉게 달아오르고 눈물이 핑 돌았다. 술에서는 질산 같은 맛이 나는 데다가 한 모금 삼킬 때면 고무 곤봉으로 뒤통수를 얻어맞는 것 같았다. 하지만 이내 배 속에서 부글거림이 가라앉고 세상이 한층 쾌적해 보이기 시작했다. **승리 담배**라고 쓰인 구겨진 담뱃갑에서 담배 한 개비를 꺼내 부주의하게 수직으로 세워 들었더니 담뱃가루가 그만 바닥으로 떨어져 버렸다. 다음 개비는 성공했다. 윈스턴은 거실로 돌아와 텔레스크린 왼쪽에 놓인 작은 책상 앞에 앉았다. 책상 서랍에서 펜대와 잉크병과 뒤표지는 붉고 앞표지는 대리석 무늬로 된 두꺼운 4절 무지 공책을 꺼냈다.

거실에 설치된 텔레스크린은 여러 가지 사정으로 특이한 위치에 있었다. 텔레스크린은 방 전체를 조명할 수 있도록 벽 한쪽 끝에 설치하는 것이 일반적인데, 이 집에서는 창 맞은편 기다란 벽에 있었다. 거실 한쪽에는 오목하게 들어간 공간이 있었다. 지금 윈스턴이 앉아 있는 그 공간은 아파트를 지을 때 책장을 놓기 위한 공간으로 만들어놓은 것 같았다. 이곳에 앉아 몸을 뒤로 한껏 기대면 텔레스크린 시야 밖에 있을 수 있었다. 물론 소리는 들리겠지만, 지금 이 자리에 그대로 있는 한 윈스턴의 모습은 비치지 않았다. 이 방의 독특한 구조도 어느 정도 지금부터 그가 하려는 일의 동기로 작용했다.

하지만 그 일을 하기로 마음먹은 것은 방금 서랍에서 꺼낸 공책 때문이기도 했다. 그 공책은 특별히 아름다운 물건이었다. 세월 탓에 조금 누렇게 바래긴 했지만 매끈한 크림색 종이는 적어도 지난 사십 년 동안은 만들어지지 않은 것이었다. 그렇지만 그보다도 훨씬 더 오래된 물건일 거라고 짐작할 수 있었다. 지금은 어느 구역이었는지 기억나지 않지만, 도시 빈민가의 작고 지저분한 고물상 창가에 놓여 있던 그 공책을 보자마자 윈스턴은 가지고 싶다는 강렬한 충동에 휩싸였다. 당원들은 고물상에 들어가서는 안 되었다(이는 '자유 시장 거래'라고 불리는 행위였다). 하지만 그 규칙은 엄격하게 지켜지지 않았다. 신발 끈이나 면도날 같은 것은 다른 방법으로는 구할 수 없었기 때문이다. 윈스턴은 거리 이쪽저쪽을 재빨리 훑어본 다음 고물상으로 슬그머니 들어가 2달러 50센트에 공책을 샀다. 그때는 무슨 특별한 목적이 있어서 산 게 아니었다. 윈스턴은 죄지은 사람처럼 서류 가방에 공책을 넣고 집으로 돌아왔다. 아무 내용도 쓰여 있지 않았지만 공책을 가지고 있다는 것만으로 의심을 살 만한 일이었기 때문이다.

그가 이제부터 하려는 일은 일기를 쓰는 것이었다. 일기 쓰기는 불법은 아니었다. 더 이상 법 같은 건 없었기 때문에 어떤 행동도 불법은 아니었다. 하지만 발각된다면 사형선고나 최소 이십오 년의 강제 노동형을 받을 것이 분명했다. 윈스턴은 펜대에 펜촉을 끼워 넣고 입으로 빨아 기름기를 제거했다. 펜은 구식 도구였다. 서명할 때도 거의 사용되지 않았다. 윈스턴은 단지 아름다운 크림색 종이에는 볼펜으로 끼적거리는 것보다 진짜 펜촉으로 써야 한다고 생각해서 남몰래 이 한 자루를 간

신히 입수했다. 사실 그는 손으로 글을 쓰는 것에 익숙하지 않았다. 아주 짧은 필기를 제외하면 전부 음성기록기로 받아쓰는 것이 일반적이었다. 물론 지금 하려는 일의 목적을 생각해보면 그건 불가능한 일이었다. 윈스턴은 펜을 잉크에 담갔다가 잠시 망설였다. 뱃속에서 전율이 일었다. 종이에 흔적을 남긴다는 것은 결정적인 행동이었다. 윈스턴은 작고 서투른 글씨로 이렇게 적었다.

1984년 4월 4일

그는 뒤로 기대앉았다. 온몸에 무력감이 엄습해왔다. 우선 올해가 1984년인지 확신할 수 없었다. 자신이 1944년 내지 1945년에 태어났고 서른아홉 살이라는 건 꽤 확실하니 분명 1984년쯤 되었을 것이다. 하지만 최근 일이 년 내의 날짜는 정확히 짚어 말할 수가 없었다.

문득 누구를 위해 이 일기를 쓰는 건지 의아해졌다. 미래를 위해서? 아직 태어나지 않은 후손을 위해서? 공책에 적힌 불확실한 날짜를 보며 잠시 망설였다. 그때 **이중사고**라는 신어가 머릿속에 떠올랐다. 윈스턴은 처음으로 자신이 얼마나 엄청난 일을 저지르려는 건지 절실히 깨달았다. 미래와 어떻게 소통할 수 있단 말인가? 그것은 애당초 불가능한 일이었다. 미래가 현재와 비슷하다면 후손들은 윈스턴의 말을 귀담아듣지 않을 것이다. 미래가 현재와 다르다면 자신이 처해 있는 곤경을 적어봤자 아무런 의미도 없을 것이다.

얼마 동안 윈스턴은 멍청히 앉아 종이를 바라보았다. 텔레스크린에서는 이제 귀에 거슬리는 군악이 흘러나오고 있었다. 표현력을 잃어버린 것은 물론이고 원래 쓰려고 했던 말이 무엇인지조차 잊어버린 것 같아 기분이 이상했다. 지난 몇 주간 이 순간을 위해 준비해왔고, 용기만 내면 된다고 생각했다. 실제로 글을 쓰는 건 쉬울 것이다. 수년 동안 머릿속에 쉴 새 없이 떠올랐던 독백을 종이에 옮기기만 하면 되었다. 하지만 지금 이 순간 그 독백조차 바닥나버렸다. 게다가 정맥류궤양이 견딜 수 없이 가렵기 시작했다. 긁었다 하면 염증이 생기기 때문에 감히 긁지도 못했다. 시간은 째깍째깍 흘러갔다. 눈앞에 놓인 텅 빈 공책, 발목 위 가려운 살갗, 요란한 음악 소리, 승리주로 인한 약간의 취기 외에는 아무런 생각도 들지 않았다.

윈스턴은 무엇을 적고 있는지 완전히 의식하지도 못한 채 공황 상태에서 갑자기 글을 쓰기 시작했다. 첫 자로 대문자를 쓰지도 않고 문장 끝에다 마침표를 찍는 것조차 잊은 채, 작고 어린아이 같은 글씨로 공책 여기저기에 제멋대로 휘갈겼다.

> 1984년 4월 4일. 어젯밤에는 영화관에 갔다. 온통 전쟁 영화였다. 훌륭한 작품이 하나 있었는데 난민들이 가득 탄 배가 지중해 어딘가에서 폭격을 당하는 영화였다. 헬리콥터가 뒤쫓아 오는 가운데 한 뚱뚱한 남자가 헤엄쳐 도망치는 장면을 보며 관객들은 재밌어했다. 남자는 돌고래처럼 물속을 허우적거리며 앞으로 나아갔다. 다음 장면에는 사격조준기를 통해 남자의 모습이 비쳤다. 총을 맞은 남자의 몸에 구멍이 잔뜩 뚫리

더니 주변 바다가 분홍색으로 물들었다. 구멍으로 물이 들어가기라도 한 듯 남자가 갑자기 가라앉자 관객들은 웃음을 터뜨리며 소리를 질러댔다. 그 후 아이들이 가득 탄 구명정 위로 헬리콥터가 맴도는 장면이 나왔다. 유대인으로 보이는 중년 여자가 세 살쯤 된 남자아이를 껴안은 채 고개를 숙이고 앉아 있었다. 남자아이는 두려운 나머지 비명을 지르며 여자의 품을 파고들 듯 가슴 사이에 머리를 푹 파묻었고, 여자는 팔로 아이를 끌어안아 달랬다. 여자도 새파랗게 질려 있었지만 자신의 팔로 총알을 막을 수 있다는 듯 아이를 한껏 감싸 안았다. 그 후 헬리콥터가 20킬로그램급 폭탄을 떨어뜨렸고 어마어마한 섬광이 번쩍이며 구명정이 산산조각 났다. 그리고 한 아이가 팔을 하늘 높이 뻗는 멋진 장면이 이어졌다 헬리콥터 앞머리에 카메라를 달아 찍은 것이 분명했다 당원석에서 박수갈채가 쏟아졌다 그때 갑자기 프롤Prole 좌석 쪽에서 한 여자가 마구 소란을 피우며 소리쳤다 이 영화를 아이들에게 보여줘서는 안 된다 이런 걸 아이들에게 보여주는 건 옳지 않다 그러자 경찰이 그녀를 쫓아냈다 그녀에게 별일은 없을 것이다 사람들은 프롤들이 하는 말은 신경 쓰지 않는다 전형적인 프롤들의 반응이다 그들은 결코…

경련이 나기도 해서 윈스턴은 글쓰기를 멈췄다. 무엇 때문에 이런 쓰레기 같은 글을 쓰고 있는 건지 알 수 없었다. 이상하게도 글을 쓰는 동안 머릿속에 완전히 다른 기억이 떠올랐고, 한번 써볼 만하겠다는 생각이 들었다. 이제야 깨달았지만 윈스턴이 집으로 돌아와 오늘부터 일기를 쓰겠다고 갑자기 마음먹은 것도 그 사건 때문이었다.

그렇게 모호한 일도 일어난 거라고 말할 수 있다면, 그 일은 그날 아침 진리부에서 일어났다.

11시가 다 되었을 무렵, 윈스턴이 일하는 기록국에서는 직원들이 각자 의자를 끌고 와서 사무실 한가운데, 커다란 텔레스크린 맞은편 자리에 모여 앉았다. '2분 증오'를 위해서였다. 윈스턴은 가운뎃줄에 자리 잡고 있었는데, 그때 얼굴은 본 적 있지만 얘기는 나눠본 적 없는 두 사람이 불쑥 사무실로 들어왔다. 그중 한 사람은 복도에서 자주 마주쳤던 여자였다. 이름은 모르지만 창작국에서 근무한다는 것은 알고 있었다. 기름 묻은 손에 스패너를 들고 다녔던 것으로 보아 아마 소설창작기를 다루는 기계공 같았다. 나이는 스물일곱 정도로 성격이 당차 보였고, 숱 많은 검은 머리에 얼굴에는 주근깨가 있었고, 행동거지가 재빠르고 강건해 보였다. '청년 성性반대 연맹'의 상징인 가느다란 진홍색 장식띠가 작업복 허리에 여러 번 감겨 있었다. 띠가 꼭 맞게 감겨서 균형 잡힌 엉덩이 굴곡이 선명하게 드러났다. 윈스턴은 여자를 처음 봤을 때부터 마음에 들지 않았다. 그녀에게서 하키장, 냉수욕, 단체 등반의 분위기가 풍기면서 건전한 정신을 갖추려 하는 태도가 엿보였기 때문이다. 윈스턴은 거의 모든 여자를 싫어했고, 특히 젊고 예쁜 여자를 싫어했다. 가장 완고하게 당을 추종하고, 곧이곧대로 슬로건을 받아 새기고, 이단에 대해 스파이 노릇을 하고 적발해내는 것은 언제나 여자, 특히 젊은 여자들이었다. 그중에도 특히 이 여자는 훨씬 더 위험하다는 생각이 들었다. 언젠가 복도에서 스쳐 지나가던 그녀가 곁눈질로 흘깃 그를 쳐다본 적이 있는데, 간파하는 듯한 그 눈빛에 윈스턴은 잠시 끔찍한 공포에 사로잡혔다. 심지어 그녀가 사상경찰의 일원일 수도 있다는 생각까지 들었다. 분명 그럴 가능성은 극히 적었다. 그런데도 윈스턴은 여자가 근처에 있을 때마다 적개심과 공포가 뒤섞인 기이한 불안감을 느꼈다.

다른 한 사람은 오브라이언이라는 남자였다. 그는 내부당원인데 윈스턴과는 동떨어진 중요한 직책을 맡고 있어서 무슨 일을 하는지는 어렴풋이 짐작만 할 뿐이었다. 검은 작업복을 입은 내부당원들이 다가오자 의자 근처에 둘러서 있던 사람들 사이에 순간적인 정적이 감돌았다. 오브라이언은 몸집이 크고 건장했으며 목이 굵은 데다 거칠고 우스꽝스럽고 사나운 얼굴을 하고 있었다. 인상은 위협적이었지만 태도에는 매력적인 구석이 있었다. 그는 코 위로 안경을 추켜올리는 버릇이 있었는데, 이 행동은 이상하게 사람의 마음을 누그러뜨리면서도 뭐라 말할 수 없이 기묘하게 세련돼 보였다. 아직도 그런 용어를 쓰는 사람이 있다면, 코담뱃갑을 권하는 18세기 귀족을 떠올리게 하는 손짓이라고 말했을 것이다. 수년 동안 윈스턴이 오브라이언을 마주친 것은 열 번 안팎 같았다. 그는 오브라이언에게 깊이 끌리고 있었다. 그건 오브라이언의 세련된 행동거지와 프로권투 선수 같은 체격에서 대조적인 매력을 느꼈기 때문만은 아니었다. 그보다는 오브라이언의 이념적 정통성이 완벽하지 않은 것 같다고 남몰래 믿고 있었기 때문이다. 어쩌면 믿음이 아니라 그저 소망인지도 모른다. 얼굴 어딘가에서 어찌할 수 없이 그런 기색이 엿보였다. 어쩌면 얼굴에 쓰여 있는 것은 이단적 성향이 아니라 단지 지성인지도 모른다. 하지만 텔레스크린을 어떻게든 따돌리고 단둘이 있을 수 있다면 이야기를 나눠볼 수 있을 것 같은 사람이었다. 윈스턴은 이 추측을 검증해보기 위해 어떤 시도를 해본 적은 한 번도 없었다. 사실상 그렇게 할 수 있는 방법도 없었다. 그때 오브라이언이 손목시계를 흘깃 보고 11시가 거의 다 된 것을 확인하더니 2분 증오가 끝날 때까지 기록국에 머무르기로 한 것 같았다. 그는 윈스턴과 같은 줄에서 두 자리 떨어진 자리에 앉았다. 윈스턴 옆자리에서 일하는 옅은 갈색 머리의 작은 여자가 두 사람 사이에 앉아 있었다. 검은 머리 여자는 바로 그 뒷자리에 앉아 있었다.

다음 순간 사무실 한쪽 끝에 놓인 커다란 텔레스크린에서 기름 없이 돌아가는 거대한 기계 소리같이 끔찍하게 삐걱거리는 목소리가 터져 나왔다. 이가 악물리고 뒷덜미에 털이 쭈뼛 서는 것 같았다. 증오가 시작되었다.

여느 때처럼 인민의 적인 이매뉴얼 골드스타인의 얼굴이 화면에 비쳤다. 사람들이 여기저기서 야유를 보냈다. 옅은 갈색 머리의 작은 여자는 공포와 혐오가 뒤섞인 끽끽 소리를 냈다. 골드스타인은 변절자이자 배신자였다. 아주 오래전에, 그 누구도 기억 못 할 오래전에 골드스타인은 당에서 빅 브라더와 지위가 비슷한 지도급 인사였는데, 반혁명 운동에 가담하여 사형 선고를 받았다가 불가사의하게 탈출해서 자취를 감췄다. 2분 증오 프로그램은 매일매일 달랐지만 언제나 골드스타인이 주요 인물로 다뤄졌다. 그는 최초의 반역자이자 처음으로 당을 모독한 인물이었다. 그 이후 일어난 당에 대한 모든 범죄, 배반, 파괴, 이단, 탈선행위는 모두 골드스타인의 직접적인 지도에서 비롯된 것이었다. 그는 여전히 어딘가에 살아남아 음모를 꾸미고 있다. 어쩌면 바다 건너 어딘가에서 외국인 물주의 보호를 받고 있을지도 모른다. 어쩌면 때때로 소문으로 들리는 것처럼 오세아니아 내부의 어떤 은신처에 숨어 있을지도 모른다.

윈스턴은 가슴이 조여왔다. 골드스타인의 얼굴을 볼 때마다 고통스러운 감정이 뒤섞였다. 유대인의 여윈 얼굴에, 흐릿한 후광처럼 백발을 기르고 코에는 작은 염소수염을 달고 있었다. 잘생긴 얼굴이지만 어쩐지 태생적으로 비열해 보였고, 길고 얇은 코와 그 끝에 안경을 걸친 모습에서 노망이라도 난 듯한 우둔함이 느껴졌다. 얼굴 생김새와 목소리 모두 양을 닮았다. 골드스타인은 오늘도 평소처럼 당의 강령에 대해 독설을 퍼부었다. 그의 말은 지나치게 과장되고 비뚤어져서 어린아이라도 그 과장됨을 알아챌 수 있을 정도였다. 하지만 그럴듯하게 들리는 구석도 있어서 분별력이 부족한 사람이라면 속아 넘어갈 수도 있겠다는 불안감이 들었다. 그는 빅 브라더에게 욕설을 퍼붓고, 당의 독재를 맹렬히 비난하고, 유라시아와 즉각 평화를 체결할 것을 요구했으며, 표현의 자유, 언론의 자유, 집회의 자유, 사상의 자유를 옹호했고, 혁명에서 배신당했다며 발작적으로 울부짖었다. 이 모든 연설을 다음절어를 사용해 빠른 속도로 내뱉었는데, 이는 당 연설가가 평소 애용하는 방식을 흉내 낸 것인 데다 신어까지 쓰고 있었다. 사실상 당원들이 실생활에서 쓰는 신어보다 훨씬 많은 신어를 썼다. 그의 번지르르한 허풍이 품고 있는 현실이 어떤 것인지 제대로 보여주려고 말하는 동안 내내 텔레스크린에 비친 골드스타인의 머리 뒤편으로는 유라시아 군대가 끝없이 줄지어 행진하는 모습이 나타났다. 무표정한 아시아인들이 빈틈없는 태도로 화면을 향해 거슬러 올라오다가 사라지고 나면, 그들과 꼭 닮은 다른 사람들이 뒤이어 나타났다. 둔탁한 리듬의 군홧발 소리가 골드스타인이 내는 양 울음 같은 목소리의 배경음악으로 깔렸다.

증오가 시작된 지 30초도 채 지나기 전에 사무실에 있던 사람들 중 절반이 분노의 외침을 토해냈다. 자기만족에 빠진, 양 같은 얼굴과 그 뒤로 지나가는 유라시아군의 무시무시한 위력을 참아낼 수 없었던 것이다. 게다가 사람들은 골드스타인을 보거나, 심지어 생각하기만 해도 반사적으로 두려움과 분노를 일으켰다. 오세아니아가 유라시아나 동아시아 중 한 곳과 전쟁을 벌일 때면 보통 다른 곳과는 우호 관계였기 때문에 골드스타인은 두 적국보다도 더 끈질기게 증오스러운 대상이었다. 하지만 이상하게도, 모든 이들이 골드스타인을 증오하고 경멸하지만 그의 영향력이 줄어드는 법은 없었다. 매일 수천 번씩 연단에서, 텔레스크린에서, 신문에서, 책에서 그의 지론을 반박하고 논파하고 조롱하고 한심한 헛소리라며 비웃는데도 말이다. 언제나 새로운 얼간이들이 나타나 골드스타인에게 홀리곤 했다. 그의 지령에 따라 활동하는 스파이와 파괴범 들은 날마다 사상경찰에 발각되었다. 그는 국가 전복을 도모하는 음모자들의 거대한 지하조직인 그림자 군대의 사령관이었다. 그 조직의 이름은 '형제단'이라고 했다. 골드스타인이 썼다는 이단 사상에 대한 끔찍한 개론서가 비밀리에 여기저기 퍼지고 있다는 풍문도 나돌았다. 그 책에는 제목이 없었다. 사람들은 이를 두고 단순히 '그 책'이라고 불렀다. 그런데 이런 이야기는 막연한 소문을 통해서만 알게 된 것이었다. 할 수만 있다면 일반 당원들은 형제단이나 그 책에 대해 언급하지 않으려고 했다.

2분이 지나자 증오는 광란으로 치달았다. 사람들은 자리에서 들썩이며 화면에서 흘러나오는 성가신 양 울음 같은 목소리가 묻혀버리도록 목청껏 소리 질렀다. 옅은 갈색 머리의 작은 여자는 벌게진 얼굴로 물에서 막 잡아 올려진 물고기처럼 입을 뻐끔거렸다. 오브라이언의 심각한 얼굴조차 붉게 달아올라 있었다. 의자에 꼿꼿이 앉은 채 파도에 맞서 싸우기라도 하는 듯 건장한 가슴이 잔뜩 부풀어 올라 들썩이고 있었다. 윈스턴 뒤에 앉은 검은 머리 여자는 "돼지! 돼지! 돼지!"라고 소리치다가 갑자기 무거운 신어 사전을 집어 들더니 화면을 향해 던져버렸다. 사전은 골드스타인의 코를 맞히고 튕겨 나와 나동그라졌다. 하지만 목소리는 멈추지 않고 거침없이 이어졌다. 문득 정신을 차렸을 때 윈스턴은 자신이 다른 사람들처럼 소리 지르고 맹렬히 의자를 걷어차고 있다는 것을 깨달았다. 2분 증오의 무서운 점은 강제로 동참시킨다는 것이 아니라 오히려 동참하지 않을 수 없다는 것이었다. 시작해서 30초만 지나면 어떠한 가식도 필요 없어졌다. 공포와 보복이라는 무시무시한 황홀감과 살해하고 고문하고 큰 망치로 얼굴을 짓이기고자 하는 욕망이 사무실에 모인 모든 사람들 사이에 전류처럼 흘러서, 그들은 저도 모르게 얼굴을 찌푸리며 소리를 질러대는 미치광이가 되어버렸다. 하지만 그들이 느끼는 분노는 토치램프의 불길처럼 다른 데로 번질 수도 있는 막연하고 목표가 불분명한 감정이었다. 따라서 어느 순간 윈스턴의 증오는 골드스타인이 아니라 오히려 빅 브라더와 당과 사상경찰을 향하기도 했다. 그럴 때면 그의 마음은 화면에 보이는 조롱받는 외로운 이단자, 거짓으로 가득 찬 세상에 유일하게 남은 진실과 제정신의 수호자에게 마음이 향하곤 했다. 하지만 다음 순간에는 자신을 둘러싼 사람들과 한마음이 되어 골드스타인에 대한 모든 이야기가 전부 사실인 것 같다고 생각하는 것이었다. 그러면 빅 브라더에 대한 비밀스러운 증오가 숭배로 바뀌면서 빅 브라더는 아시아인 무리에 맞서는 거대한 바위처럼 두려움 없는 무적의 보호자로 우뚝 서는 것 같았고, 골드스타인은 고립되고 무력하며 존재 자체가 의심스러움에도 불구하고 목소리의 위력만으로도 문명 체계를 망가뜨릴 수 있는 사악한 마법사같이 느껴졌다.

이따금씩 증오의 방향을 제 의지로 이리저리 바꿀 수도 있었다. 악몽을 꾸다가 머리를 베개 반대 방향으로 돌리려는 것처럼 격렬한 노력을 기울여 윈스턴은 화면에 보이는 얼굴 대신 자신의 뒤에 앉은 검은 머리 여자에게 증오를 쏟기 시작했다. 생생하고 아름다운 환상이 머릿속에 번쩍였다. 그는 고무곤봉으로 여자를 죽을 때까지 때리고 싶었다. 성 세바스티아누스처럼 그녀를 나체로 기둥에 묶어놓고 온몸에 화살을 잔뜩 쏘고 싶었다. 이 여자를 강간하고 절정의 순간에 목을 따버리고 싶었다. 게다가 윈스턴은 **왜** 그녀가 증오스러운지 그제야 깨달았다. 그건 그녀가 젊고 예쁘고 성욕이 없었기 때문이고, 자고 싶지만 절대 그러지 못하기 때문이며, 감싸 안아달라고 말하는 듯 아름답고 탄력적인 그 허리에 적극적인 순결의 상징인 역겨운 진홍색 띠가 묶여 있었기 때문이다.

증오는 절정에 다다랐다. 골드스타인의 목소리는 실제 양의 울음소리로 바뀌었고, 일순간 얼굴도 양의 얼굴로 바뀌었다. 그 후 양의 얼굴이 녹아내려서 유라시아 군인의 모습으로 바뀌었다. 거대하고 무시무시한 군인이 울부짖는 기관단총을 앞세우고 전진하여 화면 밖으로 뛰쳐나올 것만 같아서 앞줄에 있던 사람들 일부는 실제로 움찔하며 뒤로 물러섰다. 그 순간 적대적인 군인의 모습이 검은 머리와 검은 콧수염을 지닌 빅 브라더의 얼굴로 바뀌자 사람들은 깊은 안도의 한숨을 내쉬었다. 신비로운 차분함으로 가득 찬 힘이 넘치는 거대한 얼굴이 화면을 가득 채웠다. 빅 브라더가 하는 말을 들은 사람은 아무도 없었다. 그건 소음 가득한 전쟁터에서 할 만한 몇 마디 격려의 말이었는데, 한 마디 한 마디는 정확히 알아들을 수 없었지만 그저 그의 말을 듣고 있다는 사실만으로도 자신감을 얻을 수 있는 그런 말이었다. 이제 빅 브라더의 얼굴은 사라지고, 그 자리에 진한 글씨로 당의 3대 슬로건이 나타났다.

전쟁은 평화
자유는 예속
무지는 힘

하지만 빅 브라더의 얼굴이 사람들의 두 눈에 너무나 강렬한 인상을 남겨서 그 모습이 쉽사리 사라지지 않고 몇 초간 화면에 잔상처럼 남아 있는 것 같았다. 갈색 머리의 작은 여자가 앞에 놓인 의자 너머로 불쑥 몸을 내밀었다. "구세주시여!"라고 중얼거리는 듯 떨리는 목소리와 함께 화면을 향해 두 팔을 내뻗었다. 그리고 손에 얼굴을 묻었다. 기도를 하는 것이 분명했다.

그 순간 모든 사람이 박자를 맞추어 낮고 느린 구호를 외쳐댔다. "비 - 비! …비 - 비!" 첫 번째 '비'와 두 번째 '비' 사이를 길게 쉬며, 계속해서 아주 천천히 반복했다. 중얼거리는 굵은 목소리는 어쩐지 기묘하게 야만적이었는데, 맨발을 쿵쿵 구르며 북을 치는 것 같은 소리가 배경에 깔려 있는 듯했다. 구호는 30초 정도 계속된 것 같았다. 감정이 북받쳐 오르는 순간에 종종 들리는 후렴구였다. 이는 빅 브라더의 지혜와 위엄에 대한 찬가 같기도 했으나, 운율 있는 소음을 동원하여 의도적으로 의식을 지워버리는 자기최면 행위에 가까웠다. 윈스턴은 배 속이 점차 얼어붙는 것 같았다. 증오의 2분 동안에는 어쩔 수 없이 사람들의 광란에 동참했으나, "비 - 비! …비 - 비!" 하는 인간 같지 않은 구호는 언제나 그를 공포에 빠뜨렸다. 물론 그 역시 구호를 외쳤다. 다른 도리가 없었다. 감정을 숨기고, 표정 관리를 하고, 다른 사람들의 행동을 따라 하는 것은 본능적인 반응이었다. 하지만 빅 브라더를 배신한다는 듯한 눈빛을 내보였을지도 모를 순간이 몇 초쯤 있었다. 의미심장한 일이 일어난 것은 바로 이때였다. 그 일이 실제로 일어난 일이었다면 말이다.

윈스턴은 순간적으로 오브라이언과 눈이 마주쳤다. 오브라이언은 자리에서 일어나 안경을 내리고 그 특유의 손짓으로 안경을 추켜올리는 중이었다. 바로 그 찰나에 두 사람의 눈이 마주쳤고, 그 순간 윈스턴은 알 수 있었다. 그렇다, 그는 **알고 있었다!** 오브라이언 역시 같은 생각을 하고 있었다. 오해의 여지가 없는 메시지가 오고 갔다. 두 사람이 마음을 열고 서로의 생각이 눈에서 눈으로 통하는 듯했다. '나 역시 마찬가지라네. 자네의 감정을 정확히 알고 있네. 자네의 경멸, 증오, 혐오를 모두 알고 있어. 하지만 걱정 말게. 나는 자네 편이니!' 오브라이언은 이렇게 말하는 듯했다. 찰나의 의미 있는 눈빛 교환이 끝나고, 오브라이언은 다른 사람들처럼 뜻 모를 표정을 짓고 있었다.

그게 전부였다. 이게 실제로 일어났던 일인지도 확신할 수 없었다. 그런 일에 대해서는 어떤 뒷일도 생겨나지 않는다. 그저 속으로 자기 말고도 이 사람들 중에 당의 적이 있다는 믿음 혹은 소망을 품을 수 있게 되었을 뿐이었다. 거대한 지하 음모에 대한 소문은 역시 사실인지도 모른다. 형제단은 실제로 존재하는지도 모른다! 그동안 끊임없이 체포와 자백과 처형이 벌어졌는데도 형제단이 신화에 불과하지 않다는 걸 확신할 수 없었다. 어떤 날은 믿었지만, 어떤 날은 그렇지 않았다. 증거는 없었다. 엿들은 짧은 대화에, 화장실 벽의 희미한 낙서에, 심지어 언젠가 각자 걸어가던 두 사람이 서로를 알아보는 신호인 듯 던졌던 작은 손짓에 어떤 의미라도 있는 건지 추측해봤을 뿐이었다. 전부 추측이었다. 이 모든 것이 윈스턴 자신의 상상의 산물일 가능성도 높았다. 그는 오브라이언을 다시 쳐다보지 않고 자리로 돌아갔다. 순간적인 눈빛 교환을 더 이어가 보겠다는 생각은 들지 않았다. 설령 어떻게 해야 할지 알고 있다고 해도 그건 상상도 못 할 정도로 위험한 일이었다. 1초 내지 2초 동안 그들은 애매모호한 눈빛을 교환했을 뿐이고, 그게 전부였다. 하지만 고독에 갇혀 어떻게든 살아가야 하는 삶에서는 이조차도 기억할 만한 사건이었다.

윈스턴은 몸을 일으켜 허리를 더 꼿꼿이 세우고 앉았다. 트림이 나왔다. 위에서 진이 올라왔다.

그는 다시 공책을 바라보았다. 무기력하게 생각에 잠겨 있는 동안에도 무의식적으로 글을 쓰고 있었다는 것을 문득 알아차렸다. 앞서 쓴 것같이 읽기 힘들게 비뚤비뚤한 글씨가 아니었다. 부드러운 종이 위에서 펜은 관능적으로 미끄러지면서 큼직하고 깔끔하게 다음과 같은 문장을 적어놓았다.

빅 브라더를 타도하라
빅 브라더를 타도하라
빅 브라더를 타도하라
빅 브라더를 타도하라
빅 브라더를 타도하라

이 문장이 반복되면서 반 페이지나 채워져 있었다.

찌릿한 공포가 엄습했다. 하지만 그건 터무니없는 감정이었다. 이런 특정 단어들을 쓴 것보다 애초에 일기를 쓰기 시작한 것이 더 위험한 행동이었기 때문이다. 망친 페이지를 찢어내고 쓰던 일을 전부 그만둬야겠다는 생각이 잠시 들었다.

하지만 그렇게 하지 않았다. 그래 봤자 아무 의미도 없다는 것을 알고 있었다. **그가 빅 브라더를 타도하라**라고 쓰든 안 쓰든 달라지는 것은 없었다. 그가 일기를 계속 쓰든 안 쓰든 달라지는 것은 없었다. 어쨌든 사상경찰은 윈스턴을 체포할 것이다. 그는 다른 모든 죄를 포함하는 본질적인 범죄를 저질렀다. 펜을 잡지 않았다고 해도 여전히 범죄를 저지른 것이나 마찬가지였다. 사상죄, 그들은 이렇게 불렀다. 사상죄는 영원히 감출 수 있는 것이 아니었다. 잠시 동안 혹은 수년 동안 성공적으로 피할 수 있을지는 모르지만 머지않아 반드시 잡히게 되어 있었다.

언제나 밤이었다. 예외 없이 체포는 밤에 이루어졌다. 갑자기 잠을 깨우고, 거친 손이 어깨를 흔들고, 불빛으로 눈을 비추고, 날카로운 표정들이 침대 주변을 에워쌌다. 대부분 재판도 진행되지 않았고, 체포 기록도 남지 않았다. 사람들은 그저 사라졌다. 언제나 밤에 사라졌다. 등기부에서 이름이 사라졌고, 그동안 남겼던 모든 기록이 지워졌다. 한때 존재했다는 사실조차 부인되고 잊혔다. 사상범은 사라지고 소멸되었다. 이것을 보통 **증발된다**고 표현했다.

윈스턴은 잠시 히스테리에 사로잡혔다. 그는 허둥지둥 지저분한 글씨로 글을 써내려 가기 시작했다.

그들은 나를 쏠 것이다 상관없다 그들은 내 목 뒤를 쏠 것이다 상관없다 빅 브라더를 타도하라 그들은 언제나 목 뒤를 쏜다 상관없다 빅 브라더를 타도하라…

윈스턴은 일말의 수치를 느끼며 의자에 등을 기대고 앉아 펜을 내려놓았다. 다음 순간 흠칫 놀랐다. 누군가 문을 두드렸다.

벌써! 그는 문을 두드린 사람이 누구든 한 번만 두드리고 그냥 가주었으면 좋겠다는 의미 없는 희망을 품으며 생쥐처럼 가만히 앉아 있었다. 하지만 노크는 계속되었다. 시간을 지체하는 것만큼 나쁜 건 없을 것이다. 북을 두들기는 것처럼 심장이 쿵쾅거렸다. 하지만 오랜 습관 덕분에 얼굴에는 아무런 표정도 없을 것이다. 그는 일어나서 문을 향해 느릿느릿 걸어갔다.

2

윈스턴은 문고리를 잡으면서 책상 위에 일기장이 펼쳐져 있다는 것을 알아챘다. '빅 브라더를 타도하라'라는 문장이 큰 글자로 빼곡히 적혀 있어서 방 건너편에서도 알아볼 수 있을 것 같았다. 상상도 못 할 만큼 멍청한 짓이었다. 하지만 당황한 와중에도 잉크가 마르지 않은 채 일기장을 덮어서 크림색 종이에 잉크가 번지게 하고 싶지 않았다.

그는 숨을 들이마시고 문을 열었다. 그 즉시 따뜻한 안도의 기운이 온몸에 퍼졌다. 듬성듬성한 머리숱에 주름 가득한 얼굴, 몹시 창백하고 남루한 여자가 문밖에 서 있었다.

"아아, 동무, 들어오는 소리가 들린 것 같아서요. 혹시 건너와서 저희 주방 싱크대 좀 봐주실래요? 배수관이 막힌 것 같아서…." 여자는 징징대듯 우울한 목소리로 말했다.

같은 층에 사는 이웃의 아내인 파슨스 부인이었다('부인'이라는 호칭은 당에서 반대할 만한 호칭이었다. 모든 사람을 '동무'라고 불러야 했다. 하지만 어떤 여자들에게는 부인이라는 호칭이 절로 나왔다). 파슨스 부인은 서른 살쯤 되었지만 겉보기에는 훨씬 나이 들어 보였다. 마치 얼굴 주름에 먼지가 끼어 있는 것 같았다. 윈스턴은 부인을 따라 복도를 걸어갔다. 이런 소소한 수리 작업은 거의 매일 있는 짜증 나는 일이었다. 승리 맨션은 1930년도쯤에 지어져 다 허물어져가고 있었다. 천장과 벽에서 석고 조각이 시도 때도 없이 떨어졌고, 된서리가 내리는 날이면 파이프가 파열되기 일쑤였다. 눈이 올 때마다 천장에서 물이 새고, 난방 기기는 절약을 이유로 완전히 끊기지 않았을 때도 절반 정도만 가동되었다. 스스로 손볼 수 없는 문제는 멀리 떨어져 있는 위원회의 인가를 받아야 해결할 수 있었는데, 그러려면 창유리 하나를 수리하는 데도 으레 이 년은 기다려야 했다.

"톰이 집에 없어서 말이에요." 파슨스 부인이 흐리멍덩하게 말했다.

파슨스 부인의 집은 윈스턴의 집보다 넓었지만, 다른 의미에서 초라했다. 어떤 거대하고 난폭한 동물이 방금 집을 덮치기라도 한 것처럼 모든 물건이 후줄근하고 짓밟힌 듯한 모양새를 하고 있었다. 하키 스틱, 복싱 글러브, 터진 축구공, 안팎이 뒤집힌 운동 바지 같은 것들이 바닥에 늘어져 있었다. 테이블에는 지저분한 접시들과 한쪽 모서리가 접힌 연습장들이 놓여 있었다. 벽에는 '청소년 연맹'과 '첩보단'의 진홍색 깃발과 실물 크기의 빅 브라더 포스터가 걸려 있었다. 건물 전체를 휘감는 양배추 삶는 냄새가 여지없이 났고, 숨을 한번 들이쉬면 코를 찌를 듯 강렬한 땀 냄새까지 진동했다. 지금 이곳에 있지도 않은 누군가의 땀 냄새가 어떻게 날 수 있는지 알 수 없는 일이었다. 다른 방에서는 누군가 빗과 화장실 휴지를 들고, 여전히 텔레스크린에서 흘러나오는 군악에 맞춰 노래를 부르려고 애쓰고 있었다.

"아이들이에요. 오늘은 밖에 나가지 않았거든요. 물론…." 파슨스 부인이 살짝 불안한 눈빛으로 문을 흘깃 바라보았다.

그녀는 말을 하다가 중간에 멈추는 버릇이 있었다. 부엌 개수대를 보니 푸르스름한 물이 양배추 삶는 냄새보다 더 고약한 냄새를 풍기며 찰랑거리고 있었다. 윈스턴은 무릎을 굽히고 파이프의 이음새를 살펴보았다. 손을 쓰기도 싫었지만 몸을 굽히기도 싫었다. 그럴 때마다 기침이 터져 나왔기 때문이다. 파슨스 부인은 윈스턴을 속수무책으로 바라보고 있었다.

"물론 톰이 집에 있었다면 바로 고쳤을 거예요. 이런 일을 좋아하거든요. 손재주가 있잖아요, 톰은." 파슨스 부인이 말했다.

파슨스는 윈스턴과 함께 진리부에서 근무하는 동료였다. 그는 뚱뚱하지만 적극적인 남자로, 지독한 어리석음과 아둔한 열의로 가득했다. 의심할 여지 없이 헌신적인 일벌레이기도 했는데, 당의 안정성은 사상경찰보다도 파슨스 같은 사람들에게 달려 있다고 봐도 무방했다. 그는 서른다섯 살의 나이로 어쩔 수 없이 청소년 연맹에서 쫓겨난 참이었다. 청소년 연맹에 합류하기 전에는 규정 연령을 넘기고도 어떻게든 애를 써서 일 년간 첩보단에 더 남아 있었다. 진리부에서는 머리를 쓰지 않아도 되는 하위직에서 일했으나, 스포츠 위원회와 더불어 단체 등반, 자발적 시위, 절약 운동, 자원봉사 활동 등과 관련된 다른 모든 위원회에서 주도적으로 활약했다. 파슨스는 담배를 피워 대면서, 지난 사 년간 지역 주민회관에 얼굴을 내비쳐 왔다고 자못 자랑스럽게 말하곤 했다. 자신의 치열한 삶을 무심결에 증명하기라도 하듯 그가 가는 곳마다 지독한 땀 냄새가 따라다녔고, 심지어 그가 가고 난 뒤에도 냄새가 남아 있을 정도였다.

"스패너 있습니까?" 파이프 이음새의 너트를 만지작거리며 윈스턴이 물었다.

"스패너요? 잘 모르겠네요, 분명, 어쩌면 아이들이…." 파슨스 부인이 기력이 다한 듯한 목소리로 대답했다.

아이들이 거실로 달려 나오면서 쿵쿵거리는 부츠 발소리와 삑 하고 빗을 부는 소리가 들렸다. 파슨스 부인이 스패너를 가지고 왔다. 윈스턴은 개수대의 물을 빼내고는 넌더리를 내면서 파이프에 막혀 있던 머리카락 뭉치를 꺼냈다. 그는 수도꼭지에서 나오는 차가운 물로 가능한 한 깨끗이 손을 씻고 거실로 나왔다.

"손들어!" 난폭한 목소리가 내쏘았다.

다부지게 생긴 아홉 살짜리 소년이 테이블 뒤에서 불쑥 튀어나와 장난감 권총으로 윈스턴을 위협했다. 두 살 정도 어린 여동생도 나뭇조각으로 똑같은 행동을 해 보였다. 둘 모두 파란 반바지와 회색 셔츠를 입고 붉은 스카프를 두르고 있었다. 이는 첩보단 제복이었다. 윈스턴은 머리 위로 손을 들면서도 악의에 찬 소년의 행동이 장난 같지만은 않아 불안한 마음이 들었다.

"너는 배신자다! 너는 사상범이다! 너는 유라시아의 스파이다! 쏴버릴 테다! 증발시켜버릴 거야! 소금 광산으로 보내주마!" 소년이 소리쳤다.

갑자기 두 아이가 윈스턴 주변에서 뛰어대면서 "배신자!" "사상범!" 하고 소리쳤다. 소녀는 오빠의 행동을 곧이곧대로 따라 했다. 자라나서 사람을 잡아먹게 될 호랑이 새끼들이 뛰어노는 것 같아 소름이 끼쳤다. 소년의 눈에는 용의주도한 잔인함이 엿보이는 것 같았다. 윈스턴을 때리거나 발로 차고 싶다는 욕망을 명백히 내보였고, 실제로 자신이 그렇게 할 수 있을 만큼 거의 다 자랐다는 걸 아는 듯했다. 윈스턴은 소년이 진짜 권총을 들고 있는 게 아니라서 다행이라고 생각했다.

파슨스 부인의 초조한 눈빛이 윈스턴과 아이들 사이를 오갔다. 좀 더 조명이 밝은 거실에서 보니 흥미롭게도 그녀의 얼굴 주름에는 실제로 먼지가 끼어 있었다.

"아이들이 좀 시끄럽죠. 교수형을 보러 가지 못해서 실망했어요. 그래서 그렇답니다. 저는 너무 바빠서 애들을 데려가 주지 못하고, 톰도 제시간에 퇴근을 못 해서요."

"교수형 구경 가면 안 돼요?" 소년이 큰 소리로 말했다.

"교수형 보고 싶어! 교수형 보고 싶어!" 어린 소녀도 여전히 깡충깡충 뛰어다니며 되풀이해서 말했다.

윈스턴이 기억하기로, 전쟁범죄를 저지른 유라시아 포로들이 그날 저녁 공원에서 교수형을 당할 예정이었다. 이것은 한 달에 한 번쯤 있는 일로 인기 있는 구경거리였다. 아이들은 매번 교수형을 구경시켜달라고 성화였다. 윈스턴은 파슨스 부인에게 인사를 하고 문을 향해 걸어갔다. 그런데 그가 복도로 나와 여섯 발자국도 채 못 걸었을 때 뒷목으로 괴로울 정도로 아픈 타격이 날아왔다. 시뻘겋게 달아오른 철사에 찔린 것 같은 통증이었다. 고개를 돌리니 파슨스 부인이 호주머니에 새총을 쑤셔 넣고 있는 아들을 문간으로 끌어당기고 있었다.

"골드스타인!" 문이 닫히는 순간 소년이 고함을 질렀다. 하지만 무엇보다 윈스턴을 놀라게 한 것은 파슨스 부인의 잿빛 얼굴에 떠오른 억누를 수 없는 공포였다.

방으로 돌아온 윈스턴은 재빨리 텔레스크린을 지나 뒷목을 문지르며 책상 앞에 앉았다. 텔레스크린에서는 더 이상 음악이 나오지 않았다. 대신 딱 부러지는 군대식 목소리가 격앙된 어조로 아이슬란드와 페로제도 사이에 막 정박한 새로운 공중요새의 무기에 대한 설명을 하고 있었다.

그런 아이들이 있는 이상 그 딱한 여인은 두려움에 떨며 살아갈 것이다. 내년이 되고 내후년이 되면 아이들은 엄마에게서 이단의 조짐을 찾아내기 위해 밤낮으로 감시할 것이다. 요즘 아이들은 거의 모두가 소름 끼쳤다. 그중 최악은 아이들이 첩보단 같은 조직을 통해 체계적인 방식으로 통제 불가능한 작은 야만인으로 변하면서도, 당의 규율에 반기를 들려는 성향은 조금도 보이지 않는다는 것이었다. 오히려 아이들은 당은 물론 당과 관련된 모든 것을 흠모했다. 아이들에게 있어 노래, 행진, 깃발, 등반, 모형 소총 훈련, 구호 연호, 빅 브라더에 대한 숭배 등은 전부 즐거운 게임과 같았다. 그들의 잔인함은 국가의 적을 향해, 외국인을 향해, 배신자, 파괴 공작원, 사상범을 향해 외부로 모두 표출되었다. 서른이 넘은 부모들은 자신의 아이들을 두려워하는 것이 예사였다. 보통 '꼬마 영웅'이라고 불리는 작은 고자질쟁이가 부모의 의심스러운 발언을 엿듣고 사상경찰에 고발했다는 기사가 매주 〈타임스〉에 실리곤 했기 때문이다.

새총에 맞은 얼얼함은 이제 가라앉았다. 윈스턴은 일기에 더 쓸 것이 없는지 생각하며 성의 없이 펜을 들었다. 갑자기 오브라이언에 대한 생각이 또다시 떠올랐다.

몇 년 전의 일이었다. 얼마나 오래되었던가? 분명 칠 년 전이었을 것이다. 꿈에서 그는 어두컴컴한 방을 걷고 있었다. 그때 한쪽 옆에 앉아 있던 누군가가 윈스턴이 지나가는 순간 말했다. "우리는 어둠이 없는 곳에서 만나게 될 거라네." 아주 나직하게 그저 지나치듯 건넨 그 말은 명령이 아닌 서술형의 어조였다. 그는 멈추지 않고 계속해서 걸었다. 당시 꿈속에서는 그 말이 그리 인상적이지 않았다. 그런데 시간이 지나면서 이상하게도 점차 중요성을 띠어가는 것 같았다. 이제는 오브라이언을 처음 본 것이 그 꿈을 꾸기 전인지 후인지 기억나지 않았다. 그 목소리가 오브라이언의 목소리라는 걸 알게 된 것이 언제였는지도 기억나지 않았다. 하지만 어쨌든 목소리의 주인공을 알아냈다. 어둠 속에서 그에게 말을 건 사람은 오브라이언이었다.

오브라이언은 친구인가, 적인가. 윈스턴은 확신할 수 없었다. 오늘 아침 눈을 마주친 이후에도 여전히 확신할 수 없었다. 심지어 그게 중요한 문제인 것 같지도 않았다. 두 사람 사이에는 애정이나 당파심보다도 중요한 이해의 연결고리가 존재했다. "우리는 어둠이 없는 곳에서 만나게 될 거라네." 그는 이렇게 말했다. 윈스턴은 그 말이 무슨 의미인지는 알 수 없었지만, 어떻게든 그런 일이 실제로 일어나리라는 것만은 알 수 있었다.

텔레스크린의 목소리가 멈췄다. 또렷하고 아름다운 트럼펫 소리가 침체된 공기 속에 떠올랐다. 귀에 거슬리는 목소리가 이어졌다.

"주목! 주목하십시오! 방금 막 말라바르 전선에서 뉴스 속보가 도착했습니다. 인도 남부에서 우리 군이 영광스러운 승리를 거뒀습니다. 현재 전해드리고 있는 작전으로 근시일 내에 전쟁을 종식시킬 수 있을 것입니다. 속보는…."

나쁜 소식이 들리겠군. 윈스턴은 생각했다. 아니나 다를까, 엄청나게 많은 사망자를 내고 포로를 붙잡으면서 유라시아군을 전멸시켰다는 피비린내 나는 보도에 이어, 다음 주부터 초콜릿 배급량이 30그램에서 20그램으로 줄어든다는 소식이 전해졌다.

다시 한번 트림이 나왔다. 취기가 가라앉으면서 기운이 빠졌다. 승리를 축하하기 위한 것인지, 줄어든 초콜릿 배급량에 대한 생각을 잊게 해주려는 것인지 〈오세아니아, 그대를 위해〉가 요란하게 울려 퍼지기 시작했다. 이 노래가 나오면 차려 자세를 취해야 했다. 하지만 지금 있는 곳에서는 윈스턴의 모습이 텔레스크린에 비치지 않았다.

〈오세아니아, 그대를 위해〉가 끝나자 밝은 음악으로 바뀌었다. 윈스턴은 텔레스크린을 등진 채 창가로 걸어갔다. 밖은 여전히 화창하고 쌀쌀했다. 어딘가 멀리 떨어진 곳에서 둔탁한 굉음과 함께 로켓 폭탄이 터졌다. 요즘 런던에는 매주 스물에서 서른 개 정도의 폭탄이 떨어지고 있었다.

거리에서는 찢겨진 포스터가 바람에 펄럭이면서 '영사'라는 단어가 발작적으로 보였다 사라졌다 했다. 영사. 영사의 신성한 강령. 신어. 이중사고. 과거의 무상함. 윈스턴은 자신이 괴물이 된 채 괴물 같은 세상에서 길을 잃고 해저 수풀을 헤매는 것 같은 기분이 들었다. 그는 혼자였다. 과거는 죽었고, 미래는 상상조차 할 수 없었다. 지금 살아 있는 인간 중 단 한 명이라도 자신의 편이 있을까? 당의 통치가 **영원**하지 않으리라는 것은 도대체 어떻게 알 수 있을까? 그 질문에 대한 대답이라도 되는 것처럼 진리부의 하얀 건물 전면에 적힌 3대 슬로건이 다시 눈에 들어왔다.

전쟁은 평화
자유는 예속
무지는 힘

그는 주머니에서 25센트짜리 동전을 꺼냈다. 동전에도 작고 또렷하게 같은 슬로건이 새겨져 있었고, 그 뒷면에는 빅 브라더의 얼굴이 있었다. 동전의 눈조차 사람이 움직이는 대로 따라왔다. 동전에, 우표에, 책 표지에, 깃발에, 포스터에, 담뱃갑에, 그 어디에나 있었다. 언제나 빅 브라더의 눈이 지켜보고 있었고, 빅 브라더의 목소리에 둘러싸여 있었다. 잠들었을 때나 깨어 있을 때나, 일할 때나 밥 먹을 때나, 집 안에서나 밖에서나, 목욕을 할 때나 침대에 있을 때나 도망칠 곳은 없었다. 머릿속에 자리한 몇 세제곱센티미터의 공간을 제외하면 그 어떤 것도 자신의 소유가 아니었다.

해가 빙 돌아가서 더 이상 빛이 반사되지 않자 무수히 많은 진리부의 창문은 요새의 총안처럼 섬뜩해 보였다. 윈스턴은 거대한 피라미드형 건물을 앞에 두고 그만 주눅이 들고 말았다. 그 건물은 너무나 강했고 어떠한 공격에도 무너질 것 같지 않았다. 로켓 폭탄이 수천 발 날아온다 해도 진리부를 무너뜨리지는 못할 것이다. 윈스턴은 다시 한번 누구를 위해 일기를 쓰고 있었던 건지 생각해보았다. 미래를 위해, 과거를 위해, 상상 속에만 존재할지도 모를 시대를 위해. 그의 앞에 놓인 것은 죽음이 아니라 소멸이었다. 일기는 잿더미가 되고 그 자신은 증발될 것이다. 일기를 처분하고 기억에서 지워버리기 전에 그가 쓴 내용을 읽어볼 사람은 사상경찰밖에 없을 것이다. 자신의 흔적도, 한 장의 종이 위에 끼적거린 익명의 글자조차도 물리적으로 존재할 수 없는데 어떻게 미래에 호소할 수 있단 말인가.

텔레스크린이 14시를 알렸다. 10분 안에 출발해야 했다. 14시 30분까지는 진리부로 돌아가야 했다.

이상하게도 시간을 알리는 소리를 들으니 새로운 용기를 얻는 것 같았다. 그는 아무도 듣지 않는 진실을 말하는 외로운 유령이었다. 하지만 그가 말을 하는 한 분명하지 않은 방법으로나마 진실은 계속해서 이어진다. 인류의 유산을 지켜나가는 것은 누군가 자신의 말을 들어주는 것이 아니라 제정신을 유지하는 것으로써 가능한 것이다. 윈스턴은 책상으로 돌아와 펜을 잉크에 담그고 글을 써내려 갔다.

미래에게, 과거에게, 또는 사람들이 각자 다르고 홀로 살지 않

으며 사상이 자유로운 시대에게, 진실이 존재하고 일어났던 일을 없었던 일로 만들 수 없는 시대에게,

획일성의 시대로부터, 고독의 시대로부터, 빅 브라더의 시대로부터, 이중사고의 시대로부터… 안부를!

그는 자신이 이미 죽었다고 생각했다. 생각을 표현할 수 있게 된 지금에야말로 결정적인 한걸음을 내딛은 것 같았다. 모든 행동의 결과는 행동 그 자체에 포함되는 법이다. 그는 이렇게 적었다.

사상죄에 죽음이 뒤따르는 것이 아니다. **사상죄**가 곧 죽음이다.

이제 자신을 죽은 사람이라고 생각하게 된 이상, 가능한 한 오래 살아남는 것이 중요해졌다. 오른손 손가락 두 개에 잉크 얼룩이 남았다. 바로 이런 사소한 것 때문에 발목을 잡히는 법이다. 앞잡이처럼 냄새를 맡고 다니는 어떤 열성분자가(아마 엷은 갈색 머리의 작은 여자나 창작국의 검은 머리 여자 같은 누군가가) 왜 점심시간 동안 글을 썼는지, 왜 구식 펜을 썼는지, **무엇**을 쓰고 있는지 궁금해하다가 관할관에 넌지시 일러바칠 수도 있다. 그는 화장실로 가서 모래 같은 짙은 갈색 비누에 손을 문질러 꼼꼼히 잉크를 지웠다. 비누는 사포처럼 피부를 쓸어내려서 이런 걸 지우는 데 알맞았다.

그는 일기장을 서랍에 집어넣었다. 숨길 궁리를 하는 건 소용없는 일이었지만, 적어도 일기의 존재가 발각되었는지의 여

부는 알 수 있을 것이다. 일기장 가장자리에 머리카락 한 올을 가로놓아 두는 것은 너무 속이 들여다보였다. 윈스턴은 손가락 끝으로 희끄무레한 먼지를 티끌만큼 집어서 겉표지 모서리에 올려놓았다. 일기장이 움직이면 먼지는 떨어져 없어질 것이다.

3

윈스턴은 어머니의 꿈을 꾸고 있었다.

어머니가 사라진 것은 그가 열 살이나 열한 살 무렵의 일이었다. 어머니는 키가 크고 조각상같이 위엄 있는 자태에 움직임이 느릿느릿하고 조용했으며 아름다운 금발 머리였다. 아버지에 대한 기억은 좀 더 희미했다. 음울하고 마른 체격에 언제나 깔끔한 검은 옷을 입었고 안경을 썼다(특히 아버지의 신발 밑창이 아주 얇았던 것이 기억에 남는다). 부모님은 1950년대의 1차 대숙청에 휘말린 것이 분명했다.

꿈속에서 어머니는 윈스턴보다 훨씬 아래쪽에 있는 어떤 곳에서 여동생을 안고 앉아 있었다. 여동생에 대한 기억은 전혀 없었지만, 작고 연약한 아이라는 것만은 기억했다. 언제나 조용했고 경계하는 듯한 큰 눈을 가지고 있었다. 어머니와 여동생 모두 그를 올려다보고 있었다. 두 사람은 지하에 위치한 어떤 장소에 있었다. 우물 바닥이나 아주 깊은 무덤 같은 곳이었다. 그곳은 이미 윈스턴보다 한참 아래쪽에 위치해 있었는데도 점점 더 아래를 향해 움직였다. 두 사람은 가라앉아가는 배의 객실에서 어두컴컴한 물 너머로 윈스턴을 바라보고 있었다. 객실에는 아직 공기가 남아 있었다. 두 사람은 아직 윈스턴을 볼 수 있었고 윈스턴도 그들을 볼 수 있었다. 하지만 그사이에도 배는 줄곧 푸른 물 깊숙이 가라앉고 있어서 이내 시야에서 영원히 사라져버릴 것 같았다. 윈스턴은 빛과 공기를 누릴 수 있었지만 어머니와 동생은 죽음 속으로 빨려 들어가고 있었다. 두 사람이 그 아래에 있는 건 윈스턴이 이 위에 있었기 때문이었다. 그 사실을 윈스턴도 알았고, 어머니와 동생 역시 알고 있었다. 두 사람도 알고 있다는 것을 그들의 얼굴에서 확인할 수 있었다. 하지만 얼굴에서도 마음속에서도 원망의 기색은 없었다. 그저 윈스턴을 살리기 위해서는 자신들이 반드시 죽어야 한다는 것을, 이것이 불가피한 순리라는 것을 알고 있다는 기색이었다.

무슨 일이 벌어졌는지는 기억나지 않았지만, 꿈속에서 어머니와 여동생이 자신을 위해 목숨을 바쳤다는 것은 알 수 있었다. 그런 꿈들은 꿈 특유의 풍경을 지니고 있었지만 지적 활동의 연장선에 있었기 때문에 꿈에서 인식한 것들이 깨고 나서도 새롭고 가치 있게 느껴졌다. 윈스턴은 갑자기 지금에서야 삼십 년 전 어머니의 죽음이 비극적이고 슬픈 일이었다는 것을 깨달았다. 비극이라는 건 더 이상 있을 수 없는 일이었다. 비극은 아주 오래전에나 있었던 것이다. 여전히 사생활, 사랑, 우정이 존재하며 가족들이 이유를 막론하고 서로의 곁을 지켜주었던 그때에나 있었던 것이다. 어머니를 떠올리면 가슴이 미어졌다. 어머니는 윈스턴이 너무 어리고 이기적이어서 받은 사랑을 되돌려 주지 못했을 때 그를 사랑하면서 죽어갔다. 그리고 구체적인 기억은 없지만 어머니는 사적이고 변치 않는 충성이라는 개념에 자신을 희생한 것이었다. 그런 일들은 이제 더 이상 일어나지 않는다. 오늘날에는 공포, 증오, 고통은 존재하지만, 감정의 존엄성이나 깊고 복잡한 슬픔 따위는 없다. 이 모든 것을 수백 미터 아래에서 점점 아래로 가라앉으며 푸른 물 너머로 자신을 바라보던 어머니와 여동생의 큰 눈에서 보았던 것 같다.

갑자기 그는 비스듬히 쏟아진 빛이 땅 위로 미끄러지는 여름날 저녁의 푹신하고 짧은 잔디밭 위에 서 있었다. 여기서 그가 바라보던 풍경은 꿈속에 너무 자주 나타나서 현실에서 정말 보았던 광경인 듯한 착각이 들 정도였다. 깨어 있을 때는 그 풍경을 '황금의 나라'라고 불렀다. 그곳은 토끼가 풀을 뜯는 오래된 초원으로 주변에는 오솔길이 나 있었고, 여기저기에 두더지가 파놓은 흙 언덕을 볼 수 있었다. 들판 건너편의 제멋대로 난 산울타리에는 느릅나무 가지들이 산들바람에 하늘하늘 흔들렸고, 나뭇잎들은 여인의 머리카락처럼 빽빽이 한데 모여 살랑거리고 있었다. 시야에는 없었지만 가까운 곳 어딘가에 잔잔히 흐르는 맑은 시내가 있었다. 버드나무 아래로 흐르는 시냇물에는 황어가 헤엄치고 있었다.

검은 머리를 한 여자가 언덕을 가로질러 그를 향해 다가왔다. 그녀는 순식간에 옷가지를 전부 벗어서 거만하게 옆으로 내던졌다. 살결은 하얗고 부드러웠지만 그는 아무런 욕망도 솟구치지 않았다. 사실 그는 그녀를 거의 보고 있지 않았다. 그 순간 윈스턴을 사로잡았던 것은 옷을 옆으로 내던지던 여자의 몸짓이었다. 무심하고도 우아한 그 몸짓에 모든 문화와 사상의 체계가 소멸되는 듯했다. 단 한 번의 화려한 몸짓에 빅 브라더와 당과 사상경찰 모두 휩쓸려 사라질 수도 있을 것 같았다. 이런 몸짓 역시 아주 오래전에나 존재했던 것이다. 윈스턴은 "셰익스피어"라고 중얼거리며 잠에서 깨어났다.

텔레스크린에서 귀청이 떨어질 것 같은 호루라기 소리가 똑같은 음조로 30초 동안 이어졌다. 사무직 노동자들이 일어나야 하는 7시 15분이었다. 윈스턴은 몸을 배배 꼬며 침대에서 일어났다(외부당원은 연간 의복비로 겨우 3000쿠폰을 발급받는데 잠옷은 600쿠폰이었기 때문에 벌거벗은 채로 잤다). 그는 의자에 걸쳐 있던 우중충한 러닝셔츠와 반바지를 입었다. 3분 안에 체조가 시작될 것이다. 다음 순간, 매일 아침 일어날 때마다 그를 덮치는 기침 발작 때문에 몸이 잔뜩 움츠러들었다. 폐에서 공기가 전부 빠져나간 탓에 그는 등을 대고 누워 깊은숨을 헉헉거린 다음에야 다시 숨을 쉴 수 있었다. 기침 때문에 핏줄이 부풀어 올랐고, 정맥류궤양이 근질거리기 시작했다.

"삼사십 대 그룹!"

날카로운 여자의 목소리가 시끄럽게 소리쳤다.

"삼사십 대 그룹, 제자리로 가세요! 삼십 대에서 사십 대!"

윈스턴은 텔레스크린 앞에서 차려 자세를 했다. 텔레스크린에는 이미 튜닉을 입고 운동화를 신은, 깡말랐지만 근육질인 젊은 여자의 영상이 띄워져 있었다.

"팔 굽혔다 펴기!"

여자가 힘차게 말했다.

"박자에 맞춰서 하세요. **하나**, 둘, 셋, 넷! **하나**, 둘, 셋, 넷! 자, 동무들, 활기차게요! **하나**, 둘, 셋, 넷! **하나**, 둘, 셋, 넷!"

기침 때문에 고통스러운 와중에도 윈스턴의 머릿속에는 꿈에서 받은 인상이 남아 있었는데, 율동적인 체조 동작 덕분에 그 기억이 조금 더 되살아났다. 그는 체조를 할 때 바람직하다고 볼 수 있는 단호하고 흐뭇한 표정을 지은 채 기계적으로 팔을 앞뒤로 뻗으면서 어렴풋이 남아 있는 어린 시절의 기억을 떠올려 보려고 노력했다. 너무나도 어려운 일이었다. 1950년대 말 이후로는 모든 것이 희미해졌다. 참고할 외부 기록이 존재하지 않는 상황에서는 자기 삶의 윤곽조차 선명함을 잃어버린다. 일어나지 않았을지도 모르는 커다란 사건에 대한 기억이 날 때도 있었고, 정황을 알 수 없는 어떤 사건의 사소한 부분만 기억날 때도 있었다. 아무런 기억도 떠오르지 않는 긴 공백의 기간도 있었다. 당시에는 모든 것이 지금과 달랐다. 심지어 국가들의 이름이나 지도상 모습도 달랐다. 예를 들어 '에어스트립 원'은 과거에 그런 이름이 아니었다. 그때는 '잉글랜드'나 '브리튼'이라고 불렸다. 다만 '런던'은 언제나 '런던'이었다고 확실히 말할 수 있다.

오세아니아가 전쟁 중이 아니었던 때의 기억은 분명하지 않았다. 하지만 그가 어렸을 적에 분명 꽤 오랫동안 휴전기가 있었다. 어린 시절 공습이 벌어지자 사람들이 전부 깜짝 놀라던 광경을 똑똑히 기억하고 있기 때문이다. 아마 그때가 콜체스터에 원자폭탄이 떨어졌을 무렵이었는지도 모른다. 공습 자체는 기억나지 않지만, 아버지의 손을 잡고 지하 깊은 곳으로 급히 내려가는데 발밑이 쿵쿵 울려대는 나선형 계단을 따라 빙빙 돌고 돌았던 기억은 남아 있었다. 그때 윈스턴이 다리가 아파서 훌쩍훌쩍 울어대자 모두 멈춰 서서 휴식을 취해야 했다. 어머니는 특유의 느릿느릿하고 꿈꾸는 듯한 몸짓으로 먼 길을 뒤따라왔다. 품에는 여동생을 안고 있었다. 어쩌면 어머니가 안고 있었던 건 그저 담요 뭉치였을 수도 있다. 당시 여동생이 태어났었는지 확신할 수가 없다. 마침내 그들은 사람들이 북적대는 장소로 나왔다. 그곳은 지하철역이었다.

사람들은 석판 바닥 여기저기에 앉아 있었다. 겹겹이 쌓인 철제 침대 위에 빽빽이 앉아 있는 사람들도 있었다. 윈스턴은 부모와 함께 바닥에 자리를 잡았는데, 근처 침대 위에 한 노부부가 나란히 앉아 있었다. 노인은 짙은 색 양복을 단정히 입고 백발에 검은색 납작모자를 눌러쓰고 있었다. 얼굴은 붉게 달아오르고 푸른 두 눈에 눈물이 그렁그렁했다. 그리고 진Jin 냄새를 지독하게 풍겼다. 살갗에서 땀 대신 진이 흘러나오는 것 같았고, 눈에서 샘솟는 눈물도 순수한 진일 것 같다는 상상이 들 정도였다. 그는 살짝 취해 있는 한편 진정으로 견딜 수 없는 비탄에 잠겨 있었다. 윈스턴은 어린 마음에도 무언가 끔찍하고, 용서할 수 없고, 해결될 수 없는 일이 막 일어난 거라는 생각이 들었다. 그게 무슨 일인지도 알 것 같았다. 노인이 사랑하던 누군가가, 예를 들면 어린 손녀딸이 살해당한 건지도 몰랐다. 몇 분마다 노인은 똑같은 말을 했다.

“그놈들을 믿지 말았어야 했어. 내가 그렇게 말했잖아? 그놈들을 믿으면 이렇게 된다니까. 누누이 말했잖아. 그 자식들을 믿어서는 안 됐어."

어떤 자들을 믿지 말았어야 했던 건지는 기억나지 않는다.

그 이후 전쟁은 말 그대로 계속해서 이어졌다. 하지만 엄밀히 말해 언제나 같은 전쟁은 아니었다. 어린 시절 몇 달간은 런던 안에서 혼란스러운 시가전이 벌어졌다. 그중 몇몇 상황은 생생하게 기억한다. 하지만 전 기간의 역사를 추적하고, 어느 시점에 어떤 국가가 어떤 국가를 상대로 전쟁을 벌였는지 파악하는 것은 전적으로 불가능했다. 현재 존재하는 것 외에 다른 연합 관계는 그 어떤 기록에도 어떤 말로도 언급되지 않았기 때문이다. 예를 들어 현시점인 1984년(지금이 1984년이라면 말이다), 오세아니아는 유라시아와 전쟁 중이며 동아시아와 동맹을 맺고 있다. 세 국가가 다른 편으로 연합을 맺은 적이 있다고는 공식 발언에서도 사적 발언에서도 인정된 바 없었다. 윈스턴도 잘 알다시피, 사실상 사 년 전만 해도 오세아니아는 동아시아와 전쟁 중이었고 유라시아와 동맹 관계였다. 하지만 이는 제대로 기억을 통제하지 못해서 어쩌다가 알게 된 은밀한 정보에 불과했다. 공식적으로 오세아니아는 언제나 유라시아와 전쟁 중이었다. 현재의 적은 언제나 절대 악이었고, 현재의 적과 과거에 혹은 미래에 협정을 맺는다는 것은 불가능했다.

아플 정도로 어깨를 뒤로 젖히면서(손은 엉덩이에 올린 채 허리를 중심으로 몸을 빙빙 돌리는 등 근육 운동이었다) 만 번째 생각했다. 무서운 점은 이 모든 게 사실일 수도 있다는 것이었다. 만약 당이 과거에 손을 뻗어 이런저런 일에 대해 **그런 일은 없었다**

고 말한다면, 확실히 그건 단순한 고문과 죽음보다 훨씬 더 무서운 일이 아니겠는가.

당은 오세아니아가 유라시아와 동맹을 맺은 적이 없다고 했다. 윈스턴 스미스는 오세아니아가 불과 사 년 전만 해도 유라시아와 동맹 관계였다는 걸 알고 있었다. 하지만 이 지식이 어디에 존재한단 말인가. 그건 어쨌든 곧 소멸되어야만 하는, 그의 의식 속에만 존재하는 것이었다. 만약 다른 사람들이 당에서 강요하는 거짓을 받아들였다면, 모든 기록에서 같은 이야기를 하고 있다면, 거짓은 역사가 되고 진실이 되는 것이다. 당의 슬로건은 이러했다. "과거를 통제하는 자가 미래를 통제한다. 현재를 통제하는 자가 과거를 통제한다." 하지만 과거는 본질적으로 변경될 수 있지만, 결코 변경된 적은 없었다. 현재 진실한 것이 영원한 진실이었다. 단순한 논리였다. 끝없이 개인의 기억을 통제하기만 하면 되는 일이었다. 그들은 이를 '현실 통제'라고 불렀다. 신어로는 '이중사고'라고 한다.

"쉬어!" 교관이 좀 더 친절한 목소리로 외쳤다.

윈스턴은 팔을 양옆으로 내려놓고 천천히 숨을 들이쉬었다. 이중사고라는 미궁 같은 세계로 생각이 슬며시 흘러들어 갔다. 알면서도 모르는 것, 완전한 진실을 알면서도 신중하게 만들어낸 거짓을 말하는 것, 서로 모순되는 두 가지 의견을 동시에 가지고 두 의견이 모순되는 것을 알면서도 둘 다 믿는 것, 논리에 논리로 대항하는 것, 도덕에 대한 권리를 주장하면서도 부정하는 것, 민주주의는 불가능하다고 믿으면서 당이 민주주의의 수호자라고 믿는 것, 잊어야 하는 것을 잊는 것, 그러다가 필요한 순간 기억 속에 다시 떠올리는 것, 그리고 즉시 다시 잊는 것, 무엇보다 과정 자체에 동일한 과정을 적용하는 것, 이것이 궁극적 절묘함이었다. 의식적으로 무의식을 이끌어 냈다가 방금 자신에게 최면을 걸었다는 사실을 잊는 것이다. '이중사고'라는 말을 이해하려 할 때조차 이중사고가 필요했다.

교관은 다시 차려 자세를 호령했다.

"이제 누가 발끝에 손이 닿나 볼까요! 엉덩이에서부터, 동무들. **하나** 둘! **하나** 둘!"

교관이 열정적으로 말했다.

윈스턴은 이 운동을 싫어했다. 뒤꿈치에서 엉덩이까지 온통 쑤시듯 아픈 데다가 종종 발작적인 기침이 터져 나왔기 때문이다. 명상하는 즐거움이 반쯤 사라졌다. 과거는 단순히 바뀐 것이 아니라 사실상 파괴된 것이라고 생각했다. 자신의 기억 외에는 어떠한 기록도 존재하지 않는데, 가장 명백한 사실이라고 해도 어떻게 그걸 입증해낼 수 있겠는가? 처음으로 빅 브라더에 대해 들은 것이 몇 년도였는지 떠올려 보았다. 1960년대의 어느 때였던 것 같은데 확실하지 않았다. 물론 당의 역사에 따르면, 빅 브라더는 초창기부터 혁명의 지도자이자 수호자였다. 그의 업적은 점차 과거로 거슬러 올라가서, 이상한 원통형 모자를 쓴 자본가들이 멋들어지게 빛나는 승용차나 유리창 달린 마차를 타고 런던 거리를 달리던 전설적인 1940년대와 1930년대까지 이어졌다. 이 신화가 얼마만큼 진실이고 얼마만큼 꾸며낸 것인지는 알 길이 없었다. 윈스턴은 당 자체가 언제 등장했는지조차 기억나지 않았다. 1960년 이전에는 '영사'라는 단어를 들어본 적이 없다고 생각하지만 '영국 사회주의'라는 구어로 예전부터 통용되었을지도 모른다. 모든 것이 안갯속으로 사라졌다. 명백한 거짓을 콕 집어낼 수 있는 경우도 있었다. 예를 들어 당의 역사책에서 주장하는 것처럼 당에서 비행기를 발명했다는 건 사실이 아니었다. 윈스턴이 아주 어렸을 때부터 비행기를 본 기억이 있기 때문이었다. 하지만 어떤 것도 증명할 수 없었다. 어떠한 증거도 존재하지 않았다. 그는 일평생 단 한 번, 역사적 사실이 위조되었다는 틀림없는 증거자료를 손에 넣은 적이 있었다. 그리고 당시….

"스미스!"

텔레스크린에서 사나운 목소리가 고함쳤다.

"6079 W. 스미스! 그래요, **당신**! 더 구부리세요! 더 잘할 수 있어요. 열심히 하고 있지 않잖아요. 더 구부려요! **이제** 좀 낫네요, 동무. 자, 이제 일동 쉬어! 저를 보세요."

윈스턴의 온몸에서 돌연 뜨거운 땀이 흘러내렸다. 얼굴은 여전히 헤아릴 수 없는 표정이었다. 실망을 내보이지 말아야 한다! 분노를 내보이지 말아야 한다! 눈을 한 번 깜빡거리는 것만으로도 들킬 수 있다. 교관은 머리 위로 양팔을 들었다가(우아하다고 할 수는 없지만 반듯하고 효율적인 동작으로) 허리를 굽혀 손가락 첫 마디를 발가락 밑으로 밀어 넣었다.

"**그거**예요, 동무들! **그렇게** 하는 거예요. 다시 한번 저를 보세요. 저는 서른아홉 살이고 애들이 넷이에요. 자, 보세요."

교관이 다시 한번 허리를 굽혔다.

"**제** 무릎은 안 굽혀지죠. 동무들도 모두 할 수 있어요."

그녀가 몸을 일으키며 말을 이었다.

"마흔다섯 살 이하라면 누구라도 발가락에 완전히 손이 닿을 수 있어요. 누구나 최전선에서 싸울 수 있는 특권을 누릴 수는 없지만, 적어도 누구나 건강을 유지할 수는 있어요. 말라바르 전선에 있는 장병들을 기억하세요! 공중요새의 선원들을 기억하세요! **그들이** 견뎌내야 하는 것들을 생각해보세요. 자, 이제 다시 한번 해보죠. 좀 낫네요, 동무, **훨씬** 낫네요."

교관이 격려하듯 말하자 윈스턴은 맹렬히 허리를 굽혀 몇 년 만에 처음으로 무릎을 굽히지 않고 발끝에 손이 닿는 데 성공했다.

4

그날의 일과를 시작할 때마다 텔레스크린이 가까이 있어도 무의식적으로 깊은 한숨이 새어 나왔다. 윈스턴은 음성기록기를 앞으로 당기고 송화구에 쌓인 먼지를 불어내고 안경을 썼다. 그리고 책상 오른쪽에 놓인 기송관에서 튀어나온 동그랗게 말린 종이 네 장을 펼쳐서 한데 묶었다.

책상 칸막이벽에는 구멍이 세 개 있었다. 음성기록기 오른쪽에는 메시지가 전달되는 작은 기송관이 있었고, 왼쪽에는 신문이 도착하는 더 큰 기송관이 있었다. 윈스턴의 팔이 쉽게 닿는 옆면 벽에는 철창살로 막힌 커다란 직사각형 구멍이 있었다. 폐지를 버리는 구멍이었다. 건물 전체에 비슷한 구멍이 수천 내지 수만 개 있었는데, 각 사무실에는 물론 모든 복도에 참참이 나 있었다. 어떤 이유에서인지 이 구멍에는 '기억 구멍'이라는 별명이 붙었다. 파기해야 할 때가 된 문서나 심지어 어딘가에 나뒹구는 폐지 조각을 발견하면 사람들은 자동적으로 종이를 집어 들어 가장 가까운 기억 구멍으로 집어넣었다. 종이는 따뜻한 바람에 휩쓸려 건물 깊숙한 곳 어딘가에 숨겨져 있는 거대한 용광로까지 펄럭이며 날아갔다.

윈스턴은 펼쳐놓은 종이 네 장을 살펴보았다. 종이마다 한두 문장의 메시지가 전부 약어로 적혀 있었다. 이 약어들은 완전한 신어는 아니지만 대부분 신어로 구성된 진리부 내부 용어였다.

• 타임스 84. 3. 17. 비비 아프리카 연설 오보 수정

• 타임스 83. 12. 19. 3개년 계획 83년 4분기 예측 오자 최신호 검증

• 타임스 84. 2. 14. 풍부 초콜릿 인용 오류 수정

• 타임스 83. 12. 3. 비비 오늘명령 보도 더더욱안좋음 비사람 언급 전부 재작성 서류철전 상부제출

윈스턴은 희미한 만족감을 느끼며 네 번째 종이를 한쪽으로 치워두었다. 복잡하고 책임이 막중한 일이었기에 가장 마지막에 처리하는 게 좋을 것 같았다. 나머지 셋은 일상적인 일이었다. 다만 두 번째 종이는 수치 목록을 꼼꼼히 훑어보아야 하는 지루한 작업이 될 터였다.

윈스턴은 텔레스크린에서 '과월 호'의 다이얼을 돌려 〈타임스〉의 해당 호를 요청했다. 요청한 자료는 겨우 몇 분도 지나지 않아 기송관에서 미끄러져 나왔다. 그가 받은 메시지는 이런저런 이유로 변경이 필요한, 혹은 공식 문구에서 언급하는 것처럼 수정이 필요하다고 여겨지는 기사나 보도 자료 들을 언급하고 있었다. 예를 들어, 3월 17일 자 〈타임스〉에는 빅 브라더

가 전날의 연설에서 남인도 전선은 잠잠하겠고 북아프리카에서 곧 유라시아군의 공세가 펼쳐질 것이라고 예측한 내용의 기사가 실렸다. 하지만 공교롭게도 유라시아 최고 사령부는 인도 남부에서만 공격을 감행하고 북아프리카는 내버려두었다. 따라서 윈스턴은 기사 속의 연설 한 단락을 고쳐 써서 빅 브라더의 예측이 정확했던 것처럼 만들어야 했다. 또 12월 19일 자 〈타임스〉에는 제9차 3개년 계획의 6분기이기도 했던 1983년 4분기 당시 다양한 소비재 산출량의 공식 예측이 실렸었다. 오늘 자에는 실제 산출량 발표가 실렸는데, 모든 예측이 완전히 어긋난 것으로 나타났다. 윈스턴은 원래 수치를 수정하여 추후 발표된 수치와 일치하도록 만들어야 했다. 세 번째 메시지는 아주 간단한 오류였기 때문에 몇 분이면 고칠 수 있었다. 얼마 전인 지난 2월, 풍요부는 1984년에 초콜릿 배급량이 감소하지 않을 거라는 약속을(공식적으로는 '정언적 공약'이라고 한다) 내걸었다. 하지만 윈스턴도 알고 있다시피, 초콜릿 배급량은 이번 주말 30그램에서 20그램으로 감소하게 되었다. 이제 원래 내걸었던 약속을 4월 중에 배급량을 줄여야 할지도 모른다는 경고로 대체하기만 하면 됐다.

윈스턴은 각 메시지를 처리하자마자 음성기록한 수정본을 〈타임스〉의 해당 호에 끼워서 기송관에 밀어 넣었다. 그 후 거의 무의식적으로 원래 받았던 메시지와 자신이 남겼던 메모를 구겨서 불꽃 속에 집어삼켜질 기억 구멍에 집어넣었다.

그는 기송관에 이어진 보이지 않는 미궁 속에서 무슨 일이 벌어지고 있는지 자세히는 모르지만 막연히는 알고 있었다.

〈타임스〉 특정 호에서 수정 사항이 발생하면 모두 한데 모아 대조한 후 해당 호는 다시 인쇄되고 원본은 파기되며 파일에는 수정본이 그 자리를 대신했다. 끊임없는 수정 과정은 신문뿐 아니라 서적, 잡지, 소책자, 포스터, 전단, 영화, 영화음악, 만화, 사진 등 어떠한 정치적, 이념적 중요성을 담을 수 있는 온갖 종류의 매체에 적용되었다. 나날이 그리고 거의 시시각각 과거는 최신 정보로 개정되었다. 이 방법을 통해 당에서 발표한 모든 예측은 증거서류를 통해 옳은 것으로 나타났고, 당시의 필요와 모순되는 보도 자료나 의견 표명은 결코 기록으로 남겨지지 않았다. 모든 역사는 깨끗하게 백지화되어 정확히 필요한 만큼 다시 고쳐 쓰는 양피지와 같았다. 일단 작업이 완료되면 어떠한 위조가 가해졌다는 것을 밝혀내기란 불가능했다. 윈스턴의 부서보다 훨씬 규모가 큰, 기록국에서 가장 큰 부서는 대체 혹은 파기할 때가 된 모든 서적, 신문, 기타 문서들을 찾아내서 수집하는 업무를 맡은 사람들로 구성되어 있었다. 정치 연합의 변화나 빅 브라더의 잘못된 예언으로 인해 열두 번은 고쳐 써졌을지 모르는 수많은 〈타임스〉가 원래 날짜대로 파일에 끼워져 있었고, 그와 모순되는 다른 사본은 존재하지 않았다. 서적 역시 계속해서 회수되어 다시 써졌으며, 수정 내용이 있다는 알림도 없이 계속 재출간되었다. 윈스턴이 받아서 일을 처리한 뒤에 예외 없이 없애버렸던 서면 지시에서조차 위조 행위가 있으리라는 언급도 암시도 없었다. 언급되는 사항은 언제나 정확성을 기하기 위해 작은 실수나 오류, 인쇄 오류, 인용 오류 등을 바르게 고쳐 쓰라는 말뿐이었다.

하지만 그는 풍요부의 수치를 재조정하는 이 행위가 사실상 위조조차 아니라고 생각했다. 이건 그저 터무니없는 숫자를 다른 터무니없는 숫자로 바꾸는 것뿐이었다. 처리하고 있는 자료 대부분은 노골적인 거짓만큼 실제 세상과는 전혀 관계없는 것이었다. 수정본에 적어 넣은 수치는 물론이고 원본에 담겨 있던 수치도 환상에 불과했다. 이런 수치는 오랜 시간을 들여 머릿속에서 만들어내야 하는 것이었다. 예를 들어 풍요부가 예측한 4분기 신발 생산량은 1억 4500만 켤레였다. 그러나 실제 생산량은 6200만 켤레였다. 하지만 윈스턴은 생산 예측치를 고쳐 쓰면서 여느 때처럼 할당량을 초과 달성했다고 주장할 것을 감안하여 5700만 켤레로 수치를 낮춰 적었다. 어쨌든 6200만 켤레는 5700만 켤레나 1억 4500만 켤레만큼이나 진실과는 거리가 멀었다. 어쩌면 신발은 전혀 생산되지도 않았을 가능성이 훨씬 컸다. 그보다는 아무도 신발이 얼마나 생산되었는지 몰랐을 것이고 신경조차 쓰지 않았을 것이다. 아는 것이라고는 분기마다 서류상에서는 천문학적인 숫자의 신발이 생산되고 있었지만, 오세아니아 국민 절반은 맨발이라는 사실이었다. 크든 작든 기록된 자료는 전부 이런 식이었다. 모든 것은 그림자 세상으로 사라져버려서 마침내 날짜조차도 불분명해졌다.

윈스턴은 사무실 건너편을 흘깃 바라보았다. 반대쪽 자리에는 거뭇거뭇한 턱수염에 몸집이 작고 까다롭게 생긴 틸롯슨이라는 남자가 착실히 업무를 처리하고 있었다. 무릎에는 접힌 신문지를 올려놓은 채 음성기록기의 송화구에 입을 바짝 대고 있었다. 틸롯슨은 자기가 하는 말을 자신과 텔레스크린 간의 비밀로 하고픈 기색이었다. 그가 고개를 들더니 윈스턴을 향해 적대적인 눈빛을 번득였다.

윈스턴은 틸롯슨을 거의 알지 못했고, 그가 어떤 일을 하는지도 전혀 몰랐다. 기록국 사람들은 자신의 업무에 대해 선뜻 이야기하는 법이 없었다. 두 줄로 책상이 놓여 있고 종이가 끊임없이 바스락거리며, 음성기록기에 중얼대는 목소리로 가득한 창문 없는 긴 사무실에는 윈스턴이 허둥지둥 복도를 오가거나 2분 증오 때마다 몸부림치는 모습을 보면서도 여태 이름조차 모르는 사람들이 열 명 남짓 있었다. 옆자리에 앉아 있는 옅은 갈색 머리의 작은 여자는 증발하는 바람에 결코 세상에 존재한 적이 없게 된 사람들의 이름을 신문에서 찾아 삭제하느라 나날이 고생이었다. 남편이 이 년 전 증발되었으니 그녀가 이 일을 맡은 것은 어느 정도 적합하다고 볼 수 있었다. 몇 자리 떨어진 곳에는 온화하고 무능하며 멍해 있을 때가 많은 앰플포스라는 사람이 있었다. 귀에 털이 수북하고 각운과 운율을 가지고 노는 재주가 뛰어난 사람이었다. 그는, 사상적으로 문제가 있지만 이런저런 이유로 명시 선집에 남겨야 할 만한 시들을 뜯어고치는 일을 맡고 있었다. 그들은 작업 중인 책을 결정판이라고 불렀다. 약 쉰 명의 직원이 일하고 있는 이곳은 거대하고 복잡한 기록국의 한 부서인데, 수많은 사람들이 이곳 너머에서, 위에서, 아래에서 상상할 수 없을 만큼 많은 일을 하고 있었다. 커다란 인쇄소에는 편집자와 식자공, 사진 조작을 위해 정교하게 장비를 갖춘 스튜디오가 있었다. 엔지니어와 프로듀서와, 성대모사 재능이 있어 특별히 선발된 연기자들이 소속되어 있는 텔레프로그램 부서도 있었다. 회수해야 할 서적들과 잡지들의 목록을 작성하는 업무가 전부인 조회 사원들도 있었다. 수정한 문서를 저장해놓는 방대한 문서 보관소가 있었고, 원본을 파기하는 숨겨진 용광로가 있었다. 그리고 어딘가에는 전체 업무를 조정하면서 과거의 어떤 단편을 보존하고, 위조하고, 없애버릴지에 대한 일련의 정책을 결정하는 익명의 총괄 수뇌부가 있었다. 따지고 보면 기록국 자체도 진리부의 한 부서일 뿐이었다. 진리부의 주요 업무는 과거를 재구성하는 것이 아니라, 오세아니아 국민들에게 신문, 영화, 교과서, 텔레스크린 프로그램, 놀이, 소설을 제공하며, 동상부터 구호, 서정시에서 생물학 논문, 아이들의 철자 교본에서 신어 사전까지 상상할 수 있는 모든 종류의 정보, 지시, 오락을 제공하는 것이었다. 진리부는 당의 다양한 필요를 만족시켜야 할 뿐만 아니라 프롤레타리아 계급을 위해 한층 더 낮은 수준으로 모든 작업을 반복해야 했다. 프롤레타리아의 문학, 음악, 연극, 유흥 전반을 담당한 별개의 부서들도 있었다. 여기서는 스포츠, 범죄, 점성술을 담은 형편없는 신문, 5센트짜리 선정적인 싸구려 소설, 섹스가 흘러넘치는 영화, 시 짓는 기계라고 알려진 특수 만화경을 사용해 온전히 기계적 수단으로 작곡한 감성적 노래 들이 만들어졌다. 심지어 해당 부서 사람을 제외하고 어떠한 당원도 볼 수 없게 밀봉 포장하여 배포하는 저질 포르노를 만드는 하위 부서(신어로는 '포르노과'라고 불렸다)도 있었다.

윈스턴이 업무를 처리하는 동안 기송관에서 세 건의 메시지가 더 미끄러져 나왔다. 하지만 모두 간단한 일이었기 때문에 2

분 증오로 업무가 중단되기 전까지 완료할 수 있었다. 2분 증오가 끝나자 윈스턴은 자리로 돌아와 선반에서 신어 사전을 꺼내고 음성기록기를 한쪽으로 밀어둔 후 안경을 닦고 그날 아침에 처리해야 할 주요 업무를 시작했다.

삶에서 가장 큰 즐거움을 느낄 때는 일할 때였다. 대개는 지루한 일을 반복할 뿐이지만, 그중에는 정말 어렵고 복잡한 일도 있어서 집중하여 수학 문제를 풀듯 몰두하기도 했다. 영사원칙에 대한 지식을 바탕으로 당이 말하고자 하는 게 무엇인지 판단해서 처리해야 하는 까다로운 작업에 착수할 때가 그랬다. 윈스턴은 이런 일들을 잘했다. 완전히 신어로만 쓰인 〈타임스〉 사설을 개정하는 일을 맡을 때도 있었다. 아까 옆으로 밀어두었던 메시지를 펼쳤다. 거기에는 이렇게 쓰여 있었다.

> 타임스 83. 12. 3. 비비 오늘명령 보도 더더욱안좋음 비사람 언급 전부 재작성 서류철전 상부제출

구어(혹은 표준 영어)로는 이렇게 표현할 수 있겠다.

> 1983년 12월 3일 자 〈타임스〉에 실린 빅 브라더의 오늘의 명령에 대한 보도는 상당히 불만족스러우며 존재하지 않는 인물에 대해 언급하고 있다. 전부 바꾸어 쓰고 서류철하기 전에 상부에 초안을 제출할 것.

윈스턴은 문제가 되는 사설을 꼼꼼히 읽었다. 빅 브라더의

'오늘의 명령'은 주로 공중요새의 선원들에게 담배와 기타 편의 도구들을 제공하는 FFCC라는 조직의 노고를 치하하는 내용이었다. 주요 내부당원이었던 위더스 동무라는 자가 특별상 대상으로 선발되어 2급 특별공로훈장을 받았다.

그러나 석 달 뒤 FFCC는 아무런 설명도 없이 갑자기 해체되었다. 사람들은 위더스와 그의 동료들이 불명예 퇴진을 당한 것으로 추측했지만, 언론에서도 텔레스크린에서도 아무런 보도가 없었다. 이는 당연한 일이었다. 정치범이 재판을 받거나 공개적으로 고발되는 것은 흔치 않은 일이었다. 수천 명이 연루되었고 반역자와 사상범 들이 공공 재판을 받아 자신의 범죄를 비굴하게 자백한 후 처형되었던 대숙청 같은 일은 몇 년에 한 번 일어날까 말까 한 특별한 사건이었다. 일반적으로 당의 미움을 산 사람들은 단순히 사라져 다시는 소식을 듣지 못하게 되었다. 그들이 무슨 일을 당했는지는 작은 실마리도 찾아볼 수 없었다. 어떤 경우에는 심지어 죽지 않았을 수도 있었다. 부모님 말고도 윈스턴이 개인적으로 알고 지냈던 사람들 중 서른 명 정도가 때때로 사라져버렸다.

윈스턴은 종이 클립으로 코를 톡톡 두드렸다. 건너편 자리에서는 틸롯슨 동무가 여전히 비밀스럽게 자신의 음성기록기 쪽으로 몸을 구부리고 있었다. 그는 잠시 머리를 들어 올리더니 다시 한 번 안경 너머로 적대적인 눈빛을 보냈다. 윈스턴은 이 남자가 자신과 같은 일을 하고 있는지 궁금했다. 있을 법한 일이었다. 이렇게 까다로운 업무를 한 사람에게 일임하지는 않았을 것이다. 그렇다고 이 업무를 위원회에 넘기면 위조 행위가 자행되고 있음을 공공연하게 인정하는 셈이 될 것이다. 직원들 중 십여 명 정도는 빅 브라더가 실제로 무슨 말을 했는지 경쟁적으로 만들어내고 있을 공산이 컸다. 그리고 내부당의 수뇌가 여러 원고 중 하나를 골라 재편집한 후 복잡한 상호 참조 과정을 거치고 나면, 선택된 그 거짓말은 영구 기록으로 남아 진실이 될 것이다.

윈스턴은 왜 위더스가 실각되었는지 알 수 없었다. 부패를 저질렀거나 무능했기 때문일지도 모른다. 어쩌면 빅 브라더는 단순히 부하가 너무 많은 인기를 얻는다는 이유로 없애버렸을 수도 있다. 위더스나 그의 측근이 이단적 성향을 가지고 있다는 혐의를 받았을지도 모른다. 혹은 어쩌면, 이게 가장 그럴듯한 이유인데, 단지 숙청과 증발이 당의 역학에 있어 꼭 필요한 부분이었기 때문에 그런 일이 일어난 것인지도 모른다. 유일한 실마리는 '비사람 언급'이라는 말에 있었다. 이 말은 위더스가 이미 죽었음을 나타내는 말이었다. 하지만 누군가 체포되었다고 해서 예외 없이 이런 경우라고 간주해서는 안 된다. 때로 체포된 사람들이 풀려나서 일이 년 정도 자유롭게 지내다가 처형되는 경우도 있었다. 아주 가끔은 오랫동안 죽은 줄로 알았던 사람이 공개재판에 유령처럼 모습을 드러내, 증언을 통해 다른 수백 명을 연루시키고는 영원히 사라질 때도 있었다. 하지만 위더스는 이미 '비사람'이었다. 그는 존재하지 않았고, 존재한 적도 없었다. 윈스턴은 단순히 빅 브라더의 연설 의도를 뒤집는 것으로는 충분하지 않다고 여겼다. 원래 주제와 전혀 연관 없는 무언가에 대해 언급한 것으로 바꾸는 편이 나을 듯했다.

연설을 반역자와 사상범 들에 대한 통상적인 비난으로 바꿀 수도 있었지만, 그건 너무 뻔했다. 전방에서의 승리나 제9차 3개년 계획의 초과생산 달성을 만들어내면 기록이 너무 복잡해질 수 있다. 이럴 때는 완전한 상상의 나래를 펼쳐야 했다. 그때 문득 머릿속에 미리 만들어져 있었던 것처럼 오길비라는 동무의 모습이 떠올랐다. 오길비 동무는 최근 영웅적 상황에서 전투 중 사망했다. 빅 브라더는 때때로 오늘의 명령에서 일반 하급 당원의 삶과 죽음을 본받아야 할 예시로 들며 치하했다. 오늘 빅 브라더는 오길비 동무를 치하할 것이다. 물론 오길비라는 사람은 존재하지 않았지만, 기사 몇 줄과 위조 사진 두어 장이면 실제 인물로 만들어낼 수 있을 것이다.

윈스턴은 잠시 생각한 후 음성기록기를 끌어당겨 빅 브라더의 익숙한 말투로 구술하기 시작했다. 군인답고 현학적이기도 하면서, 질문을 한 후 곧장 답하는(이를테면 "동무들, 이 사실에서 우리는 무슨 교훈을 얻을 수 있는가? 영사의 기본 원리이기도 한 이 교훈은 바로…." 등등) 기교 때문에 따라 하기 쉬운 말투였다.

오길비 동무는 세 살 때부터 드럼과 기관단총과 헬리콥터 모형을 제외한 모든 장난감을 거부했다. 여섯 살 때는 특별 규칙 완화 덕분에 일 년 일찍 첩보단에 가입했으며, 아홉 살에 단장이 되었다. 열한 살 때는 불온사상에 빠진 것으로 보이는 삼촌의 대화를 엿듣고 사상경찰에 고발했다. 열일곱 살에는 청년 성반대 연맹의 구역 조직책이 되었다. 열아홉 살에는 수류탄을 설계했는데, 평화부에서 이를 도입하여 첫 시험에서 한 번의 폭발로 유라시아 포로 서른한 명의 목숨을 앗아가는 쾌거를 달성했다. 오길비 동무는 스물세 살 나이로 작전 중에 사망했다. 중요한 긴급 공문을 가지고 인도양 위를 날던 중 적군 제트기에 쫓기던 그는 기관총을 둘러메서 몸무게를 늘린 후 공문을 모두 챙겨 헬리콥터에서 깊은 바닷속으로 뛰어내렸다. 빅 브라더는 질투를 느끼지 않고는 배길 수 없는 최후였다고 말했다. 또한 오길비 동무의 삶에서 배울 수 있는 순결함과 성실함에 대해서도 몇 마디 덧붙였다. 그는 술과 담배를 전혀 하지 않았으며, 매일 한 시간씩 체육관에서 운동하는 것을 제외하면 전혀 오락을 즐기지 않았다. 또 하루 종일 임무에 헌신하는 데 있어서 결혼이나 가족 부양은 어울리지 않는다며 금욕을 서약했다. 오길비 동무는 언제나 영사의 원칙에 대해서만 이야기했고, 유라시아군의 타도와 스파이, 파괴 공작원, 사상범, 반역자 전반의 추적만이 유일한 삶의 목표였다.

윈스턴은 오길비 동무에게 특별공로훈장을 수여할지 말지에 대해 곰곰이 생각했다. 결국 훈장 수여는 하지 않기로 했다. 불필요한 상호 참조가 뒤따를 것이기 때문이었다.

다시 한번 윈스턴은 반대쪽 자리에 있는 자신의 경쟁자를 흘깃 쳐다보았다. 분명 틸롯슨도 자신과 같은 업무에 몰두해 있는 것 같았다. 최종적으로 누구의 작업물이 채택될지는 알 수 없었지만 아무래도 자기 것이 될 것 같다고 윈스턴은 확신했다. 한 시간 전만 해도 상상해 본 적 없었던 오길비 동무는 이제 사실이 되었다. 죽은 사람은 만들어낼 수 있지만 산 사람은 만들어낼 수 없다는 사실이 이상하다고 느껴졌다. 오길비 동무는 현재에는 존재한 적 없지만 이제 과거 속에는 존재하게 되었으며, 위조 행위가 잊히고 나면 샤를마뉴 대제나 율리우스 카이사르처럼 증거를 바탕으로 확실하게 존재하게 될 것이다.

5

지하 깊숙이 위치한, 천장이 낮은 구내식당에는 점심을 기다리는 사람들이 줄지어 천천히 움직이고 있었다. 식당은 이미 사람들로 가득했으며 귀청이 터질 듯 시끄러웠다. 카운터 창살에서 스튜의 증기가 시큼한 금속성 냄새를 풍기며 모락모락 피어올랐다. 하지만 그 냄새도 승리주의 냄새를 짓누를 수는 없었다. 식당 끝에는 벽에 난 구멍이나 다름없는 작은 바가 있었는데, 그곳에서 진 한 잔을 10센트에 살 수 있었다.

"자네 여기 있었군." 윈스턴의 뒤에서 누군가 말을 걸었다.

윈스턴은 뒤를 돌아보았다. 연구 조사국에서 일하는 친구 사임이었다. '친구'는 결코 알맞은 단어가 아니었다. 요즘에는 친구가 없는 대신 동무가 있었다. 다만 다른 동무들보다 더 즐겁게 어울릴 수 있는 동무가 있기 마련이었다. 사임은 문헌학자이자 신어 전문가였다. 실은 현재 신어 사전 11판의 편찬을 맡고 있는 거대한 전문가 팀의 일원이었다. 체구는 윈스턴보다 작고 검은 머리에 커다란 눈이 툭 튀어나와 있었다. 슬픔에 잠긴 듯, 혹은 조롱하는 듯한 두 눈은 말하는 동안 상대의 얼굴을 유심히 관찰하는 것처럼 보였다.

"면도날을 갖고 있나 해서 말이야." 사임이 물었다.

"하나도 없어! 나도 여기저기 알아봤는데 눈 씻고 찾아봐도 없더군." 윈스턴은 죄라도 지은 것같이 서둘러 대답했다.

모든 이들이 계속해서 면도날을 찾아다녔다. 사실 윈스턴은 새 면도날 두 개를 몰래 감춰놓고 있었다. 면도날은 몇 달 전부터 동이 난 상태였다. 당원 상점에서는 수시로 생필품이 품절됐다. 어떤 때는 단추였고, 어떤 때는 털실, 어떤 때는 신발 끈이었다. 그리고 지금은 면도날이었다. '자유 시장'을 은밀히 뒤지고 다니기라도 해야 겨우 면도날을 구할 수 있었다.

"나는 6주째 똑같은 면도날을 쓰고 있어." 윈스턴은 거짓말을 덧붙였다.

줄이 다시 한번 앞으로 움직였다. 움직임이 멈추자 윈스턴은 돌아서서 다시 사임을 마주 보았다. 두 사람은 카운터 끝에 쌓여 있는 식판 더미에서 기름투성이 금속 식판을 하나씩 집어 들었다.

"어제 포로들 교수형은 구경했어?" 사임이 물었다.

"일하고 있었어. 영화에서 보겠지." 윈스턴이 냉담하게 대답했다.

"영화로 보는 걸로는 한참 모자랄걸."

조롱하는 듯한 두 눈이 윈스턴의 얼굴을 꿰뚫었다. 그 눈은 이렇게 말하는 듯했다. '난 너를 알아. 너를 간파하고 있다고. 왜 교수형을 보러 가지 않았는지 잘 알고 있지.' 사임은 지적인 면에서 독한 정통파였다. 그는 적국 마을을 대상으로 한 헬리콥터 공습, 사상범들의 재판과 자백, 애정부 지하 감옥에서 벌어지는 처형 같은 것들에 대해 불쾌할 만큼 만족스러운 기색으로 이야기했다. 사임과 대화를 나누려면 그런 주제에서 벗어나 그가 권위자로 있으면서 흥미도 느끼는 신어의 세부적인 내용으로 화제를 돌려야 했다. 윈스턴은 자신을 세심히 살피는 커다란 검은 눈동자를 피해 고개를 옆으로 살짝 돌렸다.

"괜찮은 교수형이었어. 발을 묶는 건 별로인 것 같아. 놈들이 발길질하는 걸 보고 싶거든. 무엇보다 마지막에는 혀가 쑥 튀어나오는데 혓바닥이 새파랗게 질려버린다고. 이게 정말 마음에 든다니까." 사임이 기억을 떠올리며 말했다.

"다음요!" 하얀 앞치마를 두르고 국자를 든 프롤이 외쳤다.

윈스턴과 사임은 창살 아래로 식판을 내밀었다. 각자의 식판에 금속 접시에 담긴 담회색 수프, 빵 한 덩이, 치즈 한 조각, 우유를 넣지 않은 승리 커피 한 잔, 사카린 한 정으로 구성된 규정 점심이 신속히 올려졌다.

"텔레스크린 아래 자리가 있네. 가는 길에 진 한 잔씩 가져가자고." 사임이 말했다.

진은 손잡이 없는 머그잔에 담겨 나왔다. 그들은 복작거리는 식당 안을 누비듯 나아가 금속 테이블 위에 음식 그릇들을 하나씩 올려놓았다. 테이블 한구석에는 누군가 스튜를 흘려놓았는데 그 지저분한 모양새가 꼭 토사물 같았다. 윈스턴은 진이 담긴 머그잔을 들어 잠시 숨을 멈추고 마음을 다잡은 다음 기름 맛 나는 그 물질을 꿀꺽 삼켰다. 눈을 깜빡여서 눈물을 떨쳐내자 갑자기 허기가 졌다. 그는 숟가락으로 스튜를 떠먹기 시작했다. 스튜는 전반적으로 질퍽질퍽한 가운데 잡고기로 보이는 스펀지 같은 분홍색 덩어리가 들어 있었다. 둘 다 접시를 비울 때까지 아무 말도 하지 않았다. 윈스턴 뒤편의 왼쪽 테이블에서 계속해서 속사포처럼 떠들어대는 사람이 있었다. 오리가 꽥꽥거리는 듯한 그 목소리가 식당 안의 수선스러움을 뚫고 귀에 와 박혔다.

"사전 작업은 잘돼가고 있어?" 윈스턴이 한껏 목소리를 높여 물었다.

"천천히 진행하고 있어. 나는 형용사 부분을 맡았는데 흥미진진해."

신어에 대해 언급하자마자 사임의 얼굴에 생기가 돌았다. 그는 접시를 한쪽으로 밀어두고 가냘픈 한 손에는 빵 한 덩이를, 다른 손에는 치즈를 들고서 소리치지 않고 말할 수 있도록 테이블에 몸을 바짝 붙였다.

"11판은 최종판이야. 우리는 언어를 최종 형태로 다듬고 있어. 작업을 마치고 나면 앞으로는 누구도 다른 형태로는 말하지 않게 될 거야. 자네 같은 사람들은 처음부터 다시 배워야 할걸. 아마 자네는 우리가 주로 하는 일이 새로운 단어를 만드는 거라고 생각하겠지만, 전혀! 우리는 단어를 없애고 있어. 매일 몇십 몇백 개씩 없애고 있다네. 그래서 언어를 최대한 간결하게 만들고 있어. 11판에는 2050년 이전에 쓸모없게 될 단어는 단 하나도 담겨 있지 않을 거야."

사임은 게걸스럽게 빵을 베어 물고 두어 번을 꿀꺽 삼키더니 현학자인 양 열정적으로 말을 이었다. 거무스름하게 마른 그 얼굴에 생동감이 돌았고, 예의 조롱하는 듯한 눈빛은 사라지고 꿈꾸는 듯한 표정이 되었다.

"단어를 없앤다는 건 아름다운 일이야. 물론 가장 많이 버려야 할 부분은 동사와 형용사지만 명사도 없애버릴 수 있는 게 수백 개나 있다네. 동의어뿐만이 아냐. 반의어도 마찬가지지. 따지고 보면 어떤 단어의 반대말이기만 한 단어가 존재할 이유가 뭐 있겠어? 단어는 그 자체로 반대말을 담고 있거든. 예를 들어 '좋다Good'라는 단어가 있잖아. 이 단어가 있다면 '나쁘다Bad'라는 단어가 무슨 필요가 있겠나? '안좋다Ungood'면 충분한 걸. 오히려 '안좋다'가 더 낫지. 정확히 반대말이니까. '나쁘다'는 '좋다'의 정확한 반대말이 아니거든. 그리고 '훨씬 좋다'고 말하고 싶다면 '탁월하다Excellent'나 '훌륭하다Splendid' 같은 모호한 단어들이 무슨 소용 있겠나? '더좋다Doublegood'면 의미가 충분히 전달되는데. 그보다 더 강한 표현은 '더더욱좋다Doubleplusgood'라는 단어면 충분해. 물론 지금도 그런 어형을 사용하고 있긴 하지만, 신어 최종판에는 그 외의 말은 실리지 않을 거야. 결국 좋고 나쁘다는 개념은 여섯 단어로 충분히 표현할 수 있게 될 거야. 사실상 한 단어지. 아름답지 않나, 윈스턴?" 그는 이제야 생각난 듯 덧붙였다. "물론 이건 원래 비비의 아이디어였어."

'빅 브라더'가 언급되자 윈스턴의 얼굴에 김빠진 열성 같은 것이 잠깐 스쳐 지나갔다. 아주 잠깐이었는데도 사임은 그 즉시 윈스턴에게 열의가 부족하다는 것을 감지했다.

"자네는 신어의 진가를 깨닫지 못했군, 윈스턴." 사임은 침울한 표정으로 말했다. "자네는 신어로 글을 쓰면서 머릿속 생각은 구어로 하고 있어. 가끔 〈타임스〉에 자네가 쓴 기사를 읽어보는데, 괜찮은 글이지만 그건 번역일 뿐이야. 모호한 데다 쓸데없이 미묘한 의미 차이가 나는 구어를 고수하려 하더군. 자네는 언어를 없애나가는 아름다움을 이해하지 못하고 있네. 해마다 전 세계적으로 어휘가 줄어들고 있는 유일한 언어가 신어라는 걸 자네는 알고 있나?"

물론 윈스턴은 알고 있었다. 하지만 뭐라고 대답해야 할지 애매해서 그저 공감한다는 표정이길 바라며 미소를 지어 보였다. 사임은 거무스름한 빵을 한 입 더 베어 물고 대충 씹은 후 계속해서 말했다.

"신어의 온전한 목적은 사고의 폭을 좁히는 데 있다는 걸 모르겠나? 결국 우리는 사상죄를 말 그대로 불가능하게 만들 거야. 불온한 생각을 표현할 단어가 없게 될 테니 말이야. 필요한 모든 개념은 정확히 한 단어로 표현하게 될 거야. 그 의미는 엄격히 규정되고 모든 부수적인 의미는 없어져서 잊히게 될 거야. 이미 11판은 그 단계에서 머지않았어. 하지만 그 과정은 자네와 내가 죽은 이후로도 오랫동안 계속되겠지. 매년 단어는 점점 더 줄어들고 의식의 폭은 계속 좁아질 거라네. 물론 지금도 사상죄를 저지를 이유나 구실은 없어. 그저 자제력과 현실통제의 문제일 뿐이지. 하지만 결국에는 심지어 그럴 필요조차 없어질 거야. 언어가 완전해지면 혁명은 완성될 테니. 신어가 곧 영사고, 영사가 곧 신어야." 사임은 신비로운 만족감을 보이며 덧붙였다. "자네는 그런 생각해 본 적 없나, 윈스턴? 늦어도

2050년에는 우리가 지금 나누는 대화를 이해할 수 있는 사람이 한 명도 살아 있지 않을 거라는 걸?"

"적어도…." 윈스턴이 미심쩍은 듯 입을 열었다가 다물었다.

'적어도 프롤은 아니겠지'라고 뱉어내려다가 혹시라도 이단처럼 들릴까 봐 그만 삼켜버렸다. 하지만 사임은 그가 무슨 말을 하려고 했는지 꿰뚫어 보았다.

"프롤은 인간이 아니지. 2050년에는, 아니 어쩌면 그보다 더 일찍 구어의 실질적 지식은 모두 사라지게 될 거야. 모든 과거 문학은 말살될 거고. 초서(Geoffrey Chaucer, '영국 시의 아버지'라고 불리는 중세 영국 시인 - 옮긴이), 셰익스피어, 밀턴, 바이런의 작품들은 신어판으로만 남게 돼. 단순히 다른 작품으로 바뀌는 게 아니라 본래 작품과는 정반대 작품이 되는 거지. 당의 문학도 바뀌고, 슬로건마저 바뀔 거야. 자유라는 개념이 없어졌는데 어떻게 '자유는 예속'이라는 슬로건을 쓸 수 있겠어? 전반적인 사고의 분위기가 달라질 거야. 사실상 우리가 지금 하는 것 같은 사고는 존재하지 않겠지. 정통이라는 건 사고하지 않는 거야. 생각할 필요가 없는 거지. 정통이라는 건 무의식이야."

갑자기 윈스턴은 사임이 머지않아 증발될 거라는 깊은 확신이 들었다. 그는 너무 똑똑하다. 너무 또렷이 관찰하고 너무 분명히 말한다. 당에서는 그런 인물을 원하지 않는다. 언젠가 그는 증발될 것이다. 사임의 얼굴에 그렇게 쓰여 있었다.

윈스턴은 빵과 치즈를 전부 해치웠다. 그리고 의자에 앉은 채로 몸을 살짝 옆으로 돌려 머그잔에 담긴 커피를 마셨다. 윈쪽 테이블에 앉아 있는 남자는 여전히 귀에 거슬리는 목소리로 가차 없이 지껄여대고 있었다. 그의 비서인 듯한 젊은 여자는 윈스턴을 등지고 앉은 채 남자의 말을 경청하며 모든 말에 열렬히 동의하고 있었다. "정말 옳은 말씀이에요. 저도 그렇게 생각해요"라고 하는 젊고 다소 어리석은 그 여자의 목소리가 때때로 들려왔다. 여자가 그렇게 응수하는 중에도 남자의 목소리는 잠시도 멈추지 않았다. 윈스턴은 남자의 얼굴은 알고 있었지만, 창작국에서 중요한 직책을 맡고 있다는 것 외에는 그에 대해 아는 게 없었다. 서른 살쯤 된 그 남자는 근육질의 목과 잘 움직이는 커다란 입을 가지고 있었다. 머리를 살짝 뒤로 젖히고 앉아 있었는데, 빛을 받은 안경 때문에 윈스턴에게는 눈 대신 두 개의 동그랗고 텅 빈 유리알만 보였다. 조금 소름 끼쳤던 점은, 남자의 입 밖으로 쏟아져 나오는 말소리 가운데 알아들을 수 있는 말이 거의 한 단어도 없었다는 것이다. "골드스타인주의의 완전하고 최종적인 제거"라는 구절을 단번에 찍어낸 한 행의 활자처럼 한 덩어리로 쏟아내는 소리가 그나마 윈스턴의 귀에 들어왔다. 그 외에는 그저 꽥꽥거리는 소음에 불과했다. 하지만 남자가 구체적으로 뭐라고 말하는지는 들리지 않더라도 어떤 이야기를 하고 있는지는 분명히 알 수 있었다. 그는 골드스타인을 비난하고 사상범과 파괴 공작원에 대해 더욱 가혹한 처벌을 해야 한다고 주장하고 있었다. 유라시아군의 잔혹한 행위를 맹렬히 비난하고, 빅 브라더나 말라바르 전선의 영웅들을 칭송하고 있었다. 어떤 내용이든 차이는 없었다. 무슨 말을 하고 있었든지 간에 남자가 하는 모든 말이 순수한 정통이자 순수한 영사라는 것은 확실했다. 위아래로 턱이 빠르게 움직이는 눈 없는 얼굴을 보고 있자니 윈스턴은 그가 진짜 사람이 아니라 마네킹인 것 같다는 생각이 들었다. 말을 하고 있는 건 그의 뇌가 아니라 목구멍이었다. 입 밖으로 쏟아내는 소리는 단어로 구성되어 있긴 하지만, 진정한 의미에서 말이 아니었다. 그건 오리의 꽥꽥거림처럼 무의식적으로 지껄이는 소음이었다.

사임은 잠시 입을 다문 채, 누군가가 흘리고 간 스튜에다 숟가락 손잡이로 무언가를 그려 넣고 있었다. 옆 테이블의 목소리는 시끄러운 주변 소음 속에서도 여전히 귀에 훤히 들렸다.

"신어에는 이런 말이 있어. 자네도 아는지 모르겠지만 **오리말Duckspeak**이라는 게 있지. 오리처럼 꽥꽥거린다는 뜻이야. 두 가지 모순적인 뜻이 있는 재미있는 단어인데 말이야. 적에게 말하면 욕설이지만, 동료에게 말하면 칭찬이 되지."

사임은 분명 증발될 것이다. 윈스턴은 다시 한번 생각했다. 사임이 자신을 경멸하고 조금은 싫어한다는 것도 알고, 어떤 꼬투리라도 발견하면 자신을 사상범으로 고발할 여지가 충분한 사람이라는 것도 알고 있었지만, 막상 그가 증발될 거라고 생각하니 안타까운 마음이 들었다. 사임에게는 묘하게 잘못된 부분이 있었다. 신중함, 초연함, 도움이 되는 어리석음 같은 것이 부족했다. 그렇다고 그가 이단이라고 말할 수는 없었다. 사임은 영사의 원칙을 믿었고 빅 브라더를 숭배했으며 승리에 크게 기뻐했고 이단자를 증오했다. 단순히 진심을 다할 뿐만 아니라 일반 당원들은 얻을 수 없는 최신 정보를 입수하며 들뜬 열정까지 보였다. 하지만 그에게는 언제나 나쁜 평판이 어렴풋이 따라다녔다. 그는 하지 않는 편이 좋았을 말들을 했고, 책을 너무 많이 읽었고, 화가와 음악가의 소굴인 '체스넛 트리 카페'를 빈번히 방문했다. 체스넛 트리 카페에 자주 방문하는 것을 금지하는 법은 없었지만(관습법조차도 없었다), 그곳은 어쩐지 불길한 장소였다. 당에서 권위를 잃은 옛 지도자들이 최종적으로 숙청당하기 전에 그곳에 모이곤 했었다. 골드스타인 본인도 수년 전, 수십 년 전에 그곳을 찾았었다고 한다. 사임의 운명을 예견하기란 어렵지 않았다. 하지만 사임이 단 3초간이라도 윈스턴의 이 비밀스러운 생각을 감지한다면, 그는 즉시 윈스턴을 사상경찰에 고발할 것이다. 그런 문제에 있어서라면 누구라도 그렇게 하겠지만, 사임은 누구보다도 더했을 것이다. 열성만으로는 충분하지 않았다. 정통은 곧 무의식이었다.

"파슨스가 오는군." 사임이 고개를 들고 말했다.

말투에서 어쩐지 '저 망할 멍청이'를 덧붙인 것 같은 느낌이 전해졌다. 승리 맨션 이웃인 파슨스가 식당을 가로질러 오고 있었다. 파슨스는 땅딸막한 중키에 금발 머리와 개구리 같은 얼굴을 하고 있었다. 서른다섯 살 나이에 벌써 목과 허리에 살이 뒤룩뒤룩했지만, 행동은 기운차고 소년 같았다. 전체적으로 보면 꼭 작은 소년이 몸집만 커다랗게 자란 것 같았는데, 규정 작업복 차림인데도 어쩐지 첩보단의 파란 반바지와 회색 셔츠, 붉은 스카프를 두르고 있는 모습이 떠올랐다. 머릿속으로 그의 모습을 그려보면 언제나 움푹 들어간 무릎과 통통한 팔뚝 위로 걷어 올린 소매가 떠오른다. 실제로도 파슨스는 단체 등반이나 기타 신체 활동 같은 핑곗거리가 생기면 예외 없이 반바지를 입었다. 그는 두 사람에게 유쾌하게 "안녕, 안녕!" 하고 인사를 건네고 지독한 땀 냄새를 풍기며 테이블에 앉았다. 그의 분홍빛 얼굴 전체에 구슬땀이 맺혀 있었다. 땀을 보통 많이 흘리는 게 아니었다. 지역 문화센터에 있는 탁구채 손잡이가 잔뜩 젖어 있다면 파슨스가 탁구를 치고 갔다는 뜻이었다. 사임은 단어들이 세로로 나열되어 있는 기다란 종잇조각을 꺼내어 손가락 사이에 볼펜을 끼우고 검토하기 시작했다.

"점심시간에도 저렇게 열심히 일하는 모습을 보라지." 파슨스가 윈스턴을 팔꿈치로 살짝 찌르며 말했다. "정말 열심인데. 어? 뭘 보고 있는 거야? 나한테는 너무 수준 높은 걸 테지. 이봐, 스미스. 내가 자네를 왜 따라왔냐면 말이야, 나한테 주기로 한 회비 있잖아?"

"무슨 회비 말인가?" 윈스턴이 돈이 있는지 더듬으며 말했다. 월급의 사 분의 일가량은 자발적 기부금으로 떼어두어야 했는데, 기부금 종류가 많아서 뭐가 뭔지 헷갈렸다.

"증오 주간 기부금 말이야. 가구별 기금. 내가 우리 구역 회계야. 지금 총력을 기울이고 있어. 엄청난 볼거리를 보여줄 거라고. 말해두겠는데, 유서 깊은 승리 맨션이 거리 전체에서 가장 큰 깃발을 걸지 못하더라도 그건 내 잘못이 아냐. 약속한 2달러를 주게."

윈스턴은 구깃구깃하고 지저분한 지폐를 두 장 찾아 건네주었다. 파슨스는 문맹처럼 반듯한 글씨로 작은 공책에 액수를 적어 넣었다.

"그건 그렇고 말이야. 어제 우리 집 꼬맹이 녀석이 자네한테 새총을 쐈다면서? 내가 따끔하게 혼내줬어. 다시 그런 짓 했다간 새총을 뺏어버린다고 했지."

"교수형을 보러 가지 못해서 심술이 난 것 같더라고."

"아, 그래. 내 말은 그러니까, 정신머리는 제대로 박혀 있잖아, 그렇지? 둘 다 장난꾸러기이긴 해도 열정은 말도 못 한다니까! 온통 형제단과 전쟁에 대한 생각뿐이야. 저번 주 토요일에 딸아이 부대가 버크햄프스테드로 등반을 갔는데 그때 그 애가 뭘 했는지 알아? 다른 여자애 둘하고 등반에서 빠져나와 오후 내내 수상한 남자를 미행했다는 거야. 숲을 가로질러서 두 시간 동안 꽁무니를 쫓아다니다가 애머샴에 도착해서 순찰대에 그 남자를 넘겼다는 거 아니겠어."

"왜 그랬다는데?" 윈스턴이 조금 놀라 물었다.

파슨스는 의기양양하게 말을 이었다.

"딸아이는 그 남자가 무슨 적국 첩보원이라는 확신이 들었대. 그가 낙하산 같은 걸 타고 내려왔을지도 모른다는 거지. 하지만 중요한 건 이거야. 애초에 딸아이가 뭐 때문에 그 남자를 쫓아갔는지 알아? 그 애는 그놈이 이상한 신발을 신고 있는 걸 본 거야. 그런 신발을 신은 사람을 그동안 한 번도 보지 못했대. 그 남자가 외국인일 가능성이 충분했던 거지. 일곱 살 꼬맹이 치고 똑똑하지 않나?"

"그 남자는 어떻게 됐대?" 윈스턴이 물었다.

"아, 나야 모르지, 물론. 하지만 이렇게 됐대도 놀랍진 않겠지." 파슨스는 소총을 겨냥하는 시늉을 하더니 혀를 차며 발포

하는 소리를 냈다.

“잘됐네.” 사임이 종잇조각에서 눈을 떼지도 않고 건성으로 말했다.

“물론 조심하는 편이 좋지.” 윈스턴이 의무적으로 동의했다.

“그러니까 내 말은, 전쟁 중이잖아.” 파슨스가 말했다.

이 말에 대해 확인이라도 해주는 것처럼 머리 바로 위 텔레스크린에서 나팔 소리가 흘러나왔다. 다만 이번에는 전투에서 승리했다는 속보가 아니라 풍요부의 발표였다.

“동무들!” 열정적인 젊은 목소리가 외쳤다. “주목하십시오, 동무들! 영예로운 소식을 전하겠습니다. 생산 전투에서 승리를 거두었습니다! 방금 완료된 각종 소비재 생산 보고서에 따르면, 작년 한 해 동안 삶의 질이 자그마치 20퍼센트 상승했습니다. 오늘 아침 오세아니아 전역에서 주체할 수 없는 자발적 집회가 열렸습니다. 공장과 사무실에서 근로자들이 몰려 나와 현명하신 통솔력으로 새롭고 행복한 삶을 내려주신 빅 브라더께 감사함을 전하는 현수막을 들고 거리를 행진했습니다. 완료된 통계 수치는 다음과 같습니다. 식량은….”

‘새롭고 행복한 삶’이라는 말이 여러 차례 들렸다. 최근 풍요부에서 즐겨 쓰는 말이었다. 나팔 소리에 주의를 빼앗긴 파슨스는 지루한 것 같으면서도 진지하게 발표를 듣고 있었다. 그는 수치가 무엇을 의미하는지 몰랐지만 여하튼 그것이 만족감을 안겨주는 원인이라는 것은 이해했다. 그는 이미 새까맣게 탄 담배가 반쯤 채워져 있는 지저분하고 커다란 파이프를 꺼냈다. 담배 배급량이 일주일에 백 그램이기 때문에 파이프에 담배를 가득 채우기란 어려운 일이었다. 윈스턴은 승리 담배를 조심스럽게 수평으로 들고 피웠다. 새로 배급을 받으려면 내일까지 기다려야 했는데, 담배는 네 개비밖에 남아 있지 않았다. 윈스턴은 잠시 멀리서 들려오는 소음에 귀 기울이는 대신 텔레스크린에서 흘러나오는 소리를 들었다. 심지어 주당 초콜릿 배급량을 20그램으로 올려주었다고 빅 브라더를 칭송하는 집회까지 있었던 모양이었다. 주당 20그램으로 **줄인다**고 발표한 것이 고작 어제의 일이었다. 불과 24시간 만에 뒤바뀐 그 말을 곧이곧대로 믿는 것이 가능한가? 그렇다, 그들은 곧이곧대로 받아들인 것이다. 파슨스도 멍청한 동물같이 그 사실을 곧이곧대로 받아들였다. 다른 테이블에 앉은 눈 없는 생명체도 지난주 배급량은 30그램이었다고 말하는 사람이 있다면 추적해서 고발하고 증발시켜버리겠다는 격렬한 욕망을 불태우며 받아들였다. 사임 역시 이중사고를 포함하는 좀 더 복잡한 방식으로 받아들였다. 그렇다면 초콜릿 배급량에 대해 제대로 기억하고 있는 사람은 오직 윈스턴 **자신뿐**이란 말인가.

텔레스크린에서 환상적인 수치가 계속해서 쏟아져 나왔다. 작년에 비해 식량도, 의류도, 주택도, 가구도, 솥도, 연료도, 배도, 헬리콥터도, 책도, 아이도 늘었다. 질병, 범죄, 정신병을 제외하면 모든 것이 늘었다. 매년 시시각각 모든 사람과 모든 것들이 급격히 증가하고 있었다. 사임이 그랬던 것처럼 윈스턴은 숟가락을 들고 테이블 위에 흘린 묽은 그레이비 소스를 찍어 기다란 선을 그리며 무늬를 만들었다. 그는 분개한 마음으로 삶의 물질적 본질에 대해 깊이 생각했다. 삶이란 건 언제나

이 모양이었나? 음식은 언제나 이런 맛이었나? 윈스턴은 구내 식당을 둘러보았다. 천장이 낮은 식당에는 사람들이 바글바글했다. 벽에는 사람들이 묻혀놓은 때가 덕지덕지 끼어 있었다. 낡은 금속 테이블과 의자는 서로 너무 가까이 놓여 있어 팔꿈치가 맞닿은 상태로 앉아야 했다. 숟가락은 구부러졌고, 식판은 움푹 파여 있었고, 흰색 머그잔은 조악했다. 잔 표면에는 기름기가 번들거렸고 금 간 곳마다 때가 껴 있었다. 진과 커피는 저질이었고, 스튜에서는 쇠 냄새가 났고, 옷은 더러웠다. 배 속과 피부에서는 당연히 누려야 할 어떤 권리를 빼앗겼다는 느낌으로 언제나 시위가 벌어졌다. 물론 전에는 지금과 상황이 크게 달랐다는 기억이 있는 것도 아니었다. 정확히 기억할 수 있는 어떤 시점에도 먹을 것은 부족했고, 구멍이 숭숭하지 않은 양말이나 속옷은 갖고 있지 못했으며, 가구는 언제나 낡아서 부서질 듯했고, 방은 난방이 충분하지 않았고, 지하철은 만원이었으며, 집은 다 허물어졌고, 빵은 거무튀튀했고, 차는 귀했고, 커피는 고약한 맛이 났고, 담배는 부족했다. 합성주를 제외하고는 저렴하거나 풍부한 것이라고는 전혀 없었다. 물론 나이가 들면서 점차 힘들어지는 건 자연스러운 일이지만, 불편함과 더러움과 부족함 때문에, 끝없는 겨울 때문에, 끈적끈적한 양말 때문에, 결코 운행되지 않는 엘리베이터 때문에, 찬물 때문에, 모래 같은 비누 때문에, 바스러지는 담배 때문에, 이상하고 지독한 맛이 나는 음식 때문에 넌더리가 난다면, 이는 이 모든 것이 자연적인 질서가 아니라는 신호가 아닐까? 언젠가 과거에는 뭔가 달랐었다는 기억이 있는 게 아니라면 왜 이 모든 것이 견딜 수 없게 느껴지는 걸까?

윈스턴은 다시 한번 식당을 둘러보았다. 거의 모든 사람이 추해 보였다. 당의 제복인 푸른 작업복이 아니라 다른 옷을 입고 있었더라도 여전히 추해 보일 것 같았다. 식당 저 끝의 테이블에는 기묘하게도 작은 몸집이 딱정벌레처럼 생긴 남자가 혼자 앉아 작은 눈으로 이쪽저쪽을 의심스럽게 흘깃거리며 커피를 마시고 있었다. 윈스턴은 생각했다. 만약 내가 주변을 둘러보지 않았더라면, 당에서 정한 이상적인 신체 조건을 갖춘 사람들(금발과 볕에 탄 구릿빛 피부에 근심 걱정 없고 생기 넘치며 키가 큰 근육질의 청년들과 가슴이 풍만한 처녀들)이 실제로 존재하며, 심지어 그런 사람들이 지배적으로 많다는 말을 쉽게 믿었을 것이다. 그가 짐작하는 바로는, 사실상 에어스트립 원에 사는 대부분의 사람은 작고 까무잡잡하고 못생겼다. 어떻게 저렇게 딱정벌레같이 땅딸막한 인간들이 각 부처에 급증하고 있는지 알 수 없는 일이었다. 어릴 적부터 통통하게 자라 짧은 다리로 종종걸음치듯 바삐 다니면서 살찐 얼굴과 아주 작은 두 눈에 뜻 모를 표정을 하고 있는 사람들 말이다. 아마도 당의 지배하에서는 그런 사람들이 가장 활약하기 좋은 것 같았다.

다시 한번 나팔 소리가 울리면서 풍요부의 발표가 끝나고 텔레스크린에서는 쇳소리 같은 음악이 흘러나왔다. 수많은 수치의 폭격에 파슨스는 막연한 열정으로 부풀어 오른 채 파이프를 입에서 뺐다.

"풍요부가 올해 잘해냈군." 파슨스는 다 안다는 듯 고개를 끄덕이며 말했다. "그건 그렇고 스미스, 혹시 남는 면도날 있나?"

"하나도 없어. 나도 같은 면도날을 6주째 쓰고 있네." 윈스턴이 대답했다.

"아, 그래? 혹시나 해서 물어봤어."

"미안하네."

꽥꽥거리는 옆 테이블 소리는 풍요부의 발표가 나오는 동안 잠시 조용했다가 이내 또 시끄러워졌다. 무슨 이유에서인지 윈스턴은 문득 파슨스 부인이, 그녀의 숱 없는 머리와 얼굴 주름 사이에 낀 먼지가 생각났다. 이 년 내로 부인의 아이들은 그녀를 사상경찰에 고발할 것이다. 파슨스 부인은 증발될 것이다. 사임도 증발될 것이다. 윈스턴도 증발될 것이다. 오브라이언도 증발될 것이다. 그러나 파슨스는 절대 증발하지 않을 것이다. 꽥꽥거리는 목소리의 눈 없는 저 생명체도 절대 증발하지 않을 것이다. 각 부처의 미로 같은 복도를 종종거리며 다니는 저 딱정벌레 같은 사람들도 결코 증발하지 않을 것이다. 창작국의 검은 머리 여자 역시 결코 증발하지 않을 것이다. 윈스턴은 누가 살아남고 누가 사라질지 본능적으로 알 것 같았다. 다만 무엇 덕분에 살아남을 수 있는 건지는 정확히 말할 수 없었다.

윈스턴은 갑작스럽게 공상 속에서 끌려 나왔다. 옆 테이블 여자가 몸을 반쯤 돌려 그를 바라보고 있었다. 검은 머리 여자였다. 곁눈질로 윈스턴을 향해 있는 그 눈빛이 어딘가 기묘하게 강렬했다. 그녀는 윈스턴과 눈이 마주치자 시선을 돌려버렸다.

등줄기를 타고 땀이 흘러내렸다. 극심한 공포가 밀려왔다. 공포는 곧 사라졌지만 불안감이 남아 있었다. 저 여자는 왜 나를 보고 있었을까? 왜 나를 따라다닐까? 안타깝게도 윈스턴은 자신이 왔을 때 그녀가 이미 테이블에 앉아 있었는지, 아니면 나중에 온 것인지 알지 못했다. 어쨌든 어제 2분 증오 시간에도 여자는 특별히 그럴 이유가 없는데도 윈스턴 바로 뒤에 자리 잡았다. 그녀의 진짜 목적은 분명 윈스턴이 하는 말을 들으며 그가 충분히 크게 소리치고 있는지 확인하려던 것이리라.

불현듯 앞서 했던 생각이 다시 떠올랐다. 아마 그녀는 사상경찰은 아닐 것이다. 그렇다면 무엇보다 위험하다는 아마추어 스파이 요원인 것이 분명하다. 그녀가 얼마나 오랫동안 그를 바라보고 있었는지는 알 수 없었다. 5분 정도 바라보았을까? 그사이 그는 표정 관리를 제대로 못 했을지도 모른다. 공공장소 혹은 텔레스크린 시야에 있을 때 걷잡을 수 없이 생각에 빠져드는 건 정말 위험한 일이었다. 사소한 행동 하나도 의심을 살 수 있었다. 초조한 몸짓, 무의식적으로 내비친 근심의 표정, 혼자 중얼거리는 버릇같이 비정상적으로 보이거나 무언가 숨기는 듯한 기색은 위험하다. 어떤 일이 있어도 얼굴에 부적절한 빛을 띠는 것은(예를 들어 승전 소식을 발표하는데 미심쩍어하는 표정을 짓는다든가) 그 자체로 처벌의 대상이었다. 심지어 신어에는 이것을 규정하는 단어도 있었다. 바로 **표정죄**다.

여자는 다시 그에게 등을 돌렸다. 어쩌면 그녀는 사실 윈스턴을 미행한 것이 아니라 그저 우연히 이틀 연속 그와 가까운 자리에 앉았을 뿐인지도 모른다. 담뱃불이 꺼져서 그는 테이블 모서리에 담배를 조심스럽게 올려놓았다. 담뱃가루를 담배 안에 잘 담아놓는다면 퇴근 후에도 피울 수 있을 것이다. 어쩌면 옆 테이블 사람이 사상경찰의 스파이여서 윈스턴은 사흘 내로 애정부의 지하 감옥으로 끌려갈 수도 있겠지만, 담배꽁초는 낭비해서는 안 되는 물건이었다. 사임은 종잇조각을 접어서 주머니에 집어넣었다. 파슨스는 다시 이야기를 시작했다.

"내가 이 얘기 한 적 있나?" 그가 파이프를 물고 킬킬대면서 말했다. "우리 집 두 꼬맹이 녀석이 상점에서 어떤 늙은 여자 치마에 불을 붙인 적이 있어. 그 여자가 비비의 포스터로 소시지를 포장해가는 걸 봤다는 거야. 여자를 몰래 따라가서 성냥갑째로 불을 붙인 거지. 화상이 꽤 심했을걸. 맹랑한 녀석들 아닌가? 하지만 아주 열성적이야! 그게 요새 첩보단에서 받고 있는 일급 훈련이야. 내가 첩보단에 있을 때보다도 훨씬 나아졌어. 최근에 첩보단에서 뭘 나눠줬는지 아나? 열쇠 구멍에 대고 소리를 엿들을 수 있는, 나팔처럼 생긴 보청기더라고! 우리 딸아이가 어젯밤에 하나 가져와서 거실에서 한번 써봤는데 그냥 귀로 듣는 것보다 두 배는 더 잘 들리더라고. 물론 그건 장난감이지만 말이야. 그래도 제대로 된 생각을 하게 해주잖아. 안 그래?"

그 순간 텔레스크린에서 날카로운 호루라기 소리가 울렸다. 일터로 돌아가라는 신호였다. 세 사람은 벌떡 일어나서 엘리베이터를 타려고 애쓰는 무리에 섞여 들어갔다. 그 바람에 윈스턴의 담배에 남아 있던 담뱃가루가 떨어져 버렸다.

6

윈스턴은 일기를 쓰고 있었다.

> 삼 년 전이었다. 어두운 저녁, 큰 철도역 근처의 좁은 골목길이었다. 그녀는 빛이 거의 없는 가로등 아래, 벽의 출입문 근처에 서 있었다. 얼굴은 앳되고 짙은 화장을 하고 있었다. 마스크를 쓴 것같이 하얗게 분칠하고 입술을 붉게 바른 얼굴이 내 마음을 끌었다. 당의 여성들은 결코 화장을 하지 않는다. 길에는 아무도 없었고, 텔레스크린도 없었다. 그녀는 2달러를 불렀다. 나는…

순간 글을 더 써내려 가기가 어려웠다. 그는 두 눈을 감고 자꾸만 떠오르는 광경을 떨쳐버리려는 듯이 손가락으로 눈꺼풀을 지그시 눌렀다. 목청껏 욕지거리를 내뱉고 싶은 충동에 휩싸였다. 머리를 벽에 쿵쿵 내리찧고 책상을 냅다 차서 뒤엎어버리고 창밖으로 잉크병을 내던지고 싶었다. 자신을 괴롭히는 기억을 떨쳐낼 수만 있다면 어떤 폭력적이고 요란하고 고통스러운 행동이라도 하고 싶었다.

최악의 적은 자신의 신경 체계라고 윈스턴은 생각했다. 마음의 긴장감은 언제라도 눈에 띄는 어떤 증상으로 발현될 수 있었다. 그는 몇 주 전 거리에서 본 남자에 대해 생각했다. 꽤 평범해 보이는 남자로 당원이었고, 나이는 서른다섯에서 마흔 살쯤, 마른 몸에 키가 크고 서류 가방을 들고 있었다. 서로 몇 미터 떨어져 있을 때 돌연 남자의 왼쪽 얼굴이 경련 같은 증상으로 일그러졌다. 옆을 스쳐 지나갈 때 다시 한번 남자의 얼굴이 뒤틀렸다. 카메라 셔터를 눌렀을 때처럼 재빠른 경련과 떨림이었을 뿐이지만, 그건 분명 습관적인 행동이었다. 윈스턴은 그때 이렇게 생각했다. 저 불쌍한 녀석은 끝장이군. 무서운 것은 그 행동이 아마 무의식적으로 나온다는 것이다. 무엇보다 치명적인 것은 잠꼬대였다. 윈스턴이 아는 한 잠꼬대는 막을 방법이 없었다.

그는 숨을 고르고 계속해서 적어 내려갔다.

> 나는 그녀와 함께 출입문으로 들어가 뒷마당을 지나서 지하의 부엌으로 들어갔다. 벽 쪽으로 침대가 있었고, 테이블에는 약하게 켜놓은 램프가 놓여 있었다. 그녀는…

그는 불쾌해졌다. 침을 뱉고 싶은 기분이었다. 그 여자와 함께 지하 부엌에 있었을 때 그는 아내 캐서린을 생각했다. 윈스턴은 결혼했다. 적어도, 결혼했었다. 그가 아는 한 아내는 죽지 않았으니 어쩌면 여전히 결혼한 상태일 수도 있었다. 지하 부억의 후덥지근하고 탁한 냄새를 다시 들이마시고 있는 것만 같았다. 그곳에는 벌레들이 있었고 더러운 옷가지와 싸구려 향수 냄새가 뒤섞여 고약했는데, 그럼에도 그 냄새는 매혹적이었다. 당의 여성들은 결코 향수를 쓰지 않는 데다가 그런 행동을 한다는 건 상상도 못 할 일이었다. 오직 프롤만이 향수를 사용했다. 그의 마음속에서 향수 냄새는 간통과 밀접하게 맞닿아 있었다.

윈스턴이 그 여자를 따라간 것은 이 년여 만에 저지른 일탈이었다. 매춘부와 관계를 맺는 것은 물론 금지된 행위였지만, 가끔 용기 내어 어길 수도 있는 그런 규칙이었다. 위험한 행동이었지만 생사가 걸린 문제는 아니었다. 매춘부와 함께 있는 모습이 발각되면 강제 노동 수용소에 오 년은 갇히게 된다. 그 외 다른 범죄를 저지르지 않았다면 그보다 더 길어지지는 않는다. 현행범으로 잡히지만 않는다면 충분히 해볼 만한 일탈이었다. 빈민가에는 몸을 팔려는 여자들이 넘쳐났다. 어떤 여자들은 진 한 병으로도 살 수 있었다. 프롤들은 진을 마실 수 없게 되어 있기 때문이었다. 완전히 억제할 수 없는 본능의 배출구로 당 차원에서 암묵적으로 매춘을 조장하기까지 했다. 즐거움 없이 은밀하게, 멸시당하는 하층 계급 여자와 관계하는 정도의 단순한 방탕 행위는 크게 문제가 되지 않았다. 용서받을 수 없는 범죄는 당원 간의 난교였다. 하지만(대숙청에서 고발된 사람들이 예외 없이 자백한 범죄이긴 하지만) 그런 일이 실제로 벌어진다는 것은 상상하기 힘들었다.

당의 목적은 단순히 남녀 간에 통제할 수 없는 헌신적인 애정을 제재하는 것이 아니었다. 공인되지 않은 진정한 목적은 성행위에서 얻는 모든 쾌락을 제거하는 것이었다. 혼인 관계든 아니든 사랑보다는 성욕이 더 해로운 것이었다. 당원 간의 결혼은 전부 담당 위원회의 허가를 받아야 했는데(명확하게 규정된 원칙은 없지만) 해당 남녀가 서로 육체적으로 갈구하고 있다는 인상을 주는 경우에는 예외 없이 결혼을 허가받지 못했다. 유일하게 인정되는 결혼의 목적은 당을 위해 아이를 낳는 것이었다. 성행위는 관장을 하는 것처럼 역겨운 소규모 수술처럼 여겨졌다. 이 또한 명백히 규정된 원칙은 없지만 모든 당원은 어릴 적부터 간접적으로 이런 생각을 주입받았다. 심지어 청년 성반대 연맹이라는 단체도 있었다. 이는 남녀 모두의 완전한 금욕을 옹호하는 단체였다. 모든 아이들은 인공수정(신어로는 **인수**라고 한다)으로 태어나고 공공 기관에서 양육되었다. 윈스턴은 이 모든 것을 당이 진지하게 의도한 것은 아닐 테지만 당의 전반적인 이념에는 딱 들어맞는 것 같다고 생각했다. 당은 성적 본능을 없애려고 했고, 없앨 수 없다면 왜곡하거나 불결한 것으로 만들려고 했다. 왜 그러는 건지는 모르겠지만 당으로서 그렇게 하는 것은 자연스러워 보였다. 여성들에 관한 한 당의 노력은 대체로 성공적이었다.

윈스턴은 다시 캐서린을 생각했다. 두 사람이 헤어진 지는 분명 구 년이나 십 년, 아니 거의 십일 년이 되었을 것이다. 그녀에 대한 생각을 좀처럼 하지 않는다는 것이 이상할 정도였다. 자신이 결혼한 적이 있었다는 사실을 며칠 동안 잊고 지낼 때도 있었다. 그들이 결혼생활을 한 건 고작 십오 개월이었다.

당에서는 이혼을 허가하지 않았지만, 부부 사이에 아이가 없을 경우 별거를 권장했다.

캐서린은 금발에 키가 크고 무척 올곧은 심성에 몸가짐이 훌륭한 여성이었다. 선 굵은 얼굴에 매부리코를 가지고 있었는데, 그 얼굴 뒤에는 아무것도 없다는 사실을 깨닫기 전까지는 고상하다고 할 만한 생김새였다. 결혼한 지 얼마 되지 않았을 때 윈스턴은 그녀가 그동안 만났던 누구보다도 멍청하고 천박하며 실속 없는 여자라고 판단했다. 물론 이는 단지 그가 다른 사람들보다는 캐서린을 조금 더 잘 알게 되었기 때문이었을 것이다. 그녀의 머릿속에 든 거라곤 당의 슬로건뿐이었고, 당에서 비롯된 것이라면 어떠한 어리석은 것이라도 곧이곧대로 받아들였다. 윈스턴은 속으로 아내를 '인간 녹음기'라고 불렀다. 그래도 단 한 가지, 성적인 문제만 아니었다면 그대로 버티고 살았을지도 모른다.

그가 손을 대면 그녀는 움츠러들면서 딱딱하게 몸이 굳어버렸다. 캐서린을 안으면 나무 관절로 이루어진 조각을 안는 것 같았다. 이상하게도 그녀가 그를 끌어안을 때조차 안음과 동시에 온 힘을 다해 밀어내는 것만 같았다. 윈스턴을 안는 아내의 근육이 단단해졌기 때문이다. 그녀는 눈을 감은 채 저항도 협조도 하지 않고 그저 **감수한다**는 자세로 누워 있었다. 그것은 무척 민망한 일인 데다 얼마 후에는 끔찍해지기까지 했다. 어쩌면 서로 금욕을 지키고 살자고 합의했다면 캐서린과 계속 살았을 수도 있다. 그런데 이 제안을 거절한 것은 아내 쪽이었다. 그녀는 할 수만 있다면 반드시 아이를 낳아야 한다고 주장했다.

그래서 상황이 허락하는 한 일주일에 한 번씩 정기적으로 관계를 맺었다. 심지어 그날 아침이 되면 저녁에 그 일을 꼭 해야 한다고 상기시켜주기까지 했다. 캐서린은 이 행위를 두고 두 가지 명칭을 사용했다. 하나는 '아이 만들기'였고, 다른 하나는 '당에 대한 우리의 의무'였다(그녀는 정확히 이렇게 말했다). 머지않아 윈스턴은 정해진 날이 다가오면 두려움을 느끼기 시작했다. 하지만 다행히 아이는 생기지 않았고, 결국 캐서린은 더 이상 시도하기를 포기했으며, 곧 두 사람은 헤어졌다.

윈스턴은 들리지 않을 정도로 작게 한숨을 쉬었다. 그는 다시 펜을 들고 글을 썼다.

> 그녀는 침대에 몸을 던지고는 그 즉시 어떠한 준비 행위도 없이 상상할 수 있는 한 가장 상스럽고 끔찍한 방식으로 치마를 걷어 올렸다. 나는…

그는 희미한 전등불 밑에 서 있었다. 벌레와 싸구려 향수 냄새가 코를 찔렀고, 그 순간에조차 당의 최면으로 영원히 얼어붙어 버린 캐서린의 하얀 몸이 떠올라 패배감과 분노가 뒤섞였다. 왜 언제나 이런 식이어야만 하는 걸까? 왜 내 여자를 가지지 못하고 몇 년 간격으로 이렇듯 불결한 실랑이를 벌여야 하는 걸까? 하지만 진정한 연애는 상상도 못 할 일이었다. 당의 여성은 모두 똑같았다. 당에 대한 충성만큼 순결이 마음속 깊이 스며들어 있었다. 세심한 조기 훈련으로, 경기와 냉수 목욕으로, 학교와 첩보단과 청소년 연맹에서 되풀이해서 들려주는 헛소리로, 설교와 행진과 노래와 슬로건과 군가로 인해 자연스러운 감정은 사라져버렸다. 이성은 분명 예외는 있을 거라고 말했지만, 마음은 그걸 믿지 않았다. 당이 의도한 대로 그들은 난공불락의 존재가 되어 있었다. 사랑받는 것보다도 그가 더 원했던 것은 살면서 단 한 번이라도 그 미덕의 벽을 깨부수는 것이었다. 성공적인 성행위는 반역이었다. 욕망은 사상죄였다. 설령 그런 일이 가능해서 윈스턴이 캐서린을 욕망에 눈뜨게 했다면, 그건 그녀를 유혹한 셈이 되는 것이었다. 그녀가 윈스턴의 아내였음에도 불구하고 말이다.

하지만 그는 남은 이야기를 써야 했다. 윈스턴은 계속해서 글을 써내려 갔다.

나는 불을 밝게 밝혔다. 불빛 아래서 그녀를 보자…

어두워진 후라 등유 램프의 약한 불빛도 매우 밝아 보였다. 윈스턴은 처음으로 그 여자를 제대로 볼 수 있었다. 그는 여자를 향해 한 발짝 다가갔다가 욕정과 공포에 가득 차 돌연 멈추었다. 이곳에 온다는 것이 어떤 위험을 무릅쓰는 것인지 사무치게 잘 알고 있었다. 순찰대가 나가는 길에 그를 체포할 가능성도 상당히 높았다. 그렇다면 그들은 바로 이 순간 문밖에서 기다리고 있을지도 모른다. 설령 그가 여기에 온 목적을 실행하지 않고 나간다고 해도…!

이 일은 반드시 써야만 하고, 고백해야만 한다. 불빛 아래서 그는 문득 여자가 **늙었다**는 사실을 알아챘다. 얼굴은 분을 너무 두껍게 치대서 마분지로 만든 가면처럼 금이 갈 것 같았다. 머리에는 흰머리가 희끗희끗 나 있었다. 진정 끔찍했던 것은 살짝 열린 입 사이로 휑뎅그렁한 어둠만이 보였다는 것이다. 그녀에게는 이가 하나도 없었다.

윈스턴은 다급히 휘갈겨 썼다.

> 불빛 아래서 보니 그녀는 적어도 쉰 살은 된 늙은 여자였다. 하지만 나는 개의치 않고 관계를 했다.

윈스턴은 다시 손가락으로 눈꺼풀을 지그시 눌렀다. 마침내 그 일에 대해 적었지만, 달라진 것은 없었다. 치료 요법은 효과가 없었다. 목청껏 욕지거리를 내뱉고 싶은 충동이 여전히 간절했다.

7

희망이 있다면, 그건 프롤들에게 있다. 윈스턴은 이렇게 적었다.

희망이 있다면 그건 **분명** 프롤들에게 있다. 오세아니아 인구의 85퍼센트를 차지하는 저 경시받는 무리만이 당을 파괴할 힘을 만들어낼 수 있다. 당은 내부로부터 전복될 수 없었다. 만약 적이 있다손 쳐도 그들에게는 힘을 모을 방법이 없었고 심지어 그들 간에 서로를 알아볼 방법도 없었다. 전설적인 형제단이 존재했다고 한들 두세 명보다 많은 수의 단원이 모인다는 것은 상상도 못 할 일이었다. 반란이라고 해봤자 눈빛, 억양, 기껏해야 가끔씩 속삭이는 말 따위가 전부였다. 하지만 자신들이 지닌 힘을 깨달을 수만 있다면 프롤들은 음모를 꾸밀 필요도 없을 것이다. 반역을 일으켜서, 파리를 떼어내려는 말처럼 몸을 흔들기만 하면 된다. 마음만 먹으면 내일 아침에라도 당을 산산조각 낼 수 있을 것이다. 분명 조만간 그런 생각을 떠올릴 것이다. 그렇다 하더라도…!

언젠가 그가 혼잡한 거리를 걷고 있는데 바로 앞 골목길에서 수백 명의 여자들이 내지르는 고함 소리가 터져 나왔다. 가공할 수 없는 분노와 절망의 고함 소리가 "워어어!" 하고 종이 울리듯 둔중하고 커다랗게 퍼져나갔다. 시작됐구나! 윈스턴은 생각했다. 폭동이다! 프롤들이 마침내 들고 일어났어! 그곳에 도착해보니 이삼백 명의 여자들이 떼를 지어 노점 주위를 둘러싸고 있었다. 그들은 침몰 중인 배에서 곧 죽을 운명에 처한 승객들처럼 비극적인 표정을 짓고 있었다. 하지만 그 순간 전반적인 절망감이 수많은 별개의 다툼으로 흩어졌다. 한 노점에서 양철 냄비를 파는 모양이었다. 형편없고 엉성한 것이었지만 냄비는 어떤 것이라도 구하기 힘들었다. 그런 터에 뜻밖에도 시장에 냄비가 등장한 것이었다. 성공적으로 물건을 손에 넣은 여자들은 다른 여자들에게 밀리고 치여가며 얼른 자리를 뜨려고 애썼고, 그렇지 못한 수많은 여자들은 노점을 빙 둘러싼 채 장사꾼의 편애가 있었다느니 숨겨둔 냄비가 더 있을 거라느니 하며 아우성이었다. 또 다른 고함 소리가 터져 나왔다. 퉁퉁 부은 여자 둘이 한 냄비를 마주 쥔 채 서로 빼앗으려 하고 있었다. 그중 한 명은 실랑이 중에 머리가 풀어 헤쳐졌다. 한순간 그들이 서로 냄비를 잡아당기자 손잡이가 떨어지고 말았다. 윈스턴은 그들을 역겨운 듯 바라보았다. 하지만 겨우 몇백 명의 목청에서 터져 나온 고함 소리에서 잠시나마 무시무시한 힘을 느낄 수 있었다! 왜 저들은 정말 중요한 문제에 저렇게 고함치지 않는 걸까?

윈스턴은 이렇게 적었다.

깨닫기 전에는 결코 반란을 일으키지 않을 것이고, 반란을 일으키기 전에는 결코 깨닫지 못할 것이다.

당의 교과서에 나온 말을 거의 베껴 쓴 듯한 문구였다. 물론 당에서는 프롤들을 해방시켰다고 주장했다. 혁명 이전에 프롤들은 자본가들에 의해 끔찍할 정도로 억압받았고 굶주리고 매질을 당했다. 여자들은 탄광에서 일해야 했고(사실 여자들은 여전히 탄광에서 일한다), 아이들은 여섯 살 나이에 공장으로 팔려갔다. 하지만 동시에 당에서는 이중사고의 원칙에 따라 프롤들은 동물처럼 몇 가지 간단한 규칙을 적용해서 반드시 복종시켜야 할 열등한 존재라고 가르쳤다. 사실 프롤에 대해서는 거의 알려진 것이 없었다. 그들에 대해 많이 알 필요도 없었다. 그들이 일하고 자식을 낳는 한 다른 행동들은 중요치 않았다. 아르헨티나의 평원에 풀어놓은 소 떼처럼 내버려두면 프롤들은 자신들에게 자연스러운 방식대로 조상들의 생활양식에 따라 살아갔다. 그들은 태어나서 빈민굴에서 자라나 열두 살부터 일하기 시작하고, 아름다움과 성에 대한 욕망이 솟아나는 짧은 청춘을 거쳐 스무 살에 결혼을 하고, 서른 살에 중년이 되며 대부분 예순 살에 죽었다. 머릿속은 고된 육체노동, 가사와 자녀 양육, 이웃과의 사소한 말다툼, 영화, 축구, 맥주, 그리고 무엇보다 도박 따위로 가득했다. 그들을 통제하는 것은 어렵지 않았다. 사상경찰 몇 명이 언제나 그들 주변을 돌아다니며 거짓 소문을 퍼뜨리고, 위험 소지가 있어 보이는 몇몇 인물을 주시하다가 제거해버렸다. 하지만 당의 이념을 세뇌시키려는 노력은 하지 않았다. 프롤들이 강한 정치의식을 가지는 것은 바람직하지 않았다. 그들에게는 근무 시간 연장이나 배급량 감소를 받아들이게 할 때처럼 필요할 때마다 이용해 먹을 수 있는 원시적 애국심만 있으면 됐다. 때때로 프롤들이 불만을 품기도 했지만 그럴 때조차 아무 일도 일어나지 않았다. 전반적인 이념이 없으니 사소한 불평거리에만 집중했기 때문이다. 거대한 폐해는 결코 알아차리지 못했다. 대다수 프롤들은 집에 텔레스크린조차 없었다. 일반 경찰들마저 프롤들의 문제에 거의 개입하지 않았다. 런던에는 범죄가 들끓었고 도시 전체가 온갖 도둑, 노상강도, 매춘부, 마약 밀매인, 무법자 들의 천국이었다. 하지만 범죄는 모두 프롤들 사이에서만 벌어졌기 때문에 대수롭지 않은 일로 여겨졌다. 모든 도덕적 문제에 있어서 프롤들은 과거의 법칙을 따를 수 있었다. 그들에게는 당의 금욕주의가 강요되지 않았다. 난교도 처벌받지 않았고, 이혼도 허가되었다. 그런 점에 있어서 프롤들이 필요하다거나 원하기라도 했다면 종교의 자유도 허락되었을지 모른다. 그들은 의심할 필요조차 없었다. 당의 슬로건에서 말하듯 '프롤과 동물은 자유로웠다'.

윈스턴은 아래로 손을 뻗어 조심스럽게 정맥류궤양을 긁었다. 다시 가렵기 시작했다. 혁명 전의 삶이 진정 어떤 모습이었는지 도무지 알 수가 없다는 사실이 자꾸만 머릿속에 떠올랐다. 그는 서랍에서 파슨스 부인에게 빌린 아이들의 역사 교과서를 꺼내 한 단락을 옮겨 적기 시작했다.

(교과서에는 이렇게 쓰여 있었다) 영광스러운 혁명 이전의 과

거 런던은 우리가 지금 알고 있는 것 같은 아름다운 도시가 아니었다. 과거의 런던은 어둡고 지저분하고 비참한 곳으로, 거의 모든 사람들은 먹을 것이 부족했고 수많은 빈민들은 신발도 신지 못한 데다 몸을 뉘일 집조차 없었다. 아이들은 무자비한 주인을 위해 매일 열두 시간씩 일해야 했는데, 일을 더디게 하면 채찍으로 얻어맞는 데다 먹을 것이라곤 딱딱한 빵 껍질과 물밖에 받지 못했다.

이토록 끔찍한 빈곤 가운데서도 몇몇 부호들은 거대하고 아름다운 저택에서 서른 명이나 되는 하인을 두고 살았다. 그들은 '자본가'라고 불렸다. 이들은 옆 페이지 그림 속 인물처럼 사악한 얼굴에 뚱뚱하고 못생긴 사람들이었다. 그림에서 보는 것처럼 자본가들은 프록코트라는 검은색 긴 코트를 입고, 난로 연통 모양의 실크해트라는 반짝거리고 괴상한 모자를 썼다. 이 복장은 자본가들의 제복으로 다른 사람들은 입을 수 없었다. 자본가들은 세상의 모든 것을 소유했고, 다른 모든 이들은 그들의 노예였다. 그들은 토지, 주택, 공장, 돈을 전부 가졌다. 말을 듣지 않는 사람이 있으면 감옥에 가둬버리거나 일자리를 빼앗아 굶어 죽게 만들었다. 일반인들이 자본가들에게 말을 걸려면 굽실거리며 고개를 조아린 후 모자를 벗고 '나리'라고 불러야 했다. 자본가들의 우두머리는 왕이라고 불렸는데…

윈스턴은 나머지 내용을 알고 있었다. 이제 성직복을 입은 주교들, 법복을 입은 판사들, 죄인에게 씌우는 형틀, 족쇄 달린 칼, 쳇바퀴, 아홉 가닥의 채찍, 시장의 연회, 교황의 발가락에 입을 맞추는 관습들이 언급될 것이다. 또한 **초야권**이라는 것이 있었는데, 어린이용 교과서에는 아마 언급되지 않았을 것이다. 이는 모든 자본가는 자신의 공장에서 일하는 모든 여자와 동침할 수 있다는 권리를 규정한 법이었다.

이 중 거짓이 얼마나 되는지 어떻게 알 수 있을까? 보통 사람들에게는 삶이 혁명 전보다 더 나아졌다는 것이 **사실일지도** 모른다. 그것이 사실이 아니라는 유일한 증거는 뼛속부터 우러나오는 소리 없는 항의와 지금의 상황을 견딜 수 없다거나 과거 언젠가는 분명 상황이 달랐다는 본능적인 느낌뿐이었다. 현대 생활의 진정한 특징은 잔인하거나 불안하다는 점이 아니라, 그저 휑하고 음침하고 무기력하다는 점이라는 생각이 들었다. 주변을 둘러보면 삶은 텔레스크린에서 흘러나오는 거짓말은 물론이고 당에서 이룩하고자 하는 이상과도 하나도 닮아 있지 않았다. 심지어 당원들에게조차 삶의 대부분은 중립적이고 비정치적이며, 따분한 일을 묵묵히 해치우고, 지하철에서 앉을 자리를 다투고, 닳고 닳은 양말을 꿰매고, 사카린 정을 얻어내고, 담배꽁초를 아끼는 것이었다. 당에서 세운 이상은 원대하고 굉장하고 찬란했다. 강철과 콘크리트의 세계이자 가공할 만한 기계와 무시무시한 무기의 세계였고, 전사들과 광신도들이 완벽한 단결을 이루어 행진하고, 모두 같은 생각을 하고 동일한 슬로건을 외치고, 끊임없이 일하고 싸우고 승리하고 박해하는 나라, 모두 같은 얼굴을 한 삼억 명의 국민이 사는 나라였다. 하지만 현실은 언제나 양배추와 지저분한 화장실 냄새가 누덕누덕한 19세기 주택에서 굶주린 사람들이 구멍 난 신발을 신고서

이리저리 발을 끌고 다니는 쇠락하고 우중충한 도시였다. 백만 개의 쓰레기통으로 뒤덮인 광활하고 황폐한 런던의 환영이 보이는 듯했다. 그 장면은 꽉 막힌 배수관을 속수무책으로 만지작거리는, 주름진 얼굴에 머리칼이 듬성듬성한 파슨스 부인의 모습과 뒤섞였다.

윈스턴은 다시 손을 뻗어 발목을 긁었다. 텔레스크린에서는 오늘날의 사람들이 더 많은 음식과 더 많은 옷, 더 좋은 집과 더 좋은 여가를 누리고 있으며, 오십 년 전 사람들보다 더 오래 살고 더 적게 일하며, 더 크고 더 건강하고 더 강하고 더 행복하고 더 똑똑해졌으며, 더 훌륭한 교육을 받고 있다는 통계를 밤낮으로 귀에 박히도록 떠들어댔다. 그중 어떤 말도 증명하거나 반증할 수 없었다. 예를 들어 당은 오늘날 성인 프롤 중 40퍼센트가 글을 읽고 쓸 줄 안다고 주장했다. 이 수치는 혁명 전에는 고작 15퍼센트였다고 했다. 당은 영아 사망률이 고작 천 명당 백육십 명이라고 주장했다. 혁명 전에는 이 수치가 삼백 명이었다고 했다. 이는 마치 미지수가 두 개인 단일방정식 같았다. 사실상 역사 교과서에 있는 모든 말이, 의심의 여지 없이 받아들인 것들이라도 순전히 가공해낸 것일 수도 있었다. 그가 알고 있는 한 초야권 같은 법이나 자본가 같은 사람들이나 실크해트라는 의류는 존재한 적조차 없었을지도 모른다.

모든 것이 안개처럼 희미해졌다. 과거가 지워지고, 지워졌다는 것이 잊히고, 거짓은 진실이 되었다. 살면서 단 한 번 윈스턴은 확실하고 명백한 위조 행위의 증거를 손에 넣은 적 있었다 (그 사건 이후였다. 이것이 중요한 부분이다). 그는 30초 동안이나 그 증거를 손가락 사이에 쥐고 있었다. 분명 1973년이었을 것이다. 아무튼 그와 캐서린이 헤어졌을 무렵이었다. 하지만 실제로 그 사건이 일어난 것은 그보다도 칠팔 년 전의 일이었다.

이야기는 1960년대 중반으로 거슬러 올라간다. 최초의 혁명 지도자들이 완전히 제거당했던 대숙청 기간이었다. 1970년 무렵에는 빅 브라더 외에 최초의 지도자들은 아무도 남아 있지 않았다. 그때쯤 다른 사람들은 반역자나 반혁명주의자로 고발당했다. 골드스타인은 달아나서 아무도 모르는 곳으로 숨어버렸고, 일부는 단순히 사라져버렸으며, 대부분은 공개재판에서 범죄를 자백한 후 처형되었다. 최후의 생존자들 가운데 존스, 아론슨, 러더퍼드라는 세 사람이 있었다. 이들이 체포된 것은 분명 1965년의 일이었다. 종종 그랬던 것처럼 그들은 일이 년 동안 사라져서 생사를 알 수 없었다가 여느 때처럼 갑자기 모습을 드러내 죄를 자백했다. 그들은 적(당시에도 적은 유라시아였다)과의 내통, 공금 횡령, 신임받던 당원들의 암살, 혁명이 일어나기 훨씬 전부터 시작되었던 빅 브라더의 지도력에 대한 모반, 수십만 명을 죽음으로 몰고 간 파괴 공작 행위를 자백했다. 자백 후 그들은 사면되어서 당내로 복귀했고, 사실상 한직이지만 겉으로는 요직으로 보이는 직책을 받았다. 세 명 모두 〈타임스〉에 자신들이 변절한 이유를 분석하고 그에 따른 보상을 약속하는 비굴한 장문의 사설을 썼다.

그들이 석방되고 얼마 후 윈스턴은 체스넛 트리 카페에 앉아 있는 세 사람을 실제로 본 적이 있었다. 곁눈질로 흘깃 바라보았을 때 두려우면서도 왠지 홀릴 듯한 기분이 들었다. 그들은 윈스턴보다 나이가 훨씬 많았고, 옛 세계의 유물이자 거의 마지막 남은 위인들로 당의 영웅적 시기의 잔재라고 할 수 있었다. 그들에게는 여전히 지하투쟁과 내전의 아우라가 희미하게 풍겼다. 비록 그때부터 이미 사실 관계와 날짜는 흐릿해지고 있었지만, 빅 브라더의 이름을 알기 몇 년 전에 이미 그들의 이름을 알고 있었다는 느낌이 들었다. 하지만 역시 그들은 일이 년 안으로 제거될 게 분명한, 불행한 운명에 처한 무법자이자 적이었고 접근할 수 없는 사람들이었다. 한번 사상경찰의 손아귀에 떨어진 사람은 결코 도망칠 수 없었다. 그들은 무덤으로 돌아가기를 기다리는 시체나 마찬가지였다.

그들과 가까운 테이블에는 아무도 없었다. 그런 자들 근처에 있는 모습을 보이는 것은 현명한 처사가 아니었다. 그들은 카페의 명물인 정향으로 맛을 낸 진을 앞에 두고 아무 말 없이 앉아 있었다. 세 명 중 윈스턴에게 가장 깊은 인상을 준 인물은 러더퍼드였다. 러더퍼드는 한때 유명한 풍자만화가였다. 그의 인정사정없는 만화는 혁명 이전과 혁명의 기간 동안 여론 몰이에 일조했다. 심지어 그때도 그의 만화는 오랜 간격을 두고 〈타임스〉에 실리고 있었다. 하지만 이는 단순히 초기 작품을 모방한 것일 뿐 이상할 정도로 생동감도 설득력도 없었다. 언제나 빈민가의 다세대 주택, 굶주리는 아이들, 길거리 싸움, 실크해트를 쓴 자본가(자본가들은 바리케이드에서도 실크해트를 고수하는 듯했다) 같은 옛 주제를 재탕하는, 과거로 돌아가려는 끝없이 절망적인 노력이었다. 러더퍼드는 커다란 몸집에 기름진 잿빛 머리가 덥수룩했으며, 주름진 얼굴에 눈 밑은 축 처지고 입술은 흑인처럼 두꺼웠다. 분명 예전에는 아주 건장했겠지만, 이제 그 거대한 몸은 축 처지고 구부정하고 사방으로 무너져 내리고 있었다. 마치 산이 무너지는 것처럼 눈앞에서 허물어져 내리고 있었다.

한적한 시간인 15시였다. 윈스턴은 그때 어떻게 그 시간에 자신이 카페에 가게 되었는지 기억나지 않았다. 카페 안은 거의 비어 있었다. 텔레스크린에서 쇳소리 같은 음악이 조금씩 들려왔다. 세 사람은 좀처럼 움직이지 않았고 아무 말도 하지 않은 채 구석에 앉아 있었다. 주문하지도 않았는데 웨이터가 진 세 잔을 새로 갖다 주었다. 그들의 옆 테이블에는 체스 판이 있었는데, 말은 모두 놓여 있었지만 게임을 하는 사람은 없었다. 그때 아마 30초 동안 텔레스크린에서 어떤 일이 일어났다. 흘러나오던 선율이 끊기고 음악의 분위기가 바뀌었다. 그 음이 나왔다. 그런데 뭐라 설명하기 어려운 음이었다. 기이하고 갈라지고 거슬리고 야유하는 듯했다. 윈스턴은 속으로 이것을 황색 음이라고 불렀다. 그리고 텔레스크린의 목소리가 노래했다.

활짝 핀 밤나무 아래에서
나는 너를 팔았고 너는 나를 팔았네
거기 그들이 누웠고 여기 우리가 누웠네
울창한 밤나무 아래에서

세 사람은 결코 동요하지 않았다. 하지만 윈스턴이 러더퍼드의 황폐한 얼굴을 흘깃 쳐다봤을 때 그의 눈에는 눈물이 가득 고여 있었다. **무엇 때문인지**는 알 수 없지만 속으로 몸서리를 치면서, 처음으로 아론슨과 러더퍼드의 코뼈가 부러져 있다는 것을 알아챘다.

얼마 후 세 사람은 다시 체포되었다. 석방된 즉시 또 다른 음모를 꾸몄다는 것 같았다. 두 번째 재판에서 그들은 과거의 죄를 다시 한번 자백한 데다 일련의 새로운 범죄도 털어놓았다. 세 사람은 처형되었고, 그들의 운명은 후세에 대한 경고로 당의 역사에 기록되었다. 그로부터 오 년 뒤인 1973년, 윈스턴은 방금 기송관에서 책상 위로 툭 떨어진 메시지 다발을 펴고 있었다. 그때 그는 종잇조각을 하나 발견했는데, 분명 다른 서류들 사이에 끼여 있는 채로 잊고 있었던 게 분명했다. 종이를 펴는 순간 그것이 얼마나 중요한 것인지 깨달았다. 약 십 년 전 〈타임스〉에서 찢은 반쪽짜리(위쪽의 반쪽이었기 때문에 날짜가 적혀 있었다) 종이였는데 뉴욕에서 열린 당의 어떤 행사에서 대표단을 찍은 사진이 실려 있었다. 대표단 중간에 눈에 띄는 인물들이 있었다. 바로 존스와 아론슨과 러더퍼드였다. 어쨌든 사진 하단 설명에 이름도 적혀 있었기 때문에 착각일 리는 없었다.

중요한 것은 두 번의 재판에서 세 사람 모두 해당 날짜에 유라시아 영토에 있었다고 자백했다는 점이다. 그들은 캐나다의 비밀 비행장에서 시베리아 어딘가로 날아가 회합에 참석했고 유라시아 작전참모들과 협의를 하고 중요한 군사기밀을 넘겼다. 그 날짜가 윈스턴의 뇌리에 새겨져 있었는데, 때마침 그날이 세례 요한 축일이었기 때문이다. 하지만 사건의 전말은 수

많은 다른 곳에도 기록되어 있을 것이다. 여기서 도출할 수 있는 결론은 하나뿐이었다. 자백은 거짓이었다.

물론 이 자체가 새로운 발견은 아니었다. 당시에도 윈스턴은 숙청당한 사람들이 고발당한 범죄를 실제로 저질렀다고는 생각하지 않았다. 하지만 이 사진은 확실한 증거였다. 잘못된 지층에서 나타나 지질학 이론을 엉망으로 만들어버리는 화석 뼈 같은, 없애버린 과거의 한 조각이었다. 어떻게든 세상에 공개해서 그 중요성을 널리 알릴 수만 있다면 이 사진은 당을 산산이 부숴버리고도 남을 물건이었다.

그는 곧바로 업무를 계속했다. 그 사진이 무엇이고 무슨 의미가 있는지 깨닫자마자 다른 종이 밑으로 감추어버렸다. 다행히 그가 종잇조각을 펼쳤을 때 텔레스크린의 시야에는 사진이 거꾸로 비쳤다.

윈스턴은 무릎에 메모장을 올려놓고 가능한 한 텔레스크린에서 멀리 떨어지도록 의자를 뒤로 밀었다. 무표정을 유지하기는 어렵지 않았고 노력만 하면 호흡까지 조절할 수 있었다. 하지만 심장 박동만은 제어할 수가 없었는데, 텔레스크린은 이를 알아챌 수 있을 정도로 상당히 정교했다. 10분 정도의 시간이 흐른 것 같았다. 그사이 그는 어떤 사고라도 일어나서(예를 들어 갑자기 책상 위로 외풍이 불어닥치는 등) 들통 나지는 않을까 하는 걱정에 애가 탔다. 그러다가 사진을 다시 꺼내보지도 않고 다른 파지들과 함께 기억 구멍에 집어넣어 버렸다. 아마 1분 내에 사진은 산산조각 나서 재가 되었을 것이다.

그것이 십 년 혹은 십일 년 전 일이다. 아마 지금이었다면 윈스턴은 그 사진을 보관했을 것이다. 사진에 기록된 사건은 물론이고 사진 자체도 그저 기억일 뿐인데, 손안에 사진을 갖고 있었다는 사실이 지금까지도 영향을 미치고 있다는 게 의아했다. 더 이상 존재하지 않는 증거가 한때 존재했었다는 이유로 과거에 대한 당의 통제가 약해질까?

하지만 설령 그 사진이 어떻게든 잿더미에서 부활한다 하더라도 이제는 증거조차 되지 못할 것이다. 이미 그가 사진을 발견했던 당시에도 오세아니아는 유라시아와 전쟁 중이 아니었다. 처형당한 세 사람이 나라를 팔아넘긴 상대는 분명 동아시아의 요원들이었을 것이다. 그 이후로도 변화가 있었다. 두 번인지 세 번인지 횟수는 기억나지 않는다. 본래의 사건과 날짜에 아무런 의미도 남지 않을 때까지 그들의 자백은 고쳐지고 또 고쳐졌을 것이다. 과거는 변경될 뿐만 아니라 계속해서 변해가는 것이었다. 악몽이라도 꾸듯 그가 가장 괴로운 점은 거대한 위조 행위가 왜 일어나고 있는 건지 이해할 수 없다는 것이었다. 과거 위조를 통해 즉각적으로 얻는 이익은 명백히 알 수 있었지만, 궁극적인 동기는 도무지 이해할 수 없었다. 그는 다시 펜을 들어 이렇게 적었다.

방법은 안다. 하지만 **이유**는 알지 못한다.

예전에도 여러 번 해본 생각이지만 그는 자신이 미친 건 아닐까 하는 생각이 들었다. 어쩌면 미쳤다는 것은 그저 단 한 사람의 소수파가 되는 걸지도 모른다. 한때는 지구가 태양 주위를 돈다고 믿으면 정신이 이상한 것이었다. 오늘날에는 과거가 불변이라고 믿으면 그렇게 된다. 그런 믿음을 가지고 있는 사람은 자신이 **유일**할지도 모르고, 만약 그렇다면 자신은 미친 것이다. 하지만 미친 걸지도 모른다는 생각이 크게 괴롭지는 않았다. 진정 무시무시한 것은 어쩌면 자신 역시 틀렸을지도 모른다는 것이었다.

윈스턴은 어린이용 역사책을 들고 권두 삽화에 있는 빅 브라더의 초상화를 보았다. 최면을 거는 듯한 두 눈이 윈스턴의 눈을 바라보았다. 거대한 힘이 자신을 짓누르는 것 같았다. 그 힘은 두개골을 파고들어 뇌를 마구 두드리고 위협해서 믿음을 버리게 만들고, 자기 자신의 감각으로 느낀 증거를 부인하도록 설득하는 듯했다. 결국 당은 2 더하기 2가 5라고 선언할 것이고, 사람들은 이를 믿어야 할 것이다. 머지않아 필연적으로 그런 주장을 펼칠 것이다. 당의 논리는 그런 것을 요구했다. 경험의 타당성은 물론이고 외부 현실의 존재마저 당의 철학에 의해 암묵적으로 부정되었다. 상식이야말로 이단 중의 이단이었다. 두려운 것은 당과 생각이 다른 사람을 죽인다는 사실이 아니라, 어쩌면 당이 옳을지도 모른다는 사실이었다. 따지고 보면 2 더하기 2가 4라는 것을 어떻게 확신할 수 있는가? 중력이 작용한다는 것은? 과거가 변할 수 없다는 것은? 과거와 외부 세계가 마음속에만 존재한다면, 그리고 마음 그 자체가 통제 가능한 것이라면, 그럼 어떻게 되는 것인가?

하지만 아니다! 갑자기 절로 용기가 솟았다. 분명한 연관성도 없이 오브라이언의 얼굴이 머릿속에 떠올랐다. 전보다 더 확실하게 오브라이언이 자신의 편이라는 생각이 들었다. 윈스턴은 오브라이언을 위해, 오브라이언**에게** 일기를 쓰고 있었다. 아무도 읽지는 못하겠지만, 특정 인물을 위해 씀으로써 특징을 갖게 되는 끝없는 편지와 같았다.

당에서는 보고 들은 증거를 부인하라고 말했다. 이것이 그들의 최종적이고 가장 중요한 명령이었다. 자기 앞에 펼쳐진 어마어마한 힘을 생각하고, 당의 모든 지식인들이 토론에서 그를 쉽게 무너뜨릴 상황을 생각하고, 이해할 수도 대답할 수도 없는 미묘한 주장들을 생각하니 심장이 쿵 내려앉았다. 그렇지만 자신이 옳았다! 그들이 틀렸고 자신이 옳았다! 명백한 것, 단순한 것, 진실한 것은 지켜져야만 한다. 자명한 이치가 진실이라는 것을 고수해야 한다! 진짜 세상은 존재하며, 그 법칙은 변하지 않는다. 돌은 단단하고, 물은 축축하고, 허공에 떠 있는 물체는 지구 중심을 향해 떨어진다. 윈스턴은 오브라이언에게 말하는 듯한 기분으로, 중요한 이치를 발표하는 듯한 기분으로 다음과 같이 썼다.

자유는 2 더하기 2가 4라고 말할 수 있는 것이다. 이것이 용인된다면 다른 모든 것들은 따라오기 마련이다.

8

길 끝 어딘가에서 커피(승리 커피가 아닌 진짜 커피) 볶는 냄새가 거리로 풍겨왔다. 윈스턴은 자기도 모르게 걸음을 멈췄다. 2초 정도였을까, 잠깐의 순간 그는 반쯤 잊고 있었던 어린 시절로 돌아갔다. 그때 문이 쾅 닫혔고, 커피 볶는 냄새는 소리라도 되는 것처럼 갑작스럽게 끊겨버렸다.

윈스턴은 몇 킬로미터째 길을 걷고 있었고, 정맥류궤양이 욱신거렸다. 오늘로 지역 문화센터의 저녁 행사에 불참한 것이 지난 3주간 두 번째였다. 문화센터 출석 횟수는 분명 철저히 확인할 테니 불참한 것은 무분별한 행동이었다. 원칙적으로 당원은 여가 시간이 없었고, 잘 때를 제외하면 혼자 있어서는 안 됐다. 일하거나 식사하거나 잠잘 때가 아니면 단체 여가 활동에 참여해야 했다. 고독을 불러일으키는 행동은 심지어 홀로 산책하는 것조차 위험했다. 신어에는 이를 뜻하는 단어가 있다. **자기삶**Ownlife이라고 하는데, 이는 개인주의와 기행을 의미한다. 하지만 오늘 저녁 진리부 밖을 나오니 4월 대기의 그윽한 향기가 윈스턴을 유혹했다. 하늘은 올해 본 중에 가장 따스한 푸른

색이었다. 갑자기 문화센터의 길고 시끄러운 저녁 행사를, 지루하고 진 빠지는 경기들을, 강의를, 진에 취해 나누는 삐걱대는 동지애를 견딜 수 없을 것 같았다. 윈스턴은 충동적으로 버스 정류장에서 발길을 돌려 런던의 미궁 속을 헤매기 시작했다. 처음에는 남쪽, 그리고 동쪽, 다시 북쪽을 향하며 알지 못하는 거리에서 길을 잃은 채 어떤 방향으로 가고 있는지도 신경 쓰지 않았다.

'희망이 있다면, 그것은 프롤들에게 있다.' 일기장에 쓴 말이다. 신비한 진실과 뚜렷한 부조리를 담은 그 말이 계속해서 떠올랐다. 윈스턴은 한때 세인트 판크라스 역이었던 곳에서 북동쪽에 있는 불분명한 갈색 빈민가 어딘가에 와 있었다. 그는 낡은 출입문이 달린 작은 이층집들이 늘어서 있는 자갈길을 걷고 있었다. 출입문은 길가에 바로 면해 있어서 어쩐지 쥐구멍이 생각나는 모양새였다. 지저분한 물웅덩이가 자갈길 여기저기에 고여 있었다. 수많은 사람들이 어두운 출입문 안팎에 모여 있거나, 양 갈래로 난 골목길을 따라 무리 지어 다녔다. 조잡하게 립스틱을 바른 한창때의 소녀들, 그 뒤를 쫓아다니는 청년들, 소녀들의 십 년 뒤 모습을 보여주듯 뒤뚱거리며 걷는 뚱뚱한 여자들, 팔자걸음으로 발을 질질 끌고 다니는 허리 굽은 노인들, 맨발로 웅덩이에서 놀다가 엄마의 성난 고함에 뿔뿔이 흩어지는 누덕누덕한 차림새의 아이들이었다. 거리의 창문들 중 사 분의 일은 깨져서 판자를 덧댔다. 대부분의 사람이 윈스턴을 신경 쓰지 않았지만, 몇몇 사람은 경계 섞인 호기심으로 그를 쳐다보았다. 붉은 벽돌색 팔뚝의 덩치 큰 두 여자가 앞치마 위로 팔짱을 낀 채 문밖에 서서 이야기를 나누고 있었다. 그들 쪽으로 다가가자 몇 마디 말이 귀에 들어왔다.

"다 맞는 말이라고 내가 그 여자한테 말했지. 근데 네가 내 입장이었다면 너도 똑같이 했을 거라고, 흠잡는 거야 쉽지만 너는 내 문제를 안 겪어보지 않았느냐고 말이야."

"아아, 그렇지. 그렇고말고."

거칠게 떠들던 목소리가 갑자기 멈췄다. 윈스턴이 지나가자 두 여자는 입을 꾹 다물고 적대적으로 그를 살펴보았다. 하지만 정확히 말해서 그 눈빛은 적대심이 아니었다. 낯선 동물을 발견하고 경계하듯 순간적으로 경직되었을 뿐이었다. 당의 푸른 작업복은 이런 거리에서 흔히 볼 수 있는 차림이 아니었다. 사실상 공무가 없는 한 이런 장소에 있는 것은 현명하지 않은 행동이었다. 순찰대를 우연히 마주치면 멈춰 세울지도 모른다. "동무, 신분증 좀 보여주겠습니까? 여기서 뭐 하고 있습니까? 언제 퇴근했습니까? 집이 원래 이쪽 길에 있습니까?" 이런 질문을 해댈 것이다. 평소와 다른 길로 집에 가서는 안 된다는 규칙이 있는 것은 아니지만, 사상경찰이 알면 충분히 주의를 끌고도 남을 일이었다.

갑자기 온 거리가 동요하기 시작했다. 사방에서 조심하라는 외침이 들려왔다. 사람들은 토끼처럼 문 안으로 뛰어 들어갔다. 윈스턴의 바로 앞 문에서 젊은 여자가 뛰어나오더니 웅덩이에서 놀고 있던 작은 아이를 잡아채 앞치마로 감싸며 재빨리 집으로 들어갔다. 이 모든 일이 단 한순간에 일어났다. 동시에 옆 골목에서 검은 양복을 입은 남자가 나타나 윈스턴을 향해 달려오며 잔뜩 흥분한 채 하늘을 가리켰다.

"스티머예요! 조심해요! 하늘에서 터질 겁니다! 얼른 엎드려요!" 남자가 소리쳤다.

'스티머'는 무슨 이유에서인지 프롤들이 로켓 폭탄을 두고 부르는 이름이었다. 윈스턴은 즉시 얼굴을 파묻었다. 이런 상황에서 프롤들의 경고는 거의 정확했다. 로켓 폭탄이 소리보다 빨리 도착할 텐데도 폭탄이 언제 떨어지는지 몇 초 전에 미리 알아내는 본능 같은 게 있는 모양이었다. 윈스턴은 팔로 머리를 감쌌다. 길바닥을 들썩이는 굉음이 들려왔다. 윈스턴의 등 위로 가벼운 물체들이 후드득 쏟아져 내렸다. 자리에서 일어서자 바로 옆 창문에서 부서져 내린 유리 조각이 온몸을 뒤덮었다.

윈스턴은 계속 걸었다. 폭격으로 200미터 앞에 서 있던 집들이 무너져버렸다. 검은 연기 기둥이 하늘에 드리워졌고, 그 아래 폐허 근처를 에워싸고 있는 사람들 주변으로는 석고 먼지가 자욱하게 일고 있었다. 윈스턴 앞에 놓인 길 위로 작은 석고 더미가 쌓여 있었는데, 그 한가운데 선홍색 줄이 보였다. 가까이 다가가서 보니 그것은 손목에서 잘린 사람의 손이었다. 피투성이가 되어 잘려나간 부분을 제외하면 그 손은 너무 새하얘서 석고상처럼 보였다.

그는 잘린 손목을 배수로에 차 넣고는 사람들을 피해 오른쪽 옆길로 들어섰다. 3~4분이 채 안 되어 폭격 지역에서 벗어났다. 눈앞에는 아무 일도 없었던 듯 거리의 지저분하고 득시글한 삶이 계속되고 있었다. 거의 20시가 다 된 시간이었고, 프롤들이 자주 다니는 술집(그들은 '펍'이라고 불렀다)은 손님으로 만원이었다. 쉴 새 없이 열고 닫히는 지저분한 반회전문 안쪽에서 소변과 톱밥과 시큼한 맥주 냄새가 흘러나왔다. 건물 정면이 툭 튀어나온 바람에 생겨난 모퉁이에 세 명의 남자가 서로 바짝 붙어 서 있었다. 가운데 남자는 접힌 신문을 들고 있었고, 나머지 두 명이 그의 어깨너머로 함께 신문을 보고 있었다. 표정이 보일 만큼 가까이 다가가지도 않았는데 그들이 신문에 몹시 몰두하고 있다는 걸 알 수 있었다. 분명 심각한 기사를 읽고 있는 모양이었다. 그가 몇 걸음 지나쳐 갔을 때 그들 사이에서 갑자기 분열이 일어나더니 두 사람이 격렬한 언쟁을 벌이기 시작했다. 얼마간은 주먹이라도 날릴 기세였다.

"빌어먹을 내 말을 그렇게 못 알아듣겠나? 7로 끝나는 숫자는 십사 개월 동안 당첨된 적이 없다고 했잖아!"

"아냐, 있었어!"

"아냐, 없었어! 집에 가면 이 년 동안 내가 종이에 당첨 번호를 전부 적어놓은 게 있다고. 시계처럼 꼬박꼬박 적어놨다니까. 내가 장담하는데 7로 끝나는 숫자는…."

"아니, 7로 끝나는 숫자가 당첨된 적이 있었다니까! 그 빌어먹을 번호를 말해줄 수도 있어. 4, 0, 7, 그렇게 끝났어. 2월이었어. 2월 둘째 주였다고."

"2월이라고? 말도 안 돼! 내가 다 적어놨다고. 정말 7로…."

"아아, 그만둬!" 세 번째 남자가 말했다.

그들은 복권에 대해 이야기하고 있었다. 윈스턴은 30미터 정도 더 갔다가 뒤돌아보았다. 그들은 아직도 생기 넘치는 열굴로 말다툼을 하고 있었다. 매주 당첨금이 어마어마한 복권은 프롤들이 진지하게 관심을 쏟는 유일한 공개 행사였다. 아마 복권은 수백만 프롤들의, 유일하다고는 할 수 없어도 주요한 삶의 이유였다. 복권은 그들의 기쁨이자 어리석음이고 진통제이자 지적 자극제였다. 복권이 관련되어 있다면 글을 거의 읽고 쓰지 못하는 사람이라도 복잡한 계산을 해내고 비상한 기억력을 선보였다. 단순히 번호체계와 당첨 번호 예측, 혹은 행운의 부적 판매로 생계를 꾸려나가는 사람들도 있었다. 윈스턴은 풍요부의 소관인 복권 운영과는 전혀 관계가 없었지만(당원 모두가 알고 있는 것처럼), 당첨 액수는 대부분 가상으로 만들어낸다는 것 정도는 알고 있었다. 실제로 지급되는 당첨금은 매우 적었고, 액수가 큰 당첨자들은 존재하지 않는 사람들이었다. 오세아니아의 한 부분과 다른 한 부분 간에 진정한 소통이 없는 상황에서 이런 일을 꾸미는 것쯤이야 어렵지 않았다.

하지만 희망이 있다면, 그것은 프롤들에게 있다. 이 말을 굳게 믿어야 한다. 말로는 그럴듯하게 들리지만, 막상 거리에서 스쳐 지나가는 사람들을 보면 이 믿음을 고수하기 위해서는 신념이 필요했다. 그가 들어선 길은 내리막길이었다. 전에 이 동네에 와본 적이 있다는 생각이 들더니 멀지 않은 곳에 큰길이 있을 거라는 생각으로 이어졌다. 길 앞쪽 어딘가에서 고함 소리가 들려왔다. 길은 급격히 꺾어지더니 길 끝에 계단이 나타났다. 계단을 내려가자 시들시들한 채소를 파는 몇몇 노점상이 자리해 있는 골목으로 이어졌다. 윈스턴은 문득 이곳이 어디인지 기억해냈다. 골목은 큰길로 이어지고, 다음 모퉁이를 돌아

5분을 채 못 간 곳에 지금 일기장으로 쓰고 있는 공책을 산 고물상이 있었다. 그리고 그곳에서 멀지 않은 문구점에서 펜대와 잉크병을 샀다.

윈스턴은 계단 꼭대기에서 잠시 멈춰 섰다. 골목길 반대편에는 꼬질꼬질한 작은 술집이 있었다. 창문에는 서리가 낀 듯 보였는데 실은 단순히 먼지로 뒤덮인 것이었다. 얼굴에 새우 수염처럼 흰 콧수염이 앞으로 곤두서 있는, 허리는 굽었지만 기운찬 노인이 반회전문을 밀고 술집 안으로 들어갔다. 윈스턴이 가만히 서서 그 모습을 바라보고 있자니, 최소한 여든 살은 되어 보이는 그 노인은 혁명이 일어났을 때 이미 중년이었으리라는 생각이 들었다. 저런 노인들은 이제는 사라져버린 자본주의 세계와의 마지막 연결고리였다. 당 내부에는 혁명 전에 사상이 형성된 사람들은 많이 남아 있지 않았다. 구세대는 1950년대와 60년대 대숙청에서 대부분 제거되었고, 살아남은 사람들은 오래전에 위협에 못 이겨 지성적으로 완전히 항복해버렸다. 세기 초의 상황에 대한 진실을 알려줄 수 있는 사람이 살아 있다면 그건 프롤일 수밖에 없었다. 일기에 옮겨 쓴 역사책의 한 구절이 갑자기 떠오르더니 윈스턴은 비이성적인 충동에 사로잡혔다. 술집으로 들어가 방금 전의 그 노인과 인사를 나눈 후 물어보는 것이다. "어렸을 때 어떻게 사셨는지 이야기 좀 해주십시오. 그때는 어땠습니까? 지금보다 좋았습니까, 나빴습니까?"

윈스턴은 여유를 부리다가 겁을 먹게 될까 봐 허둥지둥 계단을 내려가 좁은 골목을 건너갔다. 물론 미친 짓이었다. 언제나 그렇듯 프롤들과 이야기를 나누거나 그들이 다니는 술집 출

입을 금지하는 규칙은 없었지만, 너무 예외적인 행동이라 아무도 눈치채지 못하게 하기는 힘들었다. 순찰대가 나타나면 잠시 현기증이 있었다고 핑계를 댈 수는 있겠지만 믿어줄 것 같지는 않았다. 문을 열자 시큼한 싸구려 맥주 냄새가 코를 찔렀다. 안으로 들어서자 시끌시끌하던 소리가 절반 크기로 잦아들었다. 등 뒤로 사람들이 모두 자신의 푸른 작업복을 바라보고 있다는 것을 느낄 수 있었다. 가게 한구석에서 하고 있던 다트 게임이 아마 30초는 중단된 것 같았다. 윈스턴이 뒤쫓아 온 노인은 바에 서서 매부리코에 팔뚝이 엄청나게 큰 거구의 젊은 바텐더와 언쟁을 벌이고 있었다. 두 사람 주변에는 손에 술잔을 든 무리가 둘러서서 그들을 구경하고 있었다.

"이 정도면 예의 있게 말한 거 아닌가?" 노인이 호전적으로 어깨를 쭉 펴면서 말했다. "이 망할 술집엔 파인트 잔도 없다는 건가?"

"**도대체** 그 파인트라는 게 뭐요?" 바텐더가 손가락 끝으로 카운터를 짚은 채 몸을 앞으로 기울이며 말했다.

"이놈 보게! 파인트가 뭔지도 모르면서 바텐더라니! 파인트는 반 쿼트고, 1갤런은 4쿼트잖아. 다음엔 ABC부터 가르쳐줘야겠어."

"들어본 일 없수. 우리 가게에선 1리터나 반 리터로만 팔아요. 여기 앞 선반의 잔들을 보슈." 바텐더가 퉁명스럽게 말했다.

"나는 파인트가 좋아. 파인트로 주는 게 뭐가 어렵다고. 내가 젊었을 땐 빌어먹을 리터 같은 건 없었어." 노인이 고집을 부렸다.

"영감님이 젊었을 때면 우리는 전부 나무 꼭대기에서 살고 있었겠죠." 바텐더가 다른 손님들을 흘깃 쳐다보며 말했다.

그 말에 손님들 사이에 웃음이 터졌고, 윈스턴이 가게로 들어오면서 드리워졌던 불안한 분위기도 가시는 듯했다. 흰 수염이 까칠거리는 노인의 얼굴이 붉게 달아올랐다. 그는 혼잣말을 중얼대며 뒤돌아서다가 윈스턴과 부딪쳤다. 윈스턴은 노인의 팔을 살짝 잡으며 말했다.

"제가 한잔 사드려도 될까요?"

"자네 신사로군." 노인이 다시 한번 어깨를 쭉 펴고 말했다. 윈스턴의 푸른 작업복은 눈치채지 못한 것 같았다.

"파인트! 파인트로 맥주 한 잔 줘." 노인은 바텐더에게 공격적으로 말했다.

바텐더는 카운터 밑 양동이에 씻어서 놓아둔 두꺼운 잔 두 개에 짙은 갈색 맥주를 반 리터씩 따랐다. 맥주는 프롤 술집에서 유일하게 마실 수 있는 술이었다. 프롤들은 진을 마실 수 없게 되어 있으나 실제로는 쉽게 손에 넣을 수 있었다. 다트 게임이 다시 한창이었고, 바에 있는 남자들은 복권에 대해 이야기하기 시작했다. 윈스턴의 존재는 잠시 잊혔다. 창가의 송판 테이블에서 노인과 윈스턴은 누가 엿들을 걱정 없이 이야기할 수 있었다. 몹시 위험한 일이었지만 어쨌든 이 안에 텔레스크린은 없었다. 이건 술집에 들어오자마자 확인한 것이었다.

"파인트로 줄 수도 있지 않았나. 반 리터로는 부족하다고. 충분하지 않아. 또 1리터는 너무 많아. 오줌보가 터지려 한다고. 가격은 둘째 치고 말이야." 노인이 잔을 앞에 두고 앉아 투덜거렸다.

“어르신이 젊으셨을 때하고는 세상이 많이 바뀌었죠?” 윈스턴이 조심스럽게 말했다.

변화가 일어난 곳이 술집이기라도 한 것처럼 노인의 창백하고 푸른 눈이 다트 판에서 바로 향했다가, 바에서 남자 화장실 문으로 옮겨갔다.

“맥주 맛도 더 좋았지. 가격도 더 저렴했어! 내가 젊었을 때는 순한 맥주가, 우린 그걸 월롭이라고 불렀는데, 1파인트에 4펜스였어. 물론 전쟁 전의 일이지만.”

“어떤 전쟁을 말씀하시는 거죠?”

“전부 다.” 노인이 애매하게 대답했다. 그는 잔을 들어 다시 어깨를 쭉 폈다. “자네의 건강을 위하여!”

가느다란 목으로 맥주가 사라지면서 날카로운 목울대가 놀랄 만큼 빠르게 오르내렸다. 윈스턴은 바에 가서 반 리터 두 잔을 더 들고 왔다. 노인은 1리터를 전부 마시는 것에 대한 자신의 편견을 어느새 잊은 것 같았다.

“어르신은 저보다 훨씬 연세가 많지 않으십니까. 제가 태어나기도 전에 벌써 어른이셨겠죠. 옛날에는, 혁명 전에는 세상이 어땠는지 기억나시죠? 제 연배들은 그 시절에 대해 정말 아무것도 모르거든요. 책을 통해 알 수 있을 뿐인데, 책에 쓰여 있는 게 사실이 아닐 수도 있잖아요. 그 부분에 대해 의견을 좀 듣고 싶습니다. 역사책에서는 혁명 전의 삶이 지금과는 완전히 달랐다고 하더군요. 상상할 수 없을 정도로 끔찍한 억압과 불공평과 가난이 있었다고요. 여기 런던에서 사람들 태반이 태어나서 죽을 때까지 먹을 게 부족했다면서요? 그중에 반절은 신발도 못 신었고, 하루에 열두 시간씩 일하고, 아홉 살에 학교를 떠나고, 열 명이 한 방에서 잤다고 하고요. 그리고 고작 몇천 명 정도의 극소수만, 그러니까 자본가라고 하는 사람들만 부유하고 힘이 있었다고 하더군요. 그들은 가질 수 있는 건 모두 가질 수 있었고요. 호화로운 저택에서 하인을 서른 명씩 거느리고 실크해트를 쓰고 자동차와 사륜마차를 타고 다니면서 샴페인을 마시고…."

노인의 얼굴이 갑자기 밝아졌다.

"실크해트라! 실크해트에 대해 얘기하다니 재미있구먼. 왠지는 모르겠지만 어제 똑같은 생각을 했거든. 그냥 실크해트를 못 본 지도 수십 년이 된 것 같다고 생각했어. 아주 사라져버렸지. 내가 마지막으로 실크해트를 써본 게 형수 장례식 때였지. 그리고 그게 글쎄, 정확한 날짜는 잘 모르겠지만, 오십 년은 됐을 거라네. 물론 그것도 장례식 때문에 빌린 거였지만."

"실크해트가 중요한 게 아닙니다. 제 말은, 그 자본가들과 그들에게 빌붙어 살아가던 소수의 변호사들과 성직자들이 세상의 지배자였다는 겁니다. 모든 것이 그들을 위해서 존재했죠. 어르신 같은 보통 사람들, 노동자들은 그들의 노예였고요. 자본가들은 그들이 원하는 대로 사람을 부렸죠. 사람을 소처럼 배에 태워 캐나다에 보냈고, 원하면 그 딸들과 잘 수도 있었죠. 아홉 가닥의 채찍이라는 것으로 채찍질을 명령하고요. 그들이 지나갈 때면 사람들은 모자를 벗어야 했죠. 자본가들은 전부 하인 무리를 데리고 다녔는데 그들은…."

노인의 얼굴이 다시 환해졌다.

"하인이라! 정말 오랫동안 못 들어본 단어로구먼. 하인이라고! 그 말을 들으니 옛날 생각이 나. 생각나고말고. 정말 오래전 일인데 말이야. 나는 가끔 일요일 오후면 하이드 공원에 가서 그놈들이 말하는 걸 듣곤 했지. 구세군이니, 로마 가톨릭이니, 유대인이니, 인디언이니 하는 얘기들 말이야. 그중에 한 녀석이 있었는데, 이름은 모르겠지만 정말 말 하나는 잘하는 놈이었어. 그놈이 이렇게 말했지. '하인들! 부르주아의 하인들! 지배층의 아첨꾼들!' 기생충이라고 부르기도 했어. 하이에나, 분명 하이에나라고도 했네. 물론 알다시피 노동당을 두고 하는 말이었지."

윈스턴은 노인이 동문서답을 하고 있다고 생각했다.

"제가 알고 싶은 건, 그때보다 지금이 더 자유롭다고 생각하십니까? 좀 더 인간적인 대우를 받고 계신가요? 그 당시에는 부자들이, 꼭대기에 있던 사람들이…."

"상원 말이군." 노인이 회상에 잠겨 말했다.

"네, 상원이요, 그쪽이 좋으시다면. 제가 여쭙고자 하는 건 그 사람들이 어르신 같은 보통 사람들을 열등한 사람으로 취급했나요? 그들은 부유하고 보통 사람들은 가난하다는 이유만으로요. 예를 들어 그들에게 나리라고 부르고 그들이 지나갈 때면 모자를 벗어야 했다는 말이 사실인가요?"

노인은 곰곰이 생각하는 듯했다. 그는 맥주를 사 분의 일쯤 마신 후 대답했다.

"그랬지. 모자에 손을 대고 인사하면 좋아했어. 존경을 보이는 거니까. 나는 썩 마음에 들진 않았지만 자주 그렇게 했어. 그래야 했지, 자네 말처럼."

"그리고 이건 제가 역사책에서 읽은 그대로 말씀드리는 겁니다만, 그 사람들과 하인들이 길가에서 보통 사람들을 밀쳐서 배수로로 빠뜨렸다는 게 흔한 일이었습니까?"

"나도 한 번 그런 일을 당한 적이 있지. 어제 일같이 생생해. 조정 경기가 있던 날 밤이었는데 말이야. 조정 경기 날 밤에는 보통 소란이 나는 게 아니었지. 그날 밤 섀프츠베리 거리에서 젊은 놈이랑 부딪쳤어. 실크해트를 쓰고 드레스셔츠에 검은색 외투를 입은 신사더라고. 그놈이 갈지자로 비틀비틀 걸어오다가 부딪쳐놓고는 '앞 좀 똑바로 보고 다니지 못해?'라고 하더군. 그래서 내가 '빌어먹을, 길을 전세 냈나?' 했더니, 그놈이 '나한테 기어오르면 그 망할 목을 비틀어버릴 줄 알아' 하더라고. 그러니까 내가 '당신 취했군. 당장 경찰에 넘겨버릴 줄 알아'라고 했지. 그랬더니 거짓말이 아니라, 그놈이 내 가슴을 쥐더니 확 밀쳐버려서 내가 버스 바퀴 밑에 깔릴 뻔했다니까. 그때는 나도 한창때인지라 한 대 먹여주려고 했단 말이야. 다만…."

윈스턴은 무력감에 사로잡혔다. 노인의 이야기는 자질구레하고 쓸데없는 기억일 뿐이었다. 하루 종일 질문해본들 진짜 정보는 하나도 듣지 못할 지경이었다. 어느 정도는 당에서 주장하는 역사가 진짜일 수도 있었다. 어쩌면 완전히 진실일 수도 있었다. 그는 마지막으로 질문을 던졌다.

"어쩌면 제 질문이 분명하지 않았을 수도 있겠네요. 제가 여쭙고자 하는 건 이겁니다. 어르신은 아주 오랫동안 사셨죠. 혁명 전에도 인생의 반절은 사셨을 겁니다. 예를 들어 1925년에 어르신은 벌써 어른이셨을 거예요. 어르신 기억에 1925년은 지금보다 살기가 좋았나요, 아니면 나빴나요? 선택해야 한다면 그때와 지금 중 어느 시절을 살고 싶으세요?"

노인은 다트 판을 보며 골똘히 생각에 잠겼다. 그는 아까보다 느릿느릿하게 맥주를 전부 들이켰다. 맥주 덕분에 마음이 누그러진 듯 관대하고 철학적인 분위기로 입을 뗐다.

"자네가 무슨 말을 듣고 싶은지 아네. 내가 다시 젊어졌으면 좋겠다고 말하길 바라는 게지. 사람들은 대부분 다시 젊어지고 싶어 하겠지. 젊을 때는 건강하고 힘이 있지. 내 나이가 되면 건강이 성치 않아. 발바닥은 욱신거리고 오줌보도 멀쩡하지 않지. 하룻밤에도 예닐곱 번은 화장실에 가야 한다니까. 그래도 노인네로 사는 것도 좋은 점이 있어. 예전같이 걱정하지 않아도 되거든. 여자랑 부대끼지 않아도 되고, 그게 좋지. 난 거의 삼십 년 동안 여자를 안아본 일이 없어. 믿어도 좋다니까. 여자를 안고 싶지도 않고 말이야."

윈스턴은 창틀에 기대앉았다. 계속 물어봤자 소용없는 일이었다. 그가 맥주를 더 주문하려는데 노인이 갑자기 일어나 술집 구석의 냄새나는 화장실로 발을 질질 끌며 급히 걸어갔다. 반 리터를 더 마신 효과가 벌써 나타난 모양이었다. 윈스턴은 빈 잔을 바라보며 잠시 앉아 있다가 저도 모르게 거리로 발걸음을 옮겼다. 이십 년 뒤면 '혁명 전의 삶이 지금보다 나았는가?'라는 원대하고도 간단한 질문에 대한 대답을 영영 들을 수 없게 될 것이다. 하지만 그 질문에 대한 대답은 사실 지금도 들을 수 없기는 마찬가지였다. 곳곳에 흩어져 있는 몇 안 되는 과거 시대의 생존자들조차 한 시대와 다른 시대를 비교할 수 있는 능력을 잃어버렸기 때문이다. 그들은 직장 동료와의 다툼, 잃어버린 자전거 펌프를 찾아다녔던 일, 오래전 죽은 누이의 표정, 바람 불던 칠십 년 전 아침의 먼지 소용돌이 같은 쓸데없는 것은 수백만 가지 기억하고 있으면서 중요한 사실에 대한 것은 안중에도 없었다. 작은 물체는 볼 수 있으면서 커다란 물체는 보지 못하는 개미 같았다. 기억이 사라지고 기록이 위조되고 나면, 그런 일이 벌어진다면 인간의 삶이 나아졌다는 당의 주장은 받아들여질 수밖에 없을 것이다. 시험대에 오를 기준은 지금도 존재하지 않고, 앞으로도 결코 존재하지 않을 것이기 때문이다.

꼬리를 물고 이어지던 생각이 갑자기 멈추었다. 윈스턴은 발을 멈추고 고개를 들었다. 주택들 사이사이에 작고 어두운 가게들이 몇몇 있는 좁은 골목길이었다. 머리 위로 한때는 금박을 입고 있었던 듯 색 바랜 금속 공 세 개가 매달려 있었다. 그는 이 장소를 알 것 같았다. 그렇다! 그가 서 있는 곳은 일기장을 샀던 고물상 앞이었다.

찌릿한 공포가 스쳐 지나갔다. 애초에 공책을 산 것도 충분히 무모한 행동이었고, 다시는 이 근처에 오지 않겠다고 맹세했었다. 하지만 걷잡을 수 없는 생각에 빠지는 바람에 저도 모르게 이곳으로 발걸음을 옮겼던 것이다. 일기를 써서 자신을 보호하고자 한 것도 바로 이런 종류의 자살 충동을 막고자 한 것이었다. 그런데 지금 거의 21시가 다 된 시간인데도 가게가 열려 있었다. 길거리를 서성거리는 것보다 가게 안에 있는 편이 눈길을 덜 끌 것 같다는 생각에 문을 열고 가게로 들어갔다. 누군가 물으면 면도날을 구하러 왔다고 말하면 될 것이다.

주인이 천장에 걸려 있는 석유등을 막 피운 탓에 지저분하지만 친숙한 냄새가 풍겼다. 주인은 예순 살 정도 된 노쇠한 남자로 허리가 굽고 코가 길고 자애로워 보였으며, 온화한 두 눈은 두꺼운 안경 때문에 일그러져 있었다. 머리는 거의 백발이었으나 눈썹은 숱이 많고 여전히 거뭇했다. 그가 쓴 안경과 점잖고 까다로운 몸짓과 검은 벨벳의 낡은 상의를 차려입은 모습에서 문예가나 어쩌면 음악가라도 되는 듯한 지적인 분위기가 희미하게 감돌았다. 목소리는 빛이 바랜 듯 부드러웠고, 대부분의 프롤들과 비교하면 말투에 교양이 배어 있었다.

"도로에 서 있을 때부터 알아봤습니다." 주인이 즉시 말했다. "숙녀용 기념 앨범을 사가셨던 신사분이죠? 아름다운 종이로 만들어진 앨범이었죠. 크림 빛깔 종이라고 하는데, 그런 종이는 거의 오십 년 동안 생산되지 않았을 겁니다." 그는 안경 너머로 윈스턴을 들여다보았다. "특별히 필요하신 거라도 있으신가요? 아니면 그냥 둘러보러 오신 건가요?"

"지나가던 길에 그냥 들러봤습니다. 특별히 찾는 건 없고요." 윈스턴이 애매하게 대답했다.

"다행이네요. 맘에 드실 만한 물건이 없거든요." 노쇠한 주인은 부드러운 손으로 미안하다는 듯한 동작을 해 보였다. "보면 아시겠지만 가게가 텅 비었습니다. 우리끼리 이야기지만 골동품 거래는 거의 끝났어요. 수요도 없고 재고도 없죠. 가구와 도

자기, 유리 제품은 점점 깨져가고요. 금속 제품은 거의 다 녹여 버렸어요. 몇 년 동안 놋쇠 촛대는 구경도 못 했답니다."

사실 자그마한 가게 안에는 불편할 정도로 물건이 가득했지만, 조금이라도 값어치 있어 보이는 건 거의 없었다. 먼지를 잔뜩 입은 액자들이 벽을 빙 두르고 켜켜이 쌓여 있어서 바닥에도 공간이 거의 없었다. 창가에는 너트와 볼트가 담긴 정리 상자와 닳고 닳은 끌, 날이 부러진 펜나이프와 시간이 가는 것 같지도 않은 시계 등 갖가지 쓰레기 같은 물건들이 있었다. 구석에 놓인 작은 테이블에만 옻칠한 코담뱃갑이며 마노 브로치 같은 잡동사니들이 어지럽게 놓여 있었는데, 그 안에 무언가 흥미로운 것이 있을 것 같았다. 테이블로 다가가자 등불을 받아 부드럽게 반짝이는 둥그렇고 매끄러운 물건이 눈에 들어왔다. 윈스턴은 그것을 집어 들었다.

그것은 무거운 유리 덩어리였는데, 한쪽은 둥그렇고 한쪽은 평평한 반구 같은 모양이었다. 색상과 유리의 질감에서 빗물과 같은 특이한 부드러움이 느껴졌다. 둥그런 표면 때문에 확대되어 보이는 중심에는 장미나 말미잘이 떠오르는 나선형의 이상한 분홍색 물체가 있었다.

"이건 뭡니까?" 윈스턴이 매료된 목소리로 물었다.

"그건 산호랍니다. 인도양에서 왔을 거예요. 유리 속에 그렇게 박아넣곤 했지요. 백 년은 된 물건일 겁니다. 모양으로 봐선 그보다 더 오래되었을지도 몰라요."

"아름답군요."

"아름답지요. 하지만 요새는 그렇게 말하는 사람도 많이 없죠." 노인이 헛기침을 했다. "뭐, 가지고 싶으시면 4달러만 주세요. 그런 물건을 8파운드에 팔던 때도 있었는데, 8파운드면… 참, 계산이 안 되네요. 아무튼 큰돈이었죠. 하지만 남아 있는 물건도 거의 없다시피 한데 요새 누가 진짜 골동품에 관심이나 있겠어요?"

윈스턴은 즉시 4달러를 건네고 그 탐나는 물건을 주머니에 슬쩍 집어넣었다. 그 물건이 탐났던 것은 그 아름다움 때문이라기보다는 현재와는 상당히 다른 시절에 속해 있는 듯한 분위기 때문이었다. 그 부드럽고 빗물 같은 유리는 그가 지금껏 보았던 어떤 유리와도 달랐다. 한때는 종이를 누르는 문진으로 쓰였던 게 아닐까 싶었지만, 분명한 쓸모가 없어 보이는 점이 한결 매력적이었다. 주머니에서 상당한 무게감이 느껴졌지만, 다행히 주머니가 많이 불룩해 보이지는 않았다. 당원이 소유하기에는 이상하면서도 남부끄러운 물건이었다. 오래된 물건은 물론 아름다운 물건은 언제나 막연히 의심스러웠다. 노인은 4달러를 받은 후에 눈에 띄게 쾌활해졌다. 윈스턴은 그가 3달러, 심지어 2달러라도 받았으리라고 생각했다.

"위층에도 좀 있는데 둘러보시겠어요? 물건은 많이 없지만, 몇 가지밖에요. 위층에 올라가실 거면 불을 켜드리겠습니다."

노인은 다른 등에 불을 붙였다. 허리를 굽힌 채 앞장서서 낡아빠진 가파른 계단을 천천히 오르고 좁은 복도를 지나 방 안으로 들어섰다. 방은 거리에 맞닿아 있지는 않았지만 창밖으로 자갈이 깔린 마당과 숲과도 같은 굴뚝이 보였다. 당장 누가 들어와 살아도 될 것처럼 방에는 가구들이 놓여 있었다. 바닥에는 길고 가느다란 카펫이 깔려 있었고, 벽에는 그림이 한두 점 걸려 있었으며, 벽난로 앞에는 지저분하고 깊숙한 의자가 놓여 있었다. 열두 시간 문자반이 달린 촌스러운 유리 시계가 벽난로 선반에서 똑딱거리고 있었다. 창 아래에는 방의 거의 사 분의 일을 차지하는 커다란 침대가 있었는데, 그 위에는 아직도 매트리스가 깔려 있었다.

"아내가 죽을 때까지 여기서 살았죠. 가구를 조금씩 팔고 있는 중입니다. 저건 고급스런 마호가니 침대인데, 벌레만 쫓아낸다면 훌륭한 물건이죠. 아마 좀 귀찮은 일일 겁니다."

그는 램프를 높이 들어 방 전체를 비추었다. 따뜻하고 은은한 빛 아래서 방은 이상하리만큼 매력적으로 보였다. 위험을 무릅쓸 각오만 한다면 일주일에 몇 달러를 주고 쉬이 방을 빌릴 수도 있겠다는 생각이 스쳤다. 머릿속에 떠오르자마자 없애버려야 하는 무모하고 불가능한 생각이었지만, 방을 보자 향수 같은 것이, 옛 기억 같은 것이 밀려왔다. 이런 방에서 벽난로 위에 주전자를 올려놓고 그 옆 안락의자에 앉아 난로망에 발을 올려놓고 있는 게 어떤 기분인지 정확히 알 것 같았다. 아무도 지켜보지 않고 어떤 목소리도 쫓아오지 않으며, 삑삑거리는 주전자 소리와 친근하게 똑딱거리는 시계 소리 외에는 어떤 소리도 들리지 않는, 철저히 홀로 있으면서 철저히 안전한 기분 말이다.

"텔레스크린이 없네요!" 저도 모르게 중얼거렸다.

"아, 그런 물건은 가져본 적이 없습니다. 너무 비싸서 말이죠. 어쨌든 필요하다고 생각한 적도 없고 말입니다. 저쪽 구석에 멋진 접이식 테이블도 있죠. 물론 상판을 사용하려면 경첩을 새로 몇 개 달아야 하지만요."

다른 쪽 구석에는 작은 책장이 있었다. 윈스턴은 이미 그 물건에 끌리고 있었다. 책장에는 쓰레기 같은 책들뿐이었다. 다른 모든 곳과 마찬가지로 프롤 거주 구역에서도 책을 수색해서 파기하는 작업이 철저히 이루어졌다. 오세아니아 어디에서도 1960년 이전에 출판된 책을 찾아보기란 거의 불가능했다. 노인은 여전히 램프를 든 채 침대 반대편 벽난로 한옆에 걸려 있는 자단 액자 그림 앞에 서 있었다.

"혹시 옛날 그림에 관심이 있다면…." 노인이 슬며시 말을 꺼냈다.

윈스턴은 방을 가로질러서 그림을 살펴보았다. 직사각형 창문들이 달린 타원형 건물과 그 앞으로 서 있는 작은 탑의 풍경을 담은 강판 판화였다. 건물 주위로 철책이 둘러져 있었고, 뒤쪽 끝에 동상으로 보이는 물체가 있었다. 윈스턴은 잠시 그 그림을 응시했다. 동상이 묘하게 낯익어 보였지만 기억이 선뜻 떠오르지는 않았다.

"액자는 벽에 붙어 있습니다. 원하신다면 떼어내 드릴게요."

"저 건물을 알고 있습니다. 지금은 폐허가 됐죠. 정의궁正義宮 밖 거리 한가운데 있었던 거지요."

"맞아요. 법원 바깥에요. 폭격을 당했는데… 아, 몇 년 전 일이었죠. 한때는 교회였어요. 세인트 클레멘트 데인스라는 교회였죠." 조금 터무니없는 말을 했다는 걸 깨달았는지 노인은 변명하듯 미소를 지은 후 덧붙였다. "오렌지와 레몬, 세인트 클레멘트의 종이 울리네!"

"그게 뭐죠?"

"아아… '오렌지와 레몬, 세인트 클레멘트의 종이 울리네.' 이건 제가 어렸을 때 부르던 동요예요. 다음 구절은 모르겠지만 어떻게 끝나는지는 기억한답니다. '그대의 침실로 가는 길을 밝혀줄 촛불이 오네. 그대의 머리를 잘라낼 도끼가 오네.' 이 노래를 부르며 하던 놀이가 있었어요. 팔을 뻗어서 그 아래로 사람이 지나가는 걸 보다가 '그대의 머리를 잘라낼 도끼가 오네' 구절을 부를 때 팔을 내려서 잡는 거죠. 교회 이름들만 잔뜩 있었어요. 런던에 있는 교회는 전부 노래 안에 있었죠. 큰 교회는 전부요."

윈스턴은 그 교회가 몇 세기 건물이었는지 어렴풋이 떠올려 보았다. 런던 내에 있는 건물이 언제 지어졌는지를 가늠하는 것은 언제나 어려운 일이었다. 크고 인상적인 건물은 좀 새 것처럼 보인다 하면 무조건 혁명 이후에 지은 거라고 주장되었다. 반면 누가 보아도 오래된 건물은 중세라고 불리는 뚜렷하지 않은 시대의 건물이라고 간주되었다. 자본주의 시대에는 가치 있는 것은 아무것도 만들어내지 못했다고 했다. 책에서 역사를 배울 수 없는 것처럼 건축에서도 역사를 배울 수 없었다. 동상, 비문, 기념비, 거리 이름 등 역사를 이해할 수 있을 법한 것은 무엇이든 체계적으로 변경되었다.

"그게 교회였는지는 몰랐네요." 윈스턴이 말했다.

"사실 교회는 많이 남아 있어요. 다만 이제 다른 용도로 쓰고 있죠. 그런데 그 노래가 어떻게 되더라? 아, 생각났어요!"

오렌지와 레몬, 세인트 클레멘트의 종이 울리네.
나한테 삼 파딩 빚졌어, 세인트 마틴의 종이 울리네…

"여기까지밖에 기억이 안 나네요. 파딩은 1센트짜리처럼 생긴 작은 구리 동전이죠."

"세인트 마틴은 어디 있었죠?" 윈스턴이 물었다.

"세인트 마틴요? 그건 아직도 있어요. 미술관 옆 승리 광장에 있죠. 앞에는 삼각형 현관과 기둥이 있고, 높은 계단이 있는 건물이죠."

윈스턴은 그곳을 잘 알고 있었다. 그곳은 로켓 폭탄, 공중요새의 축척 모형, 적의 잔학상을 묘사한 밀랍 작품 등 다양한 선전용 전시품을 진열해놓은 박물관이었다.

"세인트 마틴 인 더 필스 교회('들판의 세인트 마틴 교회'라는 뜻-옮긴이)라고 불렸죠. 근처에 들판이 있었는지는 기억이 안 나지만요."

윈스턴은 그림을 사지 않았다. 그림은 유리 문진보다도 더 어울리지 않는 물건이었고, 액자에서 꺼내지 않는 한 집에 들고 갈 수도 없었다. 하지만 그곳에서 몇 분 더 머물며 노인과 이야기를 나누었다. 노인의 이름을 알게 되었는데(가게 앞에 새겨진 글자를 보고 짐작하기 쉬운), 윅스가 아니라 채링턴이었다. 채링턴 씨는 예순세 살의 홀아비로 삼십 년 동안 이 가게에서 살아왔고, 그동안 창문 위에 걸린 이름을 바꾸려고 생각은 했지만 실제로 그렇게 하지는 않았다고 했다. 이야기를 나누는 동안 줄곧 반밖에 떠올리지 못한 동요 가사가 윈스턴의 머리에 맴돌았다. 오렌지와 레몬, 세인트 클레멘트의 종이 울리네. 나한테 삼 파딩 빚졌어, 세인트 마틴의 종이 울리네! 이상한 일이었지만, 혼자 가사를 읊조리고 있자니 어딘가 여전히 존재하고 있거나 아니면 감춰지고 잊힌, 사라진 런던의 종소리가 실제로 들리는 것 같았다. 환영 같은 종탑 한 군데에서 다른 한 군데로 울려 퍼지는 종소리가 들려오는 것 같았다. 하지만 윈스턴이 기억하기로 자신은 지금껏 실제로 교회 종소리를 들어본 적이 없었다.

그는 채링턴 씨를 뒤로하고 홀로 계단을 내려갔다. 가게를 나서기 전에 거리를 정찰하는 모습을 노인에게 보이지 않기 위해서였다. 그는 이미 적당한 시간, 이를테면 한 달쯤 지난 다음에 위험을 무릅쓰고 다시 가게를 찾으리라고 결심했다. 아마 지역 문화센터 저녁 모임을 빠지는 것보다는 덜 위험한 일일 것이다. 일기장을 산 이후 가게 주인이 신뢰할 수 있는 사람인지 잘 알지도 못하는 채로 애초에 여기를 다시 찾은 것부터가 정말 어리석은 짓이었다. 하지만…!

그래, 이곳에 다시 올 것이다. 윈스턴은 다시 생각했다. 아름다운 잡동사니들을 더 살 것이다. 세인트 클레멘트 데인스의 판화를 사서 액자에서 꺼낸 다음 작업복 상의 속에 숨겨서 집으로 가져갈 것이다. 채링턴 씨의 기억에서 동요의 나머지 구절을 알아낼 것이다. 위층 방을 빌린다는 정신 나간 계획도 다시 한 번 머리를 스치고 지나갔다. 그는 기쁜 나머지 5초 정도 방심하여 창문 너머를 살피지도 않고 거리로 나서버렸다. 심지어 즉흥적으로 콧노래를 흥얼거리기 시작했다.

오렌지와 레몬, 세인트 클레멘트의 종이 울리네.
나한테 삼 파딩 빚졌어, 세인트 마틴의…

돌연 심장이 얼어붙고 내장이 녹아내리는 것 같았다. 십 미터도 떨어지지 않은 거리 저쪽에서 푸른 작업복을 입은 인물이 걸어오고 있었다. 창작국에서 일하는 검은 머리 여자였다. 불빛은 약했지만 어렵지 않게 알아볼 수 있었다. 그녀는 윈스턴의 얼굴을 똑바로 쳐다보고도 보지 못한 듯 빠르게 걸어갔다.

몇 초간 온몸이 마비되어 꼼짝도 할 수 없었다. 그는 오른쪽으로 돌아 힘겹게 발걸음을 옮겼다. 길을 잘못 들었다는 것도 잠시 깨닫지 못했다. 어쨌든 한 가지 의문은 풀렸다. 그 여자가 자신을 감시하고 있다는 것에는 더 이상 의심의 여지가 없었다. 윈스턴을 따라온 것이 분명했다. 우연히 같은 날 저녁에 당원들의 거주 구역에서 수 킬로미터 떨어진 후미진 골목을 둘이 똑같이 걷고 있었다는 건 정말 믿지 못할 일이었다. 우연이라고 하기에는 말도 안 되는 일이었다. 그녀가 정말 사상경찰이든 비공식 아마추어 스파이든 그건 중요한 문제가 아니었다. 그 여자가 윈스턴을 지켜보고 있었다는 것만으로 충분했다. 아마 그가 술집에 들어가는 것도 봤을 것이다.

걸음을 떼기가 힘들었다. 한 걸음 걸을 때마다 주머니에 든 유리 덩어리가 허벅지에 부딪쳤다. 꺼내서 집어던져 버릴까 하는 생각도 들었다. 최악으로 배까지 아프기 시작했다. 곧 화장실에 가지 못하면 죽을 것만 같았다. 하지만 이런 동네에 공중화장실 따위는 없을 것이다. 다행히 이내 경련이 가라앉고 둔한 통증만이 남았다.

막다른 골목이었다. 윈스턴은 잠시 걸음을 멈추고 어떻게 할까 몇 초간 막연히 생각하다가 발을 돌려 왔던 길을 되돌아갔다. 그 여자가 지나쳐 간 것이 3분밖에 안 됐으니 뛰어가면 따라잡을 수도 있겠다는 생각이 들었다. 그녀를 따라가다가 어느 조용한 장소에 다다르면 돌덩이로 머리를 박살 낼 수도 있을 것이다. 주머니에 든 유리 덩어리도 적당히 무거우니 돌덩이 대신 쓸 수 있을지 모른다. 하지만 즉시 생각을 접었다. 육체적으로 힘을 쓴다는 것은 생각만 해도 견디기 힘들었다. 그는 달릴 수도 없었고, 일격을 가할 수도 없었다. 게다가 그녀는 젊고 튼튼하니 자신을 방어해낼 것이다. 문화센터로 달려가 문을 닫을 때까지 머물러서 그날 저녁의 부분적인 알리바이라도 만들어볼까 생각했다. 하지만 그것도 불가능했다. 극도의 나른함이 밀려왔다. 그저 빨리 집에 가서 조용히 쉬고 싶을 뿐이었다.

집에 돌아오니 이미 22시가 넘어 있었다. 23시 30분이면 불이 전부 꺼질 것이다. 윈스턴은 부엌으로 가서 승리 진을 한 잔 가득 들이켰다. 그러고는 오목한 공간의 책상에 앉아 서랍에서 일기장을 꺼냈다. 하지만 곧장 일기장을 펼치지는 않았다. 텔레스크린에서 쇳소리 나는 여자 목소리가 큰 소리로 애국가를 부르고 있었다. 그는 앉은 채로 일기장의 대리석 무늬 표지를 바라보며 여자의 목소리를 듣지 않으려고 애썼지만 허사였다.

체포가 이루어지는 것은 밤이었다. 언제나 밤이었다. 그들이 덮치기 전에 자살하는 편이 나았다. 분명 어떤 사람들은 그렇게 했다. 실종자 중 많은 사람들은 사실 자살을 한 것이었다.

총기류나 빠르고 확실한 독약을 구할 수 없는 세상에서 자살을 하려면 필사적인 용기가 필요했다. 고통과 공포라는 것이 생물학적으로 얼마나 쓸모없는지를 생각하니 놀라웠다. 특별한 노력이 필요한 바로 그 순간이면 인체는 어김없이 바짝 얼어버리며 배신했다. 윈스턴이 빠르게 행동을 취했더라면 검은 머리 여자를 입 다물게 할 수도 있었을 것이다. 하지만 극도로 위험한 상황이었기 때문에 아예 행동할 의지를 잃고 말았다. 위기의 상황에서 싸워야 하는 상대는 외부의 적이 아니라 자신의 몸일 거라는 생각이 들었다. 심지어 진을 들이켠 이 순간에도 뱃속의 둔한 통증 때문에 생각이 이어지지 않았다. 겉보기에 영웅적이거나 비극적인 순간에도 이는 마찬가지일 거라고 생각했다. 전쟁터에서, 고문실에서, 가라앉는 배에서 사람들은 맞서 싸우고 있던 문제를 반드시 잊게 된다. 온몸이 부풀어 올라 우주를 가득 채워버리기 때문이다. 삶이란 공포로 온몸이 마비되거나 고통에 못 이겨 소리 지르고 있지 않을 때라도 굶주림이나 추위나 불면이나 복통이나 치통에 맞서 시시각각 싸우는 것이다.

그는 일기장을 펼쳤다. 무언가 쓰는 것이 중요했다. 텔레스크린의 여자가 다른 노래를 부르기 시작했다. 그 목소리는 뾰족한 유리 조각들처럼 머릿속에 날아와 박히는 것 같았다. 윈스턴은 일기를 쓰는 대상이자 바치는 대상인 오브라이언을 생각하려 했다. 하지만 그 대신 사상경찰이 그를 체포한 이후 일어날 일에 대한 생각이 떠오르기 시작했다. 체포한 즉시 죽이는 것은 괜찮다. 처형당하는 것은 예상한 일이었다. 하지만 죽기 전에 반드시 거쳐야 하는(누구도 이야기한 적은 없지만 누구나 알고 있는) '자백'이라는 절차가 있었다. 바닥을 기어다니고, 자비를 구하며 비명을 지르고, 뼈가 부러지고, 이가 깨지고, 머리카락은 피로 엉겨붙을 것이다.

최후는 항상 똑같은데 왜 그런 과정을 거쳐야만 하는 걸까? 왜 인생에서 며칠이나 몇 주를 도려내 버릴 수 없는 걸까? 그 누구도 적발을 피할 수 없었고 자백하지 않을 수 없었다. 사상죄에 굴복하게 되면, 때가 되면 분명 죽음에 이른다. 그런데 공포는 왜 아무것도 바꾸지 못하면서 우리 앞에서 기다리고 있단 말인가?

오브라이언의 모습을 좀 더 또렷하게 떠올릴 수 있게 되었다. "우리는 어둠이 없는 곳에서 만나게 될 거라네." 오브라이언은 이렇게 말했다. 윈스턴은 이 말이 무슨 뜻인지 알고 있었다. 적어도 안다고 생각했다. 어둠이 없는 곳이란 상상 속의 미래였다. 보이지는 않아도 예지력을 발휘해 신비롭게 공유할 수 있는 미래였다. 하지만 귀에 대고 성가시게 잔소리를 해대는 텔레스크린 때문에 더 이상 생각을 이어갈 수 없었다. 입에 담배 한 개비를 물었다. 담뱃가루가 절반은 혓바닥 위로 곧장 떨어졌는데, 씁쓸한 가루는 다시 뱉어내기도 어려웠다. 오브라이언의 얼굴 대신 빅 브라더의 얼굴이 머릿속으로 흘러들어 왔다. 며칠 전처럼 주머니에서 동전을 한 개 꺼내 바라보았다. 동전에 새겨진 엄숙하고 차분하며 보호해주는 듯한 얼굴이 그를 바라보았다. 하지만 검은 콧수염 아래에는 어떤 미소가 숨겨져 있는 것일까? 둔탁한 종소리처럼 다시금 슬로건이 머릿속에 떠올랐다.

전쟁은 평화
자유는 예속
무지는 힘

1984

1984

제2부

1

오전 업무 시간이 절반쯤 지났을 때 윈스턴은 자리에서 일어나 화장실로 향했다.

불이 밝게 켜진 긴 복도의 저쪽 끝에서 한 사람이 이쪽을 향해 걸어오고 있었다. 검은 머리 여자였다. 고물상 밖에서 마주쳤던 그날 저녁 이후 나흘이 지났다. 멀리서는 작업복과 같은 색이라 알아채지 못했는데 거리가 가까워졌을 때 보니 그녀는 오른쪽 팔에 팔걸이 붕대를 감고 있었다. 아마 소설의 줄거리를 '구상'할 때 사용하는 커다란 만화경을 돌리다가 손이 끼여 다친 모양이었다. 창작국에서 흔히 발생하는 사고였다.

그녀가 4미터쯤 앞으로 다가왔을 때였다. 여자가 비틀거리더니 거의 얼굴을 부딪칠 뻔하며 바닥에 넘어졌다. 날카로운 비명이 터져 나왔다. 다친 팔 쪽으로 부딪친 게 분명했다. 윈스턴은 곧 걸음을 멈췄다. 그녀는 무릎으로 바닥을 딛고 일어났다. 얼굴이 희부연 노란색으로 변해서 입술이 유난히 빨갛게 도드라져 보았다. 여자의 두 눈은 윈스턴의 눈을 똑바로 바라보고 있었는데, 아픔보다는 두려움이 담긴 듯한 애원의 눈빛이었다.

윈스턴의 마음속에서 묘한 감정이 일렁였다. 앞에 있는 사람은 그를 죽이려 했던 적이었다. 동시에 아파하고 있는, 뼈가 부러졌을지도 모르는 사람이었다. 그는 이미 본능적으로 그녀를 도우려 하고 있었다. 붕대 감은 팔 쪽으로 넘어지는 여자를 보는 순간 자기 몸에서 그 고통이 함께 느껴지는 것 같았다.

"다쳤습니까?" 윈스턴이 물었다.

"아무것도 아니에요. 팔은요. 곧 괜찮아질 겁니다."

그녀는 심장이 두근거리는 듯이 말했다. 확실히 얼굴이 너무 창백해졌다.

"어디 부러진 데는 없습니까?"

"아뇨, 괜찮아요. 잠깐 아프기만 했을 뿐이에요."

여자가 다치지 않은 팔을 내밀자 윈스턴은 그녀를 일으켜 세웠다. 얼굴에 핏기가 살짝 돌아와 훨씬 괜찮아 보였다.

"아무것도 아닙니다. 손목을 살짝 부딪친 것뿐이에요. 고맙습니다, 동무!"

그녀는 아무 일도 없었다는 듯 활기차게 가던 방향으로 걸어갔다. 이 모든 일이 벌어진 데는 30초도 걸리지 않았을 것이다. 얼굴에 감정을 나타내지 않는 것은 본능에 가까운 습관이었고, 이 일이 벌어졌을 때 그들은 텔레스크린을 바로 보고 서 있었다. 그런데도 그때 순간적으로 닥친 놀라움을 드러내지 않기란 여간 어려운 일이 아니었다. 2~3초간 윈스턴이 그녀를 일으켜 세워주는 동안 여자가 그의 손에 무언가를 슬쩍 건네주었던 것이다. 의심의 여지 없이 의도적인 행동이었다. 그것은 작고 납작한 것이었다. 윈스턴은 화장실 문을 열고 들어가면서 그것을 주머니에 넣고 손가락 끝으로 만져보았다. 네모나게 접힌 종이 쪽지였다.

소변기 앞에 서서 손가락으로 만지작거리며 쪽지를 펴보려 했다. 분명 어떤 메시지가 쓰여 있을 것이다. 잠시 그는 화장실 개인 칸으로 들어가 쪽지를 당장 읽어볼까도 생각했다. 하지만 알다시피 그건 말도 안 되게 어리석은 행동이었다. 그만큼 텔레스크린이 감시의 끈을 놓지 않는 곳도 없었다.

그는 자리로 돌아와 책상 위에 늘어져 있는 서류들 사이에 종이쪽지를 태연히 던져놓고는 안경을 끼고 음성기록기를 끌어당겼다. '5분, 적어도 5분!' 윈스턴은 속으로 말했다. 무서울 정도로 심장이 쿵쾅거렸다. 다행히 그가 하고 있던 일은 긴 수치 목록을 수정하는 단순한 업무라 세심한 주의는 필요하지 않았다.

쪽지 내용이 무엇이든 어떤 정치적 의미가 담겨 있을 게 분명했다. 두 가지 가능성이 있었다. 첫 번째는 훨씬 가능성 있는 것으로, 그가 두려워했던 것처럼 그녀가 사상경찰 요원이라는 것이었다. 사상경찰이 왜 그런 식으로 메시지를 전달하기로 한 것인지는 알 수 없지만 분명 무슨 이유가 있을 것이다. 쪽지에 쓰여 있는 건 협박이거나 소환 혹은 자살 명령이거나 모종의 함정일지도 모른다. 하지만 머릿속에 터무니없는 다른 가능성이 자꾸 떠올랐다. 생각을 억눌러 보았지만 소용없었다. 두 번째 가능성은 사실 쪽지는 사상경찰에서 보낸 것이 아니라 어떤 지하조직에서 보낸 걸지도 모른다는 것이었다. 어쩌면 형제단은 실제로 존재하는지도 모른다! 그 여자는 형제단 단원인지도 모른다! 분명 말도 안 되는 생각이지만, 손안에서 종이쪽지의 감촉이 느껴지던 바로 그 순간부터 이 생각이 피어올랐다. 좀 더 설득력 있는 다른 설명이 떠오른 건 그보다 몇 분 뒤의 일이었다. 지금도 머리에서는 그 메시지가 죽음을 뜻하는 거라고 말했다. 하지만 믿어지지 않았다. 대신 터무니없는 희망이 계속되면서 심장이 쿵쾅거렸다. 음성기록기에 수치를 중얼거리면서 목소리가 떨리지 않도록 애를 써야 했다.

작업을 마친 서류를 동그랗게 말아서 기송관에 밀어 넣었다. 8분이 지나 있었다. 그는 코 위에 걸친 안경을 고쳐 쓰고 한숨을 쉰 다음 일거리를 앞으로 끌어왔다. 종이쪽지는 그 위에 놓여 있었다. 윈스턴은 쪽지를 폈다. 쪽지에는 서툴고 커다란 글씨로 이렇게 쓰여 있었다.

당신을 사랑해요.

몇 초간 너무 놀란 나머지 그 범죄적 물건을 기억 구멍에 집어넣어야 한다는 것조차 잊어버렸다. 쪽지를 구멍에 넣으면서도, 과도한 관심을 드러내는 건 위험한 행동이라는 것을 잘 알면서도 그런 글자가 실제로 적혀 있는지 확인하기 위해 쪽지를 다시 한번 읽어보지 않을 수 없었다.

남은 오전 시간 동안 윈스턴은 일에 집중할 수가 없었다. 계속해서 이어지는 시시한 일거리에 집중해야 한다는 것보다 더 힘들었던 건 혼란스러운 자신의 마음을 텔레스크린으로부터 숨겨야 한다는 것이었다. 배 속에서 불길이 이는 것 같았다. 사람이 미어터지고 후끈거리는 구내식당에서 점심을 먹는 것도 여간 고통이 아니었다. 점심시간 동안 잠시만이라도 혼자 있고 싶었으나 안타깝게도 바보 천치 같은 파슨스가 스튜의 쉿내를 짓눌러 버릴 정도로 톡 쏘는 땀 냄새를 풍기며 다가왔다. 윈스턴의 옆자리에 털썩 앉아 증오 주간 준비에 대해 쉴 새 없이 떠들어대는 것이었다. 그는 증오 주간을 위해 딸의 첩보단 부대에서 만들었다는 2미터 너비의 빅 브라더 지점토 머리 모형에 대해 특히 열성을 보였다. 시끄러운 주변 소음에 파슨스의 말이 자꾸만 묻혀버려서 성가시게도 그 얼빠진 이야기를 반복해달라고 계속 요청해야만 했다. 딱 한 번 식당 저 끝에 두 명의 여자와 한 테이블에 앉아 있는 그녀의 모습을 흘깃 볼 수 있었다. 여자는 윈스턴을 보지 못한 것 같았다. 그는 다시 그쪽을 쳐다보지 않았다.

오후는 그나마 조금 견딜 만했다. 점심시간이 끝난 즉시 다른 모든 일은 한켠으로 치워두고 몇 시간은 집중해야 할 까다롭고 어려운 일을 맡았다. 그것은 이 년 전에 발간되었던 일련의 생산 보고서를 조작하는 일로, 지금은 당의 신임을 잃은 주요 내부당원에게 의혹이 돌아가도록 만들어야 했다. 이런 작업은 윈스턴이 전문이었다. 덕분에 두 시간 넘게 그녀에 대한 생각을 떨쳐낼 수 있었다. 하지만 일을 끝내자 다시 그녀가 떠오르는 바람에 혼자 있고 싶다는 욕망이 걷잡을 수 없이 치밀어 올랐다. 혼자 있기 전에는 새롭게 발생한 이 상황에 대해 곰곰이 생각할 수가 없었다. 오늘 저녁은 지역 문화센터에 가는 날이었다. 그는 식당에서 아무 맛도 나지 않는 밥을 게걸스럽게 먹어치우고, 문화센터로 달려가 '토론 모임'이라는 경건한 바보짓에 참여하고, 탁구를 두 게임 치고, 진을 여러 잔 들이켜고, '체스로 바라본 영사'라는 30분짜리 강연에 끝까지 앉아 있었다. 윈스턴의 영혼은 지루함에 몸부림치고 있었지만 오늘만은 문화센터의 저녁 모임에 빠지고 싶다는 생각이 들지 않았다. **당신을 사랑해요**라는 글을 보자마자 살아 있고자 하는 욕망이 흘러넘쳤고, 사소한 위험을 무릅쓰는 것이 갑자기 어리석은 행동으로 느껴졌다. 23시가 되어서야 집에 돌아와 침대에 누워(입 다물고 조용히 있기만 한다면 텔레스크린의 감시에서조차 안전할 수 있는 어둠 속에서) 계속해서 생각할 수 있게 되었다.

해결해야 하는 물리적 문제는 어떻게 연락을 취해서 만날 약속을 잡느냐는 것이었다. 여자가 함정을 파놓은 것일 수도 있다는 가능성은 더 이상 생각하지 않았다. 그녀가 쪽지를 건네던 순간 함께 전해진 틀림없는 불안감을 생각해보면 그럴 리가 없었다. 분명 몹시 두려워하고 있었다. 그럴 만도 했다. 그녀의 유혹을 거절해볼까 하는 생각은 들지도 않았다. 닷새 전까지만 해도 돌덩이로 여자의 머리를 내리칠 생각을 했었지만, 그런 건 중요하지 않았다. 윈스턴은 꿈에서 보았던 그녀의 젊은 나체를 떠올렸다. 그는 그녀가 다른 모든 여자들처럼 어리석고 머릿속에는 거짓과 증오가 가득하고 배 속에는 얼음이 가득 차 있을 거라고 생각했었다. 그녀를 잃을지도 모른다는 생각이 들자, 그녀의 하얗고 젊은 육체가 슬그머니 떠나버릴지도 모른다는 생각이 들자, 초조감이 엄습했다. 무엇보다도 두려운 것은 빨리 연락을 취하지 않으면 그녀가 마음을 돌려버릴지도 모른다는 것이었다. 하지만 그녀를 만난다는 것은 물리적으로 여간 힘든 일이 아니었다. 이미 다 진 거나 다름없는 체스 게임에서 말을 움직이려 하는 것과 마찬가지였다. 어떤 길로 들어서든 텔레스크린과 마주칠 것이다. 사실 그녀에게 연락을 취하는 데 시도할 수 있는 모든 방법은 쪽지를 읽고 5분 만에 전부 떠올렸었다. 하지만 생각할 시간이 생긴 지금, 책상 위에 한 줄로 도구를 늘어놓고 보는 것처럼 계획을 하나씩 검토해나갔다.

물론 오늘 아침과 같은 만남을 되풀이해서는 안 된다. 그녀가 기록국에 있었다면 비교적 일이 쉽게 풀렸을 것이다. 윈스턴은 건물 내에 창작국이 어디 있는지 잘 알지도 못하는 데다 그곳에 갈 구실도 없었다. 어디 사는지, 언제 퇴근하는지 알았더라면 그녀가 돌아가는 길 어딘가에서 어떻게든 만나볼 계획을 궁리해볼 수도 있겠지만, 그건 곧 진리부 근처를 배회해야 한다는 뜻이므로 반드시 누군가의 눈에 띌 것이다. 우편으로 편지를 보낸다는 건 일고의 가치도 없었다. 배송하면서 모든 편지를 열어본다는 것은 비밀도 아니었다. 사실상 이제 편지를 쓰는 사람조차 거의 없었다. 편지를 보내야 하는 경우에는 여러 문구가 길게 인쇄되어 있는 엽서를 구해 그중에서 필요 없는 문구를 지우고 사용했다. 어쨌든 그 여자의 주소는 고사하고 이름조차 몰랐다. 마침내 가장 안전한 장소는 식당이라는 결론을 내렸다. 그녀가 텔레스크린과 너무 가깝지 않은 식당 한가운데쯤에 홀로 앉아 있고 주변이 말소리로 적당히 시끄럽다면, 그리고 이런 조건이 30초라도 지속된다면, 그녀에게

다가가 몇 마디 나눠볼 수 있을 것이다.

그날 이후 일주일 동안 그는 불안한 꿈을 꾸듯 하루하루를 살았다. 다음 날은 호루라기 소리가 울려서 윈스턴이 식당을 나설 때가 되어서야 그 여자가 나타났다. 아마 후반 근무로 바뀐 모양이었다. 두 사람은 서로 쳐다보지도 않고 지나쳤다. 다음 날에는 그녀도 평소와 같은 시간에 식당에 있었지만, 텔레스크린 바로 아래에 다른 여자 셋과 함께 앉아 있었다. 그 후 이어진 지독했던 사흘간은 모습조차 드러내지 않았다. 윈스턴은 몸과 마음 전부가 투명해진 것처럼 견딜 수 없이 예민해져서 모든 움직임, 소리, 접촉, 주고받아야 하는 모든 말들이 고통스러웠다. 자면서도 그녀의 모습이 끊임없이 떠올랐다. 그동안에는 일기에 손도 대지 않았다. 그나마 고통을 잊을 수 있는 곳이 있었다면 그곳은 일터였다. 일을 하고 있으면 연속 10분 동안은 자기 자신을 잊을 수 있었다. 여자에게 무슨 일이 생기기라도 한 건지 전혀 알 길이 없었다. 물을 곳도 없었다. 증발된 것일 수도 있고, 자살한 것일 수도 있고, 오세아니아 반대편 끝으로 전근을 갔을지도 모른다. 가장 그럴듯한 최악의 가능성은 그녀가 단순히 마음을 고쳐먹고 그를 피하고 있다는 것이었다.

다음 날 그녀를 볼 수 있었다. 팔걸이 붕대를 풀고 손목에 반창고를 붙이고 있었다. 그녀를 봤다는 안도감이 너무 큰 나머지 윈스턴은 몇 초 동안이나 그녀를 똑바로 쳐다보았다. 다음 날에는 거의 말을 걸 뻔했다. 그가 식당에 들어섰을 때 그녀는 벽에서 상당히 떨어진 테이블에 혼자 앉아 있었다. 이른 시간이어서 식당에는 사람이 많지 않았다. 줄은 천천히 앞으로 나아갔고, 윈스턴이 카운터까지 도착했을 때 앞에 서 있던 누군가가 사카린 정을 받지 못했다며 불평하는 바람에 2분가량 지연되었다. 하지만 그녀는 여전히 혼자였다. 윈스턴은 식판을 받아 그녀가 앉은 테이블 쪽으로 다가갔다. 그는 테이블을 향해 태연히 걸어가면서 눈으로는 그녀 뒤쪽 테이블 어딘가에 자리가 있는지 찾아보았다. 2초만 더 있으면 도착이었다. 그때 뒤에서 누군가가 그를 불렀다. "스미스!" 그는 못 들은 척했다. "스미스!" 더 큰 목소리가 들렸다. 이제 못 들은 척해봐야 소용없었다. 윈스턴은 돌아섰다. 금발에 멍청하게 생긴 윌셔라는 젊은이였다. 잘 알지도 못하는 사람인데, 미소를 지으며 자기 테이블로 오라는 것이었다. 누군가 자신을 알아봤는데도 혼자 앉아 있는 그녀의 테이블로 갈 수는 없는 노릇이었다. 그건 너무 눈에 띄는 행동이었다. 윈스턴은 친절한 미소를 지어 보이며 자리에 앉았다. 금발의 멍청한 얼굴이 윈스턴을 보고 환히 웃었다. 윈스턴은 그 얼굴 정중앙에 곡괭이를 내다 꽂는 자신의 모습을 상상했다. 몇 분 후 그녀가 앉은 테이블은 다른 사람들로 다 차버렸다.

하지만 그녀는 분명 자신을 향해 다가오는 윈스턴을 봤을 것이고, 아마 낌새를 알아챘을 것이다. 다음 날 윈스턴은 신경 써서 평소보다 일찍 식당에 도착했다. 아니나 다를까 그녀는 어제와 거의 같은 자리에 또다시 혼자 앉아 있었다. 윈스턴 바로 앞에 줄 선 사람은 작고 재빠르게 움직이는 딱정벌레같이 생긴 남자로, 납작한 얼굴에 박힌 두 눈에는 의심이 서려 있었다. 윈스턴이 식판을 들고 돌아섰을 때 그 작은 남자는 그녀가 있는 테이블을 향해 곧장 걸어가고 있었다. 또다시 희망이 날아갔다. 저 멀리에도 빈자리가 있었지만 남자의 모습을 보니 편의를 위해 가장 사람이 적은 쪽에 앉으려는 모양이었다. 윈스턴은 싸늘하게 얼어붙은 심정으로 그 뒤를 따라갔다. 그녀 옆에 혼자 앉을 수 없다면 아무 소용 없었다. 그때 엄청나게 요란한 소리가 났다. 작은 남자가 대자로 뻗어버리고 동시에 식판이 공중으로 날아가고 수프와 커피가 두 줄을 그리며 바닥에 나뒹굴었다. 그는 악의에 찬 눈빛으로 윈스턴을 보며 벌떡 일어났다. 윈스턴이 발을 걸었다고 의심하는 게 분명했다. 하지만 그런 건 상관없었다. 5초 후 윈스턴은 요동치는 심장을 안고 그녀의 테이블에 앉았다.

윈스턴은 그녀를 쳐다보지 않았다. 그는 식판에서 접시를 내려놓고 먹기 시작했다. 누군가 오기 전에 얼른 말을 꺼내야 하는데 끔찍한 두려움이 밀려들었다. 그녀가 처음 그에게 접근한 이후로 일주일이 지났다. 그녀의 마음은 변해버렸는지도 모른다. 아니, 분명 변했을 것이다! 이 일이 성공적으로 끝난다는 건 불가능했다. 그런 일은 현실에서 일어나지 않았다. 그때 귀에 털이 수북한 시인 앰플포스가 식판을 들고 자리를 찾아 서성거리는 모습을 보지 못했더라면 주춤거리다 말을 걸지 못했을지도 모른다. 앰플포스는 그 나름대로 막연히 윈스턴에게 호감을 가지고 있었고, 윈스턴을 발견하면 그가 앉은 테이블로 올 게 분명했다. 행동할 수 있는 시간은 1분 남짓이었다. 윈스턴과 여자는 착실히 밥을 먹고 있었다. 그들이 먹는 음식은 사실상 수프에 가까운 묽은 강낭콩 스튜였다. 마침내 윈스턴이 낮게 중얼거렸다. 두 사람 모두 고개를 들지 않은 채 숟가락으로 입속에 스튜를 떠 넣으며 낮고 감정 없는 목소리로 몇 마디 말을 주고받았다.

"몇 시에 퇴근하죠?"

"18시 30분에요."

"어디서 만날 수 있을까요?"

"승리 광장, 기념비 근처에서요."

"거긴 텔레스크린이 가득한데요."

"사람들이 많으면 상관없어요."

"신호는?"

"필요 없어요. 주변에 사람들이 많아질 때까지 가까이 오지 마세요. 보지도 말고요. 그냥 근처에 계세요."

"몇 시에요?"

"19시에요."

"알겠어요."

앰플포스는 윈스턴을 보지 못하고 다른 테이블에 앉았다. 윈스턴과 여자는 다시 말을 섞지 않았다. 우연히 같은 테이블에 마주 앉은 사람들처럼 서로 쳐다보지도 않았다. 여자는 재빨리 식사를 끝내고 자리에서 일어났고, 윈스턴은 자리에 남아 담배를 피웠다.

윈스턴은 약속 시간보다 일찍 승리 광장에 도착했다. 그는 세로로 홈이 파인 거대한 기둥 근처를 서성거렸다. 기둥 꼭대기에는 빅 브라더의 조각상이 에어스트립 원 전투에서 유라시아의 비행기(몇 년 전에는 동아시아의 비행기였다)를 완파시켰던 남쪽 하늘을 바라보고 서 있었다. 그 앞 거리에는 올리버 크롬웰로 추정되는 말을 탄 남자의 동상이 있었다. 약속 시간에서 5분이 지났는데도 그녀는 나타나지 않았다. 다시 한번 끔찍한 공포에 사로잡혔다. 그녀는 오지 않는다, 마음이 변한 것이다! 윈스턴은 공원 북쪽으로 천천히 걸어 올라갔다. 교회의 종이, 그러니까 종이 달려 있을 때 "나한테 삼 파딩 빚졌어" 하며 울렸던 세인트 마틴 교회를 알아보고 희미한 기쁨을 느꼈다. 그때 기념비 아래에 서 있는 그녀의 모습을 발견했다. 그녀는 기둥에 나선형으로 빙 돌려서 붙어 있는 포스터를 읽고 있었다. 아니, 읽는 척하고 있었다. 사람들이 더 많이 모이기 전에 그녀에게 다가가는 건 위험했다. 건물의 삼각 박공 주변에는 텔레스크린이 가득했다. 바로 그때 왁자한 고함 소리와 함께 왼쪽 어딘가에서 커다란 차량이 붕 하고 달려오는 소리가 났다. 사람들이 갑자기 광장을 가로질러 달려가는 것 같았다. 여자는 기념비 아래쪽의 사자상을 재빨리 돌아서 돌진하는 사람들 무리에 합류했다. 윈스턴도 뒤를 따랐다. 달리는 와중에 누군가가 유라시아 포로의 호송대가 지나간다고 외치는 소리가 들렸다.

이미 사람들은 빽빽이 모여 광장 남쪽을 막고 있었다. 윈스턴은 평소에 각종 난투가 벌어지면 바깥쪽으로 물러나는 편이었지만, 이번에는 사람들을 떠밀고 들이받고 꿈틀대며 무리의 중심으로 비집고 들어갔다. 이내 팔을 뻗으면 여자와 닿을 만한 데까지 왔다. 하지만 거대한 몸집의 프롤과 짐작건대 그의 아내인 듯한 비슷한 몸집의 여자 때문에 길이 가로막혔다. 그들은 철통 같은 육신의 벽을 이루고 있었다. 윈스턴은 꿈틀거리며 옆으로 몸을 돌려 과격하게 비집고 들어간 끝에 두 사람 사이에 어깨를 끼워 넣을 수 있었다. 잠시 동안 두 개의 튼실한 엉덩이 사이에 끼여서 내장이 으깨지는 것 같았다. 이윽고 땀을 찔끔 흘리며 그 사이를 빠져나왔다. 윈스턴은 그녀 옆으로 다가섰다. 그들은 나란히 서서 앞쪽에 펼쳐진 광경을 꼼짝 않고 바라보았다.

긴 트럭 행렬이 천천히 거리를 지나가고 있었다. 트럭 모서리에는 기관소총으로 무장한 굳은 얼굴의 호위병들이 꼿꼿한 자세로 서 있었다. 트럭에는 허름한 초록색 제복을 입은 작은 체구의 황인종들이 쪼그린 자세로 빼곡히 들어앉아 있었다. 침울한 표정의 몽고인들은 무심히 트럭 밖을 응시했다. 때때로 트럭이 덜컹거리면 금속이 철컹하는 소리가 났다. 포로들은 모두 족쇄를 차고 있었다. 침울한 얼굴들로 가득 찬 트럭들이 줄줄이 지나갔다. 포로들이 거기 있는 건 알았지만 윈스턴에게는 띄엄띄엄 보일 뿐이었다. 그녀의 어깨와 팔꿈치 아랫부분이 그의 몸을 누르고 있었다. 볼은 온기가 느껴질 정도로 서로 가까워졌다. 그녀는 식당에서처럼 즉시 상황을 주도했다. 전과 같이 감정 없는 목소리로 입술은 거의 움직이지 않은 채 주변의 아우성과 덜컹대는 트럭 소리에 묻힐 정도로 작게 소곤거렸다.

"제 말 들려요?"

"네."

"일요일 오후에 시간 낼 수 있나요?"

"네."

"그럼 잘 들으세요. 잘 기억해야 해요. 패딩턴 역으로 가서…."

그녀는 군인과도 같이 놀랄 만큼 정확하게 그가 가야 할 길을 간략히 설명했다. 30분 동안 기차를 탄 다음 역에서 나와 왼쪽으로 돈다. 길을 따라 2킬로미터를 걸은 후 맨 꼭대기에 빗장이 없는 문을 지난다. 들판을 가로지르는 길을 따라가다가 잔디가 무성한 오솔길을 지난 후 관목림 사이에 난 길을 걷다 보면 이끼 낀 고목이 나타난다. 그녀의 머릿속에 지도가 들어 있는 것 같았다. "전부 기억할 수 있겠어요?" 그녀가 마지막으로 속삭였다.

"네."

"왼쪽으로 돌고 나서 오른쪽, 다시 왼쪽이에요. 맨 꼭대기에 빗장이 없는 문이에요."

"알겠어요. 몇 시에요?"

"15시쯤. 기다려야 할 수도 있어요. 저는 다른 길로 갈 거예요. 확실히 전부 기억해요?"

"네."

"그럼 가능한 한 빨리 떨어지세요."

굳이 그런 말을 할 필요도 없었다. 하지만 당장은 사람들 사이를 빠져나갈 수가 없었다. 트럭들은 여전히 일렬로 지나가고 있었고, 사람들은 만족스럽지 못한지 아직도 입을 떡 벌린 채 구경하고 있었다. 처음에는 몇몇 사람이 거세게 야유를 퍼부었지만, 이는 사람들 사이에 섞여 있던 당원들이 낸 소리였고 그마저도 곧 멈추었다. 대부분의 사람이 느끼는 감정은 단순한 호기심이었다. 유라시아 출신이든 동아시아 출신이든 외국인들은 낯선 동물과 같았다. 포로의 모습이 아닌 이상 외국인을 볼 일이 전혀 없는 데다 포로의 모습도 잠시 언뜻 볼 수 있을 뿐이었다. 전쟁 포로로 교수형을 당하는 소수를 제외하고 나머지는 어떻게 되는지 아무도 알지 못했다. 처형당하지 않은 사람은 단순히 사라졌다. 아마 강제 노동 수용소로 보내졌을 것이다. 둥그런 얼굴의 몽골인들이 지나가고 나자, 지저분하고 수염이 덥수룩하고 지친, 유럽형의 얼굴이 보이기 시작했다. 수염이 까칠까칠한 광대뼈 위의 그 눈들이 윈스턴의 눈을 바라보았다. 때로는 이상할 정도로 강렬하게 쳐다보다가 이내 스쳐 지나갔다. 호송대의 행렬이 거의 끝나가고 있었다. 마지막 트럭에는 흰 수염이 무성한 노인이 손목이 앞에서 교차된 채 똑바로 서 있었다. 그렇게 묶여 있는 게 익숙한 듯한 모양새였다. 윈스턴과 그녀가 헤어져야 할 시간이 다가왔다. 그런데 마지막 순간, 사람들이 두 사람을 둘러싸고 있는 동안, 그녀가 윈스턴의 손을 잡더니 일순간 꼭 쥐었다.

10초도 안 되었겠지만 오랫동안 손을 잡고 있었던 것 같았다. 윈스턴은 그녀의 손을 샅샅이 느낄 수 있었다. 긴 손가락과 균형 잡힌 손톱과 작업 때문에 줄지어 못이 박인 단단한 손바닥과 손목 위의 부드러운 살갗을 더듬어보았다. 만져만 보았을 뿐인데도 눈으로 본 것처럼 훤히 알 수 있었다. 문득 그녀의 눈동자가 무슨 색인지 모르고 있다는 걸 깨달았다. 아마 갈색이겠지만, 검은 머리에 푸른 눈을 갖고 있는 사람도 간혹 있었다. 고개를 돌려 그녀를 바라보는 건 턱없이 어리석은 짓이었다.

사람들 틈바구니에서 누구에게도 보이지 않고 손을 잡은 채 두 사람은 눈앞의 광경을 계속해서 바라보았다. 그녀의 눈 대신 늙은 포로의 두 눈이 덥수룩한 머리칼 사이로 슬프게 윈스턴을 바라보고 있었다.

2

윈스턴은 빛과 그늘이 아롱거리는 길을 조심스럽게 걸어갔다. 나뭇가지 사이사이로 햇빛이 쏟아져 내려 바닥에 황금빛 웅덩이가 생겨났다. 왼쪽에 있는 나무들 아래로 마치 안개가 서려 있는 듯 블루벨 꽃이 피어 있었다. 공기는 살갗에 닿아 입을 맞추는 것 같았다. 5월 2일이었다. 숲 속 깊은 어딘가에서 산비둘기 울음소리가 들렸다.

윈스턴은 약속 시간보다 조금 일찍 도착했다. 이곳까지 찾아오는 데 별다른 어려움은 없었다. 놀라우리만치 노련한 그녀를 생각하니 평소보다 두려움이 덜했다. 안전한 장소를 찾았을 거라고 믿어도 될 것 같았다. 런던에 있을 때보다 교외에 있을 때 훨씬 더 안전할 거라고 생각해서는 안 된다. 물론 텔레스크린은 없었지만, 목소리를 인식해서 정체를 밝혀낼 수 있는 마이크가 숨겨져 있을 위험은 항상 있었다. 게다가 남의 시선을 끌지 않고 혼자서 길을 떠난다는 건 쉽지 않은 일이었다. 백 킬로미터 이하의 거리는 통행증이 필요 없지만, 때때로 철도역 근처를 어슬렁거리는 순찰대가 당원을 발견하면 서류를 검사하고 곤란한 질문을 던지기도 했다. 하지만 순찰대는 보이지 않았고, 역에서부터 걸어오며 흘깃흘깃 돌아보았지만 따라오는 사람도 없었다. 기차는 무더운 날씨를 맞아 휴일 기분에 들뜬 프롤들로 가득했다. 윈스턴이 타고 온 나무 좌석 객차는 이가 모두 빠진 증조모에서 생후 일 개월 아기까지 있는 어느 대가족 때문에 초만원이었다. 그들은 교외에 사는 '친척'들과 오후 시간을 함께하며 암시장에서 버터도 조금 구해보려고 길을 떠나는 중이라고 윈스턴에게 거리낌 없이 말했다.

길이 넓어지고 이내 그녀가 말한 오솔길에 도착했다. 소들이 다니는 길 같은, 관목림 사이에 난 내리막길일 뿐이었다. 시계는 없었지만 아직 15시는 되지 않았을 것이다. 발아래로 블루벨 꽃이 무성하게 피어 있어서 밟지 않고는 걸을 수가 없었다. 그는 무릎을 꿇고 앉아 꽃을 꺾기 시작했다. 시간을 죽이기 위해서이기도 했지만, 여자를 만나면 꽃 한 다발을 건네주고 싶다는 막연한 생각도 들었던 것이다. 커다랗게 한 다발을 모아 은은한 꽃향기를 맡고 있을 때였다. 등 뒤에서 소리가 나는 바람에 온몸이 꽁꽁 얼어붙었다. 잔가지를 밟는 바스락거리는 소리였다. 그는 계속해서 꽃을 꺾었다. 지금은 그게 최선이었다. 그 여자일 수도 있지만, 어쩌면 미행을 당하고 있었던 건지도 모른다. 뒤돌아보는 것은 죄가 있음을 드러내는 것이나 마찬가지였다. 윈스턴은 한 송이 한 송이 꽃을 꺾었다. 누군가 가볍게 그의 어깨에 손을 올렸다.

그는 고개를 들어 올려다보았다. 그 여자였다. 그녀는 조용히 입 다물고 있으라는 경고의 의미로 고개를 가로저은 후 관목림을 헤치고 나아가 숲으로 이어진 좁은 길로 재빠르게 앞장섰다. 군데군데 나 있는 웅덩이를 요리조리 피해 가는 것으로 보아 이전에도 이곳에 와본 적 있는 게 분명했다. 윈스턴은 여전히 손에 꽃다발을 든 채 뒤따라갔다. 처음에는 안도감이 들었지만, 엉덩이의 곡선이 드러날 정도로 진홍색 장식띠를 꽉 매고 있는 탄탄하고 날씬한 몸을 보고 있자니 열등감이 강하게 밀려들었다. 지금이라도 그녀가 뒤돌아서서 그를 보고 나면 전부 없었던 일로 해버릴 것 같았다. 달콤한 공기와 푸르른 잎사귀들도 윈스턴을 의기소침하게 했다. 이미 역에서 이곳까지 걸어오면서 5월의 햇살 때문에 자신이 런던의 거무스름한 먼지가 모공에 가득한, 실내에서만 생활하는 지저분하고 창백한 생물이라는 것을 깨달은 터였다. 문득 그녀가 지금껏 햇빛이 흠뻑 쏟아지는 야외에서 자신을 본 적이 없을 거라는 생각이 들었다. 그녀가 말했던 쓰러진 나무에 도착했다. 여자는 나무를 훌쩍 뛰어넘어 공간 같은 건 있을 것 같지 않은 관목림 속을 헤치고 들어갔다. 윈스턴이 뒤따라가 보니 자연적으로 만들어진 빈터가 나왔다. 잔디로 뒤덮인 작은 둔덕이 키 큰 묘목에 둘러싸여 주변과 완전히 차단되어 있었다. 여자가 멈춰 서서 뒤돌아섰다.

"다 왔어요." 그녀가 말했다.

그는 몇 걸음 떨어진 곳에서 그녀를 바라보았다. 아직 감히 더 가까이 다가가지 못했다.

"길에서는 아무 말도 하고 싶지 않았어요. 마이크가 숨겨져 있을지도 몰라서요. 아마 없겠지만 있을 수도 있으니까요. 그쪽 목소리를 알아채는 인간이 있을 가능성은 언제나 있잖아요. 여기선 괜찮아요."

아직도 다가갈 용기가 나지 않았다.

"여기선 괜찮다고요?" 그는 망연히 여자의 말을 따라 물었다.

"그래요, 나무들을 보세요." 작은 물푸레나무들은 언젠가 잘렸다가 다시 자라나서 숲을 이루고 있었다. 손목보다 굵은 나무는 하나도 없었다. "마이크를 숨길 만큼 큰 나무는 하나도 없잖아요. 게다가 전 여기 와본 적도 있고요."

그들은 대화만 나누고 있었다. 윈스턴은 그제야 그녀에게 가까이 다가가 보았다. 그녀는 허리를 꼿꼿이 세우고 윈스턴 앞에 서 있었다. 얼굴에는 행동이 왜 이렇게 느리냐고 타박하는 듯 얄궂은 미소를 희미하게 띠고 있었다. 블루벨 꽃들이 바닥으로 쏟아져 내렸다. 저절로 떨어진 것 같았다. 윈스턴은 그녀의 손을 잡고 말했다.

"믿을지 모르겠지만 방금 전까지만 해도 당신의 눈동자가 무슨 색인지도 알지 못했어요." 그녀의 눈동자를 보니 갈색이었다. 밝은 갈색이었고, 속눈썹은 검은색이었다. "이제 당신은 내가 정말 어떻게 생긴 사람인지 봤는데, 그래도 괜찮아요?"

"그럼요."

"나는 서른아홉 살이고, 이혼하지 못한 아내가 있어요. 정맥류궤양도 달고 있고, 의치도 다섯 개나 있어요."

"상관없어요."

다음 순간, 누가 먼저랄 것도 없이 두 사람은 꼭 껴안았다. 처음에는 도저히 믿을 수 없다는 심경뿐이었다. 젊은 육체가 그의 몸에 꼭 안겨 있었고, 검은 머리칼이 얼굴에 닿았다. 그랬다! 그녀가 얼굴을 들자 윈스턴은 그녀의 넓고 붉은 입술에 키스했다. 그녀는 그의 목을 꼭 껴안고 그대, 소중한 사람, 사랑하는 이라고 불렀다. 윈스턴은 그녀를 바닥에 눕혔다. 그녀는 전혀 저항하지 않고 그가 하는 대로 몸을 맡겼다. 그렇지만 사실 단순히 접촉하고 있다는 느낌 외에는 어떠한 육체적 감흥도 일지 않았다. 믿을 수 없다는 생각과 자부심만이 느껴졌다. 실제로 이런 일을 치르고 있다는 건 기뻤지만, 육체적 갈망은 없었다. 관계가 너무 빠른 걸까? 그녀가 너무 젊고 예뻐서 겁에 질린 걸까? 여자 없이 사는 데 완전히 익숙해진 걸까? 이유를 알 수 없었다. 그녀는 일어나 앉아 블루벨 꽃을 머리에서 떼어냈다. 윈스턴의 허리에 손을 감고는 그에게 기대앉았다.

"걱정 마요. 서두를 거 없잖아요. 오후 내내 같이 있을 수 있는데요. 정말 훌륭한 은신처 아니에요? 단체 등반 때 길을 잃고 헤매던 중에 발견했어요. 누군가 다가오면 백 미터 밖에서부터 소리가 들려요."

"이름이 뭐예요?" 윈스턴이 물었다.

"줄리아예요. 당신 이름은 알고 있어요. 윈스턴이죠. 윈스턴 스미스."

"어떻게 알았어요?"

"뭘 알아내는 데는 당신보다 제가 훨씬 나을 거예요. 그런데 말해줘요. 내가 그날 쪽지를 건네기 전에 당신은 나에 대해 어떻게 생각했는지."

줄리아에게 거짓말하고 싶지는 않았다. 최악의 말로 시작하는 것도 일종의 사랑의 선물이라는 생각이 들었다.

"사실 꼴도 보기 싫었어요. 강간한 다음에 죽여버리고 싶었죠. 2주일 전에는 진지하게 돌덩이로 머리를 내려칠까도 생각해봤어요. 솔직히 당신이 사상경찰과 관련된 줄 알았거든요."

줄리아는 이 말을 자신의 위장술이 훌륭했다는 찬사로 받아들인 듯 환히 웃었다.

"설마, 사상경찰이라니요! 정말 그렇게 생각했어요?"

"뭐, 꼭 그런 건 아니지만. 전반적으로 봤을 때 당신은 젊고 생기 넘치고 건강해서, 무슨 말인지 알죠? 그래서 아마 그런 생각이…."

"내가 훌륭한 당원이라고 생각했죠? 언행이 그럴듯하니까. 깃발, 행진, 슬로건, 게임, 단체 등반 같은 것들에서요. 일말의 기회라도 보이면 당신을 사상범으로 고발하고 죽일 거라고 생각했어요?"

"네, 뭐 그런 거죠. 수많은 젊은 여자들이 그렇잖아요."

"이게 다 이 빌어먹을 물건 때문이에요." 줄리아가 청년 성반대 연맹의 진홍색 띠를 잡아채서 나뭇가지 위로 던져버렸다. 그리고 허리를 만지다가 무언가 떠올랐는지 작업복 주머니를 더듬어 작은 초콜릿 조각을 꺼냈다. 그것을 반으로 쪼개서 한 조각을 그에게 건넸다. 윈스턴은 초콜릿을 받기도 전에 냄새를 맡고 그것이 흔치 않은 것임을 알았다. 초콜릿은 검고 반짝거렸으며 은박지에 싸여 있었다. 보통 초콜릿은 칙칙한 갈색에 잘 바스러지는 데다 굳이 표현하자면 쓰레기 태울 때 나는 연기 맛이 났다. 하지만 윈스턴 역시 그녀가 준 것과 같은 초콜릿을 언젠가 먹어본 적이 있었다. 처음 그 초콜릿 향을 맡았을 때 정확히 콕 집어 말할 수는 없지만 어떤 강렬하고 고통스러운 기억이 떠올랐다.

"이걸 어디서 구했어요?" 윈스턴이 물었다.

"암시장에서요." 줄리아가 무심히 말했다. "사실 저는 겉보기에 그런 여자예요. 게임을 잘하고, 첩보단에서는 분대장을 맡았죠. 일주일에 세 번은 저녁마다 청년 성반대 연맹에서 봉사활동을 하면서 몇 시간씩 그 망할 헛소리를 런던 전역에 붙이고 다녀요. 행진 중에는 언제나 깃발 한쪽을 들어요. 항상 생기 있게 보이고 결코 몸을 사리지 않아요. 언제나 사람들과 고함을 질러요. 그래야만 안전하니까."

첫 번째 초콜릿 조각이 윈스턴의 혀에서 녹아내렸다. 달콤했다. 동시에 시야 한구석에 비친 물체처럼, 강렬하게 느껴지지만 명확한 형상을 알 수 없는 어떤 기억이 그의 의식 언저리를 맴돌았다. 되돌리고 싶지만 그렇게 하지 못한 행동이라는 것만 떠올린 채 그 기억을 머릿속 한구석에 제쳐두었다.

"당신은 아주 젊어요. 나보다 열 살, 열다섯 살은 어릴 것 같아요. 그런데 나 같은 남자한테 대체 무슨 매력을 느낀 거죠?" 윈스턴이 물었다.

"얼굴에서 무언가가 느껴졌어요. 한번 해보자 싶었죠. 전 당에 충성하지 않는 사람들을 잘 찾아내거든요. 당신을 보는 순간 당신이 **그들**에게 반대하고 있다는 걸 알았어요."

그들이라는 건 당을, 그중에서도 내부당을 말하는 것이리라. 줄리아는 말하는 중에 대놓고 그들을 비아냥거리며 증오를 드러냈다. 윈스턴은 어딘가 안전한 곳이 있다면 바로 여기라고 생각하면서도 그런 말을 듣자 불안해졌다. 그녀의 말버릇이 꽤 거칠다는 것도 놀라운 사실이었다. 당원은 욕을 해서는 안 됐다. 좌우간 윈스턴 자신도 큰 소리로 욕을 하는 일은 드물었다. 하지만 줄리아는 뒷골목에 마구잡이로 쓰여 있는 분필 낙서 같은 말을 쓰지 않고는 당에 대해, 특히 내부당에 대해 이야기할 수 없는 모양이었다. 그런 점이 싫지는 않았다. 그건 단순히 당과 당의 모든 방식에 대해 그녀가 반감을 갖고 있다는 증거일 뿐이었다. 그리고 어쩐지 썩은 건초 냄새를 맡은 말이 재채기를 하는 것처럼 자연스럽고 건강해 보였다. 그들은 빈터를 나와 그림자가 아롱거리는 숲 속을 다시 걸었다. 두 사람이 나란히 걸을 수 있을 만큼 넓은 길이 나올 때마다 서로 허리에 손을 둘렀다. 띠를 두르지 않은 줄리아의 허리가 훨씬 부드럽게 느껴졌다. 그들은 속삭임을 넘는 큰 목소리는 내지 않았다. 줄리아는 빈터 밖에서는 좀 더 조용히 걷는 게 좋겠다고 말했다. 곧 그들은 작은 숲의 가장자리에 도착했다. 줄리아는 윈스턴을 멈춰 세웠다.

"숲 밖으로 나가지 마요. 누군가 보고 있을지도 몰라요. 나뭇가지 뒤에 숨어 있으면 괜찮을 거예요."

그들은 개암나무 숲 그늘에 서 있었다. 수많은 잎사귀 사이로 햇볕이 여전히 뜨겁게 얼굴에 내려앉았다. 윈스턴은 숲 너머로 펼쳐진 들판을 바라보다가 이상하게도 이 풍경을 알고 있는 것 같다는 생각이 들었다. 그는 이곳을 본 적이 있었다. 풀을 바싹 뜯어먹힌 오래된 초원과 그 위를 가로지르는 오솔길과 여기저기 두더지가 파놓은 흙 둔덕이 있었다. 저 반대편, 제멋대로 난 산울타리에는 느릅나무 가지들이 산들바람에 하늘거리고 있었고, 나뭇잎들은 여인의 머리카락처럼 빽빽이 모여 살랑거리고 있었다. 분명 시야에는 없었지만 근처 어딘가에 시냇물이 흐르고 푸른 웅덩이에 황어가 헤엄치고 있을 것이다.

"근처에 시내가 있지 않아요?" 윈스턴이 속삭였다.

"맞아요, 시내가 있어요. 다음 들판 끝자락에 있어요. 커다란 물고기들도 살아요. 버드나무 아래 웅덩이에서 꼬리를 흔들며 헤엄치는 걸 볼 수 있어요."

"황금의 나라 같잖아." 윈스턴이 중얼거렸다.

"황금의 나라요?"

"아무것도 아니에요. 꿈속에서 몇 번 이런 풍경을 봤거든요."

"봐요!" 줄리아가 속삭였다.

두 사람의 얼굴 높이에, 5미터도 떨어져 있지 않은 나뭇가지에 개똥지빠귀가 내려앉았다. 새는 그들을 보지 못한 것 같았다. 새는 햇볕 아래 있었고, 두 사람은 그늘에 있었다. 새는 날개를 펴더니 조심스럽게 다시 접은 후 태양에 경의를 표하듯 잠시 동안 머리를 수그렸다가 노래를 부르기 시작했다. 오후의 정적 속에서 노랫소리는 깜짝 놀랄 정도로 우렁찼다. 윈스턴과 줄리아는 그 소리에 매료되어 서로를 꼭 끌어안았다. 노랫소리는 한 번도 같은 소리를 반복하지 않고 놀라운 변화를 거듭하며 끊이지 않고 계속되었다. 새는 일부러 자신의 기교를 뽐내며 노래하는 것 같았다. 때로는 잠시 멈춰서 날개를 폈다가 접었고, 그러다 얼룩덜룩한 가슴을 잔뜩 부풀려서 다시 노래하기 시작했다. 윈스턴은 어렴풋한 존경심을 느끼며 그 모습을 바라보았다. 저 새는 누구를 위해, 무엇을 위해 노래하는 걸까? 그 어떤 짝도, 적도 지켜보고 있지 않았다. 무엇 때문에 쓸쓸한 숲의 끝자락에 앉아 허공을 향해 노래하는 걸까? 윈스턴은 근처 어딘가에 마이크가 숨겨져 있지는 않은지 의심스러웠다. 그와 줄리아는 낮게 속삭이고 있으니 그 말이 잡히지는 않을 테지만, 개똥지빠귀의 노랫소리는 잡혔을 것이다. 어쩌면 도청기 반대편에서 딱정벌레 같은 어떤 작은 남자가 집중해서 그 소리를 듣고 있을지도 모른다. 하지만 쏟아지는 노랫소리를 듣고 있자니 마음속에서 모든 생각이 차차 사라져갔다. 그 소리는 액체같이 그를 흠뻑 적시고는 나뭇잎 사이로 쏟아져 내리는 햇살과 섞이는 것 같았다. 윈스턴은 생각을 멈추고 느끼기만 했다. 감싸 안은 줄리아의 허리는 부드럽고 따뜻했다. 그는 가슴이 맞닿도록 그녀의 몸을 돌려 꽉 껴안았다. 그녀의 몸이 녹아내려서 그의 몸속으로 흘러 들어오는 것 같았다. 손을 움직일 때마다 줄리아의 몸이 물처럼 유연하게 움직였다. 두 사람의 입술이 포개졌다. 앞서 나눈 맹렬한 키스와는 달랐다. 얼굴을 떼면서 두 사람 모두 깊은 한숨을 내쉬었다. 새가 깜짝 놀라 날개를 퍼덕이며 날아가 버렸다.

"**지금**." 윈스턴이 그녀의 귀에 입술을 대고 속삭였다.

"여기선 안 돼요. 은신처로 돌아가요. 거기가 더 안전해요."

이따금 바스락거리는 나뭇가지를 밟고 그들은 재빨리 길을 헤쳐 빈터로 돌아갔다. 묘목에 둘러싸인 빈터에 들어오자 줄리아와 윈스턴은 마주 보았다. 두 사람 모두 가쁘게 숨을 내쉬고 있었다. 줄리아의 입가에 다시 미소가 맴돌았다. 그녀는 잠시 윈스턴을 바라보며 서 있다가 작업복 지퍼를 더듬거렸다. 그렇다! 윈스턴이 꿈에서 보았던 장면과 거의 비슷했다. 그녀는 상상했던 것만큼 빨리 옷을 벗어 던졌다. 옷가지를 한쪽으로 내던질 때 그녀의 몸짓은 문명 전체를 무너뜨릴 것 같던 바로 그 장엄한 몸짓이었다. 그녀의 몸은 태양 아래서 하얗게 빛났다. 하지만 잠시 동안 윈스턴은 그 몸을 바라보지 못했다. 그의 눈은 희미하고 대담한 미소를 띤 주근깨투성이 얼굴에 고정되어 있었다. 윈스턴은 줄리아 앞에 무릎을 꿇고 손을 잡았다.

"전에 해본 적 있나요?"

"그럼요. 몇백 번이나요. 아무튼 몇십 번 정도는 해봤어요."

"당원들하고요?"

"네, 항상 당원들하고 했어요."

"내부당원하고도?"

"아뇨, 그 돼지 같은 놈들이랑은 안 해요. 그렇지만 조금이라도 기회가 있다면 **하려는** 인간들은 넘칠걸요. 떠들고 다니는 것처럼 그렇게 성스러운 인간들이 아니에요."

심장이 쿵쾅거렸다. 그녀는 몇십 번 해봤다고 했다. 윈스턴은 그게 몇백 번, 몇천 번이길 바랐다. 당이 부패했다는 걸 암시하는 무언가를 접할 때마다 마음속에는 무모한 희망이 차올랐다. 실상을 알고 보면 당은 부패해 있는지도 모른다. 당에서 적극적인 태도와 자기부정을 예찬하는 것은 그저 죄악을 감추기 위한 거짓일 수도 있었다. 그놈들 모두에게 나병이나 매독을 옮길 수 있다면 기꺼이 그렇게 했을 텐데! 부패시키고 약화시키고 손상시킬 수 있는 거라면 뭐든지 했을 텐데! 윈스턴은 줄리아를 끌어당겨 서로 마주 보며 무릎을 꿇고 앉았다.

"잘 들어요. 당신이 많이 해봤을수록 나는 당신을 더 사랑해요. 무슨 말인지 알겠어요?"

"네, 잘 알아요."

"나는 순결을 싫어하고, 선을 증오해요! 미덕 같은 건 어디에도 없었으면 좋겠어요. 모든 사람이 뼛속까지 타락했으면 좋겠어요."

"그럼 나는 당신에게 꼭 어울리네요. 나는 뼛속까지 타락했어요."

"이런 걸 좋아해요? 나랑 하는 걸 말하는 게 아니고, 이 행위 자체를 좋아하느냐고요."

"아주 좋아해요."

무엇보다 듣고 싶었던 말이었다. 한 사람에 대한 사랑이 아니라 동물적인 본능이자 단순하고 무차별적인 욕망이야말로 당을 산산조각 낼 바로 그 힘이었다. 윈스턴은 블루벨 꽃이 여기저기 떨어져 있는 잔디 위에 그녀를 눕혔다. 이번에는 아무런 어려움도 없었다. 두 사람의 가슴은 곧 들썩거리다가 정상적인 속도로 진정되었고, 즐거운 무력감을 느끼며 서로에게서 떨어졌다. 햇볕은 더 뜨거워진 것 같았다. 두 사람 모두 졸음이 쏟아졌다. 윈스턴은 벗어 던진 작업복을 끌어와 그녀를 살짝 덮어주었다. 그들은 곧바로 잠이 들어 30분가량 잤다.

윈스턴이 먼저 눈을 떴다. 그는 몸을 일으켜 앉아 손바닥을 벤 채 여전히 평화롭게 잠들어 있는 주근깨투성이 얼굴을 바라보았다. 입술을 제외하면 예쁘다고 할 만한 얼굴은 아니었다. 자세히 살펴보니 눈가에 주름도 한두 줄 있었다. 짧은 검은 머리는 숱이 무척 많으면서 부드러웠다. 문득 아직도 그녀의 성이 무엇인지, 사는 곳이 어디인지도 모른다는 걸 깨달았다.

속수무책 잠에 빠져 있는 젊고 탄탄한 몸을 보고 있자니 측은하면서도 지켜주고 싶다는 마음이 들었다. 하지만 개똥지빠귀가 노래하는 동안 개암나무 아래서 느껴졌던 분별없는 애정은 되살아나지 않았다. 윈스턴은 작업복을 들어 한쪽으로 치우고 줄리아의 부드럽고 하얀 옆태를 살펴보았다. 과거에는 남자가 여자의 몸을 바라보고 매력을 느끼면 그걸로 그만이었다. 하지만 이제 순수한 사랑이나 순수한 욕망 같은 건 없었다. 어떤 감정도 순수하지 않았다. 모든 감정에는 공포와 증오가 섞여 있었기 때문이다. 그들의 포옹은 전쟁이었고, 절정은 승리였다. 그건 당을 향해 날리는 공격이자 정치 행위였다.

3

"여긴 다시 한번 올 수 있을 거예요. 어디라도 은신처는 보통 두 번까지 이용하는 것은 안전해요. 물론 한두 달 안에 다시 오는 건 안 되지만요." 줄리아가 말했다.

잠에서 깨자마자 그녀의 태도가 바뀌었다. 줄리아는 민첩하고 사무적인 태도로 옷을 입고 허리에 진홍색 띠를 맨 후 집으로 돌아가는 방법을 구체적으로 설명하기 시작했다. 이 일은 그녀에게 맡기는 편이 맞는 것 같았다. 줄리아에게는 윈스턴에게 부족한 실용적인 잔꾀가 있었다. 수많은 단체 등반을 통해 런던 근교에 대해서도 빠삭하게 꿰고 있는 것 같았다. 그녀가 설명해준 경로는 왔던 길과는 완전히 달라서 윈스턴은 다른 철도역에서 내려야 했다. "집에 갈 때는 절대 왔던 길로 가면 안 돼요." 줄리아는 중요한 일반 원칙을 세우듯이 말했다. 그녀가 먼저 떠나고, 윈스턴은 30분을 기다렸다가 뒤따르기로 했다.

그녀는 나흘 뒤 저녁에 퇴근한 다음 만날 장소를 말해주었다. 그곳은 대개 사람들로 북적이고 시끄러운 시장이 열리곤 하는 빈민가의 한 거리였다. 그녀는 신발 끈이나 바느질실을 찾는 척하며 노점상 근처를 배회하고 있을 것이다. 윈스턴이 다가올 때 안전하다고 판단되면 줄리아는 코를 풀 것이고, 그렇지 않으면 알은척하지 않고 지나갈 것이다. 하지만 운이 좋으면 사람들 사이에 섞여서 15분 정도 이야기하고 다음 약속을 잡을 수 있을 것이다.

"그만 가야겠어요." 윈스턴이 설명을 숙지하자마자 그녀가 말했다. "19시 30분까지 돌아가야 해요. 청년 성반대 연맹에서 두 시간 정도 전단지를 나눠주거나 그런 걸 해야 하거든요. 끔찍하지 않아요? 옷 좀 털어줄래요? 머리에 나뭇가지 같은 건 안 붙었나요? 확실해요? 그럼 안녕, 내 사랑. 잘 가요!"

줄리아는 윈스턴의 품 안에 뛰어들어 격렬히 키스하더니 잠시 후 작은 나무들 사이를 헤치고 소리도 없이 숲 속으로 사라졌다. 심지어 지금까지도 윈스턴은 그녀의 성이나 주소를 알지 못했다. 하지만 별 상관없었다. 그들이 실내에서 만난다거나 편지를 주고받는다거나 하는 건 상상도 할 수 없는 일이기 때문이었다.

공교롭게도 그들이 숲 속 빈터에서 다시 만나는 일은 없었다. 5월 내내 그들이 사랑을 나눈 것은 단 한 번뿐이었다. 줄리아가 아는 또 다른 은신처인, 삼십 년 전에 원자폭탄이 떨어져서 버려지다시피 한 교외의 황폐한 교회 종탑에서였다. 일단 가기만 하면 좋은 은신처였지만, 그곳까지 가는 길은 무척 위험했다. 그때를 제외하면 길거리에서만 만날 수 있었다. 매일 저녁 매번 다른 장소였고, 한번 만나면 30분을 넘길 수 없었다. 대개 길거리에서는 그럭저럭 이야기를 나눌 수 있었다. 하지만 나란히 붙어 걷지도 못하고 서로를 쳐다보지도 못한 채 사람들로 가득한 거리를 정처 없이 걸으면서, 등대 불빛이 꺼졌다 켜졌다 하듯 간헐적이고 이상한 대화를 나누었다. 당의 제복을 입은 사람이 다가오거나 텔레스크린이 가까워지면 재빨리 입을 다물었다가 몇 분 후 다시 하던 이야기를 이어갔고, 약속한 장소에 도착해 헤어지면서 돌연 이야기를 멈추고, 다음 날 서론도 없이 하던 이야기를 이어나가는 식이었다. 줄리아는 이런 대화에 꽤 익숙한 것 같았다. 그녀는 이를 두고 '분할 대화'라고 했다. 그녀는 놀라우리만치 입술을 움직이지 않고 이야기하는 데 능숙했다. 저녁 만남을 이어가던 거의 한 달 동안 키스를 딱 한 번 할 수 있었다. 두 사람이 말없이 골목길을 걷고 있는데(줄리아는 큰길에서 멀리 떨어져 있을 때는 결코 말하지 않았다) 귀청이 터질 듯 굉음이 울리더니 땅이 들썩거리고 하늘이 어두워졌다. 정신을 차리고 보니 윈스턴은 상처를 입고 겁에 질린 채 옆으로 쓰러져 있었다. 꽤 가까운 곳에 로켓 폭탄이 떨어진 것이 분명했다. 그때 자신의 얼굴 겨우 몇 센티미터 앞에 줄리아의 얼굴이 있다는 것을 깨달았다. 그녀의 얼굴은 분필만큼 새하얗게 질려 있었고 입술마저 창백했다. 그녀가 죽었다! 윈스턴은 줄리아를 껴안고 키스했다. 다행히 얼굴이 따뜻한 걸 보니 그녀는 살아 있었다. 그런데 입술 위에 가루 같은 것이 느껴졌다. 두 사람 모두 얼굴에 석고 가루가 두껍게 쌓여 있었다.

어떤 날 저녁에는 약속 장소에 도착했지만 어떤 신호도 없이 서로를 지나쳐 가야 했다. 순찰대가 길모퉁이를 막 돌아오거나 헬리콥터가 머리 위를 날아다니고 있었기 때문이었다. 설령 상황이 덜 위험하더라도 만날 시간을 마련하기가 쉽지 않았다. 윈스턴의 근무는 주당 60시간이었고 줄리아는 그보다도 길었다. 게다가 업무 강도에 따라 서로 쉬는 날이 달랐고, 일치하는 경우도 적었다. 어쨌든 줄리아가 저녁 내내 쉴 수 있는 날은 거의 없었다. 그녀는 강의와 시위에 참여하고, 청년 성반대 연맹의 인쇄물을 배포하고, 증오 주간을 위해 깃발을 준비하고, 절약 운동을 위해 수금을 다니는 등 활동을 하는 데 상당히 많은 시간을 들였다. 줄리아는 이런 활동이 도움이 된다고, 위장술이라고 말했다. 작은 규칙을 지키면 큰 규칙을 깰 수 있다는 것이었다. 그녀는 윈스턴에게 하룻밤 더 시간을 내서 열성적인 당원들이 자발적으로 참여하는 시간제 군수품 작업에 참가하라고 설득하기까지 했다. 그래서 윈스턴은 일주일에 한 번씩 폭탄 신관信管의 부품인 듯한 작은 금속 조각을 나사로 죄는 괴롭도록 지루한 작업을 네 시간씩이나 해야 했다. 외풍이 드는 침침한 작업장에서 땅땅거리는 망치 소리와 음울하게 뒤섞인 텔레스크린의 음악 소리를 들으며 말이다.

그들은 교회 탑에서 만나 단편적으로 나누었던 대화의 공백을 메웠다. 타는 듯이 더운 오후였다. 종 위쪽에 자리 잡은 작은 사각형 공간은 덥고 답답했으며 비둘기 똥 냄새가 지독했다. 그들은 먼지가 수북하고 나뭇가지가 흩어져 있는 바닥에 몇 시간씩 앉아 이야기를 나누었다. 때때로 둘 중 한 사람이 일어나 화살 구멍 사이를 잠깐씩 살펴보며 누가 오고 있지는 않은지 확인했다.

줄리아는 스물여섯 살이었다. 다른 서른 명의 여자들과 함께 합숙소에서 살았고("언제나 여자 냄새가 진동해요! 여자들이 지겨워 죽겠어요!"라고 그녀는 말했다), 짐작대로 창작국에서 소설창작기를 다루는 업무를 맡고 있었다. 강력하면서도 복잡한 전기 모터를 작동하고 다루는 일이 주요 업무였는데, 그녀는 그 일을 즐겁게 하고 있었다. '똑똑하지는 않지만' 손으로 하는 일을 좋아하여 기계를 수월하게 다룬다고 했다. 그녀는 기획 위원회에서 내리는 일반적인 지시사항에서부터 개정판의 최종 수정 작업까지 소설 하나를 쓰기 위한 전 과정을 설명할 수 있었다. 하지만 완성작에는 그다지 관심이 없었다. "읽는 건 별로 안 좋아하거든요." 그녀는 이렇게 말했다. 책은 잼이나 신발끈처럼 생산되어야 하는 생필품일 뿐이었다.

줄리아는 1960년대 초 이전에 대한 기억은 전혀 없었고, 혁명 전의 삶에 대해 자주 이야기해주던 사람은 그녀가 여덟 살일 때 사라져버린 할아버지가 유일했다. 학창 시절에는 하키부 주장이었고 이 년 연속 체조 트로피를 받았다. 첩보단에서 분대장을, 청소년 동맹에서는 지부장을 맡은 후 청년 성반대 연맹에 입단했다. 줄리아는 언제나 뛰어났다. 심지어 프롤들 사이에 배포되는 싸구려 포르노를 만드는 창작국의 하위 부서인 포르노과에 차출되기까지 했다(이는 평판이 훌륭하다는 것을 보여주는 확실한 증거다). 그 안에서 일하는 사람들은 포르노과를 '쓰레기장'이라고 불렀다고 한다. 그녀는 거기에 일 년 정도 있으면서 '엉덩이 때리기'나 '여학교에서의 하룻밤' 같은 제목의 밀봉 포장 소책자를 만들었고, 프롤레타리아 청년들은 불온서적을 사가는 기분으로 은밀히 그 책들을 사갔다.

“어떤 내용인데요?” 윈스턴이 궁금해하며 물었다.

“아아, 터무니없는 쓰레기예요. 정말 지루해요. 줄거리가 여섯 개밖에 안 되는데, 조금씩 바꿔가면서 만들어요. 물론 저는 만화경만 다뤄요. 개정반에서 일해본 적은 없고요. 문학적인 사람이 아니라서 그런 것도 못하거든요.”

윈스턴은 국장급을 제외한 모든 직원이 여자라는 사실에 놀랐다. 성적 본능을 제어하기 힘든 남자들은 포르노과에서 만드는 쓰레기에 타락할 위험이 크다는 논리였다.

“직원 중에는 결혼한 여자도 없어요. 여자들은 언제나 순수해야 하거든요. 여기 안 그런 사람이 하나 있지만요.” 그녀가 덧붙여 말했다.

줄리아는 열여섯 살 때 첫 경험을 했다. 상대는 예순 살 먹은 당원으로 그 후 체포를 피해 자살했다. “잘된 일이에요. 그러지 않았으면 자백할 때 내 이름이 나왔을 테니까요.” 그녀가 말했다. 그 후로도 다양한 남자들이 있었다. 그녀에게 있어 삶은 단순했다. 사람들은 재미를 보고 싶어 한다. ‘그들’ 즉, 당은 그걸 막으려 한다. 사람들은 최선을 다해 규칙을 어긴다. 그녀는 그들이 사람들의 즐거움을 빼앗으려는 것은 사람들이 체포되지 않으려는 것만큼이나 당연한 일이라고 생각하는 것 같았다. 줄리아는 당을 증오했다. 증오한다고 노골적으로 말했다. 하지만 당에 대해 전반적으로는 비판하지 않았다. 자신의 삶을 방해하지만 않는다면 당의 강령 따위에는 아무런 관심이 없었다. 그녀는 일상어로 자리 잡은 단어들을 제외하면 결코 신어를 사용하지 않았다. 그녀는 형제단에 대해 들어본 적도 없었고, 형제단의 존재를 믿으려 하지도 않았다. 실패할 게 빤한 당에 대한 각종 조직적 반란은 멍청한 짓이라고 생각했다. 현명한 것은 규칙을 어기면서도 살아남는 것이었다. 윈스턴은 어렴풋이 궁금해졌다. 혁명의 시대에 자라난 젊은 세대 중에 아무것도 모른 채 당을 하늘과 같이 불변의 것으로 받아들이는 사람, 권위에 반항하지 않으면서 개를 피하는 토끼처럼 단순히 피하기만 하는 그녀 같은 사람이 과연 얼마나 많을까?

그들은 결혼의 가능성에 대해서는 이야기하지 않았다. 그건 가능성이 희박한 일이라 생각해볼 가치도 없었다. 설령 윈스턴의 아내 캐서린이 어떻게 해서 호적에서 사라졌다 한들 그 어떤 위원회에서도 그런 결혼을 인정해주지 않을 것이다. 꿈속에서도 가망 없는 일이었다.

"아내는 어떤 사람이었어요?" 줄리아가 물었다.

"아내는… 신어로 **좋은생각스러운Goodthinkful**이라는 말 알아요? 나쁜 생각을 할 수 없는, 선천적으로 사상이 정통적이라는 뜻이에요."

"아뇨, 그런 말은 몰라요. 하지만 그런 사람에 대해서는 알죠. 알고말고요."

윈스턴은 줄리아에게 결혼생활에 대해 이야기해줬는데, 이상하게도 그녀는 듣기도 전에 이미 핵심적인 부분을 다 알고 있는 것 같았다. 그가 손을 대면 아내의 몸이 잔뜩 경직됐다거나, 아내가 그를 껴안으면서도 온 힘을 다해 밀어내는 것 같았던 느낌을 줄리아는 마치 자신이 경험했던 것처럼 설명해냈다. 그녀와 그런 이야기를 하는 것은 하나도 어렵지 않았다. 어쨌든 오래전부터 아내 캐서린은 고통스러운 기억이 아니라 그저 불쾌한 기억이 되었을 뿐이다.

"한 가지만 아니면 참을 수도 있었을 거예요." 윈스턴은 매주 같은 날 밤 캐서린이 강제로 치르게 만들었던 냉담한 작은 의식에 대해 말했다. "아내는 하는 걸 싫어했지만 무슨 일이 있어도 그만두지 않으려 했어요. 그걸 부르는 말이 있었는데, 그게 뭔지 짐작도 못 할걸요."

"당에 대한 우리의 의무." 줄리아가 즉시 말했다.

"어떻게 알았어요?"

"나도 학교를 다녔으니까요. 열여섯 살이 넘으면 한 달에 한 번 성교육을 받아요. 청년 운동에서도요. 몇 년에 걸쳐서 그런 사상을 주입하죠. 아마 많은 사람한테 효과가 있을 거예요. 하지만 물론 장담은 못 하죠. 사람들은 정말 위선자니까요."

줄리아는 이 주제에 대해 상세히 설명하기 시작했다. 그녀에게 있어서 모든 이야기는 자신의 성생활로 귀결되었다. 어떤 식으로든 이 이야기가 나오면 뛰어난 통찰력을 보였다. 윈스턴과 달리 줄리아는 당의 성적 금욕주의의 숨겨진 의미를 파악하고 있었다. 성적 본능이 당의 통제 밖에 있는, 파괴되어야만 하는 그들만의 세계를 구축하기 때문만은 아니었다. 그보다는 성적 결핍이 히스테리를 유발하기 때문에 당이 금욕을 조장한다는 것이었다. 히스테리는 전쟁에 대한 열기와 지도자에 대한 숭배로 탈바꿈할 수 있다는 면에서 바람직한 것이었다. 그녀는 이렇게 말했다.

"섹스를 하면 에너지를 다 써버리죠. 그 후에는 기분이 좋아지고 아무것에도 상관하지 않아요. 그들은 사람들이 그런 감정을 느끼는 걸 허락할 수 없는 거예요. 언제나 에너지가 가득 차 있길 바라는 거죠. 이리저리 행진하고 응원하고 깃발을 흔드는 그 모든 것은 그저 변질된 섹스 행위예요. 내면에서 행복감을 느끼면 뭐하러 빅 브라더와 3개년 계획과 2분 증오 같은 헛소리에 열광하겠어요?"

그야말로 사실이었다. 순결과 정치적 정통성 사이에는 직접적이고 밀접한 관계가 있었다. 어떤 강렬한 본능을 짓눌러서 그걸 원동력으로 삼지 않았다면 어떻게 당이 당원들에게 원하는 공포, 증오, 광적 맹신을 적절한 수준으로 유지할 수 있었겠는가? 성적 충동은 당에게 위험한 것이었고, 당은 그걸 이용했다. 그들은 부모의 본능을 이용했을 때와 비슷한 방식을 활용했다. 사실상 가족제도는 폐지할 수 없었고, 당에서는 사람들에게 거의 과거와 같은 방식으로 자녀들을 아끼도록 권장했다. 반면 아이들은 체계적으로 부모에게 등 돌리고, 부모를 몰래 감시하고, 부모의 탈선을 신고하라고 교육받았다. 사실상 가족은 사상경찰의 연장선상에 있게 되었다. 가족은 모든 사람이 자신과 친밀한 밀고자에게 밤낮으로 둘러싸여 있게 만드는 수단이 되어버렸다.

돌연 캐서린에 대한 생각이 떠올랐다. 캐서린이 조금 덜 우둔해서 윈스턴의 의견에서 묻어나는 비정통적 사상을 간파했다면 분명 사상경찰에 고발했을 것이다. 하지만 사실 이 순간 캐서린을 떠올린 건 이마에 땀이 맺힐 정도로 숨 막히는 오후의 열기 때문이었다. 윈스턴은 십일 년 전 찌는 듯한 여름날 오후에 일어났던 아니, 일어나지 못했던 일에 대해 이야기하기 시작했다.

결혼한 지 삼사 개월 정도 지났을 때의 일이었다. 그들은 단체 등반 중 켄트 지방 어딘가에서 길을 잃고 말았다. 다른 사람들에 비해 몇 분 정도 뒤처졌을 뿐인데 길을 잘못 드는 바람에 오래된 백악 채석장 끝에서 멈춰 서게 되었다. 그곳은 높이가 십에서 이십 미터 정도 되는 깎아지른 낭떠러지였고, 그 아래로는 자갈밭이었다. 길을 물어볼 사람은 아무도 없었다. 길을 잃었다는 사실을 깨닫자 캐서린은 매우 불안해했다. 소란스러운 등반인 무리에서 잠시라도 떨어지는 건 비행을 저지른 거나 마찬가지라고 생각하는 모양이었다. 그녀는 왔던 길로 얼른 돌아가 다른 길을 찾아보려고 했다. 그런데 그때 윈스턴은 낭떠러지 아래쪽 돌 틈새에서 자라난 부처꽃 덤불을 발견했다. 그 중 한 덤불은 같은 뿌리인 것이 분명한데도 자홍색과 붉은 벽돌색 두 가지 꽃이 피어 있었다. 그때껏 그런 걸 본 적이 없었던 윈스턴은 캐서린에게도 보여주려고 아내를 불렀다.

"캐서린, 이것 좀 봐! 이 꽃들 말이야. 바닥 근처에 저기 덤불 있지. 색이 두 가지잖아!"

캐서린은 되돌아가려고 이미 발을 돌린 상태였지만 초조해하며 잠시 돌아왔다. 그가 가리키는 곳을 보려고 낭떠러지 아래로 몸을 기울이기까지 했다. 윈스턴은 조금 뒤에서 그녀가 떨어지지 않도록 손으로 허리를 붙잡고 있었다. 그때 지금 여기에는 자신과 아내 둘밖에 없다는 생각이 불쑥 떠올랐다. 어디에도 사람은 없었고, 살랑거리는 잎사귀 한 잎, 깨어 있는 새한 마리조차 없었다. 이런 장소에 마이크가 숨겨져 있을 가능성도 매우 적었고, 설령 있다고 해도 소리밖에 잡아내지 못할 것이었다. 오후 중 가장 뜨겁고 졸음이 쏟아질 만한 시간이었다. 태양이 그들을 환히 내리쬐고 있었고, 땀이 얼굴을 간질였다. 그때 그 생각이 떠올랐다….

"왜 밀어버리지 않았어요? 나라면 그랬을 텐데." 줄리아가 말했다.

"맞아요. 당신이라면 그랬을 거예요. 그때 내가 지금의 나 같았더라면 밀어버렸을지도 모르죠. 아니, 어쩌면… 잘 모르겠어요."

"그러지 못해서 후회해요?"

"네, 대체로 후회해요."

그들은 먼지 쌓인 바닥에 나란히 앉아 있었다. 윈스턴은 줄리아를 가까이 끌어당겼다. 줄리아가 그의 어깨에 머리를 기댔다. 그녀의 향기로운 머리 냄새 덕분에 비둘기 똥 냄새가 누그러졌다. 줄리아는 아주 젊었고, 아직 삶에 대해 기대하는 것이 있었다. 불편한 사람을 낭떠러지 아래로 밀어봤자 아무런 문제도 해결되지 않는다는 걸 이해하지 못했다.

"사실 그런다고 해도 달라지는 건 없었을 거예요."

"그럼 왜 밀지 않은 걸 후회해요?"

"그냥 소극적인 것보다는 적극적인 편이 좋으니까요. 지금 하고 있는 게임에서 우리는 이길 수 없어요. 다른 실패들보다 그나마 나은 실패도 있잖아요. 그뿐이에요."

줄리아는 동의하지 않는다는 뜻으로 어깨를 꿈틀거렸다. 이런 이야기를 할 때면 그녀는 언제나 윈스턴의 말에 반박했다. 개인은 언제나 패배한다는 자연의 법칙을 받아들이려 하지 않았다. 그녀는 자신이 죽을 운명이고 조만간 사상경찰이 자신을 체포해 죽일 거라는 것을 어느 정도는 알고 있었지만, 마음 한 구석에서는 어떻게든 개인이 원하는 대로 살아가는 비밀의 세상을 만들 수 있을 거라고 믿었다. 운과 잔꾀와 대담함만 있으면 됐다. 그녀는 행복 같은 건 어디에도 없고, 유일한 승리는 모두 죽고 오랜 시간이 지난 먼 미래에만 존재하며, 당을 향해 전쟁을 선포한 순간부터 자신을 시체라고 생각하는 게 낫다는 것을 이해하지 못했다.

"우린 죽은 거예요." 윈스턴이 말했다.

"아직 안 죽었어요." 줄리아가 무미건조하게 말했다.

"육체적으로는 그렇죠. 앞으로 육 개월, 일 년… 아마 오 년 정도는 더 살 수 있을지도 몰라요. 나는 죽는 게 두려워요. 당신은 젊으니까 나보다 더 죽음을 두려워할지도 모르죠. 물론 할 수 있는 한 죽는 건 나중으로 미뤄야겠죠. 그렇다고 해도 별로 달라지는 건 없을 거예요. 인간이 인간인 한 삶과 죽음은 같은 거예요."

"아아, 쓸데없는 소리예요! 당신은 당장 둘 중 누구랑 자고 싶어요? 나인가요, 해골인가요? 살아 있다는 게 즐겁지 않아요? 이건 나다, 이건 내 손이다, 이건 내 다리다 하며 느끼는 게 좋지 않아요? 난 진짜예요. 확실히 존재해요. 살아 있다고요! 이게 좋지 않아요?"

줄리아는 몸을 돌려 그의 몸에 가슴을 바짝 댔다. 작업복 너머로 그녀의 단단하고 농익은 가슴이 느껴졌다. 그녀의 몸이 그의 몸속으로 젊음과 활력을 불어넣어 주는 것 같았다.

"좋네요." 윈스턴이 말했다.

"그러면 죽는 것에 대해서는 그만 이야기해요. 자, 이제 다음 만남을 정해야 해요. 숲 속 그 장소에 다시 가봐도 좋을 것 같아요. 오랫동안 가지 않았잖아요. 하지만 이번에는 다른 길로 가야 해요. 제가 전부 계획을 세워놨어요. 기차를 타고… 아니, 그림으로 그려줄게요."

줄리아는 노련하게 작은 사각형 모양으로 먼지를 모으더니 비둘기 둥지에서 뽑아낸 나뭇가지로 바닥에 지도를 그리기 시작했다.

4

윈스턴은 채링턴 씨의 가게 위층에 자리한 허름한 작은 방을 둘러보았다. 창가에 커다란 침대가 있고 침대 위에는 다 해진 담요와 커버를 씌우지 않은 베개가 놓여 있었다. 열두 시간 문자반이 달려 있는 구식 시계가 벽난로 선반 위에서 똑딱거리고 있었다. 구석에 놓인 접이식 테이블에는 지난번 그가 이 가게에서 구입한 유리 문진이 어스레한 방 안에서 부드럽게 빛나고 있었다.

난로망 안에는 채링턴 씨가 구비해준 낡은 양철 석유난로와 소스 냄비와 컵 두 개가 놓여 있었다. 윈스턴은 난로에 불을 붙이고 냄비를 올려 물을 끓였다. 그는 봉투 한가득 담은 승리 커피와 사카린 정 몇 개를 가져왔다. 시곗바늘이 7시 20분을 가리키고 있었다. 실제로는 19시 20분이었다. 그녀는 19시 30분에 오기로 했다.

어리석은 짓이다, 어리석은 짓이야, 속으로 끊임없이 되뇌었다. 의식적으로, 아무 이유 없이, 자멸적으로 저지른 짓이었다. 이건 당원들이 저지를 만한 범죄 가운데 가장 숨길 수 없는 범죄였다. 사실 이 생각은 접이식 테이블 표면에 반사된 유리 문진의 모습으로 처음 머릿속에 떠올랐다. 예상대로 채링턴 씨는 어렵지 않게 방을 빌려주었다. 그는 분명 몇 달러를 더 벌 수 있다는 사실에 기뻐하는 듯했다. 윈스턴이 정사를 나눌 목적이라는 것을 분명히 알게 되었을 때도 놀란다거나 무례하게 알은척하지 않았다. 대신 먼 곳을 바라보면서 일반론적인 이야기를 했다. 마치 자신을 반쯤은 여기 없는 사람으로 여겨도 된다는 듯이 그 태도가 무척이나 세심했다. 사생활은 소중하죠. 사람은 누구나 가끔 혼자 있을 수 있는 공간이 필요해요. 누군가가 그런 장소를 갖고 있다는 걸 알게 되더라도 그런 건 비밀로 해주는 게 상식적인 예의죠. 이런 말을 하면서 이제 자신은 없는 사람이나 마찬가지라고 하는 듯한 투로, 집에는 입구가 두 곳 있는데 한 곳은 뒷마당을 통해 골목으로 이어져 있다는 말을 덧붙였다.

창 밑에서 누군가 노래를 부르고 있었다. 윈스턴은 모슬린 커튼 뒤로 몸을 숨기고 밖을 살짝 내다보았다. 6월의 태양이 하늘 높이 떠 있고, 그 아래 햇살이 가득한 뒤뜰에 노르만 양식의 기둥처럼 튼튼한 거구의 여인이 빨래를 널고 있었다. 그녀는 허리에 굵은 직물의 앞치마를 두르고 적갈색 팔뚝을 내보인 채 빨래통과 빨랫줄 사이를 쿵쿵거리며 오가면서 하얗고 네모난 천을 계속해서 널었다. 자세히 보니 그것은 아기 기저귀였다. 입에 빨래집게를 물고 있지 않을 때마다 그녀는 힘찬 콘트랄토로 노래했다.

그저 희망 없는 꿈이라네
4월의 색조처럼 지나가 버렸네
하지만 표정과 말과 꿈으로 흔들어놓고
내 마음을 사로잡아 버렸네!

지난 몇 주간 런던에 유행한 노래였는데, 음악국의 하위 부서에서 프롤들을 위해 만들어낸 수많은 비슷한 노래 중 하나였다. 노랫말은 사람이 지어낸 것이 아니라 시 짓는 기계라고 알려진 기계로 만들어냈다. 하지만 정말이지 그 여인이 너무나 아름답게 부르는 통에 끔찍한 쓰레기였던 그 노래가 기분 좋은 선율로 들리는 것이었다. 여인의 노랫소리, 땅바닥을 스치는 발소리, 거리에서 아이들이 우는 소리, 어딘가 먼 곳에서 희미한 자동차 소리가 들려왔지만, 텔레스크린이 없었기 때문에 방 안은 이상할 정도로 조용했다.

어리석은 짓이다, 어리석은 짓이야, 어리석은 짓이고말고! 윈스턴은 다시 생각했다. 체포되지 않고 이 장소를 몇 주 이상 드나들 수 있으리라는 건 상상도 못 할 일이었다. 하지만 두 사람 모두 가까운 곳에 둘만의 실내 은신처를 마련하고 싶다는 유혹이 너무나 강렬했다. 교회 종탑에 다녀온 후 얼마 동안은 만날 약속을 잡을 수 없었다. 증오 주간을 대비하여 근무 시간이 대폭 늘어났기 때문이다. 증오 주간은 한 달도 더 남아 있었지만 그 준비 작업이 엄청나게 많고 복잡해서 모두가 추가 근무를 해야 했다. 마침내 두 사람 모두 같은 날 오후에 시간을 비울 수 있게 되었다. 그들은 숲 속 빈터에 다시 가기로 했다. 그리고 전날 저녁 두 사람은 거리에서 만났다. 언제나 그렇듯 윈스턴은 줄리아 쪽은 거의 쳐다보지 않은 채 사람들 사이에 섞여 걷고 있었는데, 잠시 흘깃 보았을 때 그녀의 얼굴은 평소보다 창백해 보였다.

"전부 물 건너갔어요. 내일 약속 말이에요." 이제는 안전하겠다고 생각하자마자 줄리아가 중얼거렸다.

"뭐라고요?"

"내일 오후요. 저는 못 가요."

"왜요?"

"뭐, 늘 있는 이유 때문이죠. 이번엔 일찍 시작했어요."

잠시 동안 윈스턴은 화가 치솟았다. 줄리아를 만난 후 지난 한 달 동안 그녀를 향한 그의 욕망은 성질이 바뀌어버렸다. 처음에는 진정한 성욕이 거의 없었다. 첫 섹스는 단순히 의지를 표출하기 위한 행위에 불과했다. 하지만 두 번째 관계 이후 달라졌다. 줄리아의 머리에서 나는 향기와 입술 맛과 살결의 감촉이 그의 몸속으로, 혹은 주변 공기로 스며드는 것같이 느껴졌다. 윈스턴에게 있어서 그녀는 단순히 원하는 존재를 넘어서서 원할 권리가 있다고 느껴지기까지 하는 육체적으로 꼭 필요한 존재가 되어버렸다. 올 수 없다는 줄리아의 말을 듣자 그녀가 마치 바람이라도 피우고 있는 것만 같았다. 그런데 바로 그 순간 사람들이 두 사람을 밀치는 바람에 우연히 서로의 손이 맞닿았다. 줄리아는 재빠르게 윈스턴의 손가락 끝을 쥐었다. 그녀가 바라는 것은 욕망이 아니라 애정이라고 말하는 듯한 태도였다. 문득 여자와 같이 살다 보면 이런 실망감은 반복해서 일어나는 일상적인 일이겠다는 생각이 들었다. 불현듯 그녀를 만나기 전까지는 느껴보지 못했던 깊은 애정이 샘솟았다. 그들이 십 년 된 부부였다면 좋겠다는 바람이 들었다. 지금 하고 있는 것처럼, 하지만 두려움 없이 공공연하게 시시껄렁한 이야기를 나누고 소소한 살림살이도 사면서 거리를 거닐 수 있었으면 좋겠다고 생각했다. 무엇보다 만날 때마다 섹스를 해야 한다는 의무감 없이 둘만 머무를 수 있는 장소가 있었으면 좋겠다고 생각했다. 바로 그 순간은 아니었지만, 다음 날이 되자 채링턴 씨의 방을 빌리면 좋겠다는 생각이 떠올랐다. 줄리아에게 묻자 그녀는 뜻밖에도 기꺼이 찬성했다. 두 사람 모두 그것이 미친 짓이라는 걸 알고 있었다. 자기 무덤을 향해 자진해서 한발 더 걸어 들어가는 것과 마찬가지였다. 침대 끝머리에 앉아 그녀를 기다리면서 윈스턴은 다시 한번 애정부의 지하 감옥을 생각했다. 운명적으로 맞이하게 될 공포가 어떻게 의식 안팎을 드나들 수 있는 건지 신기했다. 99 다음은 100이 오는 것처럼 공포 다음에는 죽음의 차례가 오는 것이다. 죽음은 피할 수 없는 운명일지라도 그 시기를 뒤로 미루는 건 가능할 수도 있다. 하지만 때로 어떤 사람들은 의식적으로, 의도적으로 그 시기를 앞당기기도 한다.

그때 누군가 빠른 걸음으로 계단을 올라오기 시작했다. 줄리아가 방으로 뛰어 들어왔다. 그녀는 거친 갈색 캔버스 천으로 만든 공구 가방을 들고 있었다. 진리부 여기저기서 그녀가 그 가방을 들고 다니는 모습을 본 적이 있었다. 윈스턴은 그녀를 껴안았다. 그런데 공구 가방을 들고 있어서인지 줄리아는 황급히 품에서 벗어났다.

"잠시만요. 내가 가져온 걸 보여줄게요. 당신은 그 고약한 승리 커피를 가져왔죠? 그럴 줄 알았어요. 그런 건 내다 버려요. 필요 없어요. 이것 좀 봐요."

줄리아는 무릎을 꿇고 가방을 열어 위쪽에 있는 스패너 몇 개와 드라이버를 쏟아놓았다. 그 아래에는 깔끔한 작은 종이 봉투가 여러 개 있었다. 그녀가 건넨 첫 번째 봉투에서는 생소하면서 왠지 익숙한 느낌이 났다. 모래 같은 것이 묵직하게 들어차 있었는데 만지면 옴폭하게 들어갔다.

"이거 설탕 아니에요?" 윈스턴이 물었다.

"진짜 설탕이에요. 사카린이 아니라 설탕요. 빵도 한 덩어리 있어요. 우리가 먹는 거지 같은 거 말고 진짜 흰 빵이에요. 잼도 작은 병으로 한 개 있고, 우유도 한 통. 이거 봐요! 이게 제일 자랑할 만한 거예요. 자루로 포장을 해야 했어요. 왜냐하면…."

왜 포장을 했는지는 설명할 필요가 없었다. 이미 방 한가득 향이 퍼졌기 때문이다. 그의 어린 시절로부터 뿜어져 나오는 듯한 짙고 뜨거운 향이었다. 이 향은 지금도 종종 맡을 수 있었는데, 일순간 복도에서 문이 닫히기 전에 풍긴다거나 사람 많은 거리에서 신기하게 퍼져나가는 식으로 일순간 코끝을 간질였다가 이내 사라져버리곤 했다.

"커피잖아요. 진짜 커피."

"내부당원용 커피예요. 1킬로그램이나 있어요."

"이걸 다 어떻게 구했어요?"

"전부 내부당 물건이에요. 그 돼지 같은 놈들은 없는 게 없어요. 물론 웨이터나 하인 같은 사람들이 훔쳐내곤 해요. 그리고… 봐요, 차도 한 상자 있어요."

윈스턴은 줄리아 옆에 웅크리고 앉았다. 그는 봉투 한구석을 찢어서 열었다.

"진짜 차네요. 블랙베리 잎이 아니라."

"요즘에 차가 여기저기 많아요. 인도나 그런 데를 점령했나 봐요." 그녀가 어렴풋이 말했다. "그런데요, 3분만 등 돌리고 있어줄래요? 침대 반대쪽으로 가서 앉아요. 창문에 너무 가까이는 말고요. 부를 때까지 돌아보면 안 돼요."

윈스턴은 모슬린 커튼 너머를 멍하니 바라보았다. 아래로 보이는 마당에는 여전히 붉은 팔의 여인이 빨래 통과 빨랫줄 사이를 오가고 있었다. 그녀는 입에 물고 있던 빨래집게를 두 개 더 빼내서 깊은 감정을 담아 노래했다.

시간이 약이라고들 말하네
언제나 잊을 수 있게 된다고 말하네
하지만 세월에 걸친 웃음과 눈물은
아직도 심금을 울리네!

여인은 그 쓰레기 같은 노래를 전부 외우고 있는 모양이었다. 그녀의 목소리는 달콤한 여름 공기에 섞여 떠올랐다. 행복한 구슬픔을 가득 품고 있는 듯 무척이나 감미로운 목소리였다. 만약 6월의 저녁이 영원히 계속되고 빨랫감이 끊임없이 주어진다면 저 여인은 저곳에 서서 천년만년 기저귀를 널고 쓰레기 같은 노래를 부르면서 더할 나위 없이 행복한 시간을 보내리라는 생각이 들었다. 문득 당원 중 누구도 자발적으로 홀로 노래하는 걸 들어본 적이 없다는 사실이 의아하게 느껴졌다. 더군다나 그런 행동은 혼잣말을 하는 것처럼 다소 비정통적인 위험한 기행처럼 보일 것이다. 아무래도 굶주려 죽는 지경까지 가야 사람들은 노래할 거리가 생기는 모양이었다.

"이제 돌아봐도 돼요."

윈스턴은 뒤로 돌아섰다. 그런데 잠시 동안 줄리아를 알아보지 못했다. 사실 윈스턴은 그녀가 옷을 다 벗고 있으리라고 생각했다. 그러나 줄리아는 벗고 있지 않았다. 그보다 더 놀라운 변신이었다. 줄리아는 화장을 했다.

프롤레타리아 지구의 가게에 몰래 들어가서 화장품 세트를 몽땅 산 게 분명했다. 입술은 강렬한 붉은색으로 칠했고, 볼에는 연지를 발랐고, 코에는 파우더를 덧발랐다. 눈 밑에도 뭔가를 발랐는지 눈가가 밝게 빛났다. 능숙한 솜씨는 아니었지만, 이런 면에서 윈스턴의 기준은 높지 않았다. 그는 화장을 한 당원 여성을 본 적도, 상상한 적도 없었다. 줄리아의 달라진 외모는 깜짝 놀랄 정도였다. 적당한 자리에 색깔을 조금 입힌 것뿐인데 몰라보게 예뻐졌을 뿐만 아니라 무엇보다 훨씬 더 여성스러웠다. 짧은 머리와 소년 같은 작업복은 그녀의 여성스러움을 부각시킬 뿐이었다. 그녀를 감싸 안자 인공 바이올렛 향이 코끝에 스몄다. 어스레한 지하 부엌과 여자의 휑뎅그렁한 입이 문득 떠올랐다. 그 여자가 사용했던 바로 그 향이었다. 하지만 이 순간 그런 건 중요하지 않았다.

"향수도 뿌렸네요!"

"네, 향수도 뿌렸어요. 이제 내가 뭘 할 건지 알아요? 어디서 진짜 여성용 드레스를 구한 다음에 이 망할 바지 대신 입을 거예요. 실크 스타킹과 하이힐도 신고요. 이 방에서 나는 당의 동무가 아니라 여자가 될 거예요."

그들은 옷을 벗어 던지고 커다란 마호가니 침대로 올라갔다. 윈스턴이 그녀 앞에서 옷을 전부 벗어버린 건 처음이었다. 지금까지는 종아리에 정맥류가 두드러지고 발목에 색이 바랜 반점이 있는 자신의 창백하고 빈약한 몸이 부끄러웠다. 침대에 시트가 깔려 있지는 않았지만, 깔고 누운 담요는 낡았는데도 부드러웠고, 침대의 크기와 푹신함은 놀라울 정도였다. "분명 벌레가 우글거릴 테지만 알 게 뭐예요?" 줄리아가 말했다. 프롤들이 사는 집을 제외하면 요새는 더블베드를 볼 수 없었다. 윈스턴은 어렸을 때 종종 이런 침대에서 잤다. 줄리아는 이런 침대에 누워본 기억이 없었다.

이내 그들은 잠깐 잠들었다. 윈스턴이 눈을 떴을 때 시곗바늘은 9시를 향해 느릿느릿 움직이고 있었다. 줄리아가 그의 팔을 베고 있어서 움직이지는 않았다. 화장은 대부분 윈스턴의 얼굴이나 베개에 묻어 지워졌지만 살짝 남은 연지가 두 뺨을 돋보이게 했다. 저물어가는 햇빛에서 흘러나온 한 줄기 노란빛이 침대 발치에 떨어져서 벽난로를 환히 비추었다. 벽난로 위에서는 냄비에 담긴 물이 빠르게 끓고 있었다. 뒤뜰의 여인은 더 이상 노래하지 않았고, 시끌벅적한 아이들 소리만 희미하게 들려왔다. 이제는 사라져버린 과거에는 이렇게 침대에 누워 여름날 저녁의 시원한 바람을 쐬면서, 남자와 여자가 발가벗은 채 원할 때 사랑을 나누고, 하고 싶은 얘기를 나누고, 일어나야 한다는 의무감도 없이 그저 자리에 누워 창밖의 평화로운 소리를 듣는 것이 평범한 일이었을지 어렴풋이 궁금해졌다. 그런 일이 일상이었던 시절은 정녕 없었던 걸까? 줄리아가 잠에서 깨어 눈을 비비고는 팔꿈치로 몸을 일으켜 석유난로를 바라보았다.

"물이 반쯤 졸아들었네요. 일어나서 커피를 끓일게요. 한 시간 여유가 있으니. 당신 아파트에선 몇 시에 불을 꺼요?"

"23시 30분에요."

"합숙소는 23시에 불이 꺼져요. 하지만 그전에 들어가야 해요. 왜냐하면… 야, 꺼져! 이 더러운 놈이!"

줄리아는 갑자기 몸을 돌리더니 바닥에서 신발 한 짝을 집어 올려 소년처럼 팔을 홱 날려 방구석으로 집어 던졌다. 2분 증오가 있었던 아침에 골드스타인에게 사전을 내던졌을 때와 같은 모습이었다.

"뭐예요?" 윈스턴이 놀라며 물었다.

"쥐였어요. 징두리널에서 지저분한 코를 내놓고 있지 뭐예요. 저기 구멍이 있네요. 어쨌거나 이걸로 깜짝 놀랐을걸요."

"쥐라고요? 여기에!"

"쥐는 어디에나 있어요. 합숙소 부엌에도 있는 걸요." 줄리아가 다시 몸을 눕히며 무심히 말했다. "런던 어느 지역에는 쥐가 득시글거려요. 쥐가 애들을 공격하는 거 알아요? 정말이라니까요. 그런 데서는 엄마들이 애들을 잠시라도 밖에 내놓질 못한대요. 커다란 갈색 쥐들이 공격해서요. 역겨운 건 그놈들은 항상…."

"그만해요!" 윈스턴이 눈을 질끈 감은 채 말했다.

"당신! 얼굴이 완전히 창백해요. 왜 그래요? 쥐 때문에 비위가 상해요?"

"내가 세상에서 가장 무서워하는 게 쥐예요!"

그녀는 윈스턴을 안심시키려는 듯 팔다리로 그의 몸을 감쌌다. 그는 눈을 뜨지 않았다. 지금껏 가끔씩 반복해서 꿨던 악몽 속으로 몇 분간 끌려가 있었던 것만 같았다. 그 꿈은 언제나 똑같았다. 윈스턴은 어두운 벽 앞에 서 있고 반대편에는 참을 수 없는, 마주하기에는 너무도 무시무시한 무언가가 있다. 꿈속에서 가장 강렬히 느껴지는 감정은 자기기만이었다. 사실 어두운 벽 너머에 있는 게 무엇인지 알고 있었기 때문이다. 자신의 뇌에서 어느 한 부분을 떼어내는 것만큼 필사적인 노력을 기울인다면 그것을 밖으로 끌어낼 수도 있었을 것이다. 그러나 언제나 그것이 무엇인지 밝혀내지 못하고 잠에서 깨어났다. 사실 그것의 정체는 방금 전 그가 줄리아의 말을 막았을 때 그녀가 하려던 말과 관련이 있었다.

"미안해요. 아무것도 아니에요. 나는 쥐가 싫거든요. 그게 다예요."

"걱정 마요. 그 더러운 짐승들이 여기 돌아다니지 못하게 할게요. 자루로 구멍을 막아놓을게요. 그리고 다음에 여기 올 때는 석고 반죽을 가져와서 발라버릴게요."

캄캄했던 공포의 순간도 이미 반쯤 잊혔다. 윈스턴은 조금

부끄러워하면서 침대 머리맡에 기대앉았다. 줄리아는 침대에서 빠져나와 작업복을 걸치고 커피를 끓였다. 냄비에서 피어나는 향기가 너무도 강렬하고 황홀해서 혹시 밖에 있을지도 모르는 사람들이 알아채고 캐묻기라도 할까 봐 창을 닫았다. 커피 맛도 훌륭했고 설탕 덕분에 훨씬 더 부드러웠다. 윈스턴은 수년간 사카린을 먹어온 탓에 이 맛을 거의 잊고 있었다. 줄리아는 한 손은 주머니에 찔러 넣고, 다른 한 손으로 빵 한 조각과 잼을 든 채 방을 둘러보았다. 책장을 무심히 쳐다보다가, 접이식 테이블을 고칠 수 있는 가장 좋은 방법에 대해 언급하고, 낡아빠진 안락의자가 편안한지 확인한다며 풀썩 앉았다가, 자못 관대한 태도와 흥미로운 눈으로 얼토당토않은 열두 시간 문자반 시계를 자세히 살펴보았다. 그러더니 유리 문진을 침대로 가져와 좀 더 밝은 곳에서 관찰했다. 여느 때처럼 유리의 부드러운 빗방울 같은 모습에 매료된 윈스턴은 그녀의 손에서 문진을 가져왔다.

"이게 뭐 같아요?" 줄리아가 물었다.

"아무것도 아닌 것 같아요. 그러니까 내 말은 어떤 용도로도 사용된 적이 없었던 것 같다는 거죠. 그래서 이 물건이 좋아요. 잊어버리는 바람에 미처 바꾸지 못한 역사의 작은 단편이죠. 백 년 전의 메시지인 거예요. 누군가 읽는 법을 안다면 말이에요."

"그럼 저쪽에 걸린 그림은 백 년은 됐을까요?" 그녀가 반대편 벽에 걸린 판화를 턱으로 가리켰다.

"그보다 더 되지 않았을까요. 아마 이백 년 정도. 아무도 모를 일이죠. 요새는 물건이 얼마나 오래됐는지 알 길이 없어요."

줄리아는 다가가서 그림을 살펴보았다. "여기서 그놈이 코를 내밀었어요." 그녀가 그림 바로 아래의 징두리널을 발로 차며 말했다. "여기가 어디죠? 예전에 어딘가에서 본 적이 있어요."

"교회예요. 적어도 예전엔 교회였죠. 이름은 세인트 클레멘트 데인스래요." 채링턴 씨가 알려줬던 동요 일부가 머릿속에 떠올랐다. 그는 반쯤 향수에 젖어 노래를 불렀다.

"오렌지와 레몬, 세인트 클레멘트의 종이 울리네!"

놀랍게도 그녀가 뒤이어 노래를 불렀다.

"나한테 삼 파딩 빚졌어, 세인트 마틴의 종이 울리네. 언제 갚을 거야? 올드 베일리의 종이 울리네…."

"그 뒤는 기억이 안 나네요. 그래도 어떻게 끝나는지는 알아요. 그대의 침실로 가는 길을 밝혀줄 촛불이 오네. 그대의 머리를 잘라낼 도끼가 오네!"

마치 반쪽짜리 암구호 두 개 같았다. 하지만 '올드 베일리의 종이 울리네' 다음에 가사가 한 줄 더 있을 것이다. 적당히 유도해내면 채링턴 씨의 기억에서 캐낼 수 있을 것 같았다.

"누가 가르쳐줬어요?" 윈스턴이 물었다.

"할아버지요. 내가 어렸을 때 불러주시곤 했죠. 그런데 할아버진 내가 여덟 살 때 증발됐어요. 어쨌든 사라진 거죠. 전 레몬이 뭔지 궁금해요." 그녀가 엉뚱하게 덧붙였다. "오렌지는 본 적 있는데 말이에요. 껍질이 두꺼운 동그랗고 노란 과일이죠."

"레몬은 기억해요. 1950년대에는 꽤 흔했어요. 상당히 시큼해서 냄새만 맡아도 신물이 났죠."

"분명 저 그림 뒤에 벌레가 우글우글할 거예요. 언젠가 떼어내서 깨끗하게 청소를 해야겠어요. 이제 가야 할 시간 같은데요. 화장을 지워야겠네요. 얼마나 귀찮은지! 당신 얼굴에 묻은 립스틱 자국도 지워줄게요."

윈스턴은 몇 분 더 누운 채로 있었다. 방 안은 점차 어두워졌다. 그는 불빛을 향해 몸을 틀어 유리 문진을 바라보았다. 한없이 흥미로운 것은 산호 조각이 아니라 유리 내부 그 자체였다. 내부에는 깊이가 있었는데도 공기처럼 투명했다. 유리 표면이 반원형의 하늘이고 그 안에 완벽한 대기를 갖춘 조그만 세상을 에워싸고 있는 것 같았다. 그 속으로 들어갈 수 있을 것 같다는 생각이 들었다. 사실상 마호가니 침대, 접이식 테이블, 시계, 강판 판화, 문진 그 자체와 함께 그 속에 들어가 있는 것 같은 기분이었다. 문진은 그가 있는 방이었고, 산호는 수정 중심에 영원히 고정되어 있는 줄리아와 그의 생명이었다.

5

사임이 증발되었다. 그는 아침이 되었는데도 출근하지 않았다. 생각 없는 몇몇 사람이 사임의 결근에 대해 언급했다. 다음 날에는 아무도 그에 대해 이야기하지 않았다. 사흘째 되는 날 윈스턴은 기록국 현관에서 게시판을 살펴보았다. 공지 가운데는 사임이 소속되어 있었던 체스 위원회의 회원 명단도 있었다. 이전과 거의 똑같아 보였지만, 줄 그어 지운 곳도 없었지만, 이름이 하나 모자랐다. 그걸로 충분했다. 사임은 사라졌다. 존재한 적도 없었다.

날씨는 타는 듯이 더웠다. 미궁 같은 진리부 안의 창 없는 방들은 냉방 덕분에 정상 기온을 유지했지만, 건물 밖 도로에서는 발이 타들어 갔고, 출퇴근 시간 지하철의 악취는 끔찍할 지경이었다. 증오 주간 준비가 한창이었기 때문에 모든 부처의 직원들은 추가 근무를 했다. 행진, 회의, 군대 행렬, 강연, 밀랍 인형, 전시, 영화 상영, 텔레스크린 프로그램을 전부 계획하고, 관람석을 세우고, 동상을 제작하고, 슬로건을 만들고, 노래를 짓고, 유언비어를 퍼뜨리고, 사진을 조작해야 했다. 창작국 줄리아의 팀은 소설 제작을 중단하고 잔학상에 대한 팸플릿을 급히 만들고 있었다. 윈스턴은 정규 업무 외에 〈타임스〉의 과월호들을 살펴보며 연설에서 인용될 기사를 수정하고 미화시키느라 날마다 오랜 시간을 쏟아부었다. 소란스러운 프롤 무리들이 거리를 배회하는 늦은 밤이면 도시는 이상하게 과열되어 있었다. 로켓 폭탄은 어느 때보다 자주 떨어졌고, 때로는 먼 곳에서 거대한 폭발이 일기도 했다. 어느 누구도 그 폭발에 대해 설명하지 못했고 이를 둘러싼 유언비어가 나돌았다.

증오 주간의 주제가가 될 새로운 곡 〈증오가〉가 이미 작곡되어 텔레스크린에서 끝도 없이 흘러나왔다. 엄밀히 말해 음악이라기보다는 짖어대는 듯한 야만적인 리듬이었고, 북을 두들기는 소리와 비슷했다. 행진하는 발소리에 맞춰 수백 명의 목소리가 포효하는 그 노래는 무시무시했다. 프롤들은 〈증오가〉를 마음에 들어 했다. 밤거리에서 그 노래는 여전한 인기곡인 〈그저 희망 없는 꿈이라네〉와 경쟁을 벌였다. 파슨스의 아이들은 견디기 힘들 정도로 빗과 화장실 휴지로 박자를 맞춰가며 밤낮으로 시도 때도 없이 노래를 불렀다. 윈스턴은 저녁 시간에 이렇게 바빴던 적이 없었던 것 같았다. 파슨스가 조직한 봉사활동반이 증오 주간을 대비하여 거리를 꾸몄는데, 깃발을 꿰매어 붙이고, 포스터를 그리고, 옥상에 깃대를 세우고, 색 테이프를 걸기 위해 위태위태하게 거리를 가로질러 전선을 매달았다. 파슨스는 승리 맨션이 유일하게 400미터짜리 깃발을 건다며 말도 못하게 자랑했다. 이런 일은 그가 전문이었기 때문에 종달새처럼 행복해했다. 파슨스는 더위와 육체노동을 핑계로 저녁에도 반바지에 앞이 열린 셔츠를 입고 다녔다. 그는 밀고, 당기고, 톱질하고, 망치질하고, 즉흥적으로 일을 처리하고, 동료의 권고를 곁들여 사람들을 격려하면서 무한히 솟아나는 땀 냄새를 몸 구석구석에서 풍기고 다녔다.

갑자기 새로운 포스터가 런던 전역에 모습을 드러냈다. 포스터에는 아무런 설명도 없이, 그저 무표정한 몽고인의 얼굴을 한 유라시아 군인들이 삼사 미터 높이로 거대하게 그려져 있었다. 커다란 군화를 신고 기관단총을 엉덩이 쪽에서 겨눈 채 앞으로 성큼성큼 행군해오는 모습이었다. 원근법으로 확대된 총구는 어느 각도에서 봐도 보는 사람을 곧장 겨누고 있는 것처럼 보였다. 이 포스터는 빈 공간만 있다 하면 어느 벽에든 붙여놓아서 나중에는 빅 브라더의 초상화보다 많아졌다. 평소에는 전쟁에 무관심한 프롤들도 정기적으로 고양되는 광란의 애국심에 휩쓸렸다. 전반적인 분위기에 맞추기라도 하려는 듯 로켓 폭탄도 평소보다 많은 수의 사망자를 내고 있었다. 한 폭탄은 사람들로 가득 찬 스테프니의 어느 극장에 떨어져서 수백 명이 잔해 속에 묻혀버렸다. 인근 주민들이 참여한 장례식 행렬이 몇 시간이나 길게 이어졌는데, 사실상 항의 집회와 다름없었다. 또 다른 폭탄은 놀이터로 쓰이던 쓰레기장에 떨어져서 수십 명의 아이들이 갈가리 찢겨나갔다. 성난 시위가 이어졌고, 골드스타인의 동상이 불태워지고, 유라시아 군인들의 포스터 수백 장이 찢겨서 불길에 던져졌으며, 이 같은 혼란 속에서 많은 가게들이 약탈당했다. 그 와중에 스파이들이 무선전파를 써서 로켓 폭탄을 겨냥하고 있다는 유언비어가 떠돌았고, 외국

출신이라는 의심을 받던 노부부의 집에 사람들이 불을 지르는 바람에 두 사람은 질식사했다.

줄리아와 윈스턴은 채링턴 씨 가게 위층 방에 가면 창을 열고 침대보를 걷어낸 다음 더위를 식히기 위해 발가벗은 채 나란히 누웠다. 쥐는 다시 나타나지 않았지만 더위 탓에 벌레들이 끔찍하게 늘어났다. 중요한 문제는 아니었다. 더럽든 깨끗하든 그 방은 낙원이었다. 두 사람은 방에 도착하자마자 암시장에서 산 후추를 방 곳곳에 뿌리고, 옷을 벗어 던지고 땀이 흥건한 몸으로 섹스를 한 후 잠들었다가 일어났다. 그러면 벌레들이 한데 모여 반격을 준비하고 있었다.

6월에는 네 번, 다섯 번, 여섯 번… 아니, 일곱 번인가 만났다. 윈스턴은 시도 때도 없이 진을 홀짝이던 버릇을 고쳤다. 그럴 필요가 없어진 것 같았다. 그는 살이 쪘고, 정맥류궤양은 발목 위에 갈색 얼룩만 남긴 채 가라앉았고, 이른 아침이면 발작적으로 터지던 기침도 멈췄다. 살아간다는 것이 견딜 만해졌다. 텔레스크린을 향해 인상을 쓰거나 목청껏 욕지거리를 내뱉고 싶은 충동도 사라졌다. 이제 그들에게는 집과 같이 안전한 은신처가 있었기 때문에 가끔씩만 만날 수 있다는 것도, 한번 만나면 몇 시간밖에 함께할 수 없다는 것도 힘들게 느껴지지 않았다. 중요한 건 고물상 위층 방이 존재해야 한다는 것이었다. 그 방이 침범당하지 않은 채 그곳에 있다는 걸 알고 있는 것만으로도 그 안에 있는 것 같았다. 방은 하나의 세계이자 멸종된 동물들이 거닐 수 있는 과거의 지대였다. 윈스턴은 생각했다. 채링턴 씨 역시 멸종된 동물이다. 윈스턴은 위층에 올라가는 길에 걸음을 멈추고 몇 분 동안 채링턴 씨와 이야기를 나누곤 했다. 노인은 전혀라고 해도 좋을 만큼 거의 밖에 나가지 않는 것 같았고, 가게에는 손님도 거의 없었다. 그는 작고 어두운 가게와 그보다 더 작은 뒤편 부엌에서 유령 같은 생활을 했다. 부엌에는 거대한 나팔이 달린 믿을 수 없을 정도로 오래된 축음기가 있었다. 채링턴 씨는 이야기를 나눌 수 있는 기회를 반기는 것 같았다. 기다란 코에 두꺼운 안경을 쓰고 어깨가 굽은 채 벨벳 재킷을 입고 쓸모없는 상품들 사이를 돌아다니는 그에게는 언제나 장사꾼보다는 수집가의 분위기가 희미하게 풍겼다. 노인은 빛바랜 열정으로 도자기 병마개, 페인트칠한 코담뱃갑 뚜껑, 오래전 죽은 아이의 머리카락 한 올이 담긴 모조 보석 장식 로켓 같은 잡동사니를 보여주었다. 사라고 하는 것이 아니라 그저 감탄해주길 바라는 것 같았다. 그와 이야기를 나누면 닳아서 해진 오르골에서 흘러나오는 딸랑딸랑 소리를 듣는 것 같은 기분이었다. 그는 잊고 있었던 여러 노래를 일부분씩 기억 구석구석에서 더 끄집어냈다. 스물네 마리의 찌르레기에 대한 노래도 있었고, 뒤틀린 뿔이 달린 소에 대한 노래, 불쌍한 울새의 죽음에 대한 노래도 있었다. "혹시 관심 있지 않을까 해서요." 채링턴 씨는 새로운 노랫말을 떠올릴 때마다 살짝 자조적인 미소를 지으며 말했다. 하지만 어떤 노래도 몇 구절 이상은 떠올리지 못했다.

윈스턴과 줄리아 모두 지금 일어나고 있는 일이 오래가지 않으리라는 걸 알고 있었다. 어떤 면에서 이 생각은 잠시도 머릿속에서 떠난 적이 없었다. 곧 죽음이 닥쳐오리라는 사실이 그들이 누운 침대의 감촉만큼이나 뚜렷하게 느껴질 때가 있었고, 그럴 때면 시계가 울리기 5분 전까지도 마지막 한 조각의 쾌락을 붙잡으려는 저주받은 영혼들처럼 절망적인 욕정에 사로잡혀 서로에게 매달렸다. 하지만 이 장소가 안전할 뿐만 아니라 영원할 거라는 환상에 잠길 때도 있었다. 사실상 두 사람 모두 이 방에 있는 한 어떠한 위험도 닥치지 않을 거라는 느낌을 받았다. 도착하기까지의 길은 어렵고 위험하지만 방 자체는 성역이었다. 그건 윈스턴이 문진의 중앙을 바라볼 때 드는 느낌과 비슷했다. 이 유리 세상으로 들어갈 수 있을 것 같았고, 일단 그 안에 들어가면 시간이 멈출 것 같은 바로 그 느낌이었다. 그들은 종종 탈출하는 공상에 잠겼다. 행운이 영원히 지속될 것이고, 지금처럼 밀통하며 여생을 보낼 수 있을 것이다. 아니면 캐서린이 죽으면 교묘한 책략을 꾸며서 결혼할 수도 있을 것이다. 동반자살을 할 수도 있을 것이다. 아니면 자취를 감추고 알아볼 수 없을 만큼 모습을 바꿔서 프롤레타리아 말투를 배운 후 공장 일자리를 구해 뒷골목에서 몰래 삶을 마감할 수 있을 것이다. 이 모든 것이 터무니없는 생각이라는 걸 둘 모두 알고 있었다. 현실에서는 탈출할 곳 따윈 없었다. 실현 가능한 유일한 방법은 자살이지만, 실제로 자살을 시도할 생각은 없었다. 미래가 없는 현재를 질질 끌며 매일 혹은 매 주를 버티는 건, 공기가 있는 한 폐가 반드시 숨 쉬는 것과 같이 극복하기 힘든 본능이었다.

때로는 당에 적극적 반란을 일으켜볼까 하는 이야기도 해보지만, 어떻게 첫걸음을 떼야 할지 도무지 짐작할 수 없었다. 소문 속 형제단이 실제로 존재하는 조직이라 해도 가담할 수 있는 방법을 모른다는 문제가 있었다. 윈스턴은 줄리아에게 자신과 오브라이언 사이에 존재하는, 아니 존재하는 것 같은 묘한 친밀감에 대해 이야기했다. 때때로 그냥 오브라이언이 있는 곳으로 가서 자신이 당의 적이라고 밝히고 도움을 구하고 싶다는 충동을 느낀다고도 말했다. 이상하게도 줄리아는 이것이 불가능할 만큼 경솔한 일이라고는 생각하지 않았다. 그녀는 얼굴을 보고 사람들을 판단해왔고, 단 한 번 눈빛이 스치고 지나간 것만으로도 윈스턴이 오브라이언을 신뢰할 만한 사람이라고 믿는 게 당연하다고 생각했다. 게다가 줄리아는 모든 아니, 거의 모든 사람이 은밀하게 당을 증오하고 있으며, 안전하다고만 생각되면 당연히 규칙을 어길 거라고 여겼다. 하지만 그녀는 광범위하고 조직적인 반대 세력이 존재한다거나 존재할 수 있다는 것은 믿으려 하지 않았다. 골드스타인과 그의 지하 세력에 대한 이야기는 그저 당이 나름의 목적으로 고안해낸 헛소리이며 사람들은 그걸 믿는 척할 수밖에 없을 뿐이라고 말했다. 그녀는 셀 수 없이 많은 당의 집회와 자발적 시위에 참가해서 이름도 들어본 적 없는 사람들이 실제로 그런 범죄를 저질렀다고는 조금도 믿지 않으면서도 그들을 처형하라고 목청껏 외쳤다. 공개재판이 열리면 청소년 연맹의 파견단 자리에 앉아 아침부터 저녁까지 재판장을 에워싸고 간간이 "배신자들에게 죽음을!"이라는 구호를 외쳐댔다. 2분 증오 시간에는 언제나 누구보다 앞서서 골드스타인에게 큰 소리로 욕을 퍼부었다. 하지만 골드스타인이 누구인지, 어떤 강령을 주창하려고 했는지에 대해서는 아는 것이 거의 없었다. 그녀는 혁명 이후에 자라났고 1950년대와 1960년대의 이념적 다툼을 기억하기에는 너무 어렸다. 그녀에게 있어 독립적인 정치 운동 같은 건 상상할 수 없는 일이었다. 어쨌든 당은 무적이었다. 언제나 존재할 것이고, 언제나 같을 것이다. 사람들은 몰래 불복종한다거나, 기껏해야 다른 사람을 죽이거나 무언가를 폭파하는 등의 고독한 폭력 행위로밖에 저항할 수 없었다.

어떤 면에 있어서는 줄리아가 윈스턴보다 훨씬 더 예리했고, 당의 선전에도 크게 영향을 받지 않았다. 언젠가 어쩌다 유라시아와의 전쟁이 화제에 올랐는데, 그녀가 대수롭지 않게 사실은 전쟁 중이 아닌 것 같다고 말해서 윈스턴을 놀라게 했다. 매일같이 런던에 떨어지는 로켓 폭탄은 아마 오세아니아 정부가 "사람들을 공포 속에 살게 하려고" 발사하는 걸지도 모른다고 했다. 윈스턴은 이런 생각을 해본 적이 없었다. 그녀는 2분 증오 때 웃음이 터져 나오는 것을 참는 게 가장 어렵다고 했다. 이 말에 윈스턴은 부러움까지 느껴졌다. 하지만 그녀는 당의 가르침이 자신의 삶을 침범할 때만 의문을 품었다. 줄리아는 당에서 주장하는 공식적인 신화를 기꺼이 받아들일 때도 있었는데, 그것은 진실과 거짓의 차이가 그녀에게 별 중요한 문제가 아니었기 때문이다. 예를 들어, 줄리아는 학교에서 배운 대로 당에서 비행기를 만들었다고 믿었다(기억하기로 1950년대 후반, 윈스턴이 학교를 다니던 무렵에 당이 발명했다고 주장한 것은 헬리콥터뿐이었다. 십이 년이 지나 줄리아가 학교에 다닐 때는 이미 비행기를 만들었다고 주장했다. 한 세대가 더 지나면 증기기관을 만든 것이 당이라고 주장할 것이다). 윈스턴이 자신이 태어나기도 전에, 혁명이 일어나기 훨씬 전부터 비행기는 존재했다고 말해주었을 때도 그녀는 아무 관심도 없었다. 따지고 보면 누가 비행기를 발명했든 그게 무슨 상관이란 말인가? 그보다 더 충격적이었던 것은, 우연히 얘기하던 중 사 년 전에 오세아니아가 동아시아와 전쟁 중이었고 유라시아와는 평화 관계에 있었다는 걸 줄리아가 기억하지 못한다는 사실이었다. 물론 그녀는 전쟁 자체가 속임수라고 생각하고 있긴 했다. 하지만 적의 이름이 바뀌었다는 것은 깨닫지도 못하고 있었던 것이다. "전 언제나 우리가 유라시아와 전쟁 중이라고 생각했어요." 줄리아가 애매하게 말했다. 조금 놀라웠다. 비행기를 발명한 것은 그녀가 태어나기 훨씬 전의 일이지만, 주적이 바뀐 것은 그녀가 성인이 되고 한참 후인 고작 사 년 전의 일이었다. 이것에 대해 15분 정도 입씨름을 벌였다. 마침내 줄리아의 기억을 되돌려서, 한때 유라시아가 아니라 동아시아가 주적이었음을 희미하게 상기시킬 수 있었다. 하지만 여전히 그녀에게 있어 그런 건 중요하지 않은 문제였다. "대체 그게 무슨 상관이에요?" 줄리아가 조바심을 내며 말했다. "망할 전쟁은 계속 이어질 텐데요. 그리고 어차피 뉴스는 다 거짓말이잖아요."

때때로 윈스턴은 기록국에 대해, 그가 거기서 저지르는 뻔뻔스러운 위조 행위에 대해 이야기했다. 그런 이야기에도 그녀는 경악하지 않았다. 거짓이 진실이 된다는 생각을 해도 발아래 구렁텅이가 펼쳐지는 것 같은 기분은 들지 않았던 것이다. 윈스턴은 존스와 아론슨과 러더퍼드와, 그가 한순간 손안에 쥐고 있었던 중요한 종잇조각에 대해서도 이야기했다. 그것도 그녀에게 큰 감명을 주지 못했다. 사실 줄리아는 처음에 이야기의 요점도 파악하지 못했다.

"그 사람들이 당신 친구였어요?" 그녀가 물었다.

"아뇨, 전혀 모르는 사람들이었어요. 내부당원들이었거든요. 게다가 나보다 나이가 훨씬 많았어요. 혁명 이전의 사람들로 얼굴만 겨우 알고 있었죠."

"그럼 걱정할 게 뭐가 있어요? 사람들은 항상 죽어나가잖아요."

윈스턴은 줄리아를 이해시키려 애썼다. "이건 예외적인 경우예요. 단순히 누가 죽임을 당하는 문제가 아니예요. 당신은 바로 어제부터 시작되는 과거가 사실상 없어지고 있다는 걸 알고 있나요? 설령 과거가 살아남는다 해도 저기 저 유리 덩어리처럼 아무런 설명도 없는 소수의 물건에만 존재해요. 이미 우리는 혁명에 대해서, 혁명 전의 세상에 대해서 사실상 아무것도 모르고 있잖아요. 기록은 모두 파기되거나 위조되고, 책은 전부 고쳐 써지고, 그림은 모두 다시 그려지고, 동상과 거리와 건물은 전부 개명당하고, 날짜는 전부 바뀌었죠. 이 과정이 매일 매 순간 계속되고 있고요. 역사는 멈춰버렸어요. 당이 언제나 옳다고 하는 끝없는 현재 외에는 아무것도 존재하지 않아요. 물론 나도 과거가 위조된다는 걸 알고 있지만, 실제로 그렇다는 것을 증명하는 건 영영 불가능할 거예요. 심지어 그 위조를 한 사람이 나였는데도 말이죠. 위조가 끝나면 한 치의 증거도 남지 않아요. 유일한 증거는 마음속에만 존재하고, 세상에

나와 같은 기억을 공유한 사람이 있는지조차 확인할 수 없어요. 단 한 번, 살면서 단 한 번 그 사건이 일어난 후 확실한 실제 증거를 손에 넣었던 거예요. 몇 년이 지난 후에요."

"그럼 그게 무슨 소용이 있었나요?"

"아무 소용도 없었어요. 몇 분 후에 바로 버렸으니까. 하지만 똑같은 일이 오늘 생긴다면 반드시 가지고 있을 거예요."

"글쎄요, 나라면 안 그럴 것 같아요! 나는 기꺼이 위험을 감수하는 편이지만, 그럴 만한 가치가 있는 일에만 그래요. 오래된 뉴스 같은 것 때문에는 안 그럴 거예요. 갖고 있었다고 한들 그걸로 뭘 할 수 있었겠어요?"

"아마 별다른 건 못 했겠죠. 하지만 그건 증거였어요. 그걸 다른 사람한테 보여줄 용기가 있었다면, 여기저기에 의심을 심어 놓았을 수도 있었겠죠. 우리가 살아 있는 동안 무언가 바꿀 수 있을 거라고는 생각하지 않아요. 하지만 저항하는 사람들이 여기저기 생겨나고, 소수의 무리가 단결해서 점점 세력을 키워나가고, 조금이라도 기록을 남길 수도 있겠죠. 그래서 우리 세대가 못다한 곳에서부터 다음 세대가 계속 이어나가는 거죠."

"다음 세대는 관심 없어요. 나는 **우리**한테만 관심 있을 뿐이에요."

"당신은 허리 아래쪽으로만 반역자로군요."

줄리아는 이 말이 기막히게 재치 있게 들렸는지 좋아하며 그에게 달라붙었다.

그녀는 당의 강령을 통해 나타나는 결과에 대해서는 아무런 관심도 없었다. 윈스턴이 영사의 원칙, 이중사고, 쉽게 변해버리는 과거, 객관적 현실의 부정에 대해 이야기하거나 신어를 사용할 때마다 줄리아는 지겹고 혼란스러워하면서 그런 것에는 관심을 두어본 적이 없다고 말했다. 그런 것들이 전부 형편없는 쓰레기라는 걸 알고 있는데 뭐하러 걱정해야 한단 말인가? 그녀는 언제 환호하고 언제 비난해야 하는지 잘 알고 있었고, 필요한 건 그게 전부였다. 계속해서 그런 주제에 대해 이야기하면 줄리아는 당황스럽게도 습관처럼 잠들어버렸다. 줄리아는 아무 때나 어떤 자세로든 잠들 수 있는 사람이었다. 줄리아와 이야기하고 있으면 정통성이 무엇을 의미하는지 전혀 알지 못하면서도 정통성 있는 모습을 꾸며내는 것이 얼마나 쉬운 일인지를 깨달았다. 어떤 면에서 당의 세계관은 그것을 이해하지 못하는 사람들에게 가장 성공적으로 받아들여졌다. 그런 사람들은 당의 요구가 얼마나 어마어마한 것인지도 전혀 이해하지 못하고, 공적인 사건에도 별로 관심이 없는 탓에 무슨 일이 일어나고 있는지 알아채지도 못해서 가장 심각한 현실의 왜곡도 받아들일 수 있었다. 이해력이 부족한 덕분에 제정신을 유지할 수 있었던 것이다. 그들은 그저 모든 것을 받아들였고, 받아들인 것은 아무런 해가 되지 않았다. 옥수수 낟알이 소화되지 않고 새의 몸속을 통과하는 것과 마찬가지로 아무것도 남지 않았기 때문이다.

6

마침내 그 일이 일어났다. 기대했던 메시지가 도착했다. 한평생을 이 순간이 오기만을 기다려왔던 것 같았다.

윈스턴은 진리부의 긴 복도를 걷고 있었다. 줄리아가 쪽지를 슬쩍 쥐여주었던 곳에 다다랐을 무렵 자신보다 키가 큰 누군가가 바로 뒤를 따라오고 있다는 것을 깨달았다. 누군지는 모르지만 그 사람은 이야기를 하자는 듯이 헛기침을 했다. 윈스턴은 돌연 발을 멈추고 돌아섰다. 오브라이언이었다.

마침내 그들은 얼굴을 마주했다. 오직 도망치고 싶다는 충동만 일었다. 심장이 격렬히 뛰었다. 말도 할 수 없을 것 같았다. 그런데 오브라이언은 여전한 동작으로 앞을 향해 걸으며 윈스턴의 팔에 잠시 다정하게 손을 얹었다. 두 사람은 나란히 복도를 걸었다. 그는 이상하리만큼 엄숙하게 예의를 갖추어 말하기 시작했다. 대부분의 내부당원들과는 다른 태도였다.

"한번 이야기를 나눠보고 싶었네. 일전에 자네가 〈타임스〉에 쓴 신어 기사를 읽었어. 신어에 학문적 관심이 있는 것 같네만?" 오브라이언이 말했다.

윈스턴은 조금 냉정을 되찾았다. "학문적이라고까지는 못합니다. 아마추어일 뿐이니까요. 전공은 아니에요. 실제 신어 구축과는 아무런 관련도 없었고요."

"하지만 무척 세련된 글이었네. 나 혼자만 그렇게 보는 것도 아니었고. 최근에 신어 전문가인 자네 친구와 이야기를 한 적이 있네. 이름은 잊어버렸지만."

윈스턴의 가슴속에 다시 한번 고통이 죄어들었다. 분명 사임을 언급한 것이었다. 하지만 사임은 단순히 죽은 게 아니라 제거되었다. 비사람이 되었다. 노골적으로 그에 대해 언급하는 것은 치명적으로 위험한 일이었다. 오브라이언의 말은 분명 신호임에 틀림없었다. 암호인 것이다. 그는 가벼운 사상죄를 공유함으로써 두 사람을 공범으로 만들었다. 계속해서 천천히 복도를 따라 걷던 중 오브라이언이 걸음을 멈췄다. 그는 여느 때와 같은 신비하고 마음을 누그러뜨리는 친밀한 태도로 코 위의 안경을 고쳐 썼다.

"내가 하고자 하는 말은 자네 기사에 더 이상 쓰이지 않는 단어가 두 개 있었다는 걸세. 하지만 쓰이지 않게 된 건 최근 일이지. 신어 사전 10판을 본 적 있나?"

"아뇨, 아직 출간되지 않은 걸로 아는데요. 기록국에선 아직 9판을 쓰고 있습니다."

"10판이 나오려면 몇 달 더 있어야 할 거야. 하지만 견본 몇 권이 돌아다니고 있네. 나도 한 권 있고. 관심이 있을 것 같은데, 어떤가?"

"물론이죠." 윈스턴은 이내 이 대화가 어디로 향하고 있는지 깨닫고 대답했다.

"새로 개발된 단어들 중 몇 개가 굉장히 독창적이라네. 동사 수도 줄어들었는데, 이 부분은 자네가 마음에 들어 할 것 같군. 어디 보자, 심부름꾼을 통해 사전을 보내주면 어떻겠나? 그런데 내가 이런 일은 꼭 잊어버려서 말이지. 편한 시간에 내 아파트로 와서 가져가는 건 어떤가? 잠시만 기다리게. 주소를 적어주겠네."

그들은 텔레스크린 앞에 서 있었다. 오브라이언은 어딘가 정신이 팔린 채 주머니 두 개를 더듬거리더니 가죽 표지로 된 작은 공책과 황금색 볼펜을 꺼냈다. 그는 텔레스크린 바로 아래서 기계 반대편의 감시자에게 공책이 훤히 보이는 자세로 주소를 휘갈겨 쓰더니 그 종이를 찢어 건넸다.

"저녁에는 내가 보통 집에 있네. 없으면 하인이 사전을 줄 걸세."

그는 윈스턴의 손에 종이쪽지를 쥐여주고 갔다. 이번에는 쪽지를 숨길 필요가 없었다. 종이에 쓰여 있는 주소를 신중히 외우긴 했지만 몇 시간 후 다른 종이 뭉치들과 함께 그 쪽지를 기억 구멍에 넣어버렸다.

대화를 나눈 건 기껏해야 1~2분 정도였다. 그 일의 의미는 단 한 가지였다. 오브라이언은 윈스턴에게 자신의 주소를 알려주기 위해 그 일을 꾸민 것이다. 그건 필요한 과정이었다. 직접 묻지 않고서야 누가 어디 사는지 알 수 있는 방법이 없기 때문이었다. 주소록 따위는 존재하지 않았다. '나를 만나려면 이곳으로 오면 된다'는 것이 오브라이언이 의도한 바였을 것이다.

어쩌면 사전 어딘가에 메시지가 숨겨져 있을지도 모른다. 하지만 적어도 한 가지는 분명했다. 윈스턴이 생각해왔던 음모는 진정 존재했고, 이제 그 언저리에 도달한 것이다.

조만간 오브라이언의 호출에 따르게 될 것이다. 어쩌면 내일, 아니면 한참 후일 수도 있다. 확신할 수는 없었다. 지금 벌어지고 있는 일은 수년 전부터 생각해왔던 과정이 진행되고 있는 것에 불과했다. 첫 번째 단계는 비밀리에 무의식적으로 생각을 떠올린 것이었고, 두 번째 단계는 일기를 쓰기 시작한 것이었다. 생각이 글이 되었고, 이제 글은 행동으로 옮겨지고 있었다. 마지막 단계는 애정부에서 일어날 것이다. 윈스턴은 이미 그것을 받아들였다. 시작에는 이미 끝이 포함되어 있었다. 하지만 두려웠다. 좀 더 정확히 말하자면 죽음을 미리 맛보는 것 같은 기분이었고, 삶의 감각이 덜해지는 기분이었다. 오브라이언과 이야기하는 동안에도 그의 말이 무슨 의미인지 확실히 깨닫자 온몸에 오싹한 전율이 일었다. 축축한 무덤 속으로 발을 들여놓는 기분이었다. 기분이 썩 더 나을 것도 없었다. 무덤이 그곳에서 자신을 기다리고 있다는 것은 언제나 인식하고 있었던 것이다.

7

윈스턴은 눈물이 가득 고인 채 잠에서 깼다. 줄리아는 졸린 듯이 몸을 돌려 누우면서 "왜 그래요?"라는 듯 중얼거렸다.

"꿈을 꿨는데…." 윈스턴은 돌연 입을 다물었다. 말로 표현하기에는 너무도 복잡한 꿈이었다. 꿈도 있었지만 꿈과 관련된 어떤 기억이 잠에서 깨고 몇 초 뒤에 마음속으로 밀려 들어왔다.

그는 여전히 꿈속 분위기에 흠뻑 젖은 채 눈을 감고 있었다. 여름날 비 내린 뒤의 저녁 풍경처럼 그의 전 생애가 눈앞에 펼쳐지는 방대하고 선명한 꿈이었다. 꿈은 유리 문진 안에서 펼쳐졌다. 유리의 표면이 반구형 하늘이었고, 그 안에서는 모든 것이 부드러운 밝은 빛으로 가득 차서 끝없이 먼 곳까지 볼 수 있었다. 그 꿈은 어머니의 손짓과, 삼십 년 뒤 영화에서 본, 헬리콥터에서 떨어뜨린 폭탄으로 산산조각 나기 전에 총알을 막아내려고 아들을 꼭 안고 있던 유대인 여인의 손짓으로 함축할 수 있었다. 사실상 어떤 의미에서 그 꿈은 그 손짓들로 이루어져 있었다.

"내가 이때껏 어머니를 죽인 게 나라고 믿고 있었던 거 알아요?" 윈스턴이 물었다.

"왜 어머니를 죽였어요?" 줄리아가 잠결에 물었다.

"내가 죽이지 않았어요. 물리적으로는요."

꿈속에서 그는 어머니의 마지막 모습을 떠올렸다. 그리고 꿈에서 깨기 몇 분 전에 그 상황을 둘러싼 여러 작은 사건들이 모두 떠올랐다. 수년간 일부러 의식 밖으로 밀어내려고 했던 기억들이었다. 정확한 날짜는 기억나지 않지만, 그 일이 일어난 것은 열 살 이후였던 것 같다. 아마 열두 살 정도였을 것이다.

얼마 전인지는 모르지만 아버지는 그 일이 있기 조금 전에 사라졌다. 그 사실보다는 당시의 소란스럽고 불안했던 상황이 기억 속에 더 선명하게 남아 있었다. 주기적인 공습에 대한 공포, 지하철역으로 피란하던 일, 사방에 쌓인 돌무더기, 거리 모퉁이마다 붙어 있던 이해할 수 없는 선언문, 같은 색 셔츠를 입은 청소년 패거리, 빵집 밖에 늘어선 어마어마한 줄들, 멀리서 간헐적으로 들려오는 기관총 소리… 무엇보다 언제나 먹을 것이 부족했다는 기억이 강렬했다. 소년들과 함께 쓰레기통이며 쓰레기 더미를 뒤지고, 양배추 잎과 감자 껍질을 골라내 먹거나, 심지어 딱딱한 빵 껍질에서 탄 부분을 조심히 긁어내 먹으며 긴 오후를 보내기도 했다. 또 소 사료를 싣고 특정 경로를 지나가는 트럭들이 오기만을 기다리기도 했다. 그 트럭들은 울퉁불퉁한 도로를 덜컹거리며 지나면서 때때로 깻묵 조각들을 떨어뜨렸다.

아버지가 사라졌을 때 어머니는 놀라지도 슬픔에 복받치지도 않았지만 갑자기 딴사람으로 변해버렸다. 마치 완전히 혼이

나간 것 같았다. 윈스턴이 보기에도 어머니는 반드시 일어날 어떤 일을 기다리고 있었던 것이 분명했다. 요리, 빨래, 수선, 침대 정리, 마루 쓸기, 벽난로 선반 털기 등 필요한 일을 했지만, 스스로 움직이는 예술가의 인체모형처럼 이상할 정도로 불필요한 동작 하나 없이 느릿느릿 움직였다. 커다랗고 균형 잡힌 어머니의 몸은 자연스럽게 부동자세로 되돌아갔다. 때로는 몇 시간 동안 꼼짝도 않고 침대에 누운 채, 원숭이 같은 얼굴을 한 작고 병약하고 조용한 두어 살짜리 여동생을 돌보기도 했다. 간혹은 윈스턴을 꼭 껴안고 아무 말도 없이 오랫동안 그대로 있기도 했다. 윈스턴은 자기밖에 모르는 어린아이였지만 어머니의 이런 행동이 곧 일어나게 될, 결코 언급한 적 없는 일과 무슨 관련이 있다는 건 알 수 있었다.

윈스턴은 가족과 함께 살던 어둡고 후텁지근하고 냄새나는 방을 떠올렸다. 하얀 침대보가 깔린 침대가 방의 반절을 차지하고 있었다. 난로망에는 가스레인지 열판이 있었고, 음식을 보관하는 선반이 있었으며, 바깥 층계참에는 다른 집들과 함께 사용하는 갈색 도기 싱크대가 있었다. 어머니가 가스레인지 열판 위로 조각상 같은 몸을 굽혀 냄비를 젓던 모습이 떠올랐다. 끊임없이 배가 고팠고 식사 시간에는 천박한 다툼을 했다. 어머니에게 왜 먹을 것이 더 없는지 불평하기 일쑤였고, 악을 쓰며 성질을 냈고(때 이른 변성기로 가끔씩 이상하게 울려 퍼지던 목소리도 생각난다), 자기 몫보다 더 많이 먹기 위해 징징거렸다. 어머니는 기꺼이 그의 몫보다 많은 양을 퍼주었다. '남자아이'인 그가 당연히 제일 많이 먹어야 한다고 생각했다. 하지만 어머니가 아무리 많이 주어도 윈스턴은 항상 더 달라고 했다. 식사 시간마다 어머니가 여동생도 아프니 밥을 먹어야 한다고, 욕심부리지 말라고 타일렀지만 소용없었다. 어머니가 음식을 더 이상 퍼주지 않으면 윈스턴은 소리를 빽 지르며 어머니의 손에서 냄비와 국자를 빼앗으려 했고, 여동생의 접시에서 음식을 조금 가로채기도 했다. 자기 때문에 다른 두 사람이 굶주린다는 걸 알면서도 어쩔 수 없었다. 심지어 자신은 그럴 권리가 있다고 생각하기까지 했다. 뱃속에서 요란하게 꼬르륵거리는 소리가 자신의 행동을 정당화해주는 것 같았다. 어머니가 부엌에 없으면 찬장에서 궁상맞은 음식을 훔쳐 먹기도 했다.

어느 날 초콜릿이 배급되었다. 몇 주, 아니 몇 달 만의 배급이었다. 그는 그 귀중했던 작은 초콜릿 조각을 또렷이 기억한다. 세 식구에게 2온스짜리 한 판이 배급되었다(당시에는 여전히 온스 단위를 사용했다). 당연히 초콜릿은 똑같이 삼 등분으로 나눠야 했다. 그런데 갑자기 저 혼자 초콜릿 한 판을 다 먹어야 한다고 주장하는 목소리가 커다랗게 들렸다. 다른 사람이 말하는 것처럼 들렸지만, 알고 보니 그건 자기 목소리였다. 어머니는 윈스턴에게 욕심부리지 말라고 했다. 소리 지르고, 징징거리고, 울고, 불평하고, 흥정하면서 긴 말다툼이 쳇바퀴 돌듯 이어졌다. 아기 원숭이처럼 양손으로 어머니를 꼭 붙들고 앉아 있던 여동생은 커다랗고 구슬픈 눈으로 어머니 어깨 너머로 그를 바라보았다. 결국 어머니는 초콜릿 사 분의 삼을 윈스턴에게, 나머지를 여동생에게 주었다. 여동생은 초콜릿을 손에 쥔 채 이게 뭔가 하는 눈으로 멍하니 바라보았다. 윈스턴은 잠시 서서 여동생을 바라보더니 잽싸게 지나가며 동생의 초콜릿을 낚아채 문밖으로 달아났다.

"윈스턴, 윈스턴! 돌아와! 동생한테 초콜릿을 돌려줘!" 어머니가 그를 불렀다.

발은 멈추었지만 돌아가지는 않았다. 어머니의 불안한 눈빛이 그의 얼굴을 바라보았다. 지금 와 생각해봐도 대체 무슨 일이 벌어지려 했던 건지 알 수 없었다. 무언가를 빼앗겼다는 걸 알아챈 동생은 힘없이 흐느꼈다. 어머니는 동생을 감싸 안고는 품속에 얼굴을 품었다. 그 몸짓 어딘가에서 동생이 죽어가고 있다는 느낌을 받았다. 윈스턴은 몸을 돌려 계단을 박차고 내려갔다. 손에서는 초콜릿이 녹아서 끈적이고 있었다.

그러고 나서는 다시 어머니를 보지 못했다. 초콜릿을 게걸스럽게 먹어치운 후 자신이 약간 부끄럽게 느껴졌고 몇 시간 동안 길거리를 어슬렁거리고 돌아다니다가 허기가 느껴지자 집으로 돌아왔다. 집에 와보니 어머니는 사라지고 없었다. 이런 일은 당시에도 흔하게 벌어졌다. 어머니와 동생을 제외하면 방에서 사라진 것은 아무것도 없었다. 그들은 옷도 챙겨가지 않았다. 어머니의 외투도 그대로였다. 지금까지도 어머니가 살았는지 죽었는지 확실히 알지 못한다. 강제 노동 수용소로 보내졌을 가능성도 충분했다. 여동생은 자신처럼 내전으로 생겨난 고아들을 돌보는 고아 수용소(교화 시설이라고 불렸다)에 보내졌을지도 모른다. 어쩌면 어머니를 따라 강제 노동 수용소에 보내졌을 수도, 단순히 어딘가에 버려져서 죽었을 수도 있다.

그 꿈은 여전히 머릿속에 생생했다. 특히 보호하듯 감싸 안던 어머니의 팔 동작이 또렷하게 생각났다. 그 꿈의 전체 의미는 그 팔 동작에 담겨 있는 것 같았다. 두 달 전에 꾼 또 다른 꿈이 떠올랐다. 꿈속에서 어머니는 하얀 누비이불이 덮인 지저분한 침대에 앉아 동생을 안고 있던 그 자세로, 윈스턴보다 훨씬 아래쪽에서 순간순간 가라앉아 가는 배에 앉아 어두컴컴한 물 너머로 여전히 윈스턴을 올려다보고 있었다.

그는 줄리아에게 어머니가 사라진 일에 대해 이야기했다. 그녀는 눈도 뜨지 않은 채 몸을 굴려 더 편한 자세를 하고 말했다.

"당신도 그때는 끔찍한 작은 돼지였네요. 애들이 다 그렇죠."

"그렇죠. 하지만 이 이야기에서 중요한 점은…."

숨 쉬는 소리를 들어보니 그녀는 다시 잠든 것이 분명했다. 그는 어머니 이야기를 계속하고 싶었다. 기억을 더듬어보면 어머니는 비범한 인물도, 똑똑한 인물도 아니었다. 하지만 어머니에게는 무언가 고귀하고 순수한 구석이 있었다. 그건 단순히 어머니가 자기만의 기준을 따랐기 때문일 것이다. 어머니의 감정은 자기만의 고유한 것으로, 외부의 영향으로는 바뀌지 않았다. 행동이 헛될지라도 의미가 없다고는 생각하지 않았다. 누군가를 사랑했다면 그냥 사랑했다. 아무것도 줄 것이 없으면 사랑을 줬다. 마지막 남은 초콜릿이 사라져버리면 아이를 꼭 껴안아 줬다. 그런 행동은 아무 소용도 없었고, 그런다고 해서 아무것도 달라지지 않았으며, 초콜릿이 생겨나는 것도 아니었고, 자식과 자신의 죽음을 막을 수 있었던 것도 아니었다. 하지만 어머니에게는 그렇게 하는 게 자연스러운 행동이었다. 배에 타고 있던 피란민 여인도 총알 앞에서 팔로 아이를 감싸는 행동이 종이 한 장을 덮어주는 것만큼 소용없는 짓이었지만 그렇게 했다. 당이 저지른 가장 끔찍한 일은 사람들에게 단순한 충동과 감정은 하찮은 것이라고 세뇌시키면서, 동시에 그들에게서 물질세계에 대한 모든 힘을 빼앗아버린 것이었다. 한번 당의 손아귀에 들어가면 실제로 감정을 느꼈든 안 느꼈든, 실제로 행동을 했든 안 했든 사실상 아무런 차이가 없었다. 벌어진 일이 무엇이든 간에 사람들은 사라져갔고, 존재도 행동도 자취를 감췄다. 역사의 줄기에서 깨끗하게 도려내지는 것이었다. 하지만 두 세대 전의 사람들만 해도 이런 걸 극히 중요하게 여기지 않았을 것이다. 그들은 역사를 바꾸려 하지 않았기 때문이다. 그들은 개인적인 충성심을 따랐고, 거기에 의심을 품지 않았다. 중요했던 것은 개인적 관계였고, 아무 소용 없는 행동, 포옹, 눈물, 죽어가는 사람에게 들려주는 말 같은 것에도 가치가 있었다. 문득 프롤들은 이렇게 살고 있으리라는 생각이 들었다. 그들은 당에도, 나라에도, 사상에도 충성하지 않는다. 그들은 서로에게 충성한다. 윈스턴은 살면서 처음으로 프롤들을 경멸하지 않게 되었고, 언젠가 깨어나서 세상을 재건할 잠재적 세력으로만 취급하지도 않았다. 프롤들은 인간인 채로 남아 있었다. 그들은 내면적으로 무감각해지지 않았다. 그들은 윈스턴이 의식적인 노력을 기울여서 다시 배워야만 했던 원초적 감정을 여전히 유지하고 있었다. 이런 생각을 하면서, 별로 연관성은 없지만 몇 주 전 도로 위에 나뒹굴고 있던 절단된 손목을 보고 양배추 줄기인 양 배수로에 차 넣었던 일을 떠올렸다.

"프롤은 사람이에요. 우리는 사람이 아니고요." 윈스턴이 목소리를 높였다.

“왜 우리가 사람이 아니에요?” 잠에서 깬 줄리아가 물었다.

그는 잠시 생각하다가 입을 열었다. “우리가 할 수 있는 최선은 그냥 너무 늦기 전에 여기서 걸어나가 다시는 만나지 않는 거라는 생각이 들지 않아요?”

“네. 여러 번 그런 생각을 했어요. 그래도 그렇게 하지 않을래요.”

“우리는 그동안 운이 좋았어요. 하지만 오래가지 못할 거예요. 당신은 젊어요. 평범하고 순결해 보여요. 나 같은 사람을 멀리하면 앞으로 오십 년은 더 살 수 있을 거예요.”

“아뇨, 그런 생각은 이미 다 해봤어요. 당신이 하는 거면 나도 해요. 그리고 너무 낙담하지 마요. 나는 살아남는 데 소질이 있으니까요.”

“앞으로 반년… 어쩌면 일 년 정도는 같이 있을 수 있겠죠. 알 수는 없지만요. 결국에는 분명 헤어지게 될 거예요. 우리가 얼마나 철저히 혼자 남게 될지 알고 있어요? 체포당하고 나면 우리가 서로에게 해줄 수 있는 건 아무것도 없을 거예요. 그야말로 아무것도. 내가 자백하면 그들은 당신을 총살할 거고, 자백을 거부해도 똑같이 당신을 총살할 거예요. 내가 무슨 행동을, 무슨 말을 하든, 설령 아무 말도 하지 않는다 해도 당신의 죽음을 단 5분이라도 늦출 수는 없을 거예요. 서로가 살았는지 죽었는지조차 모르겠죠. 우린 아무런 힘도 없게 될 테니까요. 단 한 가지 중요한 것은 우리가 서로 배신하지는 말아야 한다는 거예요. 그런들 달라지는 건 아무것도 없겠지만.”

"자백이라면 틀림없이 하게 될걸요. 다들 항상 자백을 하잖아요. 어쩔 수 없죠. 고문을 하는데."

"나는 자백을 말하는 게 아니에요. 자백한다고 해서 배신하는 건 아니죠. 무슨 말을 하거나 무슨 행동을 하는 건 중요하지 않아요. 중요한 건 감정이에요. 그들 때문에 당신을 더 이상 사랑하지 않는다면 그거야말로 진정한 배신인 거예요."

줄리아는 곰곰이 생각했다. "그들은 그럴 수 없어요. 다른 건 몰라도 그것만은 못 할 거예요. **무슨 말**이든 하게 할 수는 있지만, 그 말을 믿게 할 수는 없어요. 사람 마음속에는 들어올 수 없으니까요."

"맞아요." 윈스턴은 좀 더 희망차게 말했다. "네, 맞는 말이에요. 그들은 마음속까지 들어오지 못해요. 인간으로 살아가는 걸 가치 있다고 **느낄** 수만 있다면, 그래 봤자 아무런 결실이 없다고 해도 그것만으로 그들을 이긴 셈이에요."

절대 잠들지 않고 귀 기울이고 있는 텔레스크린을 생각했다. 그들은 밤낮없이 사람들을 엿듣지만, 침착함을 잃지 않으면 그들의 허점을 찌를 수 있을 것이다. 그렇게 똑똑해도 사람들이 무슨 생각을 하고 있는지 알아내는 방법만은 터득하지 못했다. 실제로 그들 손아귀에 붙잡히고 난 뒤에는 이 말이 사실이 아니게 될 수도 있다. 애정부 안에서 무슨 일이 벌어지는지 알 수 없지만, 추측해볼 수는 있었다. 고문, 약물 투입은 물론 정교한 기계로 신경 반응을 기록하고, 불면증, 고독, 끊임없는 취조로 차츰 피로하게 만들 것이다. 어쨌든 계속해서 사실을 숨길 수는 없을 것이다. 수사를 통해 밝혀낼 수도 있고, 고문을 통해 쥐어짜 낼 수도 있다. 하지만 목적이 단순히 살아남는 것이 아니라 인간인 채로 사는 것이라면, 결국 무슨 차이가 있단 말인가. 그들은 감정을 바꿀 수는 없다. 하기야 사람들도 원한다고 해서 자기감정을 맘대로 바꿀 수는 없지 않은가. 그들이 행동, 말, 생각까지 모든 것을 상세하게 밝혀낼 수는 있겠지만, 자기 자신조차 어떻게 작용하는지 모르는 신비한 속마음만은 쉽사리 무너뜨리지 못할 것이다.

8

해냈다. 마침내 해낸 것이다!

그들이 서 있는 기다란 방에는 은은한 조명이 흐르고 있었다. 텔레스크린은 소리를 줄여서 작게 중얼거리고 있었다. 호화로운 검푸른 카펫은 벨벳을 밟는 느낌이었다. 방 저쪽 끝에는 오브라이언이 양쪽에 서류 뭉치를 둔 채 초록색 갓을 쓴 등이 놓인 탁자 앞에 앉아 있었다. 그는 하인이 줄리아와 윈스턴을 방으로 안내할 때까지도 고개를 들지 않았다.

윈스턴은 심장이 얼마나 쿵쾅거리는지 말을 제대로 할 수 있을지 의문이었다. 마침내 해냈다. 이 생각밖에 들지 않았다. 애당초 여기 온 것 자체가 성급한 행동이었고, 줄리아와 함께 온 것은 완전히 어리석은 짓이었다. 물론 각자 다른 길로 와서 오브라이언의 집 현관 앞에서 만나긴 했지만 말이다. 하지만 이런 곳에 걸어 들어가는 것만으로도 대단한 용기가 필요했다. 내부당원의 집을 구경하는 것은 고사하고 그들이 사는 구역에 발을 들이는 것조차 매우 드문 일이었다. 거대한 아파트가 내뿜는 분위기, 호화롭고 널찍한 것들, 좋은 음식과 담배에서 풍기는 낯선 향, 조용하지만 엄청나게 빨리 움직이는 엘리베이터, 여기저기 바삐 움직이는 하얀 재킷의 하인들, 이 모든 것에 위축되었다. 윈스턴은 이곳을 찾아올 마땅한 구실이 있었음에도 한 발짝 내디딜 때마다 검은 제복의 경비가 모퉁이에서 불쑥 나타나 신분증을 요구한 뒤 나가라고 명령할 것 같은 두려움에 사로잡혔다. 하지만 오브라이언의 하인은 아무런 이의 없이 두 사람을 안으로 이끌었다. 하인은 검은 머리에 체구가 작고 하얀 재킷을 입고 있었으며, 완전히 무표정한 마름모꼴 얼굴이 꼭 중국인 같았다. 그 뒤를 따라 걷는 복도에는 부드러운 카펫이 깔려 있었고, 크림색 벽지와 하얀색 징두리널로 꾸며져 있어 매우 깨끗했다. 이 역시 그들을 위축되게 만들었다. 사람들이 부대껴 사는 때가 묻어 있지 않은 복도 벽은 난생처음 보는 것 같았다.

오브라이언은 손가락 사이에 종이 한 장을 끼워 들고 면밀히 살펴보고 있었다. 몸을 아래로 기울인 탓에 콧날이 도드라진 선 굵은 얼굴은 위협적이면서도 지적인 인상을 풍겼다. 그는 약 20초 동안 꼼짝 않고 앉아 있었다. 그러더니 음성기록기를 잡아당겨 진리부에서 사용하는 합성 용어로 메시지를 내뱉기 시작했다.

항목 1 쉼표 5 쉼표 7 완전스럽게 승인 마침표 항목 6 포함된 제안 더더욱 터무니없음 사상죄 가까움 취소 마침표 기계 간접비 더완전 견적서 전입수 공사스럽게 안진행 마침표 메시지 끝.

그는 천천히 자리에서 일어나 소리 없이 카펫을 가로질러 그들을 향해 다가왔다. 신어를 써서 조성되었던 공적인 분위기는 조금 누그러진 것 같았지만, 표정은 방해를 받아 불쾌하기라도 한 듯 평소보다 더 엄숙해 보였다. 윈스턴은 아까부터 느껴지던 공포 대신 돌연 당혹감이 들었다. 단순히 멍청한 실수를 저지른 것일 수도 있었다. 무슨 증거로 오브라이언이 정말 정치적 공모자라고 생각했던 걸까? 단 한 번 스쳐 지나간 눈빛과 애매한 말 한마디뿐이었다. 그 외에는 꿈을 바탕으로 펼친 자기만의 비밀스런 상상뿐이었다. 심지어 사전을 빌리러 왔다는 핑계를 댈 수도 없었던 것이, 그러면 줄리아가 함께 온 것을 설명할 수 없게 된다. 오브라이언은 텔레스크린 옆을 지나가다가 걸음을 멈췄다. 무슨 생각이 떠오른 모양이었다. 그는 옆으로 돌아서서 벽에 있는 스위치를 눌렀다. 딸깍 소리와 함께 텔레스크린의 목소리가 멈췄다.

줄리아는 놀라서 작게 비명을 토해냈다. 윈스턴은 극심한 공포를 느끼던 와중에도 너무나 놀란 나머지 차마 입을 다물지 못했다.

"그걸 끌 수 있군요!" 윈스턴이 말했다.

"그렇다네. 우리는 끌 수 있지. 그런 특권이 있다네." 오브라이언이 말했다.

이제 오브라이언은 그들을 마주 보았다. 그의 억센 몸이 두 사람 앞에 우뚝 서서 그들을 내려다보았고, 얼굴은 알 수 없는 표정을 짓고 있었다. 그는 다소 엄숙한 태도로 윈스턴이 말을 꺼내길 기다리고 있었다. 하지만 대체 무엇에 대해 이야기해야 한단 말인가. 지금도 오브라이언은 바쁜데 방해를 받아 짜증스러워하는 사람에 지나지 않을지도 모른다. 아무도 말을 꺼내지 않았다. 텔레스크린을 꺼서 방은 쥐 죽은 듯 고요했다. 시간은 계속 흘러갔다. 윈스턴은 어렵사리 오브라이언의 얼굴을 바라보았다. 오브라이언의 얼굴에서 갑자기 엄숙함이 사라지더니 미소 같은 표정이 희미하게 떠올랐다. 그는 특유의 동작으로 코 위에 얹은 안경을 고쳐 썼다.

"내 쪽에서 먼저 말할까, 아니면 자네가?" 그가 물었다.

"제가 말하겠습니다. 저 물건은 정말 꺼진 건가요?" 윈스턴이 즉시 말했다.

"그렇다네, 전부 꺼졌어. 우리뿐이네."

"저희가 여기 온 이유는…."

윈스턴은 처음으로 자신의 동기가 얼마나 모호한지를 깨닫고 말을 멈췄다. 사실 오브라이언에게 어떤 도움을 기대했던 건지 확신할 수 없었기 때문에 왜 이곳에 온 건지도 설명하기가 쉽지 않았다. 자신의 말이 분명 설득력도 없으면서 거창하게 들릴 거라는 것을 의식하며 말을 이었다.

"저희는 어떤 음모가 있고, 당에 대항하는 비밀 조직이 존재하며, 당신이 거기에 소속되어 있다고 생각합니다. 저희도 거기에 가담해서 일하고 싶습니다. 저희는 당의 적입니다. 영사의 원칙을 믿지 않습니다. 저희는 사상범입니다. 간통범이기도 하죠. 이런 말씀을 드리는 것은 당신의 처분에 따르고자 하기 때문입니다. 당신이 저희에게 다른 식으로 범죄를 저지르라고 한다면 저희는 그럴 각오가 되어 있습니다."

그때 문이 열린 것 같아 윈스턴은 어깨 뒤로 시선을 돌렸다. 아니나 다를까 노란 얼굴의 조그만 하인이 노크도 없이 방으로 들어와 있었다. 그는 술병과 유리잔이 놓인 쟁반을 들고 있었다.

"마틴은 같은 편이네." 오브라이언이 무표정하게 말했다. "마틴, 이리 가져와서 탁자에 올려놓게. 의자는 충분한가? 그럼 앉아서 편안히 이야기하는 게 좋겠군. 마틴, 자네 의자를 가져오게. 일 얘기야. 앞으로 10분간은 하인으로 있을 필요가 없네."

작은 남자가 편안히 자리에 앉았다. 하지만 여전히 하인 같은 태도는 남아 있었다. 말하자면 특권을 즐기고 있는 하인 같은 분위기였다. 윈스턴은 곁눈질로 그를 쳐다보았다. 남자는 일생 동안 이 역할을 맡아왔기 때문에 잠시라도 맡은 역할을 내려놓는 건 위험하다고 생각하는 것 같았다. 오브라이언은 술병의 목을 잡고 검붉은 액체를 잔에 채웠다. 그 모습을 보고 있자니 오래전에 벽에서인지 광고판에서인지 본 무언가가 희미하게 떠올랐다. 전등으로 이루어진 커다란 병이 위아래로 움직이며 내용물을 잔에 따르는 장면이었다. 액체는 위에서 보면 거의 검은색이었지만 병 속에서는 루비같이 희미하게 빛났다. 오브라이언이 따라준 술에서는 시큼하면서 달콤한 냄새가 났다. 줄리아는 솔직하고 호기심 어린 태도로 잔을 들어 냄새를 맡아보았다.

"와인이라고 하는 걸세." 오브라이언이 희미한 미소를 지으며 말했다. "물론 책에서나 읽어봤겠지. 외부당에는 이런 물건이 가는 일이 별로 없으니까." 그는 다시 근엄한 얼굴로 잔을 들었다. "건강을 빌며 시작하는 게 좋겠네. 우리의 지도자를 위하여, 이매뉴얼 골드스타인을 위하여."

윈스턴은 열성적으로 잔을 들었다. 와인은 책에서 읽고는 줄곧 환상을 품어온 것이었다. 유리 문진이나 채링턴 씨가 반쯤 기억하는 노래들처럼 와인도 그가 은밀히 속으로 옛날이라고 부르는 사라져버린 낭만의 과거에 속해 있는 것이었다. 뚜렷한 이유도 없이 그는 와인이 블랙베리 잼처럼 강렬한 단맛이 나며, 마시면 금방 취할 거라는 생각을 했었다. 그런데 실제로 마셔보니 정말 실망스러운 맛이었다. 사실 수년간 진만 마시다 보니 제대로 맛을 느낄 수가 없었다. 그는 빈 잔을 내려놓았다.

"그럼 골드스타인이라는 사람이 있는 겁니까?" 윈스턴이 물었다.

"그렇다네. 그런 사람이 있고, 살아 있지. 어디에 있는지는 모르지만 말이야."

"음모도, 조직도요? 실제로 있는 겁니까? 그냥 사상경찰이 만들어낸 것이 아니고요?"

"아닐세, 실제로 있는 거라네. 우리는 형제단이라고 부르지. 형제단이 존재한다는 것과 자신이 그 소속이라는 것 외에는 형제단에 대해 더 알 수 있는 건 없을 걸세. 그 얘기는 곧 다시 하도록 하고." 오브라이언은 손목시계를 쳐다보았다. "내부당원이라도 텔레스크린을 30분 이상 꺼놓는 건 현명한 일이 아니지. 같이 오지 말았어야 했네. 갈 때는 따로 가야 할 걸세. 동무가…." 그가 줄리아에게 머리를 숙였다. "먼저 가도록 하게. 아직 20분가량 여유가 있군. 먼저 질문 몇 가지를 해야 할 테니 이해를 구하겠네. 일반적으로 말해서 무슨 일을 할 각오가 되어 있다는 건가?"

"할 수 있는 건 뭐든지 할 겁니다." 윈스턴이 대답했다.

오브라이언이 의자에 앉아 몸을 돌려 윈스턴과 마주 보았다. 그는 줄리아를 거의 쳐다보지도 않았는데, 윈스턴이 당연히 그녀 몫까지 대답할 수 있으리라 생각하는 듯했다. 오브라이언은 잠시 눈을 감았다 뜨고는 이미 대부분의 대답을 알고 있는 일상적인 교리문답을 하듯 감정 없는 낮은 목소리로 질문하기 시작했다.

"목숨을 바칠 각오가 되어 있나?"

"네."

"살인을 저지를 각오가 되어 있나?"

"네."

"수백 명의 무고한 목숨을 앗아갈 수도 있는 파괴 공작 행위를 저지를 각오는 되어 있나?"

"네."

"조국을 외세에 팔아넘길 각오도 되어 있나?"

"네."

"속이고, 위조하고, 협박하고, 동심을 더럽히고, 습관성 마약을 퍼뜨리고, 매춘을 장려하고, 성병을 퍼트리고, 그렇게 당의 사기를 꺾고 권력을 약화시키는 일이라면 뭐든지 할 수 있나?"

"네."

"어린아이 얼굴에 황산을 뿌리는 일이라도 우리의 이익에 기여한다면 기꺼이 할 수 있나?"

"네."

"신분을 버리고 여생을 웨이터나 부두 노동자로 살아갈 각오도 되어 있나?"

"네."

"혹시 우리가 명령하면 자살이라도 할 수 있나?"

"네."

"두 사람이 헤어져서 다시는 보지 않을 각오도 되어 있나?"

"아뇨!" 줄리아가 끼어들었다.

대답하기까지 오랜 시간이 걸린 것 같았다. 잠시 말하는 능력을 잃어버리기라도 한 것 같았다. 몇 번이고 반복해서 한 단어의 첫음절을 발음하다가 다른 단어의 첫음절을 발음해보았지만 혀를 굴려도 소리가 나지 않았다. 말이 입 밖으로 나오기까지는 자신이 무슨 말을 하려는지도 알지 못했다. "아니요." 마침내 윈스턴이 말했다.

"잘 말해줬네. 전부 알아야 할 필요가 있어서 말이야."

오브라이언은 줄리아를 향해 몸을 돌리고 좀 더 감정 실린 목소리로 덧붙였다.

"만약 윈스턴이 살아남는다고 해도 완전히 다른 사람이 될 수도 있다는 걸 알고 있나? 윈스턴에게 새로운 신분을 줘야 할 수도 있네. 얼굴, 행동, 손 모양, 머리 색 등등, 심지어 목소리까지 달라질 수 있어. 당신 역시 다른 사람으로 변할 수 있어. 우리 쪽 의사들은 사람을 생판 다른 인물로 바꿔놓을 수 있네. 때로는 이게 필요한 일이라서 말이야. 팔다리 하나를 잘라내는 경우도 있고."

윈스턴은 무심결에 몽골인 같은 마틴의 얼굴을 다시 한번 곁눈질했다. 눈에 띄는 상처는 없었다. 줄리아는 한층 더 창백해져서 주근깨가 도드라져 보일 정도였지만, 대담하게 오브라이언을 마주 보았다. 그녀는 찬성한다는 듯 무슨 말을 중얼거렸다.

"좋아. 그럼 결정됐군."

탁자 위에는 은제 담뱃갑이 놓여 있었다. 오브라이언은 멍하니 담뱃갑을 그들 쪽으로 밀어놓고 자신도 한 개비 꺼내 들고는 서 있어야 생각이 잘 난다는 듯 일어서서 천천히 서성거리기 시작했다. 상당히 두꺼운 데다 담뱃가루도 가득 찬 양질의 담배였다. 담뱃가루가 담긴 종이에서 익숙지 않은 부드러움이 느껴졌다. 오브라이언은 다시 시계를 쳐다보았다.

"마틴, 이제 식료품 창고로 가보게. 15분 안에 스위치를 켤 거야. 가기 전에 이 동무들 얼굴을 잘 봐두게. 다시 만나게 될 거니까. 나는 다시 못 만날지도 모르지만."

현관에서처럼 마틴의 검은 두 눈이 두 사람의 얼굴을 스쳐 지나갔다. 그의 태도에서 우호적인 기색이라고는 찾아볼 수 없었다. 마틴은 두 사람의 생김새는 기억하고 있었지만, 사람 자체에는 전혀 관심이 없었다. 적어도 겉보기에는 그랬다. 성형수술을 한 얼굴은 표정을 바꿀 수 없나 보다 하는 생각이 들었다. 마틴은 아무런 말도, 어떠한 인사도 없이 윈스턴의 등 뒤로 조용히 문을 닫고 나갔다. 오브라이언은 한 손을 검은색 작업복 주머니에 찔러 넣고, 다른 한 손에는 담배를 든 채 이리저리 걸어 다녔다.

"이제 자네들은 아무것도 알지 못하는 상태에서 싸우게 될 거라네. 언제나 그럴 거야. 이유도 모른 채 지령을 받아서 따르게 되는 거지. 나중에 우리가 사는 사회의 진정한 본질과 그걸 무너뜨릴 수 있는 방법을 알 수 있는 책을 보내주겠네. 책을 다 읽고 나면 형제단의 정식 단원이 되는 거야. 하지만 우리가 투쟁하는 전반적인 목적과 그때그때 당면한 임무 외에 다른 건 아무것도 알 수 없을 거라네. 형제단이 존재한다는 것은 말해줄 수 있지만, 단원이 백 명인지 천만 명인지는 말해줄 수 없어. 개인적으로 알게 되는 사람은 많아 봐야 열 명도 안 될 거야. 연락책은 서너 명 정도 되는데 가끔 그들이 사라지면 다른 사람들로 바뀔 거야. 이게 첫 번째 접촉이니 이건 유지될 거고. 지령을 받는다면 나한테 받을 거라네. 연락이 필요하다고 생각되면 마틴을 통해서 할 거야. 끝내 체포당하면 자백을 하게 될 걸세. 그건 불가피한 일이지. 하지만 자신이 벌인 작전을 제외하면 자백할 게 거의 없을 거야. 몇 안 되는 사소한 인물들밖에 댈 수 없을 테고. 아마 나는 팔아넘기지도 못할 거라네. 그때쯤이면 나는 죽었거나 다른 얼굴을 하고 다른 사람이 되어 있을 테니까."

오브라이언은 계속 푹신한 카펫 위를 걸어 다녔다. 큰 덩치에도 불구하고 그가 움직이는 모습은 놀라우리만치 우아했다. 주머니에 손을 찔러 넣거나 담배를 만지작거리는 행동에서조차 우아함이 풍겼다. 힘보다도 자신감과 살짝 꼬여 있는 이해력을 갖추고 있다는 인상이 느껴졌다. 아무리 진지할지라도 광신자 특유의 외골수적 성향은 전혀 없었다. 그가 살인, 자살,

성병, 사지 절단, 성형수술에 대해 얘기할 때면 어렴풋이 농담을 하는 것처럼 들리기도 했다. "불가피한 일이네." 오브라이언의 목소리는 이렇게 말하는 듯했다. "굴하지 않고 해내야 하는 일이지. 하지만 다시 살 만한 세상이 오면 할 필요가 없는 일일 테지." 가슴속에서 오브라이언을 향한 흠모에 가까운 존경심이 느껴졌다. 골드스타인이라는 수상쩍은 인물을 잠시 동안 잊어버릴 정도였다. 오브라이언의 건장한 어깨와 못생겼지만 세련되고 뭉툭한 얼굴을 보고 있으면 그가 패할 수도 있다는 것은 믿을 수가 없었다. 오브라이언이 감당해낼 수 없는 전략은 없었고, 예측할 수 없는 위험 같은 것도 없었다. 줄리아마저 감명을 받은 것 같았다. 그녀는 담뱃불이 꺼진 것도 모른 채 오브라이언의 말에 열중했다.

"형제단이 있다는 소문은 들어봤을 거야. 분명 자네들 나름대로 그림을 그려봤겠지. 아마 지하실에서 몰래 만나고, 벽에 메시지를 휘갈겨 쓰고, 암호나 특정한 손짓으로 서로를 알아보는 음모자들의 거대한 지하조직 같은 걸 상상했을 테지. 그런 건 전혀 없다네. 형제단 단원들은 서로를 알아볼 수 있는 방법이 전혀 없고, 어떤 단원이라도 몇 명을 제외하고는 다른 사람의 신원을 알아채는 것도 불가능하네. 설령 골드스타인 본인이 사상경찰에 체포된다 해도 전체 단원의 명단은 물론 그런 명단을 입수할 수 있는 정보도 주지 못하지. 그런 명단 자체가 존재하지 않으니까. 형제단은 소탕할 수가 없네. 일반적인 의미에서 조직이 아니기 때문이지. 형제단을 단결시키는 건 파괴할 수 없는 한 가지 사상이 유일하네. 자네들을 지탱해주는 것도 그 사상밖에는 없을 거야. 아무런 동지애도 격려도 없을 거라네. 언젠가 결국 잡히고 나면 아무런 도움도 받지 못할 거야. 우리는 절대 단원들을 돕지 않아. 누군가 반드시 입을 다물 필요성이 있는 경우에만 감방으로 면도날을 몰래 넣어주는 정도지. 아무런 결실도 희망도 없이 살아가는 데 익숙해져야 한다네. 잠시 형제단을 위해 일하다가 잡히고, 자백하고, 죽게 되는 거야. 그것만이 자네들이 겪게 될 유일한 최후일세. 우리 생애에는 인지할 만한 변화가 일어날 가능성은 없어. 우리는 죽은 거나 마찬가지라네. 진정한 삶은 오직 미래에만 존재하지. 우리는 한 줌의 먼지와 뼛조각이 되어 미래에 함께하게 될 거야. 하지만 그 미래가 얼마나 멀리 떨어져 있는지는 알 수 없어. 천 년일 수도 있지. 현재로선 온전한 정신의 영역을 조금씩 늘려가는 것밖에는 없어. 집단적인 행동은 할 수 없네. 세대를 거듭하면서 한 사람이 다른 한 사람에게 우리의 지식을 퍼뜨릴 수 있을 뿐이지. 사상경찰에 맞서는 데는 다른 방법이 없네."

그는 말을 멈추고 세 번째로 손목시계를 쳐다봤다.

"떠날 시간이 다 됐네, 동무." 오브라이언이 줄리아에게 말했다. "잠깐, 술이 반이나 남았군."

그는 술을 전부 따르고 자기 잔을 들어 올렸다.

"이번엔 뭐가 좋겠나?" 그가 앞서와 같이 살짝 비꼬는 듯이 말했다. "사상경찰의 혼란을 위해? 빅 브라더의 죽음을 위해? 인류를 위해? 미래를 위해?"

"과거를 위하여." 윈스턴이 말했다.

"과거가 더 중요한 법이지." 오브라이언이 진지하게 동조했다.

그들은 잔을 비웠다. 잠시 후 자리를 떠나기 위해 줄리아가 일어섰다. 오브라이언은 캐비닛 꼭대기에서 조그만 상자를 가져와서는 줄리아에게 하얗고 납작한 알약을 건네주며 혀에 붙이라고 했다. 엘리베이터 안내원이 워낙 예민해서 와인 냄새를 풍기면 안 된다는 것이었다. 줄리아가 문을 닫고 나가자마자 오브라이언은 그녀의 존재를 잊어버린 것 같았다. 그는 한두 걸음 걷다가 멈춰 섰다.

"정리해둬야 할 자잘한 사항들이 있네. 아마 자네들 은신처 같은 게 있을 것 같은데."

윈스턴은 채링턴 씨 가게 위층 방에 대해 설명했다.

"당분간은 그걸로 괜찮겠어. 나중에 다른 곳을 알아봐 주지. 은신처는 자주 바꿔줘야 하거든. 그사이에 그 책을 보내주겠네." 오브라이언조차 **그 책**이라는 단어를 특별히 강조하는 것 같았다. "골드스타인의 책 말일세. 가능한 한 빨리 보내주겠네. 구하는 데 며칠 걸릴 수도 있어. 알겠지만 남아 있는 책이 많지 않네. 책을 만들어내자마자 거의 사상경찰이 색출해서 없애버리거든. 그렇다고 해서 별로 달라질 건 없네. 그 책은 파괴할 수가 없으니까. 마지막 책까지 사라지더라도 단어 하나하나까지 거의 그대로 다시 만들어낼 수 있거든. 자네 출근할 때 가방을 들고 다니나?"

"보통 그렇습니다."

"어떻게 생긴 가방이지?"

"아주 낡은 검은색 가방입니다. 끈이 두 개 달려 있고요."

"검은색, 끈 두 개, 아주 낡은 가방이라… 알겠네. 정확한 날짜는 모르겠지만 가까운 시일 안에 아침 업무로 맡은 메시지들 가운데 오타가 있을 거라네. 그럼 다시 보내달라고 요청하게. 다음 날에는 출근할 때 가방을 들고 가지 말게. 그날 중에 거리에서 한 남자가 자네 팔을 건드리면서 '가방을 떨어뜨리신 것 같은데요'라고 말할 거야. 그 사람이 주는 가방에 골드스타인의 책이 들어 있을 거라네. 십사 일 내로 반납해야 하네."

그들은 잠시 말없이 있었다.

"떠나야 할 시간이 2분 정도 남았군. 우리는 다시 만나게 될 거라네. 다시 만나면…."

윈스턴은 고개를 들어 오브라이언을 쳐다보았다. "어둠이 없는 곳에서요?" 머뭇거리던 그가 말했다.

오브라이언은 놀라는 기색 없이 고개를 끄덕였다. "어둠이 없는 곳에서 만나게 될 걸세." 그 말이 무엇을 암시하는지 알고 있다는 듯 말했다. "가기 전에 혹시 하고 싶은 말이 있나? 무슨 질문이라도?"

윈스턴은 생각해보았다. 더 질문할 것은 떠오르지 않았다. 더구나 거창하게 들리는 일반론을 말하고 싶은 충동도 없었다. 오브라이언이나 형제단과 직접적인 관련이 있는 것 대신 속수무책인 머릿속에 떠오른 것은, 어머니가 사라지기 직전의 나날을 보냈던 어두운 침실과, 채링턴 씨 가게의 작은 방과 유리 문진과 자단 액자에 들어 있는 강판 판화의 모습이었다. 윈스턴은 문득 생각나는 대로 뱉어냈다.

"혹시 '오렌지와 레몬, 세인트 클레멘트의 종이 울리네'로 시작되는 오래된 노래를 들어본 적이 있습니까?"

오브라이언이 다시 고개를 끄덕였다. 그는 엄숙하고 공손한 태도로 가사를 끝까지 읊었다.

오렌지와 레몬, 세인트 클레멘트의 종이 울리네.
나한테 삼 파딩 빚졌어, 세인트 마틴의 종이 울리네.
언제 갚을 거야? 올드 베일리의 종이 울리네.
내가 부자가 되면, 쇼디치의 종이 울리네.

"마지막 가사까지 알고 있군요!" 윈스턴이 말했다.

"그렇다네, 알고 있지. 자, 이제 가야 할 시간이야. 잠시 기다리게. 알약을 하나 받아가는 게 좋을 것 같군."

윈스턴이 일어나자 오브라이언이 손을 내밀었다. 악수할 때 힘이 어찌나 센지 윈스턴은 손뼈가 으스러지는 줄 알았다. 하지만 윈스턴이 문간에서 돌아보았을 때 오브라이언은 이미 그를 잊기 시작한 것 같았다. 그는 텔레스크린 스위치에 손을 올린 채 윈스턴이 떠나기를 기다리고 있었다. 그의 뒤에 놓인 탁자 위에는 초록색 갓을 쓴 전등과 음성기록기와 종이가 산더미처럼 쌓여 있는 철 바구니가 올려져 있었다. 이 일은 이제 끝났다. 오브라이언이 30초도 안 되어 아까 하다 만 중요한 당의 업무를 시작할 거라는 생각이 들었다.

9

윈스턴은 피곤하여 몸이 젤리처럼 늘어졌다. 젤리 같아졌다는 말이 딱 적당했다. 자기도 모르게 이 말이 머리에 떠올랐다. 그의 몸은 젤리처럼 무르고 약해졌을뿐더러 반투명해지기까지 한 것 같았다. 손을 들어 올려보면 빛이 통과해버릴 것만 같은 느낌이었다. 마구잡이로 들이닥치는 어마어마한 업무 때문에 연약한 신경과 뼈와 살갗만을 남겨놓고 모든 피와 림프가 빠져나가 버린 것 같았다. 모든 감각이 극도로 예민해진 듯했다. 작업복은 어깨를 좀먹고, 도로는 발바닥을 간질이고, 손을 쥐었다 펴는 것만으로도 관절이 삐걱거리는 느낌이었다.

윈스턴은 지난 닷새간 아흔 시간도 넘게 일했다. 진리부 직원이라면 모두 마찬가지였다. 이제 모든 일이 끝나서 사실상 할 일이 전혀 없었다. 내일 아침까지는 당의 업무가 전혀 없을 것이다. 은신처에서 여섯 시간을, 집의 침대에 누워 아홉 시간은 보낼 수 있었다. 그는 부드러운 오후 햇볕을 받으며 채링턴 씨 가게로 향하는 지저분한 길을 천천히 걸어갔다. 순찰대를 마주치지는 않을까 정신을 바짝 차렸지만, 오늘 오후에는 자신을 방해할 위험 요인이 전혀 없으리라는 비이성적인 확신이 들었다. 발을 옮길 때마다 무거운 가방이 무릎에 부딪치는 바람에 다리 곳곳이 얼얼했다. 가방에는 책이 들어 있었다. 엿새 동안 이 책을 가지고 있었지만 아직 펴보기는커녕 쳐다보지도 않았다.

증오 주간 엿새째 날이었다. 행진, 연설, 함성, 노래, 깃발, 포스터, 영화, 밀랍 인형, 둥둥거리는 드럼 소리와 빽빽거리는 트럼펫 소리, 쿵쿵거리는 행진 소리, 삐걱거리는 탱크의 캐터필러 소리, 한데 모여 날아가는 비행기 굉음, 탕탕거리는 총소리 등이 엿새 동안 이어지더니, 이제 강렬한 흥분이 절정에 달하고 유라시아에 대한 전반적인 증오가 무아지경 상태로 끓어올랐다. 증오 주간 마지막 날에 공개 교수형을 당할 예정인 이천 명의 유라시아 전범들을 손봐줄 기회를 얻는다면 사람들은 분명 그들을 갈기갈기 찢어버릴 기세였다. 바로 그때 오세아니아는 사실 유라시아와 전쟁 중이 아니었다는 발표가 나왔다. 오세아니아와 전쟁 중이었던 나라는 동아시아였다. 유라시아는 동맹국이었다.

물론 변화가 일어났다는 시인은 전혀 없었다. 유라시아가 아닌 동아시아가 적이라는 소식이 아주 갑작스럽게 이곳저곳으로 알려졌을 뿐이었다. 윈스턴은 그 일이 일어났던 순간 런던 중심부의 광장 한곳에서 열린 시위에 참가해 있었다. 때는 밤이었고, 사람들의 하얀 얼굴과 진홍색 깃발들이 조명을 받아 화려하게 빛나고 있었다. 광장은 첩보단 제복을 입은 천여 명의 학생들을 포함해 수천 명의 사람들로 가득 들어찼다. 진홍색 천을 드리운 연단 위에서 작고 여윈 체구에 팔이 불균형하게 길고, 커다란 민머리에 가느다란 털 몇 올이 제멋대로 나 있는 내부당 연사가 열변을 토하고 있었다. 증오심으로 얼굴이 일그러진 난쟁이 같은 그 남자는 한 손으로는 마이크의 목 부분을 잡고, 앙상한 팔 끝에 달린 거대한 다른 한 손은 머리 위로 쳐들어 올린 채 허공에 대고 위협적으로 휘둘러댔다. 확성기 때문에 까랑까랑하게 울리는 목소리는 잔학 행위, 대학살, 추방, 약탈, 강간, 포로 고문, 민간인 폭격, 거짓 선동, 불법 침략, 조약 파기 같은 것들에 대해 끝없이 우렁차게 떠들었다. 그의 말을 듣고 있으면 처음에는 그냥 수긍하는 정도였다가 나중에는 미친 듯 화가 치밀어 오를 수밖에 없었다. 몇 분 간격으로 사람들의 분노가 들끓어 올랐고, 연사의 목소리가 수천 명의 목구멍에서 걷잡을 수 없이 터져 나오는 야생동물 같은 함성에 묻혀버렸다. 가장 맹렬한 함성 소리는 전부 학생들로부터 터져 나왔다. 연설이 20분가량 진행되었을 때 한 전령이 급히 연단으로 올라가 연사의 손에 종이쪽지를 슬쩍 건넸다. 연사는 종이를 펴더니 연설을 멈추지도 않고 내용을 읽었다. 그의 목소리와 태도와 말하던 내용에는 아무런 변화가 없었지만 갑자기 이름들이 바뀌었다. 아무런 설명도 없었지만 군중들 사이에 이해의 물결이 퍼져나갔다. 오세아니아는 동아시아와 전쟁 중이었다! 다음 순간 엄청난 혼란이 일었다. 광장을 장식한 깃발과 포스터는 모두 잘못되었다. 포스터에 그려진 얼굴들 중 절반은 잘못된 것이었다. 파괴 공작이다! 골드스타인 수하의 첩보원들이 한 짓이다! 한바탕 소란 속에서 포스터가 벽에서 떼어졌고 깃발이 갈기갈기 찢겨 짓밟혔다. 첩보단은 옥상으로 기어 올라가, 굴뚝에 매달려 펄럭이고 있던 색 테이프들을 잘라내는 놀라운 행동을 보여줬다. 하지만 소동은 2~3분 만에 전부 가라앉았다. 여전히 마이크를 쥐고 있던 연사는 어깨를 앞으로 구부리더니 빈손을 허공에 휘두르며 연설을 이어갔다. 이내 군중 속에서 야성적인 분노의 함성이 다시 한번 터져 나왔다. 증오는 전과 같이 계속되었다. 다만 대상이 바뀌었을 뿐이었다.

방금 일어난 상황을 돌이켜 생각해보니 가장 인상 깊었던 부분은 연사가 말을 멈추기는커녕 구문도 끊지 않고 사실상 문장 중간에서 대상을 바꿔버렸다는 것이다. 하지만 그때 윈스턴은 다른 곳에 정신이 팔려 있었다. 포스터가 뜯겨져나가는 아수라장을 틈타 한 번도 본 적 없는 남자가 윈스턴의 어깨를 툭 치더니 이렇게 말했다. "가방을 떨어뜨리신 것 같은데요." 윈스턴은 아무 말도 없이 멍하니 가방을 집어 들었다. 내용물을 살펴보려면 며칠은 더 있어야 할 것이다. 시위가 끝나고 나니 23시가 가까웠지만 그는 곧장 진리부로 향했다. 진리부 직원들은 모두 마찬가지였다. 각자 부서로 복귀하라는 명령이 텔레스크린에서 이미 나오고 있었지만 그럴 필요도 없었다.

오세아니아는 동아시아와 전쟁 중이었다. 유라시아는 언제나 동아시아와 전쟁 중이었다. 지난 오 년간 나온 정치 문건 대부분이 이제 완전히 쓸모없게 되었다. 각종 보고서와 기록물, 신문, 서적, 소책자, 영화, 음악, 사진 등 모든 것이 빛의 속도로 교정되어야 했다. 지시가 내려진 적은 없지만 진리부의 국장들이 일주일 내로 유라시아와의 전쟁이나 동아시아와의 동맹에 대해 언급한 자료를 모두 없애버리고자 할 것이 뻔했다. 업무량은 압도적으로 많았다. 더군다나 그 과정에서 필요한 절차를 원래 명칭으로 부를 수 없었기 때문에 더더욱 힘들었다. 기록국 직원들은 모두 두세 시간씩 쪽잠을 자며 하루 열여덟 시간씩 일했다. 지하에서 매트리스를 들고 올라와 복도 전체에 깔았다. 식당 직원들이 샌드위치와 승리 커피로 구성된 식사를 손수레에 담아 끌고 다녔다. 윈스턴은 쪽잠을 청하러 갈 때마다 책상 위 업무는 모두 처리하려고 애썼지만, 천근같이 무거운 눈꺼풀과 쑤셔대는 몸을 이끌고 자리에 돌아와 보면 둘둘 말린 종이 뭉치들이 눈더미처럼 쌓여 있었다. 그중 반절은 음성기록기를 파묻다 못해 바닥에 흘러넘쳐 있었다. 쪽잠을 자고 돌아오면 제일 먼저 그 서류들을 깔끔하게 정리해서 일할 공간을 마련해야 했다. 최악은 완전히 기계적으로만 일을 처리할 수 없다는 것이었다. 보통은 한 가지 명칭을 다른 명칭으로 대체하기만 하면 됐지만, 어떤 사건에 대한 세부 보고서를 처리할 때는 집중해서 상상력을 발휘해야 했다. 어느 한 장소에서 일어난 전쟁을 다른 장소로 옮기는 데도 상당한 지리적 지식이 필요했다.

사흘째가 되자 눈이 참을 수 없이 시큰거렸고, 몇 분마다 안경을 문질러 닦아야 했다. 거절할 수 있는 일인데도 완수하고 싶은 나머지 과민하게 안달하며 압도적인 물리적 업무와 씨름하고 있는 것 같았다. 자신이 음성기록기에 중얼거리는 모든 말과 펜으로 써나가는 모든 글자가 계획적인 거짓이라는 사실에 마음이 썩 불편하지도 않았다. 그렇다는 사실을 기억할 만한 여유도 없었지만 말이다. 그는 기록국의 다른 모든 사람과 마찬가지로 위조가 완벽해야만 한다는 압박감에 그저 초조할 뿐이었다. 엿새째 아침이 되자 서류가 도착하는 속도가 느려지기 시작했다. 30분 가까이 기송관에서는 아무 서류도 떨어지지 않았다. 마침내 하나가 떨어지더니 다시 아무것도 오지 않았다. 거의 동시에 사방에서 업무가 잦아들었다. 사람들은 비밀스럽게 깊은 한숨을 내쉬었다. 결코 언급할 수 없는 어마어마한 업무를 완수했다. 이제 누구도 서면 증거를 통해 유라시아와 전쟁을 했다는 사실을 증명해낼 수 없게 되었다. 12시가 되자 불쑥 모든 부처 직원들은 다음 날 아침까지 쉬어도 좋다는 안내 방송이 나왔다. 윈스턴은 그동안 내내 책이 든 가방을 들고 다녔는데, 일하는 동안에는 발치에 두었고 자는 동안에는 몸 아래 깔고 누웠다. 그는 집으로 돌아와 면도를 하고 미지근한 욕조에 누웠다가 잠이 들 뻔했다.

윈스턴은 관절을 삐걱대며 채링턴 씨 가게 위층으로 향하는 계단을 올라갔다. 피곤했지만 더 이상 졸리지는 않았다. 그는 창을 열고 작고 지저분한 석유난로에 불을 붙인 뒤 커피를 끓이려고 물을 올렸다. 줄리아가 곧 도착할 것이다. 그동안 그 책을 읽어야겠다. 그는 닳아빠진 안락의자에 앉아 가방끈을 풀었다.

투박하게 제본된 검은색 책 표지에는 저자 이름도 제목도 적혀 있지 않았다. 인쇄 상태도 별로 고르지 못했다. 사람들의 손이 무수히 거쳐간 듯 가장자리가 닳은 데다 책장도 떨어져 나가려 했다. 속표지에 다음과 같은 제목이 적혀 있었다.

과두적 집단주의의 이론과 실제

이매뉴얼 골드스타인 지음

윈스턴은 읽기 시작했다.

1장 무지는 힘

유사 이래, 아마 신석기시대 말부터 세상에는 상, 중, 하라는 세 가지 계급의 사람들이 존재했다. 그들은 여러 기준으로 세분되었고, 수없이 다양한 이름으로 불렸으며, 계급 간에 서로를 대하는 태도는 물론 각 계급의 상대적 숫자도 시대에 따라 달랐다. 하지만 사회의 근본적인 구조는 결코 바뀐 적이 없었다. 어느 쪽으로 얼마나 멀리 밀든 자이로스코프가 언제나 평형 상태로 돌아가는 것처럼, 거대한 격변과 돌이킬 수 없을 것 같은 변화들이 발생한 후에도 언제나 같은 양상이 거듭되었다.

세 집단의 목표는 결코 양립될 수 없었다.

윈스턴은 읽기를 멈추었다. 무엇보다 자신이 편안하고 안전하게 책을 읽고 있다는 걸 제대로 인식하기 위해서였다. 그는 혼자였다. 텔레스크린도 없었고, 열쇠 구멍을 통해 엿듣는 사람도 없었다. 어깨 너머를 흘깃 살펴볼 염려도, 손으로 책 내용을 가려야 할 것 같은 불안감도 없었다. 달콤한 여름 공기가 뺨에 맴돌았다. 저 멀리 어딘가에서 아이들이 떠드는 소리가 희미하게 들려왔다. 하지만 방 안에는 벌레가 우는 듯 똑딱거리는 시계 말고는 아무런 소리도 나지 않았다. 그는 안락의자에 더 깊숙이 자리 잡고 난로망 위에 발을 올려놓았다. 더없이 행복했고 이 상태가 영원히 지속될 것 같은 느낌이었다. 책을 끝까지 읽고 단어 하나하나까지 다시 읽어보려는 마음일 때 종종 그러하듯 그는 불쑥 다른 부분을 펼쳤다. 3장이었다. 윈스턴은 계속해서 읽었다.

3장 전쟁은 평화

전 세계가 세 개의 초강국으로 분리되리라는 것은 20세기 중반 이전부터 예견이 가능했고, 실제로 그렇게 예견되기도 했다. 러시아가 유럽을 흡수하고 미국이 영국을 흡수함으로써 현존하는 세 열강 중 두 곳, 즉 유라시아와 오세아니아는 사실상 이미 존재하게 되었다. 세 번째 열강인 동아시아는 십 년간의 혼란스러운 전쟁이 끝난 후에야 단일국가로 등장했다. 세 개의 초강국 간 국경은 어떤 곳에서는 임의로 결정되었고 어떤 곳에서는 전쟁의 승패에 따라 변동이 거듭되었지만, 일반적으로는 지리학적 경계선을 따라 정해져 있다. 유라시아는 포르투갈부터 베링해협까지 유럽과 아시아 대륙의 북부 전체를 차지하고 있다. 오세아니아는 아메리카 대륙, 영국제도를 포함한 대서양 제도, 오스트레일리아, 아프리카 남부로 구성되어 있다. 동아시아는 다른 두 국가보다는 영토가 작고 서쪽 국경이 불확실한데, 중국과 그 남쪽에 위치한 국가들, 일본열도, 크지만 유동적인 만주 지방, 몽골, 티베트로 이루어져 있다.

이 세 초강국은 지난 이십오 년 동안 두 국가씩 돌아가며 동맹을 맺으면서 끝없이 전쟁을 벌여왔다. 하지만 오늘날의 전쟁은 더 이상 20세기 초와 같은 필사적인 섬멸전이 아니다. 이 전쟁은 상대를 괴멸시킬 수 없는 전투원들 간에 벌어지는 제한적인 목적의 전투로, 물질적 동기도 없고 사상적 차이에서 비롯된 것도 아니다. 그렇다고 해서 전쟁의 양상이나 전쟁에 대한 보편적 태도가 덜 잔인하거나 더 신사적인 것도 아니다. 그와는 반대로, 전쟁에 대한 히스테리는 모든 국가에 지속적이고 전반적으로 존재하며, 강간, 약탈, 유아 학살, 전 인구의 노예화, 포로를 삶아 죽이거나 생매장하기까지 하는 보복 행위 등을 통상적인 일로 여기고, 이런 행위들을 적이 아니라 아군 쪽에서 행한 것이라면 칭찬할 만한 행동으로 간주한다. 하지만 물리적인 의미에서 전쟁에 동원되는 사람은 대부분 고도로 훈련받은 극소수 전문가들이며, 이들 중에는 비교적 사상자 수가 적다. 전투가 벌어진다면 일반인들은 짐작만 할 수 있는 잘 알려지지 않은 국경 지대나 항로상의 전략적 요충지를 수호하는 공중요새 인근에서 벌어진다. 문명의 중심지에서 전쟁은 소비재가 끊임없이 부족하고 가끔 로켓 폭탄이 떨어져 수십 명의 사상자가 발생하는 것을 의미할 뿐이다. 사실상 전쟁은 그 성격이 바뀌었다. 좀 더 정확히 말하자면 전쟁을 벌이는 이유의 우선순위가 바뀐 것이다. 20세기 초 대전에서도 이미 어느 정도 나타났던 동기들이 이제는 주요 전쟁 동기로 자리 잡았고, 그것이 의식적으로 인정되면서 전쟁 양상에 영향을 미치게 되었다.

현재 진행 중인 전쟁의 본질을 이해하기 위해서는(몇 년마다 다른 국가끼리 동맹을 맺고 있지만 본질적으로는 언제나 같은 전쟁이므로) 우선 이 전쟁이 결정적 양상을 띨 수가 없다는 것을 이해해야 한다. 세 초강국 중 어느 두 국가가 동맹을 맺을지라도 나머지 한 국가를 완전히 정복할 수 없다. 국력이 비등비등하고 자연적 방어 요소가 강력하기 때문이다. 유라시아는 광활한 국토로, 오세아니아는 넓고 넓은 대서양과 태평양으로, 동아시아는 국민들의 뛰어난 생식 능력과 근면함으로 보호받고 있다. 다음으로, 물질적인 의미에서 쟁취할 대상이 더 이상 존재하지 않는다. 생산과 소비가 서로 맞추어 조정되는 자립 경제를 세운 덕분에 과거 전쟁을 일으켰던 주요 명분인 시장 쟁탈전은 끝난 상태고, 원자재를 얻기 위한 경쟁 역시 더 이상 생사를 건 문제가 아니다. 어쨌든 세 초강국 모두 영토가 광활하기 때문에 필요한 자원은 자국 내에서 구할 수 있다. 전쟁에 직접적인 경제적 동기가 있다면 그것은 노동력 확보다. 초강국들의 국경 사이에는 탕헤르(아프리카 북서부 끝에 있는 모로코의 항구도시-옮긴이), 브라자빌(콩고공화국의 수도-옮긴이), 다윈(오스트레일리아 노던 주의 주도-옮긴이), 홍콩을 꼭짓점으로 대략적인 사각형을 이루는 지역이 있는데, 영구적으로 어느 국가의 영토에도 속하지 않는 이곳에는 전 세계 인구 중 오 분의 일이 살고 있다. 세 초강국은 이 인구 밀집 지역과 북극의 빙원 지대를 차지하기 위해 끊임없이 싸우고 있다. 사실상 어떤 국가도 분쟁 지역 전체를 지배해 본 적이 없다. 일부 지역들은 계속해서 지배국이 바뀌고 있지만, 끝없이 이어지고 있는 연합 세력의 변화를 결정하는 것은 갑작스러운 배반을 통해 이런저런 지역의 일부를 장악할 수 있는지의 가능성이다.

분쟁 지역에는 모두 귀중한 광물자원이 매장되어 있으며, 그 중 일부 지역에서는 한랭 기후에서 비교적 값비싼 방법을 통해 합성해야 하는 고무 같은 중요한 식물 자원이 생산되기도 한다. 하지만 무엇보다 이 지역은 값싼 노동력을 무한히 보유하고 있다. 적도 아프리카, 중동 국가들, 인도 남부, 또는 인도네시아 군도를 지배하는 세력은 수천, 수억 명의 근면하고 저렴한 노동력을 마음대로 부릴 수 있다. 이 지역 주민들은 대개 노예 상태로 전락하여 정복자들 사이에서 끊임없이 이양된다. 그리고 그들은 더 많은 무기를 생산하고 더 많은 영토를 함락하고 더 많은 노동력을 통제하고, 또다시 더 많은 무기를 생산하고 더 많은 영토를 함락하며 끝없이 이어지는 경쟁에서 석탄이나 석유처럼 소비된다. 주목해야 할 점은 전투가 결코 분쟁 지역의 경계선 너머에서 벌어지지 않는다는 사실이다. 유라시아의 국경선은 콩고분지와 지중해 북부 해안 사이에서 왔다 갔다 한다. 인도양과 태평양의 섬들은 오세아니아와 동아시아가 계속해서 점령하고 탈환하고 있다. 몽골에 있는 유라시아와 동아시아의 국경선은 끊임없이 변한다. 극지방 근처에서는 세 초강국 모두 사람도 거의 살지 않고 개척되지도 않은 이 광대한 영역에 대해 권리를 주장하고 있다. 하지만 힘의 균형은 항상 비슷한 상태이며, 각 국가의 중심부 지역은 언제나 침범받지 않는다. 게다가 적도 인근의 착취 노동력은 세계 경제에 필요하지도 않다. 세계의 부에 기여하지 않는다. 그들이 무엇을 생산하든 전쟁 목적으로 사용되고, 전쟁을 일으키는 목적은 언제나 다른 전쟁을 일으키는 데 더 나은 위치를 확보하기 위해서이기 때문이다. 노예 인구들의 노동력은 계속되는 전쟁을 가속화시킨다. 하지만 그들이 존재하지 않았더라도 세계 구조와 이를 유지하는 과정이 근본적으로 달라지지는 않았을 것이다.

현대전의 일차 목적은(**이중사고**의 원칙에 따라 내부당의 수뇌부는 이 목적을 인정하는 동시에 인정하지 않는다) 전반적인 생활수준을 높이지 않으면서 공산품을 전부 소진하는 데 있다. 19세기 말 이후 산업사회에는 잉여 소비재를 어떻게 처리할 것인지 하는 문제가 잠재해왔다. 대부분의 사람에게 먹을 것이 부족한 현재에 있어 이것은 시급한 문제가 아니며, 인위적인 파괴 과정이 없을지라도 시급한 문제는 되지 않을 것이다. 오늘날의 세상은 1914년 이전의 세상과 비교하면 헐벗고 굶주리고 황폐한 곳이며, 그 시대 사람들이 기대했던 상상 속 미래와 비교하면 더욱 그러하다. 20세기 초에 바라본 미래 사회의 모습은 믿을 수 없을 정도로 부유하고, 여유 있고, 질서정연하고, 효율적인, 유리와 철강과 눈처럼 새하얀 콘크리트가 번쩍이는 청결한 세상이었다. 거의 모든 지식인이 의식 한 부분에서 이런 세상을 그리고 있었다. 과학과 기술은 엄청난 속도로 발전하고 있었고, 당연히 계속해서 발전하리라고 생각했다. 하지만 그런 세상은 오지 않았다. 그것은 계속된 전쟁과 혁명으로 인한 빈곤 때문이기도 했고, 과학기술 발전의 토대인 실증적 사고방식이 엄격하게 통제되는 사회에서는 그 발전이 불가능하기 때문이기도 했다. 전체적으로 현 세상은 오십 년 전보다 더 미개해졌다. 어떤 낙후된 지역들은 개선되었고, 전쟁이나 경찰의 사찰과 관련된 다양한 기기들은 발전했지만, 실험과 발명은 대부분 중단되었고, 1950년대 핵전쟁으로 황폐해진 지역은 완전히 회복되지 못했다. 그럼에도 기계에 내재된 위험 요인들은 여전히 존재했다. 기계가 처음 등장한 이후로 모든 사상가들은 인간이 힘들고 단조로운 일을 할 필요가 없으며, 나아가 인간 불평등이 사라질 거라고 확신했다. 기계를 의도적으로 위와 같은 목적으로 활용한다면 기아, 과로, 불결함, 문맹, 질병은 몇 세대 안에 사라질 것이다. 하지만 실제로는 그런 목적으로 활용하지 않는 대신, 자동적이라고 할 수 있는 과정을 통해(분배하지 않을 수 없는 부를 생산해냄으로써) 19세기 말부터 20세기 초까지 약 오십 년 동안 평균적 생활 수준은 크게 향상되었다.

하지만 전반적으로 부가 증가하면 계급사회가 붕괴될 위험이 있었다. 모든 사람이 적게 일하고, 먹을 것이 충분하고, 목욕탕과 냉장고가 있는 집에서 살고, 자동차나 심지어 전용기를 소유하고 있는 세상에서는 가장 명백하고 가장 중요한 형태의 불평등은 이미 사라져 있을 것이다. 이 같은 상황이 보편적으로 자리 잡는다면 부를 통한 차별은 존재하지 않을 것이다. 개인 소유물과 사치품이라는 의미의 **부**가 공평하게 분배되고 **권력**은 소수 특권층이 가지고 있는 사회를 상상해볼 수 있다. 하지만 실제로 그런 사회는 오랫동안 안정적으로 유지될 수 없다. 모든 사람이 똑같이 여가와 안전을 누리게 되면, 보통은 가난 때문에 감각이 마비되었던 대중들이 교육을 받아 의식이 깨고, 나아가 소수 특권층은 아무런 쓸모가 없다는 것을 깨닫고 전부 없애버릴 것이기 때문이다. 결국 계급사회는 빈곤과 무지를 바탕으로만 세워질 수 있었다. 20세기 초반에 일부 사상가들이 꿈꾸었던 농경 사회로의 회귀는 실질적인 해결책이 아니었다. 이는 전 세계적으로 본능에 가까워진 기계화 추세와 상충되기도 했고, 산업적으로 퇴보한 국가는 군사적 의미에서 무력하므로 더 발전된 경쟁국들에게 직간접적인 지배를 받게 되기 때문이었다.

하지만 재화 생산량을 제한하여 대중을 계속 빈곤 속에 살게 하는 것도 만족스러운 해결책은 아니었다. 이 방식은 대략 1920년부터 1940년까지 이어졌던 자본주의의 마지막 단계에서 주로 실시되었다. 많은 국가들의 경제가 침체했고, 토지는 경작할 수 없었고, 자본 설비는 증가하지 않았고, 수많은 인구가 일자리를 잃은 채 국가 구제책에 의존해 근근이 살아갔다. 하지만 이 상황에서도 군사력 약화는 뒤따랐고, 생산 제한을 통한 빈곤은 명백히 불필요한 것이었으므로 필연적으로 반란이 일어났다. 문제는 어떻게 세상의 진정한 부를 증가시키지 않으면서 산업이 원활하게 굴러갈 수 있도록 하느냐는 것이었다. 재화는 반드시 생산해야 했지만 분배해서는 안 됐다. 실제로 이 목표를 달성할 유일한 방법은 끊임없이 전쟁을 벌이는 것뿐이었다.

전쟁의 본질적인 행위는 파괴다. 그것은 인간의 생명만이 아니라 인간 노동의 산물까지 파괴한다. 전쟁이란 대중을 편안하게 만드는 재화를, 장기적으로는 대중을 쓸데없이 똑똑하게 만드는 데 사용되는 재화를 산산조각 내어 허공으로 쏟아버리고 바다 깊숙이 가라앉히는 것이다. 전쟁 무기들이 실제로 파괴되지 않더라도 무기 생산은 소비재를 생산하지 않으면서 노동력을 소비할 수 있는 편리한 방법이다. 예를 들어 공중요새를 하나 짓는 데는 내부에 화물선 수백 대를 건조할 수 있는 노동력이 동원된다. 궁극적으로 이 시설은 누구에게도 물질적 이득을 가져다주지 못한 채 구식이 되어 폐기되며, 더 많은 노동력으로 다른 공중요새를 짓는다. 원칙적으로 전쟁은 국민의 가장 기본적인 필요를 충족시키고 그 후에 남는 잉여분을 소진하도록 계획된다. 현실에서는 국민의 필요는 언제나 너무 부족하게 추산되며, 그 결과 필수품 중 반절은 만성적으로 부족하게 된다. 하지만 이는 장점으로 간주된다. 이 정책은 특혜 집단마저 의도적으로 궁핍 직전 상태에 이르게 만든다. 전반적인 궁핍 상태에서는 사소한 특권의 중요성이 부각되고, 나아가 집단과 집단 간의 차이가 부각되기 때문이다. 20세기 초반과 비교해보면 지금은 내부당원조차 소박하고 고된 삶을 살아간다. 그럼에도 그들은 설비가 잘 갖춰진 큰 아파트에서 약간의 사치품, 즉 양질의 옷, 더 나은 식사와 음료와 담배, 두어 명의 하인, 전용 자동차나 헬리콥터 덕분에 외부당원과는 다른 세상에서 살아간다. 또한 외부당원도 '프롤'이라고 불리는 최하층 대중과 비교했을 때 비슷한 혜택을 누린다. 사회적 분위기도 그들을 둘러싸고 있는 도시의 분위기와 유사해서, 말고기 한 점을 소유하는 것으로 빈부를 가른다. 그와 동시에, 전쟁 중이며 그래서 위험한 상황이라는 것을 인식하게 하면, 소수 계급에게 전권을 넘기는 것이 생존을 위한 자연스럽고 불가피한 조건처럼 느껴진다.

전쟁을 통해 필요한 만큼 재화를 파괴하는데, 이 과정이 심리적으로 수용될 수 있는 방식으로 이루어진다. 원칙적으로는 사원과 피라미드를 짓고, 구멍을 팠다가 다시 채우고, 심지어 막대한 양의 재화를 생산했다가 태워버림으로써 세계의 잉여 노동력을 간단히 낭비할 수 있다. 하지만 이를 통해 계급사회의 경제적 기반은 마련할 수 있겠지만 정서적 기반은 마련하지 못할 것이다. 중요한 것은, 일을 꾸준히 하는 한 태도야 어떻든 별 상관없는 대중들의 사기가 아니라 당 자체의 사기다. 당원이라면 가장 낮은 계급이라도 능력 있고 근면하며 어떤 분야에서는 영리하기까지 해야 하지만, 한편으로는 공포와 증오, 아첨, 승리감만을 주로 느끼는 어수룩하고 무지한 광신도가 되어야 한다. 다시 말해 당원은 전쟁 상태에 걸맞은 심리 상태에 있어야 한다. 전쟁이 실제로 일어나고 있는지 아닌지는 중요하지 않다. 결정적인 승리 따위는 불가능하므로 아군이 우세하든 않든 이 역시 상관없다. 오직 전쟁 상황이 존재하기만 하면 됐다. 당이 당원들에게 요구하는, 전쟁 분위기에서 쉽게 나타나는 지성의 분열은 이제 보편적으로 나타나고 있는데, 그 분열 정도는 계급이 올라갈수록 더욱 두드러진다. 전쟁에 대한 히스테리와 적에 대한 증오가 가장 강한 곳이 바로 내부당이다. 내부당원들은 관리자로서 전쟁의 이런저런 사항이 거짓이라는 것을 알아야 할 필요도 있고, 전쟁은 전부 거짓이며 실제로 일어나는 것이 아니라거나 언명한 것과는 다른 목적으로 벌였다는 것을 알게 되기도 한다. 하지만 이 같은 지식은 **이중사고** 기술로 쉽게 중화된다. 그러면 전쟁은 진짜 벌어지고 있고, 승리로 끝날 것이며, 오세아니아가 전 세계의 확실한 지배자가 된다는 그들의 신비로운 믿음은 한순간도 흔들리지 않게 된다.

모든 내부당원들은 이렇게 곧 승리를 이루게 되리라는 것을 신념으로 삼고 있다. 점차 더 많은 영토를 점령해서 압도적인 권력적 우세를 쌓아올려 승리하거나, 대적할 수 없는 어떤 신무기를 발견함으로써 승리할 거라고 생각한다. 신무기 탐색은 끊임없이 이어지고 있다. 이는 독창적, 사변적인 생각이 출구를 찾을 수 있는 몇 안 남은 활동 중 하나다. 오늘날 오세아니아에는 고전적 의미의 과학은 거의 존재하지 않는다. 신어에는 '과학'에 해당하는 말이 없다. 과거 모든 과학적 성과의 바탕이었던 실증적 사고방식은 영사의 가장 근본적인 원칙에 반대된다. 심지어 기술 발전은 그 결과물이 어떻든 인간의 자유를 감소시키는 데 사용될 수 있을 때만 이루어진다. 실용과학 분야에서 세상은 정체되어 있거나 퇴보하고 있다. 토지는 쟁기 끄는 말이 경작하고 책은 기계가 쓴다. 하지만 매우 중요한 문제(요컨대 전쟁 및 경찰의 사찰)에 있어서는 실증적 방법이 여전히 권장되며, 적어도 용인되고 있다. 당의 두 가지 목적은 지구 상의 모든 영토를 정복하는 것과 독자적 사고의 가능성을 완전히 없애버리는 것이다. 따라서 당에서 해결하고자 하는 두 가지 큰 문제가 있다. 하나는 당사자도 모르게 누군가의 생각을 알아내는 방법이며, 하나는 사전 경고 없이 단 몇 초 만에 수억 명의 사람을 죽이는 방법이다. 과학 연구가 계속되는 한 당의 연구 주제는 바로 이 두 가지다. 오늘날 과학자들은 심리학자와 심문관의 역할을 병행하며 얼굴 표정, 행동, 어조의 의미를 면밀히 연구하고 약물, 충격 요법, 최면, 신체 고문의 자백 효과를 시험한다. 또는 화학자, 물리학자, 생물학자로서 자신의 전공 중 목숨을 빼앗는 것과 관련된 특정 부분에만 관심을 가진다. 평화부의 방대한 연구실에서, 브라질의 삼림이나 호주의 사막이나 남극의 사라진 섬에 숨겨진 실험 연구소에서 전문가들은 지칠 줄 모르고 연구에 몰두한다. 어떤 과학자들은 미래 전쟁의 병참만을 계획하며, 어떤 이들은 더 큰 로켓 폭탄과 더 강력한 폭발물과 더 철통 같은 장갑판을 고안한다. 어떤 과학자들은 더 치명적인 신종 가스나, 온 대륙의 식물을 말살시킬 정도의 양을 생산해내는 가용성 독약이나, 모든 항체에 면역성이 있는 병원균을 찾는다. 물속을 헤치고 나아가는 잠수함처럼 땅속을 뚫고 나갈 수 있는 차량이나, 범선처럼 기지가 필요 없는 비행기 생산에 열을 올리는 과학자들도 있다. 우주에서 수천 킬로미터 떨어진 곳에 설치된 렌즈를 통해 태양광선을 모은다거나 지구 중심의 열을 건드려서 인공 지진과 해일을 일으키는 등의 가능성이 희박한 연구를 하는 이들도 있다.

하지만 이 연구 계획들 중 실현 근처에라도 있는 건 아무것도 없으며, 세 열강 중 어느 곳도 다른 국가들에 비해 크게 앞선

성과를 내지 못했다. 그보다 더 놀라운 점은, 현재 연구 수준으로 개발할 수 있는 그 어떤 무기보다 훨씬 강력한 무기를 이미 세 국가 모두 보유하고 있다는 것이다. 그건 바로 원자폭탄이다. 늘 그렇듯 당은 자신들이 원자폭탄을 발명했다고 주장하지만, 원자폭탄은 일찍이 1940년대에 처음 등장했으며 그로부터 약 십 년 후 처음 대규모로 사용되었다. 당시 수백 개의 원자폭탄이 주로 유럽 러시아, 서유럽, 북아메리카의 공업 중심지에 떨어졌다. 그러자 모든 국가의 지도층은 원자폭탄이 몇 개 더 떨어진다는 것은 조직 사회의 종말과 자신들 권력의 종말을 의미한다는 것을 깨달았다. 그 후 공식 협정이 맺어지거나 암시되는 일은 없었지만 더 이상 원자폭탄은 떨어지지 않았다. 세 열강 모두 원자폭탄을 생산한 후 조만간 다가올 수 있는 결정적 기회에 대비하여 비축해놓고 있을 뿐이다. 그동안 전쟁 기술은 삼사십 년간 거의 변하지 않았다. 헬리콥터는 이전보다 더 많이 활용되고, 폭격기는 주로 자주식 폭탄으로 대체되었고, 취약한 이동 전함은 침몰할 일이 거의 없는 공중 요새에 자리를 양보했지만, 그 외에는 거의 발전이 없었다. 탱크, 잠수함, 어뢰, 기관총, 심지어 소총과 수류탄도 여전히 사용되고 있다. 언론과 텔레스크린에서는 쉼 없이 학살 소식을 보도하지만, 몇 주간 수십 수백만 명이 살해되었던 과거 전쟁에서의 절박한 전투는 결코 반복되지 않는다.

세 초강국은 참패를 당할 위험이 있는 전략은 결코 시도하지 않는다. 대규모 작전은 대개 동맹국에 대한 기습 공격을 벌일 때 실시한다. 세 열강이 따르는, 혹은 따르는 척하는 전략은 모두 동일하다. 전투와 협상과 수차례의 시의적절한 배신을 적절히 활용하여 적국을 완전히 둘러싼 원형 기지를 확보한 뒤, 그 적국과 우호조약을 체결하여 의심이 가라앉을 때까지 수년 동안 평화 관계를 유지하는 것이다. 그동안 모든 전략적 요충지에 원자폭탄을 실은 폭탄들을 배치한 뒤 결국 동시에 발사해 보복이 불가능할 정도로 파괴적인 효과를 거둔다. 그 후 또 다른 공격을 준비하기 위해 남은 국가와 우호조약을 맺는다. 말할 필요도 없이 이 전략은 실현할 수 없는 백일몽에 불과하다. 게다가 적도와 극지방 인근의 분쟁 지역 외에는 전투가 벌어지는 일이 없다. 적국 영토는 결코 침범하지 않는다. 이는 일부 지역에서 초강국 간 국경선이 왜 임의로 설정되어 있는지를 설명해준다. 예를 들어 유라시아는 지리적으로 유럽에 속한 영국제도를 손쉽게 정복할 수 있고, 오세아니아는 독일의 라인 강이나 폴란드의 비스와 강까지 국경을 밀어붙일 수도 있다. 하지만 이는 모든 초강국들이 따르고 있지만 결코 공식화된 적은 없는 문화 보전의 원칙을 침해하는 행위다. 오세아니아가 한때 프랑스와 독일로 알려졌던 지역을 정복하고자 한다면, 커다란 물리적 어려움이 있다 해도 거주민들을 전멸시키거나, 기술 발전이 계속 이루어지는 한 오세아니아와 수준이 비슷한 1억 명에 달하는 인구를 흡수해야 할 것이다. 이 문제는 세 초강국 모두에게 동일하게 적용된다. 한정적으로 전쟁 포로와 유색 노예를 제외한 외국인들과는 접촉하지 못하게 하는 것이 체제상 절대적으로 필요하다. 그 시기의 공식 동맹국조차 언제나 극도로 수상히 여겨야 한다. 오세아니아의 일반 시민은 전쟁 포로 외에 유라시아나 동아시아의 국민을 만나서는 안 되며, 외국어 학습도 금지되어 있다. 외국인과의 접촉이 허용되면 그들 역시 자신들과 비슷한 생명체이며 지금껏 들어온 그들에 대한 이야기가 거짓이었음을 깨닫게 될 것이다. 그동안 살아온 봉인된 세상은 깨어질 것이고, 사기를 북돋아주었던 공포, 증오, 독선도 사라질 것이다. 따라서 페르시아나 이집트, 자바, 실론의 지배국이 아무리 자주 바뀐다 해도 폭탄을 제외한 어떤 것도 주요 국경을 넘어서는 결코 안 된다는 것을 세 국가 모두 잘 알고 있다.

이 같은 상황에서 절대 입 밖에 내지는 않지만 암묵적으로 알고 있으며 그에 따라 조치를 취하는 한 가지 사실이 있다. 바로 세 초강국에서의 생활 조건은 거의 전부 동일하다는 것이다. 오세아니아의 지배적인 철학은 '영사', 유라시아는 '신新 볼셰비즘'이다. 동아시아의 철학은 '죽음 숭배'라고 번역되는 중국어 명칭으로 불리는데 '자아 말살'이라고 표현하는 쪽이 더 정확할 것이다. 오세아니아 국민들은 다른 두 철학의 교리를 알아서는 안 되지만, 그것은 도덕과 상식을 야만적으로 침해하는 것이라고 비난하게끔 배운다. 사실상 세 철학은 거의 구분할 수 없으며, 그를 바탕으로 한 사회 체계도 전혀 차이가 없다. 어느 국가에나 피라미드형 사회 체계가 존재하며, 신에 가까운 지도자를 숭배하고, 지속되는 전쟁에 의해 그리고 지속되는 전쟁을 위해 존재하는 동일한 경제가 있다. 결과적으로 세 초강국은 서로를 정복하지 못할 뿐 아니라, 정복한다고 해도 어떠한 이익도 얻지 못한다. 반면, 분쟁 상태를 유지하는 한은 세 다발의 옥수수처럼 서로를 받쳐주며 지탱한다. 늘 그렇듯 세 열강의 지배 집단은 모두 자신들의 행동을 자각하고 있는 동시에 자각하지 못하기도 한다. 그들은 세계 정복을 위해 삶을 바치지만, 전쟁이 승리 없이 영원히 계속되어야 한다는 것을 알고 있다. 반면 정복하고 정복당할 위험이 없다는 **사실** 덕분에 영사와 다른 경쟁 사상 체계들의 특징인 현실 부정이 가능해진다. 여기서 앞서 말했던 것을 반복할 필요가 있는데, 전쟁이 끝없이 이어짐으로써 전쟁의 성격이 근본적으로 바뀌었다는 것이다.

과거에 전쟁은 틀림없는 승리나 패배로 언젠가 끝나기 마련이었다. 또한 과거에 전쟁은 인간 사회가 물리적 현실과 접촉을 계속하는 주요 수단 중 하나였다. 어느 시대나 지배자들은 국민들이 세계에 대해 그릇된 시각을 형성하도록 노력했지만, 군사적 효율성을 약화시킬 정도의 착각까지 조장할 수는 없었다. 패배가 독립성 상실이나 일반적으로 바람직하지 못한 결과를 의미하는 한, 패배는 심각하게 경계해야만 하는 것이었다. 물리적 진리는 무시할 수 없었다. 철학, 종교, 도덕, 정치에서는 2 더하기 2가 5가 될 수도 있겠지만, 총이나 비행기를 설계할 때는 반드시 4가 되어야 했다. 비효율적인 국가는 결국 언제나 정복당했지만, 효율성 확보를 위한 노력은 국민들에게 착각을 조장하는 데 해가 되었다. 게다가 효율적이기 위해서는 과거에서 배워야 할 필요가 있었다. 이는 과거에 무슨 일이 벌어졌는지 상당히 정확하게 알아야 한다는 뜻이었다. 물론 신문과 역사책은 언제나 왜곡되고 편향되었지만, 오늘날과 같은 식의 위조는 불가능했을 것이다. 전쟁은 제정신을 지켜주는 분명한 안전장치였고 특히 지배계급에게는 모든 안전장치 중에서 가장 중요한 것이었다. 전쟁에 승패가 있는 한 모든 지배계급은 반드시 그 책임을 져야 했다.

하지만 전쟁이 그야말로 끝없이 이어지면서 더 이상 위험하지도 않게 됐다. 전쟁이 계속되면 군사적 필요 같은 건 존재하지 않게 된다. 기술 발전은 중단될 수 있고, 대부분의 명백한 사실들이 부인되고 무시될 수 있다. 앞서 보았다시피 과학적이라고 부를 수 있는 연구들은 여전히 전쟁 목적으로 수행되고 있었지만, 근본적으로는 공상과 같은 것이며, 성과를 못 내고 있다는 사실은 중요하지 않다. 효율성은 더 이상 필요하지 않다. 군사적 효율성도 마찬가지다. 오세아니아에서는 사상경찰을 제외하면 효율적인 것은 전혀 없다. 세 초강국은 각각 정복이 불가능하므로, 사실상 거의 모든 사고의 왜곡을 안전하게 수행할 수 있는 개별 우주 안에 있는 것과 마찬가지였다. 현실은 먹고 마시고, 집과 옷을 구하고, 독을 들이켜지 않아도 된다거나 맨 위층 창문에서 뛰어내리지 않아도 되는 것 같은 일상생활의 필요를 통해서만 압박을 가했다. 삶과 죽음 간에, 육체적 쾌락과 고통 간에 여전히 차이는 있었지만, 그게 전부다. 외부 세상과 과거와의 연결고리가 단절되어버린 오세아니아 국민들은 어느 쪽이 위고 어느 쪽이 아래인지 알 수 없는 항성 간 공간에 놓여 있는 것과 같다. 그런 국가의 지배자는 파라오나 카이사르보다도 더 절대적이다. 그들은 불편해질 정도로 많은 수의 국민이 굶어 죽는 걸 방지하고, 군사기술을 적국과 동일한 낮은 수준으로 유지해야 한다. 하지만 그것을 최소한도만 달성하고 나면 무엇이든 원하는 형태로 현실을 왜곡할 수 있다.

그러므로 과거 전쟁의 기준으로 판단했을 때 지금의 전쟁은 허울에 불과하다. 이는 서로를 해치기 어려운 각도로 뿔이 달려 있는 반추동물 간의 싸움과 마찬가지다. 하지만 진짜가 아니라고 해서 의미가 없는 것은 아니다. 전쟁을 통해 소비재의 잉여분을 전부 소진해버리며, 계급사회가 필요로 하는 특유의 정신적 환경을 보존한다. 전쟁은 이제 전적으로 국내 문제다. 과거에는 모든 국가의 지배 집단이 공통의 이해관계를 인식해서 전쟁의 파괴성을 제한했을지언정 서로를 대상으로 전투를 벌였고 승전국은 언제나 패전국을 약탈했다. 오늘날 그들은 서로 싸우지 않는다. 각 지배 집단은 국민들을 대상으로 전쟁을 일으키며, 전쟁의 목적은 영토를 점령하거나 방어하려는 게 아니라 사회구조를 그대로 유지하는 데 있다. 따라서 '전쟁'이라는 단어 자체가 점차 호도되고 있다. 전쟁은 끝없이 이어짐으로써 더 이상 존재하지 않게 되었다고 하는 편이 더 정확할 수도 있다. 신석기시대부터 20세기 초반에 이르기까지 전쟁이 인간에게 행사했던 특유의 압박은 사라지고, 아주 다른 무언가로 대체되었다. 세 초강국이 서로 싸우는 대신 침범당하지 않고 자국 내에서 영원히 평화롭게 사는 데 동의하더라도 결과는 동일할 것이다. 그 경우 외부적인 위험의 영향에서는 영원히 자유로울지언정 내부적으로는 여전히 고립된 우주일 것이기 때문이다. 사실 영원한 평화는 영원한 전쟁과 같다. 이것이 (당원들 대다수는 피상적으로만 이해하고 있을 뿐인) 당의 슬로건인 **전쟁은 평화**의 진정한 의미다.

윈스턴은 잠시 읽기를 멈췄다. 저 멀리 어딘가에서 로켓 폭탄이 굉음을 냈다. 텔레스크린도 없는 방에 홀로 머물며 금지된 책을 읽고 있다는 행복감에 여전히 젖어 있었다. 고독과 안정감이 몸의 피로와 의자의 안락함과 창으로 들어와 볼을 간질이는 산들바람의 부드러움과 뒤섞여 물리적 감각처럼 느껴졌다. 윈스턴은 책에 매료되었다. 더 정확히 말하자면 책을 읽고 안심하게 되었다. 어떤 의미에서 그 책의 내용은 전혀 새로운 것이 아니었지만, 그 점이 매혹적이었다. 뒤죽박죽 흩어져 있는 그의 생각들을 질서 정연하게 모을 수만 있었다면 그 자신이 썼을 말들이 여기 담겨져 있었다. 그의 생각과 비슷하면서도 훨씬 더 강력하고 체계적이되 두려움은 덜한 사고의 산물이었다. 최고의 책은 이미 알고 있는 것에 대해 말해주는 책이라는 생각이 들었다. 그가 1장을 다시 폈을 때 계단에서 줄리아의 발소리가 들렸다. 윈스턴은 의자에서 일어나 그녀를 맞이하러 갔다. 줄리아는 갈색 공구 상자를 바닥에 털썩 내려놓고 윈스턴의 품에 안겼다. 만난 지 일주일도 넘은 터였다.

"**책**을 받았어요." 품에서 떨어지면서 윈스턴이 말했다.

"아, 그래요? 잘됐네요." 그녀가 별 흥미 없다는 듯이 말했다. 그리고 석유난로 옆에 앉아 커피를 끓이기 시작했다.

다시 이 화제를 꺼낸 것은 침대에 누운 지 30분이 지나서였다. 저녁 날씨가 적당히 선선해서 침대보를 덮고 있을 만했다. 아래층에서 익숙한 노랫소리와 신발 끄는 소리가 들려왔다. 윈스턴이 처음 이 방에 왔을 때 본 붉은 팔뚝의 체구 좋은 여인은 거의 매번 뒤뜰에 나와 있었다. 낮 시간이면 빨래 통과 빨랫줄 사이를 오가며 빨래집게를 입에 물고 있거나 아니면 활기차게 노래하는 것 같았다. 줄리아는 옆으로 누워서 벌써 잠들려는 모양이었다. 윈스턴은 바닥에 있는 책에 손을 뻗어 침대 머리맡에 기대앉았다.

"우린 이걸 읽어야 해요. 당신도 마찬가지고요. 형제단 단원이라면 모두 읽어야 해요."

"당신이 읽어줘요. 큰 소리로요. 그게 가장 좋을 것 같아요. 당신이 읽으면서 나한테 설명해줘요." 줄리아가 눈을 감은 채 말했다.

시곗바늘이 6시를 가리키고 있었다. 즉 18시였다. 서너 시간 정도 남아 있었다. 윈스턴은 무릎에 책을 받치고 읽기 시작했다.

1장 무지는 힘

유사 이래, 아마 신석기시대 말부터 세상에는 상, 중, 하라는 세 가지 계급의 사람들이 존재했다. 그들은 여러 기준으로 세분되었고, 수없이 다양한 이름으로 불렸으며, 계급 간에 서로를 대하는 태도는 물론 각 계급의 상대적 숫자도 시대에 따라 달랐다. 하지만 사회의 근본적인 구조는 결코 바뀐 적이 없었다. 어느 쪽으로 얼마나 멀리 밀든 자이로스코프가 언제나 평형 상태로 돌아가는 것처럼, 거대한 격변과 돌이킬 수 없을 것 같은 변화들이 발생한 후에도 언제나 같은 양상이 거듭되었다.

"줄리아, 깨어 있어요?" 윈스턴이 물었다.

"네, 듣고 있어요. 계속 읽어요. 재밌네요."

윈스턴은 계속해서 읽었다.

세 집단의 목표는 결코 양립될 수 없었다. 상위 계급의 목표는 자신들의 위치를 고수하는 것이다. 중위 계급의 목표는 상위 계급과 자리를 바꾸는 것이다. 만약 하위 계급에게 목표가 있다면(하위 계급의 변치 않는 특징은 고된 일에 치여서 일상생활 외에는 그 무엇에 대해서도 거의 의식하지 못한다는 것이다) 그것은 사람 간의 모든 차이를 없애고 평등한 사회를 만드는 것이다. 따라서 역사를 통틀어보면 주요 양상의 동일한 투쟁이 계속해서 반복되고 있다. 오랜 시간 동안 상위 계급은 확고히 권력을 쥐고 있는 것 같지만, 언젠가는 자신들에 대한 믿음을 잃거나 효율적인 통치 능력을 잃거나, 둘 다 잃게 되는 순간이 오기 마련이다. 그때 그들은 자유와 정의를 위해 싸우는 척하며 하위 계급을 자기들 편으로 끌어들인 중위 계급에게 전복당한다. 중위 계급은 목적을 이루자마자 하위 계급을 이전과 같은 노예 상태로 전락시키고 자신들은 상위 계급이 된다. 곧 다른 두 집단 중 하나에서, 혹은 둘 다에서 새로운 중위 계급이 분열되어 나오고, 투쟁은 다시 반복된다. 세 집단 중에서 하위 계급만이 잠시라도 목표를 달성해보지 못했다. 역사를 통틀어 물질적인 면에서 어떠한 진전도 없었다고 한다면 과장일지 모른다. 심지어 쇠퇴기에 있는 오늘날에도 평균적인 인간은 백 년 전의 인간보다 물질적으로 훨씬 나아졌다. 하지만 부의 증진도, 풍습의 완화도, 개혁도, 혁명도 인간 평등을 이루는 데는 손톱만큼도 기여한 바가 없다. 하위 계급의 입장에서 보면 역사적 변화는 주인의 이름이 바뀌는 것일 뿐 그 이상도 이하도 아니었다.

19세기 말이 되자 지식인들은 이런 경향이 반복되고 있다는 것을 깨달았다. 그러자 여러 학파의 사상가들이 나타나 역사를 순환과정이라고 해석하며 불평등은 인간의 삶에 있어서 불변의 법칙임을 증명하겠다고 주장했다. 물론 이 같은 학설을 따르는 사람은 항상 있었지만, 이제는 그 학설을 내놓는 방식에 큰 변화가 생겨났다. 과거에는 사회에 계급 구조가 필요하다는 것은 상위 계급만의 견해였다. 왕족, 귀족, 사제, 변호사들과 이들에게 기생해 살아가는 부류들이 계급 구조의 필요성을 설파했고, 대개 사후의 상상 속 세계에서 보상받을 거라는 약속을 통해 다른 세력들을 달랬다. 중위 계급은 권력을 위한 투쟁을 벌이면서 자유, 정의, 동포애 같은 용어를 활용했다. 그러나 이제 인류애라는 개념은 아직 지배층에 오르지 못했지만 머지않아 지배층이 되려는 사람들에 의해 공격받기 시작했다. 과거에 중위 계급은 평등의 기치 아래 혁명을 일으킨 후 과거의 전제정치를 타도하자마자 새로운 전제정치를 수립했다. 사실상 새로운 중위 계급은 그전부터 자신들의 전제정치를 선언했던 것이다. 19세기 초반에 나타난 사회주의는 고대 노예 반란에서부터 이어지는 일련의 사상의 마지막 연결고리였는데, 여전히 과거 유토피아주의에 깊게 물들어 있었다. 그런데 1900년대부터 나타난 사회주의의 변종 사상들은 자유와 평등을 확립하겠다던 목표를 점차 공공연하게 저버리기 시작했다. 20세기 중반에 나타난 새로운 운동인 오세아니아의 영사, 유라시아의 신 볼셰비즘, 동아시아의 소위 죽음 숭배는 **부**자유와 **불**평등을 영속시키고자 하는 의식적 목표가 있었다. 물론 이 같은 새로운 운동들은 과거의 것에서 발전하여 성장했으며, 과거 이념의 이름을 따르면서 말로는 그것을 존중했다. 하지만 이들의 목적은 진보를 저지하고, 선택한 시점에서 역사를 동결시키는 것이었다. 익숙한 진자 운동이 한 번 더 일어났다가 멈추게 되는 것이다. 늘 그렇듯 상위 계급은 중위 계급에 의해 무너지고, 중위 계급은 상위 계급이 되었다. 하지만 이번 상위 계급은 의식적 전략을 활용하여 영원히 자신들의 위치를 유지할 수 있게 되는 것이다.

새로운 이념이 나타난 것은 역사적 지식을 축적하고 19세기 이전에는 거의 존재하지 않았던 역사의식이 성장한 덕분이기도 했다. 사람들은 이제 역사의 주기적 움직임을 이해할 수 있게 되었다. 적어도 그런 것처럼 보였다. 그리고 역사의 주기적 움직임을 이해할 수 있게 된 거라면, 바꾸는 것도 가능했다. 하지만 새로운 이념이 나타난 주요하고 근본적인 원인은 이미 20세기 초반부터 기술적으로 인간 평등을 이룰 수 있게 되었다는 것이다. 물론 인간의 선천적 재능은 평등하지 않으니 여전히 누군가에게 더 유리한 방식으로 역할이 전문화되어야 한 건 사실이었다. 하지만 계급 구분이나 현저한 부의 격차는 더 이상 존재할 필요가 없었다. 과거에는 계급 구분이 불가피했을 뿐만 아니라 바람직한 것이었다. 불평등은 문명의 대가였다. 하지만 기계 생산의 발달로 상황은 바뀌었다. 여전히 사람들이 서로 다른 종류의 일을 해야 할지라도 더 이상 서로 다른 사회·경제적 수준에서 살 필요는 없었다. 따라서 막 권력을 잡을 찰나에 있던 새로운 집단들의 시각에서 인간 평등은 더 이상 추구해야 할 이상이 아니라 피해야 하는 위험이었다. 공정하고 평화로운 사회를 이룩하는 게 사실상 불가능했던 원시적인 시절에는 인간 평등이라는 것을 쉽게 믿을 수 있었다. 법도 육체노동도 없이 서로 협력하며 함께 살아간다는 지상낙원의 개념은 수천 년 동안 인간의 상상 속을 떠나지 않았다. 역사적 변화가 일어날 때마다 실제로 이익을 얻었던 집단들마저 이 환상에 사로잡혔다. 프랑스, 영국, 미국 혁명의 계승자들은 인간의 권리, 언론의 자유, 법 앞의 평등 같은 것에 대해 나름의 문구를 만들어 믿었고, 어느 정도는 행동에까지 영향을 받았다. 하지만 20세기에 들어선 지 사십 년이 지나자 정치사상의 주류는 권위주의로 바뀌었다. 지상낙원은 실현할 수 있게 된 바로 그 시점에 부정당했다. 어떤 이름으로 불리든 간에 모든 새로운 정치 이론은 계급 구조와 통제로 되돌아갔고, 1930년을 전후로 보편적 전망이 경화되면서 어떤 경우에는 수백 년 동안 버려졌던 관행들(재판 없는 투옥, 전쟁 포로의 노예화, 공개 처형, 자백을 이끌어내기 위한 고문, 인질 사용, 전 인구의 추방)이 다시 흔하게 벌어졌을 뿐만 아니라 진보적이며 개화한 사람이라고 자처하던 이들에 의해 용인되고 옹호받기까지 했다.

영사와 그 경쟁 사고체계들이 완전히 수립된 정치 이론으로 등장한 것은 십 년 동안 전 세계에서 전쟁, 내전, 혁명, 반혁명이 벌어진 직후였다. 하지만 이들은 20세기 초반에 나타났던 소위 전체주의라는 다양한 체제들에서 이미 예견된 바 있었고, 전반적인 혼란 속에서 부상할 세계가 어떤 모습일지도 오래전부터 명백히 알 수 있었다. 어떤 사람들이 그 세계를 통치하게 될지도 역시 명백했다. 새로운 귀족 계층은 관료, 과학자, 기술자, 노동조합 조직자, 선전 전문가, 사회학자, 교사, 언론인, 전문 정치가 등으로 이루어졌다. 중위 계급의 봉급쟁이와 노동자 계급 중에서도 상류층에 속해 있던 사람들로 이루어진 이 계층은 독점산업과 중앙집권적 정부라는 척박한 세상에서 형성되어 함께 성장해나갔다. 과거의 권력층에 비하면 덜 탐욕스럽고 덜 사치스러웠지만, 순수한 권력에 목말라했고 무엇보다 자신들이 무엇을 하고 있는지를 더 잘 알았으며 반대 세력을 더 집중적으로 짓눌렀다. 이 마지막 차이점이 가장 중요했다. 오늘날과 비교해보면 과거의 모든 독재국가들은 미온적이고 비효율적이었다. 지배 집단은 언제나 자유민주주의적 사상에 어느 정도 영향을 받았고, 매듭짓지 않은 일을 곳곳에 내버려둔 채 분명하게 드러나는 행동만을 주시하며 국민들의 생각에는 무관심했다. 현대 기준으로 보면 중세의 가톨릭교회조차 관대했다. 그 이유 중 하나는 과거에는 어떤 정부도 국민들을 끊임없이 감시할 수 있는 힘이 없었기 때문이다. 하지만 인쇄술의 발달로 쉽게 여론을 조작할 수 있었고, 영화와 라디오를 통해 그 과정은 한층 더 쉬워졌다. 텔레비전의 발달과 더불어 동일한 기계로 동시 송수신할 수 있는 기술이 발전함으로써 사생활은 종말을 고했다. 모든 시민은, 또는 감시할 가치가 있는 중요한 시민들은 다른 모든 소통 수단이 두절된 상태에서 하루 24시간 경찰의 감시를 받으며 공식 선전만 듣게 만들 수 있었다. 사상 처음으로 국민들이 국가의 의지에 완전히 복종할 뿐만 아니라 모든 주제에 대해 동일한 의견을 갖게 하는 것이 가능해졌다.

1950년대와 1960년대의 혁명기를 거친 후 언제나 그랬듯 사회는 상위, 중위, 하위 계급으로 재편되었다. 하지만 새로운 상위 집단은 과거의 전신들과는 다르게 본능에 따라 행동하는 대신 지위를 유지하는 데 필요한 것이 무엇인지 깨달았다. 과두 체제를 유지하는 확실한 기반은 오직 집단주의뿐이라는 것은 오래전부터 알려져 있었다. 부와 특권은 공동으로 보유하고 있을 때 가장 쉽게 지켜낼 수 있었다. 20세기 중반에 자리잡은 소위 '사유재산 폐지'는 사실상 이전보다 더 적은 사람에게 부가 집중되는 것이었다. 하지만 부를 소유한 주체가 다수의 개개인이 아닌 집단이라는 데 차이가 있었다. 개인적으로는 어떤 당원도 사소한 개인 소지품을 제외하면 아무것도 소유하지 않는다. 집단적으로 오세아니아에서는 당이 모든 것을 소유한다. 모든 것을 통제하고 적합해 보이는 곳에 물건을 처분하는 주체는 당이기 때문이다. 혁명 이후 몇 년간 당은 거의 아무런 반대 없이 지배 위치에 오를 수 있었다. 당이 권력에 오르기까지의 전 과정을 집단화의 행위라고 주장했기 때문이다. 자본가들의 재산이 몰수되면 사회주의가 반드시 뒤따르리라는 것은 오래전부터 예견되었던 사실이다. 의심할 여지 없이 자본가들의 재산은 몰수되었고, 공장, 광산, 토지, 집, 교통수단 등 모든 것을 빼앗겼다. 이런 것들은 더 이상 사유재산이 아니므로 공공재산이 되어야 한다는 결론이 도출되었다. 과거 사회주의 운동에서 발전해 성장해서 그 용어를 그대로 물려받은 영사는 실제로 사회주의 계획의 주요 항목을 이행했다. 그 결과 미리 예견되고 의도된 대로 경제적 불평등이 영속되었다.

하지만 계급사회를 영속시키는 문제는 이보다 더 어렵다. 지배 집단이 권좌에서 물러나는 방법은 네 가지뿐이다. 외부에서 정복되거나, 비효율적인 통치로 대중들이 반란을 일으키거나, 불만스럽고 힘 있는 중위 계급이 나타나거나, 지배 집단이 통치에 대한 자신감과 의지를 잃는 것이다. 이 같은 요인들은 개별적으로 작용하지 않으며, 대개 네 요인 모두 어느 정도씩 함께 나타난다. 이 요인들을 잘 방어할 수 있는 지배 집단은 영원히 권력을 유지할 수 있다. 결국 결정적인 요인은 지배 집단 자체의 정신적 태도라고 할 수 있다.

20세기 중반 이후 첫 번째 위험 요인은 사실상 사라졌다. 지금 세계를 삼 등분한 세 열강 모두 사실상 침략이 불가능하다. 점진적인 인구 변화를 통해서라면 정복할 수 있지만, 이는 광대한 힘을 지닌 정부라면 쉽게 막을 수 있는 문제다. 두 번째 위험 요인 역시 이론에 불과하다. 대중들은 절대 스스로 반란을 일으키지 않으며, 단순히 억압받는다고 해서 반란을 일으키는 일도 없다. 사실상 비교 기준이 없다면 자신들이 억압받고 있다는 것조차 깨닫지 못한다. 과거에 반복되던 경제 위기는 전적으로 불필요했고 더 이상 발생하지도 않지만, 그만큼 규모가 큰 다른 혼란이 일어날 수 있고 실제로 일어난다. 하지만 여기서 정치적 결과는 야기되지 않는데, 불만을 표출할 방법이 없기 때문이다. 기계 기술이 발달한 이후 우리 사회에 잠재적으로 존재해왔던 과잉생산 문제는 지속적 전쟁이라는 도구로 해결된다(3장 참조). 이는 대중의 사기를 필요 수준까지 높이는 데 유용한 수단이기도 하다. 따라서 현 지배층의 관점에서 진정한 위험 요인은 능력에 걸맞은 일자리를 얻지 못한, 권력에 굶주린 사람들로 이루어진 새로운 집단이 출현하는 것, 그리고 지배계급 내에서 자유주의와 회의주의가 자라나는 것이다. 즉, 문제는 교육이다. 지배 집단과 그 바로 밑에 더 큰 규모로 자리한 실행 집단의 의식을 끊임없이 형성해주어야 하는 것이다. 대중들은 부정적인 방식으로 영향을 주기만 해도 된다.

이 같은 배경을 고려해보면, 아직 모르고 있던 사람들도 오세아니아의 전반적인 사회구조를 추정해볼 수 있을 것이다. 피라미드의 정점에는 빅 브라더가 있다. 빅 브라더는 완전무결하고 전지전능하다. 모든 성공, 업적, 승리, 과학적 발견, 지식, 지혜, 행복, 미덕은 빅 브라더의 리더십과 영감 덕분에 이룰 수 있는 것이다. 빅 브라더를 실제로 본 사람은 없다. 그는 포스터의 얼굴이며 텔레스크린의 목소리다. 그가 결코 죽지 않으리라고 확신하는 것도 무리가 아니다. 그의 출생일에 대해서는 적지 않은 불확실성이 존재한다. 빅 브라더는 당이 세상에 내세우는 겉모습이다. 그는 사랑, 공포, 숭배같이 조직보다는 개인 간에 느끼기 쉬운 감정들을 한데 모으는 초점과 같은 역할을 한다. 빅 브라더 바로 아래에는 내부당이 있다. 내부당원 수는 오세아니아 인구의 2퍼센트가 채 안 되는 육백만 명으로 제한된다. 내부당 아래에는 외부당이 있는데, 내부당이 국가의 두뇌라면 외부당은 팔다리로 비유할 수 있다. 그 아래에는 인구의 85퍼센트를 차지하는 '프롤'이라는 어리석은 대중이 있다. 과거 계급 구조에서 따져보면 프롤은 하위 계급이다. 정복자가 바뀔 때마다 소유권이 넘겨지는 적도 지방의 노예 인구들은 사회구조 내에서 영구적인 부분도 아니고 꼭 필요한 부분도 아니다.

원칙적으로 이 세 집단의 구성원 자격은 물려받는 것이 아니다. 이론적으로 부모가 내부당원인 아이라도 내부당원으로 태어나지 않는다. 각 당에 입당하기 위해서는 열여섯 살에 치르는 시험에 통과해야 한다. 인종 차별도 없고, 출신지 특혜도 없다. 당의 고위급 인사 가운데는 유대인, 흑인, 순수 인디언 혈통의 남미인도 찾아볼 수 있다. 각 지역의 행정관은 언제나 그 지역 출신 중에서 선출한다. 오세아니아 어디에서도 자신이 멀리 떨어진 수도의 지배를 받는 식민지 백성이라는 느낌을 받는 국민은 없다. 오세아니아에는 수도가 없고, 명목뿐인 지도자가 어디에 있는지는 아무도 알지 못한다. 영어가 주된 공통어이며 신어가 공식 언어라는 것을 제외하면 어느 부분에서도 중앙집권화되어 있지 않다. 지배자들은 혈연이 아니라 공통 신조에 대한 충성심으로 한데 묶인다. 우리 사회가 언뜻 세습 체계로 보이는 것을 바탕으로 계층화되어 있는, 매우 엄격하게 계층화되어 있는 건 사실이다. 자본주의하에서나 산업혁명 이전에 일어났던 다른 집단 간의 이동은 훨씬 줄어들었다. 내부당과 외부당 사이에는 어느 정도 이동이 있지만, 내부당원 중에서 약골을 퇴출시키고 외부당원 중 야심적 인물을 승급시켜 위험성을 제거하는 정도로만 이루어진다. 사실상 프롤레타리아는 당에 들어오지 못한다. 프롤 가운데 불만의 씨앗으로 자라날 가능성이 있는 가장 우수한 자들은 사상경찰이 주시하다가 제거한다. 하지만 이 양상이 반드시 영원히 유지되는 것도 아니고 원칙처럼 지켜야 하는 것도 아니다. 당은 옛날 같은 의미의 계급이 아니다. 당은 자손에게 권력을 넘겨주는 것을 목적으로 하지 않는다. 만약 가장 능력 있는 인재들을 상층부에 둘 방법이 없다면, 기꺼이 새로운 세대 전체를 프롤레타리아 계급에서 데려올 것이다. 어려운 시기를 거치는 동안 반대 세력을 제압하는 데 있어 당이 세습 조직이 아니라는 사실이 큰 역할을 했다. 소위 '계급 특권'이라는 것에 맞서 싸우는 훈련을 받았던 과거의 사회주의자들은 세속적이지 않은 것은 영원할 수 없다고 생각했다. 과두 체제의 지속이 반드시 물리적으로만 이루어질 필요가 없다는 것을 알지 못했고, 가톨릭교회 같은 임명식 조직은 수백 수천 년 동안 지속된 반면, 세습 귀족은 언제나 오래가지 못했다는 사실을 떠올리지 못했다. 과두제 통치의 본질은 부자간 세습이 아니라 죽은 사람이 산 사람에게 남긴 어떤 세계관과 삶의 방식을 고수하는 것이다. 지배 집단은 후계자를 지명할 수 있는 한 계속 지배 집단으로 남는다. 당이 원하는 것은 혈통을 영속시키는 것이 아니라 당 자체를 영속시키는 것이다. 계급 구조가 언제나 동일하게 유지된다면 권력을 행사하는 사람이 **누구**인지는 중요하지 않다.

우리 시대를 특징짓는 모든 믿음, 습관, 취향, 감정, 정신 상태는 당의 신비성을 유지하고 현 사회의 실체를 인지하지 못하게 하기 위해 만들어진다. 물리적 반란은 물론 반란을 일으키기 위한 어떠한 예비적 운동도 불가능해졌다. 프롤레타리아들을 두려워할 이유는 아무것도 없다. 그대로 놔두면 몇 세대가 지나고 몇 세기가 지날 때까지 반란에 대한 충동은커녕 세상이 지금과 다를 수도 있다는 생각조차 하지 못한 채 계속해서 일하고 아이를 낳고 죽을 것이다. 산업 기술의 발달로 그들에게 좀 더 수준 높은 교육을 시킬 필요가 생기면 그때서야 위험해질 것이다. 하지만 군사적, 상업적 경쟁이 더 이상 중요치 않아졌기 때문에 대중 교육의 수준은 사실상 낮아지고 있다. 대중이 어떤 의견을 갖고, 갖고 있지 않은지는 관심 밖의 문제다. 그들은 지성이 없기 때문에 지적 자유를 보장받을 수 있다. 반면 당원들은 가장 하찮은 주제에서조차 조금이라도 당의 의견을 벗어나서는 안 된다.

당원들은 태어나서 죽을 때까지 사상경찰의 감시하에 살아간다. 혼자 있을 때조차 혼자 있는 건지 결코 확신할 수 없다. 어디에 있든, 자고 있든 깨어 있든, 일하든 쉬든, 목욕하든 침대에 있든, 아무런 경고도 없이 감시당한다는 것을 깨닫지도 못한 채 감시당할 수 있다. 어떤 행동도 무관심하게 넘어가지 않는다. 우정, 휴식, 아내와 자녀에게 하는 행동, 혼자 있을 때의 표정, 잠꼬대, 몸의 특징적 움직임까지 빈틈없이 관찰된다. 실제로 범죄를 저질렀을 때뿐만 아니라, 기행을 일으킨다거나 아무리 작은 것이라도 습관의 변화가 생겼다거나 내적 갈등의 조짐일 수 있는 불안한 버릇을 보인다거나 하면 반드시 적발된다. 당원에게는 어떠한 선택의 자유도 없다. 반면 행동은 법이나 명확히 공식화된 행동 강령으로 통제되지 않는다. 오세아니아에는 법이 없다. 적발 시 사형감인 생각과 행동도 공식적으로는 금지되어 있지 않으며, 끊임없는 숙청, 체포, 고문, 투옥, 증발은 실제로 저지른 범죄에 대한 처벌 방법이 아니라 앞으로 언젠가 범죄를 저지를 수도 있는 사람을 없애는 방법일 뿐이다. 당원은 올바른 의견은 물론 올바른 본능을 지녀야 한다. 당원에게 요구되는 수많은 믿음과 태도는 절대 분명히 명시되지 않고, 영사에 내재된 모순을 폭로하지 않고서야 절대 명시될 수도 없다. 선천적으로 정통적 신념을 지닌 사람이라면(신어로는 '**좋은사상가Goodthinker**'라고 한다) 어떤 상황에서라도 무엇이 진정한 믿음이고 바람직한 감정인지 생각하지 않고도 알 수 있을 것이다. 하지만 어쨌든 어린 시절부터 **범죄중단**, **흑백**, **이중사고**와 같은 신어 단어로 분류되는 정교한 정신 훈련을 받기 때문에 어떤 주제에 대해서든 깊이 생각하고자 하는 의욕도 능력도 사라진다.

당원은 사적인 감정을 가져서도 안 되고 한순간도 쉬지 않고 열정을 보여야 한다. 끊임없이 외국의 적과 자국의 배반자를 격분하며 증오해야 하고, 승리를 기뻐하고, 당의 권력과 지혜 앞에 자신을 비하하며 살아가야 한다. 부족하고 불만족스러운 삶에 대한 불만은 의도적으로 외부로 돌려 2분 증오 같은 장치로 씻어 없애며, 회의적이거나 반체제적인 태도를 유발할 수 있는 생각은 미리 습득해놓은 내적 훈련을 통해 억누른다. 이 훈련 가운데 어린아이들조차 배울 수 있는 가장 간단한 첫 단계는 신어로 **범죄중단**Crimestop이라고 한다. **범죄중단**은 어떤 위험한 생각이 떠오르려고 할 때 거의 본능처럼 바로 멈출 수 있는 능력을 말한다. 이러한 능력에는 비유를 이해하지 못하거나 논리적 오류를 인지하지 못하는 능력, 영사에 반하는 것이라면 가장 간단한 주장조차 오해하는 능력, 이단적 사고로 이어질 수 있는 일련의 생각을 지루해하거나 불쾌해하는 능력도 포함된다. 간단히 말해 **범죄중단**은 방어적인 어리석음이다. 하지만 어리석기만 한 것으로는 충분치 않다. 그와 반대로 완전한 의미에서 정통적 신념은 몸을 자유자재로 움직이는 곡예사처럼 완벽하게 자신의 정신 작용을 통제할 수 있어야 한다. 오세아니아 사회는 궁극적으로 빅 브라더가 전지전능하고 당이 완전무결하다는 믿음에 기초하고 있다. 하지만 현실에서는 빅 브라더가 전지전능하지 않고 당이 완전무결하지 않으므로 순간순간 끊임없이 융통성 있게 사실 관계를 처리해야 한다. 여기에서 핵심이 되는 말이 **흑백**이다. 수많은 신어들이 그렇듯이 이 단어도 서로 모순되는 두 가지 의미가 있다. 적에게 적용할 때는 명백한 사실과 모순되는데도 흑이 백이라고 뻔뻔스럽게 주장하는 습성을 말한다. 당원에게 적용할 때는 당의 규율에서 요구한다면 흑을 백이라고 말할 수 있는 충성심을 말한다. 하지만 흑이 백이라고 **믿을 수 있는** 능력, 나아가 흑을 백으로 아는 능력, 반대되는 사실을 믿은 적이 있었다는 것을 망각하는 능력을 의미하기도 한다. 이를 위해서는 끊임없이 과거를 변경하는 작업이 필요한데, 이를 가능하게 하는 것은 신어로 **이중사고**, 즉 다른 모든 것을 포용하는 사고 체계다.

과거를 변경해야 하는 이유는 두 가지다. 그중 하나는 부차적인 이유로, 다시 말해 예방적인 것이다. 당원들은 프롤레타리아와 마찬가지로 비교 기준이 없기 때문에 현재 상황을 감내한다는 것이다. 당원은 외국으로부터 반드시 단절되어야 하는 것처럼 과거로부터도 단절되어야 한다. 선조들보다 자신들의 삶이 더 나으며 물질적 안락의 평균 수준이 꾸준히 높아지고 있다고 믿을 필요가 있기 때문이다. 하지만 과거를 재조정해야 하는 더 중요한 이유는 단연 당의 완전무결함을 보호해야 하기 때문이다. 당의 예측이 언제나 옳았다는 것을 보여주기 위해 연설, 통계, 각종 기록을 끊임없이 최신 상황에 맞게 고치는 것만이 전부가 아니다. 당의 신조나 정치적 지지에 어떠한 변화가 있었다는 것도 결코 인정해서는 안 된다. 마음을 바꾸는 것은 물론 정책을 바꾸는 것은 나약함을 자백하는 것과 마찬가지이기 때문이다. 예를 들어 유라시아나 동아시아가(어느 쪽이든) 현재 적이라면, 그 나라가 언제나 적이었어야 한다. 다른 경우를 말하는 사실이 있다면 사실을 바꿔야 한다. 따라서 역사는 끊임없이 다시 쓰인다. 이렇듯 매일매일 진리부에서 수행하는 과거의 위조는 애정부에서 실시하는 압박이나 첩보 활동만큼이나 체제 안정에 필요하다.

과거의 변동성은 영사의 중심 교리다. 과거의 사건은 객관적으로 존재하지 않으며, 서면 기록이나 인간의 기억 속에만 남아 있다. 기록과 기억과 일치하는 것은 무엇이든 과거가 된다. 당에서 모든 기록을, 그리고 당원들의 정신까지 완전히 통제하므로 결과적으로 과거는 당이 원하는 대로 만들어진다. 또한 과거를 변경할 수 있어도, 결코 어떤 특정한 경우에서 변경된 적은 없었다. 그 당시에 필요한 형태로 과거가 재창조되면 새롭게 만들어진 기록이 과거**가 되고** 그와 다른 과거는 존재하지 않기 때문이다. 이는 흔히 일어나는 것처럼 같은 사건이 한 해에도 몇 번씩 알아볼 수 없을 정도로 바뀌는 경우에도 적용된다. 언제나 당은 절대 진리를 보유하고 있으며, 분명 절대적 진리는 현재와 결코 다를 수 없다. 과거의 통제는 무엇보다 기억 훈련에 달려 있다. 모든 서면 기록을 현재의 정설과 일치시키는 것은 기계적인 행동에 불과하다. 하지만 일이 바람직한 방식으로 일어났다는 걸 **기억할** 필요도 있다. 누군가의 기억을 바꾸거나 서면 기록을 고쳐야 한다면, 그런 일을 벌였다는 것도 **잊어야** 한다. 이 요령은 다른 정신적 기술들처럼 학습할 수 있는 것이다. 다수의 당원들이 배우며, 정통적이면서 지적인 사람들도 모두 배운다. 구어에서는 이를 솔직하게 '현실 통제'라고 한다. 신어에서는 이를 **이중사고**라고 부르는데, **이중사고**에는 다른 많은 것들도 포함되어 있다.

이중사고는 두 가지 모순되는 믿음을 동시에 가지면서 둘 다 받아들이는 힘을 뜻한다. 당의 지식인들은 자신의 기억을 어느 방향으로 변경해야 하는지 알고 있다. 따라서 자신이 현실을 속이고 있다는 것을 안다. 하지만 이중사고 훈련을 통해 현실이 침해되지 않았다고 확신한다. 그 과정은 의식적이어야 한다. 그렇지 않으면 정확히 수행할 수 없다. 하지만 동시에 무의식적이어야 한다. 그렇지 않으면 허위라는 느낌을 받아 죄책감을 느낀다. **이중사고**는 영사의 핵심이다. 당의 본질적 행위는 완벽한 진실을 동반하는 확고한 목적을 유지하면서 의식적인 기만을 행하는 것이기 때문이다. 진실로 믿으면서 의도적으로 거짓을 말하고, 번거로워진 사실을 잊어버렸다가 필요해지면 필요한 만큼 앞서 잊어버렸던 사실을 되돌리고, 객관적 현실의 존재를 부정하면서 부정한 현실을 계속 염두에 두는 것이 반드시 필요하다. **이중사고**라는 말을 사용할 때조차 **이중사고**를 발휘해야 한다. 그 단어를 사용한다는 건 자신이 현실을 변조하고 있다는 사실을 인정하는 것이기 때문이다. 여기서 다시 한번 **이중사고**를 발휘하면 인정했다는 사실조차 잊어버린다. 이 과정을 무기한 반복하면 언제나 거짓이 진실을 앞선다. 궁극적으로 **이중사고**라는 수단을 통해서 당은 역사의 흐름을 멈출 수 있게 되었으며, 모두 알다시피 앞으로 수천 년 동안 계속해서 멈출 수 있게 될 것이다.

과거의 과두 체제들은 굳어지거나 물러졌기 때문에 권력을 잃었다. 어리석고 오만해진 바람에 변하는 상황에 적응하지 못해서 전복되었거나, 진보적이면서 비겁해진 바람에 무력을 사용했어야 할 때도 양보해서 전복되었다. 다시 말해, 의식적으로 또는 무의식적으로 무너졌던 것이다. 두 가지 조건이 동시에 존재할 수 있는 사고 체계를 만들어낸 것이 당이 이룩한 업적이다. 다른 지적 기반 위에서는 당의 지배가 영원할 수 없었을 것이다. 통치권을 장악하고 계속해서 통치를 하려면 반드시 현실감을 교란시킬 수 있어야 한다. 통치의 비결은 자신이 완전무결하다는 믿음과 과거의 실수로부터 배우는 힘을 결합하는 데 있기 때문이다.

말할 필요도 없이 **이중사고**를 가장 교묘하게 활용하는 사람은 **이중사고**를 고안해낸 자들이다. 이들은 그것이 방대한 정신적 기만 체계라는 것을 알고 있다. 우리 사회에서 무슨 일이 일어나고 있는지를 가장 잘 아는 사람들 역시 세상을 가장 왜곡해서 보는 사람들이다. 일반적으로 이해력이 더 뛰어날수록 더 크게 착각하고, 더 똑똑할수록 제정신에서 더 멀어진다. 이를 잘 보여주는 한 가지 예시는 사회적 지위가 높을수록 전쟁에 대한 히스테리가 강렬해진다는 것이다. 전쟁에 대한 태도가 가장 이성에 가까운 사람들은 분쟁 지역의 피지배민들이다. 이들에게 있어 전쟁은 파도처럼 자신들의 몸을 이리저리 휩쓸고 지나가는 끊임없는 재난일 뿐이다. 어느 쪽이 승리하는지는 전혀 관심 없는 문제다. 지배자가 바뀐다는 것은 이전 주인과 똑같이 자신들을 부리는 새로운 주인을 위해 똑같은 일을 하는 것이라는 사실을 잘 알고 있다. 소위 '프롤'이라고 하는, 대접이 조금 나은 노동자들은 가끔씩만 전쟁을 의식한다. 필요할 때는 자극을 받아 공포와 증오의 격분에 휩쓸리지만, 가만히 놔두면 전쟁 중이라는 사실을 오랫동안 잊어버릴 수도 있다. 전쟁에 대한 진정한 열의를 찾아볼 수 있는 사람은 당원들, 특히 내부당원들이다. 세계 정복을 가장 굳건히 믿는 사람들은 바로 그것이 불가능하다는 것을 아는 사람들이다. 지식과 무지, 냉소와 광신처럼 반대되는 개념이 이상하게 연결되어 있다는 것이 오세아니아 사회의 주요 특징 중 하나다. 공식 이념에는 실질적으로 필요가 없는 곳에서도 모순이 넘쳐난다. 따라서 당은 사회주의 운동이 원래 내세웠던 모든 원칙을 거부하고 비난하는 동시에 사회주의의 이름으로 이런 행동을 저질렀다. 당은 수백 년 동안 유례없을 정도로 노동자 계급에 대한 비난을 퍼뜨리면서, 한때 육체노동자 특유의 것이었고 그 이유로 채택되었던 제복을 당원들에게 입힌다. 체계적으로 가족의 결속력을 약화시키면서, 가족에 대한 충실함을 직접적으로 호소하는 명칭으로 당의 지도자를 부른다. 우리를 지배하는 네 부처의 명칭에서조차 몰염치하게 정반대 사실을 나타내고 있다. 평화부는 전쟁을, 진리부는 거짓을, 애정부는 고문을, 풍요부는 기아를 담당한다. 이 같은 모순은 우연이 아니며, 통상적인 위선에서 비롯된 것도 아니다. 이는 **이중사고**를 발휘하는 의도적인 행동이다. 모순을 조화시키는 것으로만 무한정 권력을 유지할 수 있기 때문이다. 다른 방법으로는 오래된 순환을 끊을 수 없다. 영원히 인간 평등을 막아내려면(소위 상위 계급이 영원히 지위를 지켜내려면) 통제된 광기가 보편적인 정신 상태로 자리 잡아야 한다.

하지만 지금 이 순간까지 간과하고 있었던 한 가지 질문이 있다. **왜** 인간 평등을 막아야 하는가? 과정이 올바르게 설명되었다고 한다면, 그렇게 치밀한 계획과 엄청난 노력을 동원해 특정 시점에서 역사를 멈추려 하는 동기는 무엇인가?

여기에서 우리는 가장 중요한 비밀에 도달한다. 지금까지 알아본 것처럼 당, 무엇보다 내부당의 신비성은 **이중사고**에 의존

한다. 하지만 이보다 더 깊은 곳에 진짜 동기가 존재한다. 처음 권력을 잡게 하고, 그 후 사상경찰, 끊임없는 전쟁, 다른 모든 필요한 수단을 만들어내게 한, 결코 의심한 적 없던 본능이 그것이다. 이 동기를 이루고 있는 것은…

새로운 소리를 알아채기라도 하듯 문득 주변이 조용하다는 것을 깨달았다. 줄리아가 얼마 전부터 쥐 죽은 듯이 가만히 있는 것 같았다. 그녀는 상체에 아무것도 걸치지 않고 손을 베개 삼아 그 위에 뺨을 얹은 채 옆으로 누워서 자고 있었다. 검은 머리가 눈 위로 늘어뜨려져 있었다. 가슴이 규칙적으로 천천히 오르내렸다.

"줄리아."

아무 대답도 없었다.

"줄리아, 깨어 있어요?"

아무 대답도 없었다. 줄리아는 자고 있었다. 윈스턴은 책을 덮어 조심스럽게 바닥에 내려놓고 누워서 침대보를 끌어당겨 함께 덮었다.

여전히 궁극적인 비밀을 배우지 못했다. **방법**은 이해했다. 하지만 **이유**는 이해하지 못했다. 3장처럼 1장에도 그가 몰랐던 내용은 없었다. 이미 갖고 있던 지식이 체계화되어 있을 뿐이었다. 하지만 책을 읽고 나자 자신이 미치지 않았다는 걸 좀 더 확신하게 되었다. 소수에 속해 있더라도, 그 소수가 단 한 명이라 해도 미친 것은 아니다. 진실이 있고 거짓이 있으며, 전 세계를 등진다 해도 진실을 고수한다면 미친 것이 아니다. 저물어가는 태양의 노란 빛줄기가 창을 통해 비스듬히 들어와 베개 위로 떨어졌다. 윈스턴은 눈을 감았다. 얼굴에 떨어지는 햇빛과 자신의 몸에 닿은 줄리아의 부드러운 살결이 느껴지자 졸린데도 강렬하게 자신감 넘치는 기분이 들었다. 그는 안전했고, 모든 것이 나무랄 데 없었다. "제정신은 통계적인 게 아냐." 윈스턴은 이 말에 심오한 지식이라도 담겨 있다는 듯 중얼거리며 잠들었다.

10

잠에서 깨어나니 오랫동안 자고 일어난 듯한 기분이었다. 하지만 구식 시계를 흘깃 보니 겨우 20시 30분이었다. 잠시 졸음에 취해 있는데 아래쪽 뒤뜰에서 여느 때처럼 깊은 울림의 노랫소리가 들려오기 시작했다.

그저 희망 없는 꿈이라네
4월의 색조처럼 지나가 버렸네
하지만 표정과 말과 꿈으로 흔들어놓고
내 마음을 사로잡아 버렸네!

이 쓸데없는 노래가 여전히 인기 있는 모양이었다. 아직까지도 여기저기서 들려왔고, 〈증오가〉보다 더 오랫동안 불리고 있었다. 줄리아는 노랫소리에 깨어나 늘어지게 기지개를 켠 후 침대에서 일어났다.

"배고파요. 커피를 좀 더 끓일게요. 젠장! 난로가 꺼져서 물이 식었어요." 그녀는 난로를 들고 흔들었다. "기름이 없네요."

"채링턴 씨한테 좀 얻을 수 있을지도 몰라요."

"분명 가득 차 있었는데. 옷 입을게요. 좀 추워진 것 같아요."

윈스턴도 일어나서 옷을 입었다. 지칠 줄 모르는 목소리가 계속해서 노래했다.

> 시간이 약이라고들 말하네
> 언제나 잊을 수 있게 된다고 말하네
> 하지만 세월에 걸친 웃음과 눈물은
> 아직도 심금을 울리네!

윈스턴은 작업복에 허리띠를 매면서 창가 쪽으로 슬슬 다가갔다. 해가 집들 뒤로 넘어간 모양이었다. 뒤뜰에는 더 이상 빛이 비치지 않았다. 방금 청소라도 했는지 바닥은 젖어 있었다. 하늘 역시 씻어낸 듯 굴뚝 사이로 보이는 하늘빛이 몹시 연하고 상쾌했다. 여인은 지칠 줄 모르고 입에 빨래집게를 물었다 뺐다, 노래를 불렀다 그쳤다 하며 기저귀를 널면서 이리저리 걸어 다녔다. 그녀가 밥벌이로 빨래를 하는 건지, 아니면 이삼십 명은 되는 손주들을 노예처럼 돌보고 있는 건지 궁금했다. 줄리아가 방을 가로질러 윈스턴의 옆으로 왔다. 그들은 흥미진진한 듯이 밑에 있는 건장한 여인을 함께 바라보았다. 그녀 특유의 몸짓과 빨랫줄을 향해 높이 들어 올린 두꺼운 팔뚝과 암말같이 투실하게 튀어나온 엉덩이를 보고 있자니 처음으로 그 여인이 아름답다는 생각이 들었다. 출산을 하면서 몸집이 잔뜩 불어난 데다 노동 탓에 뻣뻣하고 거칠어져서 너무 익어버린 순무처럼 살결이 투박해진 오십 대 여인의 몸이 아름다울 수 있다고는 생각해보지 못했다. 하지만 이제 아름답다. 아름답지 못할 게 뭐가 있는가? 화강암 덩어리처럼 단단하고 곡선 없는 몸매와 거칠고 붉은 피부는 소녀의 몸매와 비교해보면 열매와 장미꽃 같은 관계였다. 열매가 꽃보다 못할 이유는 무엇인가?

"아름답네요." 윈스턴이 중얼거렸다.

"엉덩이가 1미터는 될 것 같은데요." 줄리아가 말했다.

"그게 저 여자만의 아름다움인 거예요."

윈스턴은 줄리아의 나긋나긋한 허리를 감싸 안았다. 그녀의 몸이 엉덩이에서 무릎까지 윈스턴의 몸에 찰싹 달라붙었다. 그들은 아이를 낳을 수 없을 것이다. 그것이 두 사람 사이에서 할 수 없는 한 가지 일이었다. 오직 입에서 입으로, 마음에서 마음으로만 비밀을 전할 수 있었다. 저 아래 있는 여인은 생각을 갖고 있지 않다. 오직 튼튼한 두 팔과 따뜻한 마음과 아이를 낳을 수 있는 배만 있을 뿐이다. 그녀가 얼마나 많은 아이를 낳았을지 궁금했다. 족히 열다섯 명은 될지도 모른다. 여인은 일 년 정도는 들장미 같은 아름다움을 한순간 꽃피웠을 테고, 그러다가 갑자기 수정된 과일처럼 부풀어 올랐다가 단단하고 붉고 거칠어졌을 것이다. 그 후 그녀의 인생은 처음에는 아이들을 위해, 나중에는 손주들을 위해 삼십 년 넘는 시간 동안 빨래하고, 문지르고, 꿰매고, 요리하고, 쓸고, 닦고, 수선하고, 또다시 빨래하고 문지르는 삶을 살아왔을 것이다. 그런 삶의 끝에서 그녀는 여전히 노래를 부르고 있었다. 여인에 대한 신비로운 존경심이 굴뚝 뒤로 끝없이 펼쳐진 구름 한 점 없는 하늘의 풍경과 뒤섞였다. 유라시아에서나 동아시아에서나 이곳에서나 하늘은 누구에게나 언제나 같은 거라고 생각하니 기분이 묘했다. 하늘 아래 있는 사람들도 마찬가지였다. 세계 어디에서나 증오와 거짓이라는 벽에 가로막혀 서로의 존재를 모르는 수십억 명의 사람들이 존재했다. 하지만 그들은 거의 똑같았다. 생각하는 방법은 배운 적 없지만 언젠가 세상을 뒤집어버릴 힘을 마음속에, 배 속에, 근육 속에 차곡차곡 쌓아가고 있었다. 희망이 있다면, 그것은 프롤들에게 있다! 책을 끝까지 읽지 않았지만 그것이 골드스타인의 최종적인 메시지라는 것을 알 수 있었다. 미래는 프롤들의 것이다. 그때가 되어 그들이 구축한 세계가 당의 세계처럼 윈스턴 스미스 자신에게 생소한 곳은 아닐 거라고 확신할 수 있을까? 그럴 것이다. 적어도 그 세상은 제정신인 세상일 테니까 말이다. 평등이 있는 곳에 제정신이 존재할 수 있다. 곧 그런 일은 일어날 것이다. 힘은 의식으로 바뀔 것이다. 프롤들은 영원하다. 뒤뜰의 저 씩씩한 여인을 보면 의심하지 못할 것이다. 결국 그들은 각성할 것이다. 그때까지는, 그게 천 년이 걸린다 해도, 당이 나누어 가지지도 못했고 말살할 수도 없었던 생명력을 몸에서 몸으로 전하며 새처럼 모든 역경에 맞서서 살아남을 것이다.

"우리가 숲에서 처음 만난 날 개똥지빠귀가 노래를 불러줬던 거 기억해요?" 윈스턴이 물었다.

"우리한테 불러줬던 게 아니죠. 혼자 노래하고 싶어서 부른 거예요. 사실 그것도 아니고, 그냥 불렀을 뿐이죠."

새들이 노래했고, 프롤들이 노래했다. 당은 노래하지 않았다. 런던과 뉴욕에서, 아프리카와 브라질에서, 국경 너머 신비하고 금지된 땅에서, 파리와 베를린의 길거리에서, 끝없이 펼쳐진 러시아 평원 위 마을들에서, 중국과 일본의 시장에서, 전 세계 어디에서나 정복할 수 없는 씩씩한 사람들이 노동과 출산으로 체구가 건장해진 채, 태어나서 죽을 때까지 힘들게 일하지만 여전히 노래하고 있다. 언젠가 그 강력한 배 속에서 의식적인 종족이 태어날 것이다. 우리는 죽은 사람이다. 미래는 그들의 것이다. 하지만 프롤들이 육체를 존속시켰듯 우리도 정신을 존속시킨다면, 그래서 2 더하기 2는 4라는 비밀스러운 원칙을 전해준다면 그 미래를 함께 나눌 수 있을 것이다.

"우리는 죽은 거예요." 윈스턴이 말했다.

"우리는 죽은 거예요." 줄리아가 순종적으로 따라 했다.

"너희는 죽은 거다." 두 사람 뒤에서 냉혹한 목소리가 따라 말했다.

두 사람은 황급히 서로 떨어졌다. 윈스턴은 배 속이 얼음장처럼 얼어붙었다. 줄리아는 사방으로 흰자위가 보일 정도로 눈을 동그랗게 떴다. 얼굴빛이 노래졌다. 여전히 양 볼에 얼룩져 있는 연지 빛이 바로 아래 피부와 동떨어져 있기라도 한 듯 도드라져 보였다.

"너희는 죽은 거다." 냉혹한 목소리가 반복해서 말했다.

"그림 뒤예요." 줄리아가 나직이 속삭였다.

"그림 뒤다. 그 자리에서 꼼짝 마. 명령이 있을 때까지 움직이지 마라." 목소리가 말했다.

시작되었다. 마침내 시작된 것이다! 서로 눈을 쳐다보는 것

밖에 달리 할 수 있는 것이 없었다. 살기 위해 도망치거나 늦기 전에 집 밖으로 탈출한다거나 하는 생각은 들지 않았다. 벽에서 나오는 금속성 목소리에 거역한다는 건 생각도 못 할 일이었다. 걸쇠가 돌아가는 듯한 딸깍 소리에 이어 유리를 부수는 요란한 소리가 들렸다. 그림이 바닥에 떨어지면서 그 뒤에 있던 텔레스크린이 나타났다.

"이제 그들이 우리를 볼 수 있어요." 줄리아가 말했다.

"우리는 너희를 볼 수 있다. 방 한가운데 서라. 등을 맞대고 서서 머리 뒤로 깍지를 껴라. 서로 몸이 닿지 않도록 해라."

몸이 닿아 있지 않은데도 줄리아의 떨림이 느껴지는 듯했다. 어쩌면 윈스턴 자신이 떨고 있는 건지도 모른다. 이가 딱딱 맞부딪치는 것은 멈출 수 있었지만 다리는 통제 불능이었다. 아래층에서는 집 안팎으로 쿵쿵거리는 구둣발 소리가 들려왔다. 뒤뜰에 사람들이 가득 차 있는 것 같았다. 판석 바닥 위로 무언가 질질 끌려가는 소리가 들렸다. 갑자기 여인의 노랫소리가 멈췄다. 빨래 통이 걷어차인 듯 덜커덩거리며 굴러가는 소리가 길게 들렸다. 성난 고함 소리가 혼란스럽게 들리더니 곧 고통스러운 비명 소리로 바뀌었다.

"집이 포위됐어요." 윈스턴이 말했다.

"집은 포위됐다!" 목소리가 말했다.

줄리아가 이를 딱딱 맞부딪치는 소리를 냈다. "작별 인사를 하는 게 좋겠군요." 그녀가 말했다.

"작별 인사를 하는 게 좋을 거다." 목소리가 말했다. 이어서 또 다른 목소리가 끼어들었다. "그건 그렇고 말이 나와서 말인데, '그대의 침실로 가는 길을 밝혀줄 촛불이 오네. 그대의 머리를 잘라낼 도끼가 오네!'" 윈스턴은 이 얇고 세련된 목소리를 들어본 적이 있는 것 같았다.

그때 윈스턴의 등 뒤에서 무언가가 요란한 소리를 내며 침대에 부딪쳤다. 사다리 머리가 창문을 깨부수고 창틀을 넘어 들어오더니 누군가 사다리를 타고 올라와 창을 넘어왔다. 구둣발들이 계단을 타고 우르르 몰려왔다. 방에는 곤봉을 들고 징 박힌 군화에 검은 제복을 입은 건장한 남자들로 가득 찼다.

윈스턴은 더 이상 떨고 있지 않았다. 눈조차 움직이지 않았다. 중요한 것은 단 하나, 가만히 있는 것이었다. 움직이지 않고 가만히 있음으로써 그들에게 폭력을 쓸 구실을 주지 않는 것이었다! 권투 선수 같은 매끈한 턱에 입이 기다란 틈처럼 붙어 있는 남자가 명상에 잠긴 듯 엄지와 검지 사이에 곤봉을 끼우고 윈스턴 앞에 멈춰 섰다. 윈스턴은 남자의 눈을 바라보았다. 손을 머리 뒤에 올린 채 얼굴과 몸은 전부 드러낸 듯 벌거벗은 느낌이 좀처럼 참기 힘들었다. 남자는 하얀 혓바닥 끝을 내밀어 입술이 있어야 할 자리를 핥더니 그냥 지나갔다. 다시 한번 요란한 소리가 들렸다. 누군가가 테이블에서 유리 문진을 들어 벽난로 바닥에 집어던져 산산조각을 낸 것이다.

케이크의 설탕 장미 봉오리같이 작고 주름진 분홍빛 산호 조각이 매트 위를 굴렀다. 언제나 정말 작았었구나! 윈스턴은 생각했다. 뒤에서 퍽 하는 소리와 헐떡이는 소리가 났고 윈스턴도 난폭하게 발목을 걷어차이는 바람에 한순간 균형을 잃고 넘어질 뻔했다. 누군가가 줄리아의 명치를 주먹으로 힘껏 때려서 그녀가 휴대용 줄자처럼 나동그라졌던 것이다. 줄리아는 쓰러진 채 숨을 쉬어보려고 애쓰며 몸부림쳤다. 윈스턴은 감히 일 밀리미터도 고개를 돌리지 못했지만, 납빛이 되어 헐떡거리는 그녀의 모습이 곁눈으로 가끔씩 보였다. 두려운 와중에도 줄리아의 고통이 자기 몸으로 전해지는 것 같았다. 그러나 그 치명적인 고통보다 숨을 고르려는 그녀의 몸부림이 더 절박해 보였다. 윈스턴은 그것이 무슨 느낌인지 알고 있었다. 끔찍하고 괴로운 고통이 시종일관 존재하지만 숨을 쉬는 것이 무엇보다 중요하기 때문에 육체의 고통은 아직 느껴지지 않는 것이다. 남자 두 명이 줄리아의 무릎과 어깨를 잡고 들어 올리더니 자루를 나르듯 그녀를 방 밖으로 들고 나갔다. 윈스턴은 거꾸로 보이는 줄리아의 얼굴을 흘깃 보았다. 누렇고 일그러진 얼굴은 눈을 감고 있었고 여전히 양 볼에 연지 자국이 남아 있었다. 그것이 마지막으로 본 줄리아의 모습이었다.

윈스턴은 여전히 죽은 듯이 서 있었다. 아직 아무도 그를 때리지 않았다. 그야말로 시시한 생각들이 멋대로 떠올라 머릿속을 스치고 지나갔다. 채링턴 씨는 체포되었는지, 뒤뜰의 여인에게 무슨 일이 일어난 건 아닌지 궁금했다. 갑자기 소변이 급해지며 윈스턴은 살짝 놀랐다. 화장실에 다녀온 게 고작 두세 시간 전이었기 때문이다. 벽난로 선반 위 시계가 9시를, 즉 21시를 가리키고 있었다. 그런데 밖이 너무 밝은 것 같았다. 8월 저녁 21시면 어두울 시간이 아닌가. 줄리아와 자신이 시간을 착각한 게 아니었을까 하는 생각이 들었다. 열두 시간을 줄곧 자는 바람에 실제로는 다음 날 아침 8시 30분인데 20시 30분이라고 착각했던 게 아닐까? 하지만 그는 더 이상 생각하지 않았다. 따분한 생각이었다.

복도에서 또 다른 가벼운 발소리가 들려왔다. 채링턴 씨가 방으로 들어왔다. 검은 제복을 입은 남자들의 태도가 갑자기 가라앉았다. 채링턴 씨의 겉모습에도 무언가 변화가 있었다. 그의 시선이 유리 문진 조각을 향했다.

"저 파편들 주워." 그가 날카롭게 말했다.

한 남자가 명령에 따라 몸을 굽혔다. 런던 토박이 말투는 사라졌다. 윈스턴은 문득 몇 분 전 텔레스크린에서 들려온 목소리가 누구의 것인지 깨달았다. 채링턴 씨는 여전히 낡은 벨벳 재킷 차림이었지만, 거의 하얗게 세었던 머리는 검은색으로 바뀌어 있었다. 안경도 끼고 있지 않았다. 그는 신원을 확인하듯 윈스턴을 날카롭게 한 번 쳐다보더니 더 이상은 신경 쓰지 않았다. 여전히 채링턴 씨라는 건 알아볼 수 있었지만 더 이상 이전의 그 노인이 아니었다. 허리를 곧게 펴서 키가 더 커진 것 같았다. 얼굴이 살짝 변했을 뿐이지만 완전히 다른 얼굴로 보였다. 검은 눈썹은 숱이 줄어들었고, 주름은 사라졌으며, 전체적인 얼굴 윤곽이 달라 보였다. 코마저 짧아진 듯했다. 서른다섯 살 정도 되어 보이는 기민하고 차가운 남자의 얼굴이었다. 윈스턴은 난생처음으로 사상경찰을 바라보고 있다는 생각이 들었다.

1984

제3부

1

윈스턴은 자신이 어디에 있는지 알지 못했다. 애정부에 있는 것 같았지만 확인할 방법이 없었다. 그는 반짝이는 하얀 도자기 벽으로 둘러싸인, 천장이 높고 창 없는 방에 있었다. 숨겨져 있는 전등에서 차가운 빛이 방을 가득 비췄고, 실내 공기 공급과 관련된 듯한 낮은 소음이 계속해서 들려왔다. 앉을 수 있을 만한 너비의 벤치 혹은 선반이 문이 있는 곳을 제외하고 벽을 따라 빙 둘러져 있었고, 문 반대쪽에는 변좌도 없는 나무 변기가 놓여 있었다. 벽마다 하나씩 총 네 대의 텔레스크린이 있었다.

배에서 둔한 통증이 느껴졌다. 차량에 실려온 후 줄곧 배가 아팠다. 한편 배가 고프기도 했다. 몸에 해로운 고통스러운 허기였다. 밥을 먹은 지 24시간 정도 지난 것 같았다. 36시간 지났는지도 모른다. 체포됐을 때가 아침인지 저녁인지 아직도 알 수 없었다. 영영 알 수 없을지도 모른다. 체포된 후로 아무것도 먹지 못했다.

윈스턴은 손을 교차해서 무릎에 올려놓은 채 좁은 벤치에 최대한 가만히 앉아 있었다. 그는 이미 가만히 앉아 있는 법을 습득했다. 예기치 않게 움직이면 텔레스크린에서 소리를 질러댔다. 하지만 음식 욕구가 점점 더 강해졌다. 무엇보다 빵이 먹고 싶었다. 생각해보니 작업복 주머니에 빵 부스러기가 조금 남아 있었다. 가끔 무언가가 다리를 간질이는 걸로 봐서 꽤 큰 빵 껍질이 있을지도 모른다. 마침내 확인해보고 싶은 유혹이 공포를 뛰어넘었다. 윈스턴은 주머니에 슬쩍 손을 넣었다.

"스미스! 6079 스미스 W! 감방에선 주머니에 손을 넣지 말도록!" 텔레스크린의 목소리가 소리쳤다.

윈스턴은 다시 손을 교차해서 무릎에 올려놓고 가만히 앉았다. 그는 이곳으로 이송되기 전에 일반 교도소 내지는 순찰대가 임시 유치장으로 사용하는 듯한 다른 장소로 끌려갔었다. 그곳에 얼마나 오래 있었는지는 모르겠다. 어쨌든 몇 시간 동안이었을 것이다. 시계도 햇빛도 없는 상황에서는 시간을 가늠하기가 어려웠다. 소란하고 악취가 나는 곳이었다. 지금과 비슷한 감방이었지만, 여기보다 지독하게 더러웠고, 언제나 열에서 열다섯 명 정도가 가득 들어차 있었다. 대부분이 일반 죄수였고, 그중에 정치범도 몇 명 있었다. 윈스턴은 지저분한 사람들에게 밀려서 벽에 등을 기대고 조용히 앉아 있었다. 너무 두려운 데다 배까지 아파서 주변에 신경 쓸 여력은 없었지만, 당원인 죄수와 다른 죄수들 간의 행동이 놀라울 정도로 다르다는 것은 알 수 있었다. 당원 죄수는 언제나 입을 꾹 다문 채 공포에 질려 있었지만, 일반 죄수들은 아무것도 신경 쓰지 않는 듯했다. 그들은 간수들에게 욕을 퍼부었고, 소지품을 압수당하면 사납게 저항했고, 바닥에 음란한 낙서를 했고, 몰래 갖고 들어와 옷 속 어딘가에 감춰두었던 음식을 꺼내 먹었고, 텔레스크린에서 질서를 지키라고 명령하면 더 큰 소리로 고함을 지르기까지 했다. 반면 그들 중 일부는 간수들과 우호적인 관계를 유지하며 그들을 이름으로 부르기도 하고, 문에 달린 감시 구멍을 통해 담배를 얻으려고 비위를 맞추기도 했다. 간수들도 일반 범죄자들에 대해서는 거칠게 다뤄야 할 때조차 어느 정도 관대함을 베풀었다. 대부분의 죄수들 사이에서는 가게 될 강제노동 수용소에 대한 이야기가 자주 나왔다. 듣자 하니 좋은 연줄이 있고 요령만 배우면 그곳도 '있을 만하다'고 했다. 각종 뇌물, 편애, 갈취가 있었고, 동성애와 매춘이 있었으며, 감자를 증류해서 만든 밀주까지 있었다. 책임자의 지위는 일반 죄수에게만, 특히 폭력배와 살인자에게 주어졌으며, 그들은 일종의 귀족 계급을 형성했다. 온갖 더러운 일은 정치범들의 몫이었다.

각종 범죄자들이 끊임없이 오갔다. 마약 밀매상, 절도범, 노상강도, 암거래상, 주정뱅이, 매춘부까지 있었다. 어떤 주정뱅이들은 다른 죄수들이 힘을 합쳐 진정시켜야 할 정도로 난폭했다. 예순 살가량 된 거구의 폐인 여자가 네 명의 간수에게 팔다리를 각각 붙들린 채 실려 들어온 적이 있었다. 들어오면서 발길질하며 소리를 질러댔는데, 몸부림을 칠 때마다 커다란 가슴이 출렁거리고 말아 올렸던 흰머리가 흘러 내릴 것 같은 지경이었다. 간수들은 발길질해대는 여자의 신발을 억지로 벗겨내고는 그녀를 윈스턴의 무릎 위로 던져버렸다. 그 바람에 윈스턴은 허벅지 뼈가 부서질 뻔했다. 여자는 몸을 일으키고는 간수들 뒤에 대고 “개자식들아!” 하고 소리 질렀다. 그제야 자신이 평평하지 않은 곳에 앉아 있다는 걸 깨닫고는 윈스턴의 무릎에서 미끄러져 내려와 벤치에 앉았다.

“미안해, 자기. 내가 앉으려고 앉은 게 아니라 저 자식들이 거기다 내려놓는 바람에. 숙녀를 대하는 방법을 모른다니까.” 그녀는 잠시 말을 멈추고 가슴을 두드리더니 트림을 했다. “미안하네. 지금 상태가 말이 아니야.”

그녀는 몸을 앞으로 숙이고는 바닥에 잔뜩 토했다.

“이제 훨씬 낫네. 참으면 안 돼. 위 속에 막 생겼을 때 토해버려야지.” 그녀가 눈을 감고 뒤로 기대며 말했다.

잠시 후 정신을 차린 그녀가 고개를 돌려 윈스턴을 다시 한번 슥 보았다. 그가 마음에 든 모양이었다. 그녀는 윈스턴의 어깨에 거대한 팔을 올리더니 자기 쪽으로 끌어당기며 얼굴에 맥주와 토사물 냄새를 내뿜었다.

“자기 이름이 뭐야?” 그녀가 물었다.

“스미스입니다.” 윈스턴이 대답했다.

“스미스? 그거 재밌네. 내 이름도 스미스란 말이지. 내가 자기 엄마일 수도 있겠어!” 그녀가 감상적으로 말했다.

그녀가 어머니일 수도 있겠다는 생각이 들었다. 나이와 체구도 비슷했고, 강제 노동 수용소에서 이십 년 정도 있다 보면 사람의 모습이 어느 정도 변할 것이다.

그 외에 스미스에게 말을 거는 사람은 없었다. 일반 범죄자들은 놀라울 정도로 당원 죄수들을 무시했다. 그들은 당원 죄수들을 두고 무관심한 경멸을 담아 **정범들**이라고 불렀다. 당원 죄수들은 누구에게라도 말하는 것을, 특히 자기들끼리 말하는 것을 두려워했다. 단 한 번 당원이었던 여자 두 명이 벤치에 바짝 붙어 앉아 사람들이 떠드는 틈을 타 황급히 몇 마디 소곤대는 소리를 엿들었다. 특히 '101호실'이라는 무언가에 대해서 말했는데, 무슨 말인지는 알 수 없었다.

이곳에 갇힌 지 두세 시간 정도 된 것 같았다. 배 속에서의 둔한 통증은 완전히 사라지지 않은 채 나아졌다 심해졌다를 반복했고, 그에 따라 생각이 늘었다가 줄어들었다. 복통이 심해질 때면 통증 자체와 음식에 대한 갈망만이 느껴졌다. 좀 나아지면 공포에 사로잡혔다. 때때로 앞으로 자신에게 벌어질 일이 실제처럼 예상되면서 심장이 터질 듯 뛰고 숨이 멎을 것만 같았다. 팔꿈치에 곤봉이 내리꽂히고 징이 박힌 군화로 정강이를 걷어차이는 것이 느껴졌다. 바닥을 기어다니며 부러진 이들 사이로 필사적으로 자비를 구하는 자신의 모습이 보였다. 줄리아에 대한 생각은 거의 하지 않았다. 그녀 생각에 몰두할 수가 없었다. 윈스턴은 줄리아를 사랑했고 배신하지 않을 것이다. 하지만 그건 연산 법칙을 알고 있는 것처럼 그저 알고 있을 뿐인 사실이었다. 그녀를 사랑하는 마음 같은 건 전혀 느껴지지 않았고, 그녀에게 무슨 일이 일어나고 있는지도 거의 궁금하지 않았다. 그보다는 꺼질 듯한 희망을 안고 오브라이언에 대해 더 자주 생각했다. 오브라이언은 그가 체포되었다는 걸 알고 있을지도 모른다. 그는 형제단이 단원들을 구하려고 하지 않는다고 말했다. 하지만 면도날이 있었다. 할 수만 있다면 면도날을 보내줄 수도 있다. 간수가 감방으로 달려오기 전까지 5초 정도 시간이 있을지도 모른다. 면도날은 불타는 듯 냉혹하게 그의 몸속을 파고들 것이고, 그 물건을 들고 있는 손가락마저 뼛속까지 잘릴 것이다. 아주 작은 고통에도 몸을 움츠리며 벌벌 떠는 병약한 몸에 모든 감각이 느껴졌다. 윈스턴은 기회가 온다 해도 면도날을 쓸 수 있을지 확신할 수 없었다. 끝내는 고문이 기다리고 있다는 것을 확실히 알면서도 10분씩 더 삶을 연장하며 시시각각 살아 있는 편이 더 자연스러웠다.

때로는 감방 벽에 도자기 벽돌이 몇 개나 되는지 세어보기도 했다. 분명 쉬운 일이어야 할 텐데 언제나 도중에 숫자를 잊어버렸다. 그보다는 자신이 어디에 있는 건지, 지금이 몇 시인지를 더 자주 생각했다. 어느 순간에는 밖이 대낮이라고 확신했다가, 다음 순간에는 칠흑같이 어두울 거라고 확신했다. 이런 곳에서는 불이 절대 꺼지지 않는다. 윈스턴은 이 사실을 본능적으로 알 수 있었다. 이곳은 어둠이 없는 곳이었다. 왜 오브라이언이 그 말의 암시를 알아들은 것처럼 보였는지 이제 알 것 같았다. 애정부에는 창문이 없었다. 그가 있는 감방은 애정부의 한가운데일 수도 있었고 외벽에 자리한 것일 수도 있었다. 지하 10층일 수도 있었고, 지상 30층일 수도 있었다. 그는 마음속에서 이곳저곳으로 이동해가며 자신이 하늘 높이 걸터앉아 있는 건지, 지하 깊숙이 묻혀 있는 건지 신체감각으로 가늠해 보았다.

밖에서 걸어오는 발소리가 들려왔다. 쾅 소리를 내며 철문이 열렸다. 검은 제복을 입은 늘씬한 젊은 장교가 민첩하게 감방 안으로 들어왔다. 광택 있는 가죽 덕분에 온몸이 번쩍번쩍 빛나 보였고, 밀랍 가면을 쓴 듯 창백한 얼굴에 이목구비는 말끔했다. 장교는 밖에 있는 간수에게 연행 중인 죄수를 들여보내라고 손짓했다. 시인 앰플포스가 휘청거리며 감방으로 들어왔다. 다시 쾅 하고 문이 닫혔다.

앰플포스는 어디 다른 출구라도 있는지 양옆으로 머뭇머뭇 움직이더니 감방 안을 이리저리 걷기 시작했다. 그는 아직 윈스턴이 거기 있다는 걸 알아차리지 못했다. 불안한 눈빛으로 윈스턴의 머리에서 1미터 정도 높은 곳의 벽을 바라보고 있었다. 그는 맨발이었다. 커다랗고 지저분한 발가락이 양말을 뚫고 삐져나와 있었다. 그 역시 면도를 못 한 지 며칠은 되어 보였다. 얼굴에 수염이 무성하게 자라 광대뼈까지 뒤덮고 있는 탓에, 커다랗지만 허약한 체구와 불안한 움직임과는 어울리지 않는 악당 같은 분위기가 풍겼다.

윈스턴은 무기력한 상태에서 조금 정신을 차렸다. 그는 텔레스크린으로부터 야단을 맞더라도 앰플포스에게 말을 걸어야겠다고 생각했다. 더욱이 앰플포스가 면도날을 가져다주는 바로 그 사람일 수도 있었다.

"앰플포스." 윈스턴이 말했다.

텔레스크린은 고함을 지르지 않았다. 앰플포스가 조금 놀라며 발을 멈췄다. 그의 두 눈이 천천히 윈스턴을 바라보았다.

"아아, 스미스! 자네도!"

"자네는 여기 어쩌다 들어온 건가?"

"솔직히 말하자면…." 앰플포스는 윈스턴 반대편 벤치에 어정쩡하게 앉았다. "저지를 수 있는 범죄는 하나밖에 없지 않겠어?"

"그걸 자네가 저질렀나?"

"그런 모양이야."

앰플포스는 이마에 손을 얹고 무언가 기억하려는 듯 잠시 관자놀이를 지그시 눌렀다.

"이런 일들이 일어나기 마련이지." 그가 막연히 말했다. "한 가지 일이 생각나는데… 아마 그걸 거야. 분명 경솔한 짓이었어. 우리는 키플링 선집의 결정판을 만들고 있었거든. 그런데 내가 마지막 행에서 '신God'이라는 단어를 그대로 둔 거야. 어쩔 수 없었다고!" 그는 고개를 들어 윈스턴을 보면서 분개하듯 덧붙였다. "그 행은 바꿀 수가 없었어. 운을 맞춰야 하는 단어가 '막대기Rod'였거든. 전체 언어에서 막대기와 운이 맞는 단어가 겨우 열두 개밖에 안 되는 거 아나? 며칠 동안이나 머리를 쥐어짰다고. 하지만 운이 맞는 다른 단어가 **없었어**."

앰플포스의 표정이 바뀌었다. 짜증이 사라지고 잠시 기쁜 듯한 표정을 지었다. 일종의 지적인 열성이, 쓸모없는 사실을 밝혀낸 현학적인 기쁨이 지저분하고 덥수룩한 머리카락 사이로 빛났다.

"자네 이런 생각을 해 본 적 있나? 영어에 운을 맞출 단어가 부족하다는 사실이 영어 시의 전 역사를 결정해왔다는 것 말이야." 앰플포스가 물었다.

아니, 없었다. 그런 생각은 딱히 해본 적 없었다. 게다가 지금과 같은 상황에서 그런 건 중요하거나 흥미롭지도 않았다.

"지금 몇 시인지 알아?" 윈스턴이 물었다.

앰플포스는 다시 놀란 표정을 했다. "거의 생각해 본 적 없네. 그들이 나를 체포했을 때가… 이틀 전인가, 어쩌면 사흘 전일 수도 있고." 그는 창문이라도 찾아보려는 듯 벽 여기저기를 훑어보았다. "여기에선 밤이나 낮이나 아무 차이가 없어. 사람들이 어떻게 시간을 계산할 수 있는 건지도 모르겠어."

그들은 몇 분간 두서없이 대화를 나누었는데, 별 이유도 없이 텔레스크린에서 조용히 하라고 명령했다. 윈스턴은 손을 교차한 채 조용히 앉아 있었다. 몸집이 너무 커서 좁은 벤치에 편안히 앉을 수 없었던 앰플포스는 가늘고 긴 두 손으로 한쪽 무릎을 감쌌다가 다른 쪽 무릎을 감쌌다 하며 꼼지락거렸다. 텔레스크린이 그에게 가만히 있으라고 호통쳤다. 시간이 흘러갔다. 20분이 지났는지, 한 시간이 지났는지 알 수 없었다. 다시 한번 밖에서 구둣발 소리가 들렸다. 내장이 꼬이는 것 같았다. 곧, 정말 곧, 어쩌면 5분 내로, 어쩌면 지금, 쿵쿵대는 구둣발 소리는 그의 차례가 다가왔다는 걸 의미하게 될 것이다.

문이 열렸다. 차가운 표정의 젊은 장교가 들어왔다. 그는 간결한 손짓으로 앰플포스를 가리켰다.

"101호실." 장교가 말했다.

앰플포스는 간수들 사이에 낀 채 굼뜬 몸짓으로 걸어나갔다. 막연히 불안한 듯한, 하지만 이해할 수 없는 표정을 짓고 있었다.

오랜 시간이 지난 것 같았다. 다시 배가 아팠다. 공이 같은 자리로 계속해서 떨어지는 것처럼 생각이 자꾸 같은 곳을 맴돌며 늘어졌다. 여섯 가지 생각만 떠올랐다. 배 속 통증, 빵, 피와 비명, 오브라이언, 줄리아, 면도날. 무거운 구둣발 소리가 다가오자 배 속에서 또다시 경련이 일었다. 문이 열리면서 일으킨 바람에 실려 강렬한 식은땀 냄새가 들어왔다. 파슨스가 감방으로 걸어 들어왔다. 그는 카키색 반바지와 스포츠 셔츠를 입고 있었다.

이번에는 윈스턴이 깜짝 놀라 넋이 나갔다.

"자네가 여기에 오다니!"

파슨스는 윈스턴을 흘깃 쳐다봤다. 그 눈빛에는 흥미도 놀라움도 없이 고통만이 가득했다. 그는 발작적으로 이리저리 걷기 시작했다. 가만히 있을 수가 없는 모양이었다. 파슨스가 포동포동한 무릎을 쭉 펼 때마다 두 다리가 눈에 띄게 떨렸다. 파슨스는 중간에 있는 무언가를 응시하지 않을 수 없는 듯 눈을 커다랗게 뜨고 허공을 빤히 쳐다보고 있었다.

"자네는 여기 왜 들어온 건가?" 윈스턴이 물었다.

"사상죄야!" 파슨스가 흐느끼듯 말했다. 그의 억양에는 죄를 완전히 인정한다는 태도와 그런 말이 자신에게 적용될 수 있다는 걸 믿지 못하겠다는 공포가 동시에 묻어났다. 파슨스는 윈스턴 맞은편에 멈춰 서서 절절하게 호소하기 시작했다. "그들이 날 총살하진 않겠지, 친구? 실제로는 아무것도 안 했으니 쏘진 않을 거야. 생각만 했다고. 그건 어쩔 수 없잖아. 공정하게 해명을 들어줄 거야. 아아, 그럴 거라고 믿어! 그들이 내 기록을 알지 않겠어? 자네도 내가 어떤 사람인지 알잖아. 나름 나쁜 놈은 아니었다고. 물론 똑똑하진 않지만 열성적이잖아. 나는 당을 위해서 최선을 다했잖아. 오 년 형이면 될 거야. 그렇지? 아니면 십 년 형? 나 같은 놈은 강제 노동 수용소에서도 꽤 쓸 만할 텐데. 단 한 번 엇나간 걸로 총살하지는 않겠지?"

"죄를 지은 건가?" 윈스턴이 물었다.

"물론 죄를 지었지!" 파슨스가 비굴하게 텔레스크린을 바라보며 소리쳤다. "당이 무고한 사람을 체포할 리가 없잖아." 그의 개구리 같은 얼굴이 차분해지며 독실해 보이는 표정까지 떠올랐다. "사상죄는 무서운 거야, 친구." 파슨스가 훈계조로 말했다. "은밀하게 들이닥친다고. 자기도 모르는 사이에 빠져들 수 있어. 내가 어떻게 사상죄를 저질렀는지 아나? 자는 중에 그랬어! 그래, 정말이야. 난 내 몫을 다하려고 열심히 일했어. 마음속에 나쁜 생각이 들어 있는 줄은 전혀 몰랐어. 그런데 잠꼬대를 하기 시작한 거야. 뭐라고 했는지 아나?"

그는 의료적 이유로 어쩔 수 없이 외설스러운 말을 하는 것처럼 목소리를 낮췄다.

"'빅 브라더를 타도하라!'라고 말했대. 그래, 내가 그렇게 말했어! 계속해서 말했던 모양이야. 자네 앞이니까 하는 말인데 친구, 더 큰 죄를 저지르기 전에 체포해줘서 다행이야. 내가 재판장에 서서 뭐라고 할 건지 아나? '고맙습니다.' 이렇게 말할 거야. '너무 늦기 전에 저를 구해주셔서 고맙습니다'라고."

"누가 자네를 고발한 건가?"

"딸애야." 파슨스가 슬프면서도 자랑스러운 듯 말했다. "열쇠 구멍으로 들었어. 내 잠꼬대를 듣고 다음 날 잽싸게 순찰대를 찾아갔지. 일곱 살 꼬맹이치고는 꽤 똑똑하지 않나? 날 고발했다고 해서 유감은 없어. 사실 자랑스럽지. 그건 내가 그 애를 올바르게 키워냈다는 말이니까."

파슨스는 발작적으로 이리저리 몇 걸음을 더 건다가 간절한 눈빛으로 화장실을 여러 번 흘깃거렸다. 그러다 갑자기 반바지를 까 내렸다.

"미안하네, 친구. 더 참을 수가 없어. 너무 오래 참아서 말이야."

파슨스는 커다란 엉덩이를 변기 위에 털썩 올렸다. 윈스턴은 손으로 얼굴을 가렸다.

"스미스! 6079 스미스 W! 얼굴에서 손을 떼라. 감방에서는 얼굴을 가리지 않도록 한다."

윈스턴은 얼굴에서 손을 뗐다. 파슨스는 요란스럽게 잔뜩 볼일을 보았다. 그런데 알고 보니 변기 손잡이가 불량이었던 탓에 그 후 몇 시간이나 감방에는 지독한 악취가 풍겼다.

파슨스는 다른 곳으로 옮겨졌다. 더 많은 죄수들이 수수께끼처럼 오고 갔다. 한 여자는 '101호실'로 보내졌는데, 101호라는 말을 듣자 그녀는 잔뜩 움츠러들면서 낯빛이 바뀌었다. 시간이 흘렀다. 윈스턴이 이곳에 왔을 때가 아침이었다면 이제 오후 시간일 테고, 오후였다면 이제 한밤중일 것이다. 감방에는 남녀를 통틀어 여섯 명의 죄수가 있었다. 모두 꼼짝 않고 앉아 있었다. 윈스턴의 맞은편에는 커다랗고 무해한 설치류와 꼭 닮은, 뻐드렁니에 턱이 없는 남자가 앉아 있었다. 살찌고 얼룩덜룩한 그의 두 볼은 주머니같이 불룩하게 늘어져서 마치 그 안에 음식을 잔뜩 쌓아놓은 것 같았다. 그의 연회색 눈동자는 소심하게 사람들 얼굴을 훑어보다가 누군가와 마주치면 재빨리 시선을 돌렸다.

문이 열리고 또 다른 죄수가 들어왔다. 그의 외모를 보자 윈스턴은 순간적으로 오싹해졌다. 무슨 엔지니어나 기술자였을 것 같은 평범하고 야비하게 생긴 남자였다. 그런데 얼굴이 놀랄 만큼 수척했다. 해골과 다를 바 없었다. 얼굴이 너무 말라서 눈과 입이 불균형적으로 커 보였고, 눈에는 누군가 혹은 무언가에 대한 억누를 수 없는 증오심으로 가득했다.

남자는 윈스턴과 조금 떨어져 있는 벤치에 앉았다. 윈스턴은 그를 다시 쳐다보지 않았지만, 고통에 찬 해골 같은 얼굴이 바로 눈앞에 있기라도 한 듯 생생하게 떠올랐다. 문득 윈스턴은 그 남자의 문제가 무엇인지 깨달았다. 남자는 굶어 죽어가고 있었다. 감방에 있던 모든 사람이 거의 동시에 같은 생각을 떠올린 것 같았다. 벤치 전체에 희미한 동요가 일었다. 턱이 없는 남자는 계속 해골 같은 남자에게 두 눈을 향했다가 죄지은 듯 다른 곳을 봤다가 억누를 수 없는 호기심에 다시 이끌려 갔다. 이내 그는 자리에서 꼼지락거리기 시작했다. 그리고 마침내 일어나 굼뜬 몸짓으로 뒤뚱뒤뚱 감방을 가로질러 가서는 작업복 주머니에 손을 찔러 넣더니 수줍은 기색으로 해골 같은 남자에게 때 묻은 빵 한 조각을 건넸다.

텔레스크린에서 귀가 먹먹할 정도로 노발대발하는 고함 소리가 들려왔다. 무턱의 남자는 그 자리에서 화들짝 놀랐다. 해골 같은 남자는 자신이 선물을 거부했다는 걸 온 세상에 보이려는 듯 재빨리 등 뒤로 손을 찔러 넣었다.

"범스테드!" 목소리가 고함을 내질렀다. "2713 범스테드 J!

그 빵을 당장 바닥에 떨어뜨려라!"

무턱의 남자는 빵을 바닥에 떨어뜨렸다.

"그 자리에 그대로 서 있어. 얼굴은 문 쪽으로 돌리고 움직이지 마라."

무턱의 남자가 그 말에 복종했다. 주머니 같은 커다란 두 볼이 건잡을 수 없이 떨리고 있었다. 쾅 소리를 내며 문이 열렸다. 젊은 장교가 안으로 들어와 한쪽으로 비켜서자, 그 뒤에서 거대한 팔과 어깨를 가진 땅딸막한 간수가 나타났다. 그는 무턱의 남자 맞은편에 서더니 장교가 신호를 보내자 온몸의 체중을 실어 남자의 입에 정통으로 강타를 날렸다. 마치 남자를 허공으로 날려버릴 기세였다. 남자는 방을 가로질러 변기가 있는 곳까지 날아갔다. 잠시 동안 그는 기절한 듯 누워 있었는데, 거무튀튀한 피가 입과 코에서 줄줄 새어 나왔다. 무의식적인 듯한 희미한 흐느낌과 끽끽거리는 소리가 들려왔다. 이내 그는 몸을 굴려 손과 무릎을 짚고 뒤뚱뒤뚱 일어났다. 피와 침이 줄줄 흐르는 가운데 반으로 깨진 의치 두 조각이 입에서 떨어졌다.

죄수들은 무릎 위에 손을 교차해 올려놓고 꼼짝없이 앉아 있었다. 무턱의 남자는 자기 자리로 기어 올라갔다. 얼굴 한쪽이 시커멓게 변하고 있었다. 입가가 잔뜩 부어오른 얼굴은 한가운데 검은 구멍이 뚫린 볼품없는 체리색 덩어리처럼 보였다.

때때로 작업복 가슴 부분에 피가 뚝뚝 떨어졌다. 남자의 잿빛 눈동자는 여전히 사람들의 얼굴을 훑어봤다. 다른 사람들이 자신의 굴욕을 얼마나 경멸하고 있는지 알아내려는 듯 어느 때보다도 죄스러운 눈빛이었다.

문이 열렸다. 장교는 작은 손짓으로 해골 같은 남자를 가리켰다.

"101호실." 장교가 말했다.

윈스턴 옆에서 숨을 헐떡거리며 허둥대는 소리가 들렸다. 해골 같은 남자는 실제로 바닥에 몸을 던져 무릎을 꿇더니 양손을 마주 잡았다.

"동무! 장교 동무! 저를 거기로 보내지 않아도 되지 않습니까! 이미 전부 다 말하지 않았습니까? 뭘 더 알고 싶은 겁니까? 이제 자백할 것도 없습니다. 아무것도 없어요! 뭘 원하는지 말씀만 하시면 당장 자백하겠습니다. 글로 쓰고 서명도 할게요. 뭐라도 하겠습니다! 제발 101호실만은!"

"101호실." 장교가 말했다.

이미 창백할 대로 창백해진 남자의 낯빛이 믿을 수 없는 색깔로 바뀌었다. 그건 분명, 틀림없이, 초록색이었다.

"뭐라도 해주십시오!" 해골 같은 남자가 소리쳤다. "이미 몇 주간 굶기지 않았습니까. 그냥 처형해서 죽게 해주십시오. 총살하세요. 교수형을 내리라고요. 이십오 년 형을 주십시오. 내가 누굴 더 고발하기를 바라는 겁니까? 그냥 누군지 말해주면 원하는 대로 다 말할게요. 그게 누구든, 그 사람한테 무슨 짓을 하든 상관없어요. 나는 아내와 세 아이가 있다고요. 큰애가 여섯 살입니다. 가족들을 전부 데려와서 내 눈앞에서 목을 따버려도 좋습니다. 옆에서 쳐다보고만 있을게요. 101호실만은 제발 안 돼요!"

"101호실." 장교가 말했다.

남자는 자기 대신 다른 희생자를 끌어들이려는 듯 다른 죄수들을 바삐 둘러보았다. 그의 시선이 무턱 남자의 박살 난 얼굴에 가 닿았다. 그는 가느다란 팔을 내뻗었다.

"끌고 가야 할 사람은 저 사람이에요. 내가 아니라고!" 해골 같은 남자가 소리쳤다. "얼굴을 얻어맞은 다음에 뭐라고 했는지 못 들었죠! 기회를 주면 토씨 하나 안 틀리고 말할게요. 당에 반대한 건 **저 사람**이라고요. 내가 아니에요." 간수들이 앞으로 걸어 나왔다. 남자의 목소리가 비명으로 바뀌었다. "저 사람 말을 못 들었잖아요! 텔레스크린이 고장 난 거야. 잡아가야 할 사람은 **저 사람**이라고요. 저 사람을 데려가! 난 안 돼!"

건장한 간수 두 명이 몸을 구부려 해골 같은 남자의 양팔을 잡으려고 했다. 바로 그때 남자가 감방 반대편으로 몸을 휙 던져서 벤치의 철제 다리 하나를 붙잡았다. 그는 짐승처럼 그저 울부짖기 시작했다. 간수들이 잡아끌었지만 그는 놀라운 힘을 발휘해 매달려 있었다. 간수들은 20초가량 남자를 잡아당겼다. 죄수들은 무릎에 손을 겹쳐 올려놓은 채 조용히 앉아 바로 앞을 바라보고 있었다. 울부짖음이 멈췄다. 매달려 있는 데 온 힘을 쓰는 바람에 다른 소리를 낼 여력이 없었던 것이다. 이내 다른 비명이 들렸다. 간수가 구둣발로 발길질하는 바람에 그의 한쪽 손가락이 부러졌다. 간수들은 발을 붙잡아 그를 끌고 갔다.

"101호실." 장교가 말했다.

남자는 끌려나가더니 고개를 숙이고 부러진 손을 어루만지며 비틀비틀 걸어갔다. 투지는 전부 사라지고 없었다.

오랜 시간이 흘렀다. 해골 같은 남자가 끌려나간 게 한밤중이었다면 지금은 아침쯤 되었을 것이다. 아침에 끌려갔다면 지금 오후 시간일 것이다. 윈스턴은 혼자였다. 몇 시간 동안 혼자 있었다. 비좁은 벤치에 앉아 있기가 고통스러워 종종 일어나서 감방 안을 이리저리 걸어 다녔는데도 텔레스크린에서는 아무런 호통도 없었다. 빵은 여전히 무턱 남자가 떨어뜨린 그 자리에 놓여 있었다. 처음에는 그것을 바라보지 않으려 부단히 노력해야 했지만, 이제 배가 고픈 것보다 목이 더 말랐다. 입이 끈적거리고 불쾌한 맛이 났다. 윙윙거리는 소리와 한결같은 백색광 때문에 머릿속이 텅 빈 듯 현기증이 났다. 뼛속 시큰거림이 더 이상 참을 수 없어 자리에서 일어나면 몹시 어지러울 정도였다. 두 발로 제대로 서 있을 수가 없어서 일어나는 즉시 도로 앉아야 했다. 신체적 감각이 통제된다 싶으면 다시 공포가 찾아왔다. 가끔씩 덧없는 희망을 품고 오브라이언과 면도날에 대해 생각했다. 만약 음식을 배급받는다면 그 속에 면도날이 숨겨져 들어올 수도 있을 것 같았다. 좀 더 어렴풋이 줄리아가 떠올랐다. 어딘가에서 자신보다 더 심한 고통을 받고 있을지도 모른다. 지금 이 순간에도 고통에 찬 비명을 지르고 있을지 모른다. 윈스턴은 생각했다. '내가 두 배로 더 큰 고통을 받아서 그녀를 구할 수 있다면, 그렇게 할 것인가? 그래, 그렇게 할 것이다.' 하지만 그건 그렇게 해야 한다는 걸 알고 있기에 내린 지적인 결정일 뿐이었다. 그렇게 하리라는 마음은 저절로 생겨나지 않았다. 이런 장소에서는 아무것도 느껴지지 않았다. 고통을 느끼거나 고통이 있으리라는 예측만 할 수 있을 뿐이었다. 게다가 실제로 고통을 느끼고 있는 상황에서 어떠한 이유에서라도 자신의 고통이 커져야 한다고 소망하는 것이 가능한가? 하지만 그 질문에 대해서는 아직 대답할 수 없었다.

다시 구둣발 소리가 다가왔다. 문이 열렸다. 오브라이언이 들어왔다.

윈스턴은 깜짝 놀라 일어섰다. 그를 보았다는 충격 때문에 조심성을 완전히 잃고 몇 년 만에 처음으로 텔레스크린의 존재를 잊어버렸다.

"당신도 잡혔군요!" 윈스턴이 소리쳤다.

"난 오래전에 잡혔네." 오브라이언이 부드러우면서도 유감스럽다는 듯 비꼬는 투로 말했다. 그는 옆으로 비켜섰다. 오브라이언의 뒤에서 가슴이 떡 벌어진 간수가 기다란 검정 곤봉을 손에 들고 나타났다.

"자네는 알고 있어, 윈스턴. 자신을 속이지 말게. 자네는 알고 있었어. 언제나 알고 있었지." 오브라이언이 말했다.

그렇다. 이제야 알아챘다. 윈스턴은 언제나 알고 있었다. 다만 생각해볼 겨를이 없었던 것이다. 그저 간수의 손에 들려 있는 곤봉밖에 보이지 않았다. 그건 어디든 내려칠 수 있다. 정수리든, 귀 끝이든, 위팔이든, 팔꿈치든….

팔꿈치다! 윈스턴은 얻어맞은 팔꿈치를 다른 팔로 감싼 채 거의 마비된 상태로 털썩 주저앉아 무릎을 꿇었다. 사방이 샛노래졌다. 한 방 얻어맞은 것이 이토록 고통스러울 줄은 상상도 못 했다. 노란빛이 가시자 눈앞에서 다른 두 사람이 그를 내려다보고 있었다. 간수는 온몸을 뒤틀고 있는 윈스턴의 모습을 비웃고 있었다. 어쨌든 한 가지 질문에 대한 대답은 알 수 있었다. 결코, 세상 그 어떤 이유로도 고통이 커지는 것을 바랄 수는 없었다. 고통에 대해 바랄 수 있는 건 단 한 가지였다. 그저 멈추기를 바랄 뿐이었다. 세상에서 육체적 고통만큼 불쾌한 것은 없었다. 고통 앞에서 영웅 따위는 없다. 영웅 따위는 없다. 그는 망가져버린 왼팔을 부질없이 움켜잡은 채 바닥에서 몸부림치며 몇 번이고 생각했다.

2

윈스턴은 간이침대 같은 곳에 누워 있었다. 다만 바닥에서 더 높은 곳에 올라와 있었고, 묶여 있어서 움직일 수 없었다. 평소보다 더 쨍한 빛이 얼굴로 떨어지고 있었다. 오브라이언이 옆에 서서 그의 얼굴을 빤히 내려다보고 있었다. 그 맞은편에는 흰 가운을 입은 남자가 피하 주사기를 들고 서 있었다.

눈을 뜨고도 주변 모습은 조금씩밖에 파악할 수 없었다. 멀리 저 아래 해저 세계 같은 어딘가 다른 세상에서 이 방까지 헤엄쳐 올라온 것 같은 느낌이었다. 얼마나 오랫동안 그 아래 있었는지는 알 수 없었다. 체포당한 순간부터 그는 어둠도 햇빛도 보지 못했다. 게다가 기억도 지속적으로 이어지지 않았다. 수면 중의 의식조차 완전히 멈췄다가 텅 빈 간극이 지난 후 다시 시작되기도 했다. 하지만 그 간격이 며칠이었는지, 몇 주였는지, 아니면 고작 몇 초였는지 알 길이 없었다.

처음 팔꿈치를 얻어맞은 이후 악몽이 시작되었다. 이건 나중에 알게 된 것이지만, 그때 당한 일은 모든 죄수들이 당하게 마련인 정례적인 예비 심문에 불과했다. 모든 사람이 으레 자백해야 하는 간첩 행위, 파괴 공작 행위 등과 같은 다양한 죄목들이 줄줄이 있었다. 자백은 의례적인 것이었지만 고문은 진짜였다. 얼마나 많이 얻어맞았는지 한번 얻어맞을 때마다 얼마나 오래 맞았는지 따위는 기억하지 못했다. 언제나 검정 제복을 입은 대여섯 명이 동시에 그를 두들겨 팼다. 때로는 주먹으로, 때로는 곤봉으로, 강철봉으로, 구둣발로 난타했다. 윈스턴은 짐승처럼 수치스럽게 바닥을 굴러다니며 발길질을 피해 보려 했지만 부질없는 짓이었다. 이리저리 몸을 비틀어 피해도 갈비뼈에, 배에, 팔꿈치에, 정강이에, 사타구니에, 고환에, 꼬리뼈에 더 많은 발길질을 자초할 뿐이었다. 구타가 계속되자, 잔인하고 사악하고 용서할 수 없는 건 계속해서 자신을 두들겨 패는 간수들이 아니라 강제로라도 의식을 잃지 못하는 자기 자신이라는 생각까지 들었다. 다시 구타가 시작되기도 전에 겁에 질려 자비를 구할 때도 있었고, 때리려고 주먹을 들어 올리는 모습만 보고도 실제 범죄는 물론 가상의 범죄까지 줄줄이 자백한 적도 있었다. 아무것도 자백하지 않겠다고 굳게 다짐했다가 고통스러운 신음을 내뱉는 사이에 한마디씩 내뱉기도 했고, 힘없이 타협하며 '자백할 거다. 하지만 지금은 아니다. 고통을 참을 수 없을 때까지는 버텨야 한다. 세 번 더 차이면, 두 번 더 차이면, 그때 원하는 말을 하는 거다'라고 자신에게 말하기도 했다. 때로는 서 있을 수 없을 때까지 얻어맞다가, 감방의 돌바닥 위로 감자 포대처럼 내던져진 채 몇 시간 동안 널브러져 있다가, 몸을 추스른 다음 다시 끌려나가 얻어맞았다. 회복 기간이 더 길 때도 있었다. 그럴 때의 기억은 희미했는데, 주로 자거나 혼수상태에 있었기 때문이었다. 감방에는 벽에서 튀어나온 선반 같은 판자 침대와 양철 대야가 있었고 뜨거운 수프와 빵, 때로는 커피가 식사로 나왔던 것이 기억났다. 무뚝뚝한 이발사가 와서 머리와 수염을 자르고, 흰 가운을 입은 사무적이고 냉담한 남자들이 맥박을 재고, 반사 신경을 체크하고, 눈꺼풀을 들어 올려보고, 부러진 곳이 있는지 모질게 손가락을 놀리며 확인해보고, 팔에 수면제를 주사하던 것이 기억났다.

구타는 점차 뜸해졌다. 그 대신 대답이 만족스럽지 않으면 언제든 다시 얻어맞을 수 있다는 협박이 시작되었다. 이제 심문자들은 검은 제복을 입은 깡패들이 아니라 움직임이 재빠르고 번쩍거리는 안경을 쓴 작고 통통한 당의 지식인들이었다. 그들은(확신할 수는 없지만 아마) 연달아 열 시간 내지 열두 시간 동안 교대로 심문했다. 이들은 계속해서 윈스턴에게 경미한 고통을 주었지만, 그들이 의존하는 건 고통만이 아니었다. 그들은 뺨을 때리고, 귀를 비틀어대고, 머리카락을 뽑고, 한쪽 다리로 서 있게 하고, 소변을 참게 하고, 눈물이 핑 돌 때까지 얼굴에 강한 빛을 비추었다. 하지만 이렇게 하는 목적은 그에게 모욕을 주면서 반박하고 사고하는 능력을 파괴하는 것이었다. 그들의 진짜 무기는 자비 없는 심문이었다. 계속해서 몇 시간이고 실수를 유도하고, 함정을 파놓고, 윈스턴이 하는 모든 말을 왜곡하고, 사사건건 거짓말을 하고 말의 앞뒤가 맞지 않는다고 해코지를 해서, 신경성 피로는 물론이거니와 수치심 때문에 훌쩍거리게 만들었다. 한 차례 심문하는 동안 여섯 번이나 울 때도 있었다. 심문하는 내내 욕설을 퍼부었고, 윈스턴이 주저할 때마다 다시 간수들에게 보내버리겠다고 협박했다. 하지만 때때로 갑자기 음색을 바꿔서 그를 동지라 부르고, 영사와 빅 브라더의 이름을 빌려서 호소하고, 윈스턴이 저지른 악행을 되돌리고 싶을 만큼의 충성심이 남아 있지 않은 거냐고 구슬피 물었다. 몇 시간에 걸친 심문 후에 신경이 너덜너덜해진 상태에서는 이러한 호소마저 눈물을 훌쩍이게 만들었다. 마침내 끈질긴 목소리들이 간수들의 구둣발과 주먹질보다 훨씬 더 철저하게 윈스턴을 무너뜨렸다. 그는 그들이 요구하는 것을 말하는 입이, 그들이 원하는 곳에 서명하는 손이 되어버렸다. 그의 유일한 관심사는 그들이 자백받고자 하는 내용을 알아내서 괴롭힘이 다시 시작되기 전에 재빨리 자백하는 것이었다. 윈스턴은 주요 당원들의 암살, 선동 팸플릿 배포, 공금횡령, 군사기밀 거래, 각종 파괴 공작 행위를 자백했다. 무려 1968년부터 동아시아 정부에 고용되어 첩보 행위를 저질러왔다고 자백했다. 자신이 종교 신자이며 자본주의 추종자이며 성도착자라고 고백했다. 아내가 아직 살아 있다는 것을 그도 알고 있고 심문자들도 분명 알 테지만 자신이 아내를 살해했다고 말했다. 몇 년 동안 골드스타인과 개인적으로 접촉했으며, 자신이 아는 거의 모든 인간이 소속되어 있는 지하조직의 일원이라고 자백했다. 모든 것을 자백하고 모든 사람을 연루시키는 편이 쉬웠다. 게다가 어떤 의미에서는 모두 사실이었다. 윈스턴이 당의 적이라는 것은 사실이며, 당의 시각에서 생각과 행동 사이에는 아무런 차이도 없었기 때문이다.

다른 기억들도 있었다. 이 기억들은 사방이 암흑으로 둘러진 그림들처럼 서로 동떨어진 상태로 마음속에 존재했다.

그는 한 감방에 있었다. 그곳은 어두운 것 같기도, 밝은 것 같기도 했다. 보이는 거라곤 한 쌍의 눈이 전부였기 때문에 확실히 알 수 없었다. 가까운 곳에 느리고 규칙적으로 째깍거리는 기계 같은 것이 있었다. 두 눈은 점점 더 커지고 밝아졌다. 갑자기 그는 자리에서 떠올라 두 눈 속으로 풍덩 빨려 들어갔다.

그는 눈부신 빛 아래에서 다이얼로 둘러싸인 의자에 앉아 있었다. 흰 가운을 입은 남자가 다이얼을 읽고 있었다. 밖에서 무거운 구둣발 소리가 들려왔다. 쾅 하고 문이 열렸다. 밀랍 얼굴을 한 장교와 그 뒤로 간수 두 명이 걸어 들어왔다.

"101호실." 장교가 말했다.

흰 가운을 입은 남자는 돌아보지 않았다. 윈스턴을 보고 있지도 않았다. 그저 다이얼만 보고 있었다.

윈스턴은 눈부신 황금빛으로 가득 찬 1킬로미터 너비의 거대한 복도를 굴러 내려가면서 폭소하고 목청껏 소리 높여 자백했다. 고문을 받으면서도 말하지 않았던 것까지 전부 자백했다. 이미 자신의 이야기를 잘 알고 있는 청중들에게 자신의 인생사를 들려주었다. 간수들, 다른 심문자들, 흰 가운을 입은 남자들, 오브라이언, 줄리아, 채링턴 씨와 함께 있었는데, 모두들 복도를 굴러가며 큰 소리로 웃음을 터뜨렸다. 미래에 도사리고 있던 어떤 무시무시한 일은 어찌된 일인지 건너뛰어져서 일어나지 않았다. 모든 일이 잘되었다. 더 이상 고통도 없었고, 인생의 마지막 사소한 것 하나까지 드러나고, 이해되고, 용서받았다.

오브라이언의 목소리가 들린 것 같아 윈스턴은 깜짝 놀라며 판자 침대에서 벌떡 일어났다. 심문을 받는 내내 오브라이언을 본 적은 없었지만 보이지만 않을 뿐 바로 곁에 있는 것만 같았다. 모든 걸 지시하는 사람은 오브라이언이었다. 윈스턴에게 간수를 배치한 것도, 그를 죽이지 못하게 한 것도 오브라이언이었다. 윈스턴이 언제 고통에 찬 비명을 질러야 하는지, 언제 휴식을 해야 하는지, 언제 밥을 먹어야 하는지, 언제 자야 하는지, 언제 팔에 약물을 주사해야 하는지를 결정한 것도 모두 그였다. 질문을 하고 대답을 제시한 것도 그였다. 그는 고문자이자, 보호자이자, 심문자이자, 친구였다. 언젠가(약에 취해 잠들었을 때였는지, 그냥 자고 있었던 건지, 아니면 깨어 있을 때였는지 모르겠지만) 누군가가 귀에 대고 중얼거렸다. "걱정 말게, 윈스턴. 자네는 내가 보호하고 있네. 칠 년 동안 자네를 지켜 봐왔어. 이제 전환점이 온 거야. 내가 자네를 구해주지. 자네를 완벽하게 만들어주겠어." 그 목소리가 오브라이언이었는지는 확실하지 않았다. 하지만 칠 년 전에 다른 꿈속에서 "우리는 어둠이 없는 곳에서 만나게 될 거라네"라고 말한 목소리와 같은 목소리였다.

심문이 어떻게 끝나는지는 기억나지 않았다. 오랜 암흑에서 깨어나면 그가 있는 감방이나 방의 모습이 주변에서 차츰 나타나기 시작했다. 윈스턴은 거의 누워 있는 상태였고 움직일 수가 없었다. 몸의 주요 부분이 전부 묶여 있었다. 뒤통수조차 어떤 식으론가 단단히 붙잡혀 있었다. 오브라이언이 엄숙하면서도 다소 침울한 표정으로 그를 내려다보고 있었다. 아래에서 보니 그의 얼굴은 눈 밑이 축 처지고 코에서부터 턱까지 피로로 인한 주름이 잡혀 있어서 거칠고 지쳐 보였다. 그는 윈스턴의 생각보다 나이가 더 많았다. 아마 마흔여덟이나 쉰 살 정도인 것 같았다. 그는 위쪽에 레버가 달려 있고 전면에 숫자가 빙 둘러져 있는 다이얼 위에 손을 올려놓고 있었다.

"우리가 다시 만나게 된다면 여기일 거라고 내가 말했지." 오브라이언이 말했다.

"네." 윈스턴이 대답했다.

오브라이언의 손이 살짝 움직이더니 어떤 경고도 없이 그의 몸에 고통이 밀려들었다. 무슨 일이 일어나고 있는 건지 볼 수 없었기 때문에 고통은 무시무시했다. 치명상을 입고 있다는 느낌이 들었다. 실제로 부상을 입히고 있는 건지, 전기로 그런 효과만 내고 있을 뿐인지 알 수 없었다. 어쨌든 몸이 있는 대로 뒤틀리고 관절이 천천히 찢겨나갔다. 고통으로 이마에서 땀이 흐르기 시작했다. 무엇보다 최악은 척추가 끊어질지도 모른다는 두려움이었다. 이가 덜덜 떨렸고, 코로 힘겹게 숨을 쉬면서 가능한 소리를 내지 않으려고 했다.

"어딘가 부러질까 봐 두려워하고 있군. 특히 척추가 부러질까 봐 그렇지? 등골이 탁 끊어져서 척수액이 뚝뚝 떨어지는 모습이 머릿속에 생생하게 그려질 거야. 그런 생각을 하고 있지 않나, 윈스턴?" 오브라이언이 그의 얼굴을 보며 말했다.

윈스턴은 대답하지 않았다. 오브라이언이 다이얼에서 레버를 제자리로 돌려놓았다. 고통이, 들이닥쳤을 때만큼 빠르게 사라졌다.

"방금 건 40이었어. 다이얼 숫자가 100까지 있는 게 보이지? 우리가 대화하는 동안 자네에게 언제든 내가 원하는 만큼의 고통을 줄 수 있다는 걸 기억하게. 거짓말한다거나 어떤 식으로든 얼버무리려 한다면, 심지어 평소 수준보다 지능이 떨어진다 싶으면, 그 즉시 고통스러운 비명을 지르게 될 거네. 내 말 알아들었나?"

"네." 윈스턴이 대답했다.

오브라이언의 태도가 누그러졌다. 그는 생각에 잠겨 안경을 고쳐 쓰고 한두 걸음을 왔다 갔다 했다. 오브라이언이 입을 열었을 때 목소리는 온화하고 차분했다. 그는 벌을 주기보다는 설명하고 설득하고자 하는 의사나 교사, 심지어 성직자 같은 분위기를 풍겼다.

"윈스턴, 내가 자네에게 수고를 아끼지 않는 건 자네가 그럴 가치가 있기 때문이네. 자네는 자네 자신이 뭐가 문제인지 완벽히 알고 있어. 수년 전부터 알고 있었지. 부인하려고 애썼지만 말일세. 자네는 정신착란이야. 기억력 장애를 앓고 있다고. 진짜 일어났던 일은 기억 못 하고, 일어나지 않은 다른 일을 기억하고 있다고 굳게 믿고 있어. 다행히 그건 치료 가능한 병이네. 자네가 그동안 병을 고치지 않은 건 낫는 걸 바라지 않았기 때문이야. 나으려는 의지가 조금도 없었지. 지금도 자네는 그게 무슨 미덕이라도 되는 양 병에 집착하고 있지 않은가. 이제 예를 하나 들어보도록 하지. 지금 오세아니아가 싸우고 있는 나라는 어디인가?"

"체포되었을 때는 동아시아와 전쟁 중이었습니다."

"동아시아. 좋아. 오세아니아는 언제나 동아시아와 전쟁 중이었네, 그렇지?"

윈스턴은 숨을 들이마셨다. 입을 열고 말을 하려다가 그만두었다. 그는 다이얼에서 눈을 뗄 수가 없었다.

"진실을 말하게, 윈스턴. **자네**의 진실을. 기억하고 있다고 생각하는 걸 말하게."

"제가 기억하기로 체포당하기 일주일 전까지만 해도 우리는 동아시아와 전쟁을 하고 있지 않았습니다. 전쟁 상대는 유라시아였습니다. 그 전쟁은 사 년 동안 지속되었죠. 그전에는…."

오브라이언은 손짓으로 말을 막았다.

"다른 예를 들어보지. 몇 년 전 자네는 심각한 망상을 했어. 한때 당원이었고 반역과 파괴 공작 행위를 벌였다고 절절히 자백하고 처형당한 세 사람, 존스, 아론슨, 러더퍼드가 사실은 죄를 저지르지 않았다고 믿었네. 그들의 자백이 거짓이었다고 증명하는 명백한 서면 증거를 보았다고 믿었어. 망상 속에서 어떤 사진을 봤고 말이야. 그걸 실제로 손에 쥐고 있었다고 믿었지. 그건 이런 사진이었을 거야."

오브라이언의 손가락 사이에서 직사각형 신문 조각이 나타났다. 그것은 5초 정도 윈스턴의 시야에 있었다. 사진이었고, 그 정체는 의문의 여지가 없었다. 바로 그 사진이었다. 십일 년 전 그가 우연히 발견해서 즉각 파기해버린, 뉴욕의 당 행사에 참석한 존스, 아론슨, 러더퍼드의 사진 사본이었다. 그것은 한 순간 그의 눈앞에 있었다가 이내 사라져버렸다. 하지만 그는 사진을 보았다. 틀림없이 보았다! 윈스턴은 상반신을 비틀어 빠져나가려고 절박하게 몸부림쳤다. 하지만 어느 방향으로든 조금도 움직일 수 없었다. 잠시 다이얼조차 잊었다. 사진을 다시 손에 쥐고 싶을 뿐, 적어도 다시 보고 싶을 뿐이었다.

"그게 있었군요!" 윈스턴이 외쳤다.

"아니." 오브라이언이 말했다.

그는 방을 가로질러 갔다. 반대쪽 벽에 기억 구멍이 있었다. 오브라이언이 쇠창살을 들어 올리자 보이지 않는 곳에서 힘없는 종잇조각이 따뜻한 기류에 실려 빙그르르 날아가 불길 속으로 사라져갔다. 오브라이언은 벽에서 돌아섰다.

"재일세. 알아보지도 못할 재. 먼지. 그건 존재하지 않아. 결코 존재한 적이 없었지."

"그건 존재했습니다! 존재한다고요! 기억 속에 존재합니다. 난 기억합니다. 당신도 기억하잖습니까!"

"나는 기억에 없네."

윈스턴은 가슴이 철렁 내려앉았다. 그건 이중사고였다. 견디기 힘든 무력감이 엄습했다. 오브라이언이 거짓말을 하는 거라고 확신할 수 있었다면 차라리 상관없을 것 같았다. 하지만 오브라이언은 정말로 사진에 대해 잊어버린 걸 수도 있었다. 만약 그렇다면 그는 기억에 없다고 말했던 것도 이미 잊었을 것이고, 잊었다는 행위조차 잊었을 것이다. 그게 순전히 속임수라는 걸 어떻게 확신할 수 있단 말인가? 마음속에서 터무니없는 전위가 정말로 일어난 것일 수도 있었다. 그를 좌절시키는 건 바로 이 생각이었다.

오브라이언은 생각에 잠긴 듯 윈스턴을 내려다보았다. 그에게서 누구보다 다루기 힘들지만 촉망되는 아이를 위해 공을 들이고 있는 교사의 분위기가 풍겼다.

"과거를 통제하는 것에 대한 당의 슬로건이 있네. 한번 말해보게."

"과거를 통제하는 자가 미래를 통제한다. 현재를 통제하는 자가 과거를 통제한다." 윈스턴이 고분고분 말했다.

"현재를 통제하는 자가 과거를 통제한다." 오브라이언이 동의한다는 의미로 고개를 끄덕였다. "과거가 정말 존재한다는 게 자네 의견인가, 윈스턴?"

다시 한번 무력감이 윈스턴을 짓눌렀다. 시선이 다이얼로 향했다. 그를 고통에서 구해줄 대답이 '예'인지 '아니요'인지 알지 못할 뿐만 아니라, 자신이 어떤 대답을 진실이라고 생각하는지조차 알 수 없었다.

오브라이언이 희미하게 미소 지었다. "자네는 형이상학자가 아닐세, 윈스턴. 지금 이 순간까지 자네는 존재한다는 것이 무슨 의미인지 생각해 본 적 없어. 좀 더 정확히 말해주지. 과거라는 것이 공간 속에 실체적으로 존재하고 있나? 과거가 여전히 일어나고 있는 실체적인 세계가 어딘가에 있는 건가?"

"아니요."

"그럼 과거가 있다면 대체 어디에 존재하는 거지?"

"기록 속에 존재합니다. 과거는 기록됩니다."

"기록 속이라. 그리고?"

"마음속에 존재합니다. 인간의 기억 속에요."

"기억 속에. 그렇단 말이지. 우리, 당이 모든 기록을 통제하고, 우리가 모든 기억을 통제한다. 그러면 우리는 과거를 통제하는 거로군. 그렇지 않나?"

"하지만 사람들이 기억하는 걸 어떻게 막을 수 있습니까?" 윈스턴은 순간적으로 다이얼을 잊은 채 소리쳤다. "기억이란 건 무의식적으로 하는 겁니다. 마음대로 할 수 있는 게 아니라고요. 어떻게 기억을 통제할 수 있습니까? 당신들은 내 기억도 통제하지 못했잖아요!"

오브라이언의 태도가 다시 엄격해졌다. 그는 다이얼 위에 손을 올렸다.

"오히려 **자네**가 통제하지 못한 거지. 그렇기 때문에 자네가 여기 온 거야. 자네가 겸손하지 못하고 자기 수양에 실패했기 때문에 여기 있는 거라네. 자네는 제정신을 유지하기 위한 대가인 순종을 하지 않으려 했어. 자네는 단 한 사람의 소수파인 미치광이로 있으려 했네. 자기 수양이 가능한 사람만이 현실을 볼 수 있네, 윈스턴. 자네는 현실이 객관적이고 외부적이면서 그 자체로 존재하는 거라고 믿고 있지. 현실의 본질은 자명한 거라고도 믿고 있어. 자네가 무언가를 보고 있다는 착각에 빠지면 다른 사람들도 모두 자네와 같은 것을 본다고 생각하게 돼. 하지만 잘 듣게, 윈스턴. 현실은 외부적이지 않아. 현실은 다른 어느 곳도 아닌 인간의 정신 속에 존재해. 실수도 할 수 있고 어쨌든 곧 사라져버리는 개인의 정신이 아니라 집단적이고 영원한 당의 정신 속에만 존재하지. 당에서 진실이라고 간주하는 것이 진실이야. 당의 눈을 통해 보지 않고는 진실을 볼 수 없다네. 그것이 자네가 다시 배워야 하는 사실이라네, 윈스턴. 그려려면 자기 파괴가, 의지력이 필요하지. 제정신을 갖기 위해서는 겸손해져야만 하네."

오브라이언은 자신의 말을 충분히 이해할 수 있는 여지를 주려는 듯 잠시 입을 다물었다. "자네가 일기에 쓴 말을 기억하나? '자유는 2 더하기 2가 4라고 말할 수 있는 것이다' 말일세."

"기억합니다."

오브라이언은 손등이 윈스턴을 향하게 왼손을 들어 엄지를 구부리고 네 손가락을 폈다.

"내가 손가락을 몇 개 폈지, 윈스턴?"

"네 개요."

"당에서 손가락 개수가 네 개가 아니라 다섯 개라고 말한다면 몇 개인가?"

"네 개입니다."

대답은 고통에 찬 헐떡거림으로 끝났다. 다이얼의 바늘이 55까지 올라갔다. 온몸에서 땀이 솟았다. 공기가 폐 속으로 들이닥쳤다가 깊은 신음 소리로 다시 새어 나왔다. 이를 악물어도 신음이 멈추지 않았다. 오브라이언이 여전히 손가락을 네 개 펴고 그를 바라보았다. 그는 레버를 제자리로 돌려놓았다. 이번에는 고통이 조금만 가라앉았다.

"손가락이 몇 개인가, 윈스턴?"

"네 개입니다."

바늘이 60까지 올라갔다.

"손가락이 몇 개지, 윈스턴?"

"네 개요! 넷! 아니면 뭐라 한단 말입니까? 네 개입니다!"

바늘이 다시 올라간 것이 분명했지만 윈스턴은 그쪽을 보지 않았다. 선이 굵은 매서운 얼굴과 네 개의 손가락이 시야를 가득 채웠다. 기둥처럼 거대한 손가락이 눈앞에서 흐릿하게 흔들리는 것처럼 보였지만, 그래도 틀림없이 네 개였다.

"손가락이 몇 개인가, 윈스턴?

"네 개요! 그만해요, 그만! 어떻게 계속할 수가 있습니까? 네 개, 네 개라고요!"

"손가락이 몇 개지, 윈스턴?"

"다섯 개! 다섯! 다섯 개!"

"아니야, 윈스턴. 그건 소용없어. 자네는 거짓말을 하고 있네. 여전히 네 개라고 생각하고 있지. 손가락이 몇 개인가?"

"네 개! 다섯 개! 네 개! 좋을 대로요! 그냥 제발 멈춰요, 고통을 좀 멈춰줘요!"

그는 오브라이언의 팔에 어깨를 감싸인 채 갑자기 일어나 앉게 되었다. 몇 초 동안 의식을 잃었던 것 같았다. 몸을 묶고 있던 끈이 풀어졌다. 매우 추웠고 주체할 수 없이 몸이 떨렸고 이가 딱딱 부딪치며 눈물이 볼을 타고 흘러내렸다. 잠시 동안 그는 아기처럼 오브라이언에게 매달려 있었다. 이상하게도 자신의 어깨를 감싸 안은 커다란 팔에서 위안을 얻었다. 고통은 외부의 다른 곳에서 온 것이고, 오브라이언이 보호자로서 자신을 고통에서 구해주었다는 느낌이 들었다.

"배우는 게 느리군, 윈스턴." 오브라이언이 부드럽게 말했다.

"어떡하겠어요? 눈앞에 보이는 걸 어떻게 안 볼 수가 있습니까? 2 더하기 2는 4란 말입니다." 윈스턴이 울며 말했다.

"어떤 때는 말이야, 어떤 때는 5라네. 3일 때도 있고. 때로는 둘 다일 수도 있어. 더 노력해야만 하네. 제정신으로 돌아온다는 건 쉬운 일이 아니야."

그는 윈스턴을 침대에 눕혔다. 팔다리에 또다시 끈이 조여왔지만 고통은 사라지고 떨림도 멈춰서 이제는 힘이 빠지고 춥기만 했다. 오브라이언은 그동안 꼼짝도 않고 서 있던 흰 가운 차림의 남자를 향해 고갯짓했다. 흰 가운의 남자는 허리를 굽혀 윈스턴의 눈을 면밀히 들여다보고, 맥박을 짚어보고, 가슴에 귀를 대보고, 여기저기를 두드려본 후 오브라이언을 향해 고개를 끄덕였다.

"다시." 오브라이언이 말했다.

윈스턴의 몸속으로 고통이 밀려 들어왔다. 바늘은 분명 70, 75에 있을 것이다. 이번에는 눈을 질끈 감았다. 여전히 네 개를 펼친 손가락이 거기 있다는 걸 알고 있었다. 중요한 것은 경련이 사라지기 전까지 어떻게든 살아남는 것이었다. 자신이 울부짖고 있는지 아닌지조차 알 수 없었다. 고통이 다시 줄어들었다. 윈스턴은 눈을 떴다. 오브라이언이 레버를 제자리로 돌려놓았다.

"손가락이 몇 개인가, 윈스턴?"

"네 개요. 네 개 같습니다. 할 수만 있었다면 다섯 개를 봤을 겁니다. 다섯 개를 보려고 노력 중입니다."

"원하는 게 뭐지? 자네가 다섯 개를 본다고 날 설득하고 싶은 건가, 아니면 정말 다섯 개를 보고 싶은 건가?"

"정말 다섯 개를 보고 싶습니다."

"다시."

아마 바늘은 80, 90에 있을 것이다. 윈스턴은 자신이 왜 이런 고통을 당하게 됐는지 기억이 오락가락했다. 잔뜩 찌푸린 눈꺼풀 뒤로 손가락들이 숲을 이루어 춤추듯 움직였다. 지그재그로 움직이며 뒤로 사라졌다가 다시 나타나곤 했다. 그는 손가락이 몇 개인지 세려고 했지만 왜 그래야 하는지는 기억나지 않았다. 단지 숫자를 셀 수 없다는 것과, 그건 5와 4 사이에 불가사의한 유사성이 존재하기 때문이라는 생각만 할 수 있을 뿐이었다. 고통이 다시 가라앉았다. 그는 눈을 뜨고 여전히 같은 것이 보이는지 확인했다. 움직이는 나무들처럼 수많은 손가락이 서로 교차하며 양쪽으로 지나가고 있었다. 그는 다시 눈을 감았다.

"내가 손가락을 몇 개 펴고 있지, 윈스턴?"

"모르겠습니다. 모르겠어요. 그걸 다시 하면 난 죽어버릴 겁니다. 네 개인지, 다섯 개인지, 여섯 개인지 솔직히 잘 모르겠습니다."

"좀 낫군." 오브라이언이 말했다.

윈스턴의 팔에 주삿바늘이 미끄러져 들어왔다. 거의 동시에 행복하고 치유적인 따뜻함이 온몸에 퍼졌다. 고통은 이미 반쯤 잊혔다. 윈스턴은 눈을 뜨고 감사의 마음으로 오브라이언을 올려다보았다. 너무나 못생기고 너무나 지적인 선 굵고 주름진 얼굴을 보자 마음이 동했다. 움직일 수 있었다면 손을 뻗어 오브라이언의 팔 위에 얹었을 것이다. 지금처럼 그를 깊이 사랑한 적이 없었다. 그건 단순히 그가 고통을 멈춰주었기 때문이 아니었다. 오브라이언이 친구이든 적이든 아무 상관 없다는 예전의 감정이 되살아났다. 오브라이언은 이야기를 나눌 수 있는 사람이었다. 어쩌면 사랑을 받기보다는 이해를 받고 싶은 것일 수도 있었다. 오브라이언은 미치기 직전까지 그를 고문했고, 곧 분명 죽음으로 내몰았을 것이다. 상관없었다. 어떤 면에서 그건 우정보다 더 깊은 것이었다. 그들은 절친한 친구였다. 실제로는 아무 말도 없었을지라도 두 사람이 만나서 이야기를 나눌 수 있었던 곳이 어딘가에 있었다. 오브라이언은 속으로 윈스턴과 똑같은 생각을 하고 있음을 표정에 내비치며 그를 내려다보았다.

"여기가 어딘지 알고 있나, 윈스턴?" 오브라이언은 대화를 나누듯 너그러운 투로 물었다.

"모르겠습니다. 추측은 할 수 있겠지만. 애정부인 것 같군요."

"얼마나 여기 있었는지 알고 있나?"

"모르겠습니다. 며칠, 몇 주, 몇 달. 몇 달인 것 같네요."

"그럼 왜 우리가 사람들을 여기로 데리고 온다고 생각하나?"

"자백받기 위해서요."

"아닐세. 그런 이유가 아니야. 다시 생각해보게."

"벌을 주려고요."

"아니네!" 오브라이언이 소리쳤다. 목소리가 기묘하게 바뀌었고, 갑자기 엄격하면서도 생기 있는 표정을 지었다. "아니야! 단순히 자백을 받아내려는 것도, 벌을 주려는 것도 아니네. 우리가 왜 자네를 여기로 데리고 왔는지 말해줄까? 자네를 치료해주기 위해서야! 자네를 제정신으로 만들어주기 위해서! 알겠나, 윈스턴? 우리가 여기로 데리고 온 사람들 중에 치료되지 않고 나간 사람은 단 한 명도 없어. 우리는 자네가 저지르는 한심한 범죄 따위에는 관심 없네. 당은 공공연하게 저지르는 행동에는 관심 없어. 우리가 신경 쓰는 건 오직 생각뿐이야. 우리는 단순히 적을 말살하는 게 아닐세. 우린 그들을 바꿔놓지. 무슨 말인지 알겠나?"

오브라이언이 윈스턴 위로 몸을 굽혀 마주 보았다. 너무 가까워 얼굴이 거대하게 보였고, 아래서 올려다보니 소름 끼칠 정도로 못생겨 보였다. 게다가 그 얼굴에는 의기양양함과 광적인 열정이 가득했다. 윈스턴의 심장이 다시 한번 오그라들었다. 할 수만 있었다면 침대 속으로 깊이 파고들어 몸을 움츠렸을 것이다. 윈스턴은 오브라이언이 아무 이유 없이 악의적으로 다이얼을 돌리려 한다는 확신이 들었다. 하지만 그 순간 오브라이언은 돌아섰다. 그는 한두 걸음 왔다 갔다 하더니 흥분을 가라앉히고 말했다.

"맨 먼저 알아두어야 할 것이 있다면 여기엔 순교 같은 건 없다는 거네. 자네는 책에서 과거에 있었던 종교 박해에 대해 읽어봤을 거야. 중세에는 종교재판이 있었지. 그건 실패였네. 그건 이단을 뿌리 뽑기 위해 시작했으면서 오히려 영속시키며 끝났지. 이단자를 한 명 화형시킬 때마다 다른 이단자들이 수천 명씩 들고 일어났어. 왜 그랬을까? 종교재판에서 적들을 공개적으로 죽인 데다, 회개하지 않은 상태에서 죽였기 때문이지. 사실은 그들이 회개하지 않았기 때문에 죽인 거라고 할 수 있네. 사람들은 자신의 진실한 믿음을 버리지 않는다고 죽음을 맞았어. 당연히 영광은 전부 희생자들에게 돌아갔고, 치욕은 그들을 불태운 종교재판관들의 몫이 되었네. 그 후 20세기에는 소위 전체주의자가 있었지. 독일 나치와 러시아 공산주의자들 말이야. 러시아인들은 종교재판에서보다 훨씬 더 잔인하게 이단을 박해했어. 그리고 자신들이 과거의 실수에서부터 배웠다고 생각했지. 적어도 순교자를 만들어선 안 된다는 걸 알고 있었거든. 그래서 공개재판에 희생자들을 세우기 전에 고의적으로 그들의 존엄성을 말살하려고 했지. 그들을 고문과 외로움으로 지치게 해서, 요구하는 건 뭐든지 자백하게 하고, 욕이나 해대며 다른 사람을 고발한 뒤 그 뒤에 숨어 훌쩍이며 자비를 구하는 비열하고 비굴한 인간으로 변모시켰어. 하지만 몇 년 만에 다시 똑같은 일이 벌어졌지. 죽은 사람이 순교자가 되고 그들이 받았던 수모는 잊혀갔네. 왜 다시 그렇게 된 걸까? 애초에 그들의 자백이 강요에 의한 허위 자백이었기 때문이네. 우리는 그런 실수를 하지 않아. 여기서 하는 자백은 전부 진실한 자백이네. 우리가 그걸 진실로 만들지. 무엇보다 우리는 죽은 사람이 들고일어나는 걸 용인하지 않아. 후대가 자네의 오명을 벗겨주리라는 상상은 그만두게, 윈스턴. 후대는 자네의 말을 결코 들을 수 없어. 자네는 역사의 흐름에서 말끔히 사라지게 될 거야. 자네를 가스로 만들어 성층권에 부어버릴 거라네. 자네에 대한 건 아무것도 남지 않아. 등록부의 이름도, 살아 있는 사람의 기억 속에서도 지워질 거야. 자네는 미래에서도 과거에서도 말살될 거야. 결코 존재한 적도 없게 되는 거지."

그럼 뭐하러 자신을 고문하는 걸까? 윈스턴은 잠시 씁쓸히 생각했다. 윈스턴이 그 생각을 입 밖에 꺼내기라도 한 듯 오브라이언이 걸음을 멈췄다. 커다랗고 못생긴 얼굴이 눈을 더 가느다랗게 뜨며 가까이 다가왔다.

"자네는 우리가 자네를 완전히 없애버리려고 하면서, 그래서 자네가 했던 말과 행동이 아무런 변화도 일으킬 수 없게 만들 거면서, 처형하기 전에 뭐하러 힘들여 심문을 하는 거냐고 생각하고 있겠지? 그렇지 않나?"

"그래요."

오브라이언이 살며시 미소 지었다. "자네는 견본에 난 흠이로군, 윈스턴. 닦아내야 할 얼룩이야. 우리는 과거의 박해자들과 다르다고 방금 말하지 않았나? 우리는 부정적인 순종은 물론이거니와 비루한 굴복으로도 만족하지 않아. 자네가 마침내 우리에게 굴복한다면, 그건 반드시 자네의 자유의지에 의한 것이어야 하네. 우리는 이단자가 우리에게 저항하기 때문에 없애는 게 아닐세. 그들이 저항하는 한은 결코 없애지 않아. 개조하고 내면을 함락시켜서 새롭게 만들지. 모든 악과 환상을 태워버린다네. 겉모습만이 아니라 몸과 마음까지 진정 우리 편으로 만드는 거지. 죽이기 전에 우리의 일원으로 만드는 거야. 아무리 비밀스럽고 힘이 없다고 해도 잘못된 생각이 이 세상 어디엔가 존재한다는 건 참을 수 없는 일이야. 죽는 순간까지도 어떠한 탈선도 용인할 수 없어. 과거에 이단자들은 여전히 이단자인 채 자신이 이단이라고 선언하고 크게 기뻐하며 화형을 당했지. 러시아 대숙청의 희생자들조차 총살당하러 가는 복도를 걸으며 머릿속에는 반항을 품었어. 하지만 우리는 머리통을 날려버리기 전에 머릿속을 완벽하게 바꿔놓네. 과거 전제주의하에서 내리던 명령은 '너는 무엇을 하지 말라'였어. 전체주의의 명령은 '너는 무엇을 하라'였지. 우리가 내리는 명령은 '**너는 무엇이다**'라네. 우리가 이곳으로 데려오는 사람은 단 한 명도 끝까지 반대하지 못했어. 전부 세뇌되었지. 자네가 결백하다고 믿었던 존스, 아론슨, 러더퍼드, 이 불쌍한 변절자 셋도 결국 무너뜨렸네. 내가 직접 심문에 가담했는데 말이야. 그들이 차츰 꺾이고 훌쩍이고 굽실거리고 울음을 터뜨리는 걸 봤어. 결국 그건 고통이나 공포의 눈물이 아니라 뉘우침의 눈물이었지. 심문이 끝났을 때 그들은 껍데기만 남았어. 그들에게 남아 있는 건 자신들이 한 짓에 대한 슬픔과 빅 브라더에 대한 사랑뿐이었네. 빅 브라더를 얼마나 사랑하던지 정말 감동적이었어. 그들은 정신이 깨끗한 상태에서 죽을 수 있게끔 빨리 총살해달라고 빌었네."

이제 오브라이언의 목소리는 거의 꿈꾸는 듯했다. 여전히 얼굴에는 의기양양함과 광적인 열정이 묻어 있었다. 윈스턴은 생각했다. 그는 가장하고 있는 것이 아니었다. 위선자가 아니었다. 오브라이언은 자기가 하는 말은 전부 믿고 있다. 무엇보다 더 윈스턴을 짓누르고 있는 것은 자신의 지적 열등감이었다. 그는 앞뒤로 거닐며 시야에 나타났다 사라지는, 거대하지만 우아한 오브라이언의 모습을 보았다. 오브라이언은 모든 면에서 그보다 커다란 존재였다. 그가 해보았거나 해볼 수도 있었던 생각 중에 오브라이언이 이미 오래전에 깨닫고 검토해서 부인하지 않은 것은 하나도 없었다. 윈스턴의 정신은 오브라이언의 정신 속에 **들어 있었다**. 그렇다면 어떻게 오브라이언이 미쳤다고 할 수 있겠는가? 미친 건 자기 자신인 게 분명했다. 오브라이언은 걸음을 멈추고 윈스턴을 내려다보았다. 그의 목소리는 다시 근엄해졌다.

"우리에게 완전히 굴복한다고 해도 스스로를 구할 수 있을 거라 생각하지 말게, 윈스턴. 한번 타락한 사람은 결코 살아남을 수 없어. 우리가 자네를 제명대로 살아갈 수 있게 해준다 해도 여전히 우리에게서 영영 벗어날 수 없을 거야. 여기서 자네에게 일어난 일은 영원히 지속된다네. 그 사실을 미리 알아둬야 할 거야. 돌이킬 수 없을 때까지 자네를 뭉개버릴 거네. 자네가 천 년을 산다고 해도 회복할 수 없을 일들이 벌어질 거야. 이제 결코 보통 인간의 감정은 다시 느낄 수 없을 거야. 자네 안의 모든 것이 죽는 거지. 사랑도, 우정도, 살아 있다는 기쁨도, 웃음도, 호기심도, 용기도, 고결함도 느낄 수 없어. 텅 비게 되는 거야. 아무것도 남아 있지 않을 때까지 쥐어짠 후에 우리들로 채워주지."

오브라이언은 말을 멈추고 흰 가운을 입은 남자에게 신호했다. 머리 뒤 공간에 무거운 기계가 밀려들어 오는 것이 느껴졌다. 오브라이언은 윈스턴의 얼굴과 같은 높이에 얼굴을 두고 침대 옆에 앉았다.

"3천." 윈스턴의 머리 위로 흰 가운의 남자에게 말했다.

조금 축축하고 부드러운 패드 두 개가 윈스턴의 관자놀이를 꽉 눌러 고정시켰다. 겁이 났다. 새로운 고통이 찾아왔다. 오브라이언은 윈스턴을 안심시키듯 다정한 기색으로 자신의 손을 그의 손 위에 올려놓았다.

"이번에는 아프지 않을 거야. 내 눈을 계속 바라보도록 해."

그 순간 엄청난 폭발이, 폭발 같은 무언가가 일어났다. 하지만 소리가 났는지는 확실하지 않았다. 분명 눈부신 섬광은 있었다. 윈스턴은 정신을 가누지 못했을 뿐 다치지는 않았다. 아까부터 등을 대고 누워 있었는데도 충격으로 인해 그 자세로 쓰러진 것 같은 이상한 기분이었다. 고통 없는 맹렬한 타격이 그를 쓰러뜨렸다. 머릿속에서도 무슨 일이 벌어진 것 같았다. 초점을 되찾자 자신이 누구인지, 여기가 어디인지 기억났고, 자신의 얼굴을 바라보고 있는 얼굴을 알아보았다. 하지만 뇌가 한 조각 떨어져 나가기라도 한 듯 어딘가 커다랗게 빈 공간이 생긴 것 같았다.

"오래 걸리지 않을 거야. 내 눈을 보게. 오세아니아는 지금 어떤 나라와 전쟁 중인가?"

윈스턴은 생각했다. 오세아니아라는 것이 무엇을 의미하는지는, 자기 자신이 오세아니아 국민이라는 것은 알 수 있었다. 유라시아와 동아시아도 기억났다. 하지만 누가 누구와 전쟁 중인지는 알 수 없었다. 사실 그는 지금이 전쟁 중이라는 것조차 알지 못했다.

"기억이 안 납니다."

"오세아니아는 동아시아와 전쟁 중이야. 이제 기억이 나나?"

"네."

"오세아니아는 언제나 동아시아와 전쟁 중이었네. 자네가 태어났을 때부터, 당이 세워졌을 때부터, 역사가 시작되었을 때부터, 휴전 없이 언제나 같은 전쟁이 계속됐어. 기억하겠나?"

"네."

"십일 년 전 자네는 반역 행위로 사형을 선고받은 세 사람에 대한 전설을 만들어냈어. 자네는 그들이 무죄라고 증명하는 종잇조각을 보았다고 상상했지. 그런 종이는 존재한 적 없네. 자네가 만들어낸 것이고, 나중에는 믿게 된 거야. 이제 그걸 처음 만들어냈던 바로 그 순간이 기억날 거야. 기억나나?"

"네."

"조금 전 나는 손가락을 펴서 자네에게 보여줬어. 펴고 있던 손가락은 다섯 개였지. 기억하나?"

"네."

오브라이언은 왼손을 들고 엄지를 감춘 채 네 손가락을 세워 보였다.

"손가락이 다섯 개지. 다섯 개가 보이나?"

"네."

찰나의 순간, 마음속 광경이 바뀌기 전에 윈스턴은 확실히 보았다. 손가락은 다섯 개였고, 기형은 없었다. 그 후 모든 것이 다시 정상으로 돌아왔다. 예전의 공포와 증오와 당혹감이 다시 몰려들었다. 하지만 잠시 동안, 얼마간이었는지는 모르겠지만 아마 30초 동안 오브라이언의 새로운 제안들이 그의 마음속 빈 구멍을 가득 채워서 절대적 진리가 되고, 필요하다면 2 더하기 2는 쉬이 5나 3이 될 수 있다는 걸 확신할 수 있었던 순간이 있었다. 그렇지만 그 순간은 오브라이언이 손을 내리기도 전에 사라졌다. 그 순간을 다시 경험할 수는 없었지만 기억할 수는 있었다. 그건 마치 사람이 살다가 어느 순간 다른 사람처럼 변했다가, 정신을 차리고 난 후에 그 경험을 생생히 기억할 수 있는 것과 마찬가지였다.

"어쨌든 이제 그런 일이 가능하다는 걸 알겠지."

"네."

오브라이언은 만족스러운 기색으로 자리에서 일어났다. 왼편에서 흰 가운을 입은 남자가 주사액 병을 깨뜨려 주사기로 약을 빨아들이고 있었다. 오브라이언은 미소를 지으며 윈스턴을 향해 돌아섰다. 거의 이전과 같은 태도로 그는 코 위에 얹은 안경을 고쳐 썼다.

"적어도 내가 자네를 이해하고 이야기를 나눌 수 있는 사람이니까 적이든 친구든 상관없다고 일기에 썼던 걸 기억하나? 자네 말이 맞아. 자네와 이야기하는 건 즐겁네. 자네의 정신이 마음에 들어. 자네가 어쩌다 제정신을 잃었다는 것만 빼면 나와 닮았거든. 심문을 마치기 전에 질문이 있다면 해보게."

"어떤 질문이라도 괜찮습니까?"

"어떤 질문이라도." 오브라이언은 윈스턴의 시선이 다이얼에 가 있는 것을 보았다. "저건 꺼졌네. 첫 번째 질문이 뭐지?"

"줄리아는 어떻게 됐습니까?"

오브라이언이 다시 미소 지었다. "줄리아는 자네를 배신했네, 윈스턴. 즉시, 거리낌 없이 말이야. 그렇게 빨리 우리 편으로 넘어오는 사람도 거의 없었을 거야. 반항심, 속임수, 어리석음, 더러운 생각은 전부 불타 없어졌네. 교과서에나 나올 법한 완벽한 전향이었어."

"줄리아를 고문했습니까?"

오브라이언은 대답하지 않았다. "다음 질문."

"빅 브라더는 존재합니까?"

"당연히 빅 브라더는 존재하지. 당도 존재하네. 빅 브라더는 당의 화신이야."

"빅 브라더가 제가 존재하는 것처럼 존재합니까?"

"자네는 존재하지 않네."

다시 한번 무력감이 엄습했다. 윈스턴은 자신이 존재하지 않음을 입증할 주장을 알고 있었다. 적어도 알고 있다고 생각했다. 하지만 그건 허튼소리였다. 말장난에 불과했다. '너는 존재하지 않는다'라는 문장에는 논리적 모순이 존재하지 않는가? 하지만 그렇게 말해봤자 무슨 의미가 있겠는가? 오브라이언이 반박할 수 없는 정신 나간 주장을 펼쳐 자신을 무너뜨릴 거라 생각하니 마음이 졸아들었다.

"저는 존재한다고 생각합니다." 윈스턴은 지친 듯 말했다. "저 자신의 정체성을 자각하고 있습니다. 나는 태어났고, 죽을 겁니다. 팔다리도 있습니다. 공간상에서 개별적인 장소를 차지하고 있지요. 다른 실체 있는 존재는 제가 있는 자리와 똑같은 자리를 동시에 차지할 수 없습니다. 그런 의미로 빅 브라더가 존재합니까?"

"그건 건 중요하지 않네. 빅 브라더는 존재하네."

"빅 브라더는 죽습니까?"

"물론 빅 브라더는 죽지 않지. 그가 어떻게 죽을 수 있겠나? 다음 질문."

"형제단이 존재합니까?"

"그건, 결코 알지 못할 거야. 우리가 자네에 대한 처리를 끝내고 자유롭게 풀어주기로 한다 해도, 그래서 자네가 아흔 살까지 살게 된다 해도 그 질문에 대한 대답이 그렇다인지 아니다인지 영영 알 수 없을거야. 자네가 살아 있는 한 그건 마음속에 풀리지 않는 수수께끼로 남을 거야."

윈스턴은 잠자코 있었다. 가슴이 더 빠르게 들썩거렸다. 아직도 머릿속에 가장 처음 떠오른 질문을 내뱉지 못했다. 도무지 입이 떨어지지 않을 것 같았다. 오브라이언의 얼굴에 흐뭇해 하는 기색이 떠올랐다. 안경조차 비꼬는 듯한 빛을 띠었다. 갑자기 그가 무슨 질문을 하려는지 알 것 같다는 생각이 들었다. 동시에 그 말이 튀어나왔다.

"101호실에는 뭐가 있죠?"

오브라이언의 표정에는 아무런 변화도 없었다. 그는 무미건조하게 대답했다.

"자네는 101호실에 뭐가 있는지 알고 있네, 윈스턴. 모두들 알고 있지."

오브라이언은 흰 가운을 입은 남자를 향해 손가락을 들어 올렸다. 아무래도 심문이 끝난 모양이었다. 윈스턴의 팔에 주삿바늘이 불쑥 꽂혔다. 이내 그는 깊은 잠에 빠져들었다.

3

"재통합되는 데는 세 단계가 있네. 바로 학습, 이해, 수용이지. 이제 자네는 두 번째 단계로 들어갈 때가 됐어." 오브라이언이 말했다.

여느 때처럼 윈스턴은 등을 대고 바로 누워 있었다. 하지만 최근 들어 그를 묶고 있는 끈이 헐거워졌다. 여전히 침대에 묶여 있었지만, 무릎을 조금 움직인다거나 고개를 좌우로 돌린다거나 팔꿈치부터 팔을 들어 올릴 수도 있었다. 다이얼에 대한 공포도 줄어들었다. 빠르게 기지를 발휘하면 고통도 피할 수 있었다. 오브라이언이 레버를 당길 때는 주로 그가 어리석게 굴었을 때였다. 다이얼을 한 번도 사용하지 않고 심문을 끝낼 때도 있었다. 얼마나 많은 심문을 거쳤는지는 기억나지 않았다. 전체 과정은 무한정 긴 시간, 어쩌면 몇 주 동안 이어지는 것 같았고, 심문 간격은 며칠이거나 한두 시간일 때도 있었다.

"자네가 내게 물어보기도 했지만, 거기 누워 있으면 애정부가 왜 이렇게 오랜 시간을 들여가며 자네에게 공을 들이는지 궁금할 거야. 자네가 자유로웠을 때도 근본적으로 같은 질문으로 골머리를 썩였지. 자네는 자네가 살고 있는 사회의 구조는 파악했지만, 그 아래 깔려 있는 동기는 파악하지 못했어. 자네가 일기에 '**방법**은 안다. 하지만 **이유**는 알지 못한다'라고 썼던 걸 기억하나? 자네 자신이 제정신인지를 의심했을 때가 바로 '이유'에 대해 생각했을 때야. 골드스타인의 책을 읽었나? 적어도 일부라도? 자네가 미처 몰랐던 내용이 적혀 있던가?"

"당신도 그 책을 읽었습니까?"

"내가 썼지. 공동으로 집필했네. 자네도 알다시피 혼자 집필해서 내는 책은 없지 않은가."

"그 책에 쓰여 있는 내용이 사실인가요?"

"설명은 그렇지. 하지만 거기서 제시하는 계획은 터무니없어. 지식을 비밀리에 축적하고, 점차 계몽을 퍼뜨리고, 마침내 프롤레타리아들이 반란을 일으키고, 당을 전복시킨다. 자네도 책에 그런 내용이 쓰여 있으리라고 예상했지. 전부 허튼소리일세. 천 년이 지나고 백만 년이 지나도 프롤레타리아들은 절대 반란을 일으키지 않아. 일으킬 수가 없네. 이유는 말해주지 않아도 되겠지. 자네는 이미 알고 있으니까. 혹시 폭동을 꿈꿨다면 그 꿈은 버리는 게 좋아. 당이 전복될 수 있는 방법 따위는 없어. 당의 지배는 영원해. 그걸 자네 생각의 기점으로 삼도록 해."

오브라이언은 침대로 바짝 다가왔다. "영원히!" 그가 거듭 말했다. "자 이제 '방법'과 '이유'라는 질문으로 돌아가도록 하지. 자네는 당이 **어떻게** 권력을 유지하는지 충분히 알고 있어. 왜 우리가 권력을 고수하는지 말해보게. 우리의 동기는 뭐지? 우리는 **왜** 권력을 원해야 할까?" 윈스턴이 침묵하고 있자 그는 덧붙였다. "자, 말해보게."

그래도 윈스턴은 잠시 입을 다물고 있었다. 피로감에 휩싸였다. 오브라이언의 얼굴에 희미하게 광적인 열정이 번뜩였다. 윈스턴은 그가 무슨 말을 하려고 하는지 알 수 있었다. '당은 당의 목적을 위해서가 아니라 다수의 이익을 위해 권력을 추구한다. 대중은 자유를 감당할 수도, 진실을 마주할 수도 없는 약하고 비열한 존재이기 때문에 그들보다 강한 타인에 의해 통치받고 체계적으로 기만당해야 한다. 인간의 선택은 자유와 행복 사이에 있으며, 인류 대부분에게는 행복이 더 낫다. 당은 약자의 영원한 수호자이며, 선을 구현하기 위해 악을 저지르고, 타인의 행복을 위해 자신의 행복을 희생하는 헌신적 집단이다.' 끔찍한 것은 오브라이언이 이렇게 말하면 윈스턴이 그 말을 믿게 될 거라는 점이었다. 오브라이언의 얼굴을 보면 알 수 있었다. 그는 모든 걸 알고 있었다. 그는 세상이 정말로 어떤 모습인지, 대중이 어떤 수모를 겪으며 살아가는지, 당이 어떠한 거짓과 만행을 통해 그 상태를 유지하고 있는지 윈스턴보다 천 배는 더 잘 알고 있었다. 그는 모든 것을 이해했고 모두 따져봤지만 전혀 다를 게 없었다. 모든 것은 궁극적 목적으로 정당화되었다. 윈스턴은 생각했다. 나보다 훨씬 똑똑한 데다 나의 말을 공정히 들어주면서도 자신의 광기를 고집하는 미치광이를 상대로 무엇을 할 수 있단 말인가?

"당신들은 우리의 이익을 위해서 우리를 지배하고 있습니다." 윈스턴이 힘없이 말했다. "당신들은 인간은 스스로를 통치할 수 없다고 생각하죠. 그래서…."

윈스턴은 깜짝 놀라 몸부짖을 뻔했다. 고통이 그의 몸을 관통했다. 오브라이언이 레버를 35까지 올린 것이다.

"어리석은 대답이네, 윈스턴. 어리석어! 자네는 그런 말을 할 만큼 어리석지 않아."

그는 레버를 제자리에 돌려놓았다.

"내 질문에 대한 답을 들려주지. 바로 이런 거라네. 당은 전적으로 당의 목적을 위해 권력을 추구한다. 타인의 이익 따위에는 관심 없어. 오로지 권력에만 관심이 있지. 부도, 사치도, 장수도, 행복도 아닐세. 오직 권력이지. 순수한 권력 말이야. 순수한 권력이 무얼 뜻하는지는 곧 알게 될 거야. 우리는 우리가 무엇을 하고 있는지 알고 있다는 점에서 과거의 모든 과두정치와는 달라. 독일 나치와 러시아 공산당도 방법에서는 우리와 거의 근접했지만, 그들은 그들의 동기를 인정할 용기가 없었지. 본의 아니게 일정 기간만 권력을 쥐고 있는 척하고, 모든 인간이 자유롭고 평등하게 살 수 있는 낙원이 곧 다가올 것처럼 가장했어. 어쩌면 믿었을 수도 있지. 우리는 그렇지 않네. 우리는 포기할 목적으로 권력을 잡는 사람 같은 건 없다는 걸 알고 있어. 권력은 수단이 아니라 목적일세. 혁명을 수호하기 위해 독재 정권을 세우는 게 아니라, 독재 정권을 세우기 위해 혁명을 일으키지. 박해의 목적은 박해야. 고문의 목적은 고문이네. 권력의 목적은 권력이고. 이제 내 말을 이해하겠나?"

윈스턴은 전에도 그랬던 것처럼 오브라이언의 얼굴에 나타난 피로감에 놀랐다. 그의 얼굴은 강하고 살찌고 잔혹했지만 지성이 가득하고 통제된 열정이 담겨 있어서 윈스턴에게 무력감을 안겼다. 하지만 오브라이언의 얼굴은 피곤했다. 눈 밑은 주머니같이 지방이 늘어져 있고, 피부는 광대뼈에서부터 축 처져 있었다. 오브라이언은 윈스턴 위로 몸을 구부려 일부러 그 지친 얼굴을 가까이 갖다 댔다.

"자네는 내 얼굴이 늙고 피곤해 보인다고 생각하고 있지. 내가 권력에 대해 말하면서도 내 몸이 늙어가는 것조차 막지 못한다고 생각하지. 윈스턴, 개인은 단지 세포에 불과하다는 걸 이해하지 못하겠나? 세포가 늙는다는 건 곧 유기체가 왕성히 활동한다는 뜻이네. 손톱을 깎는다고 자네가 죽게 되나?"

그는 침대에서 돌아서서 한 손을 주머니에 꽂은 채 이리저리 걷기 시작했다.

"우리는 권력의 사제야. 신은 권력이네. 하지만 지금의 자네에게 있어 권력이라는 건 그저 하나의 단어에 지나지 않아. 이제 자네는 권력이라는 게 뭘 의미하는지 알 때가 됐네. 가장 먼저 깨달아야 할 것은 권력이란 집단적이라는 거네. 개인은 개인이기를 그만둬야 권력을 얻게 된다네. 당의 슬로건을 알고 있지? 자유는 예속. 이 말을 반대로 해도 성립된다는 걸 생각해 본 적 있나? 예속은 자유라고 말이야. 홀로 자유롭게 있는 인간은 언제나 실패한다네. 반드시 그렇지. 모든 인간은 죽을 운명이고, 죽는다는 거야말로 가장 큰 실패니까. 하지만 인간이 완벽하고 완전하게 복종할 수 있다면, 자신의 정체성에서 자유로워질 수 있다면, 당과 동화되어 그 자신이 당이 **된다면**, 전지전능한 불멸의 존재가 되는 거야. 두 번째로 알아야 할 것은 권력은 인간에 대한 권력이라는 걸세. 신체에 대한 권력, 하지만 무엇보다 정신에 대한 권력이지. 물질에 대한 권력, 자네 식으로 말하면 외적 현실에 대한 권력은 중요하지 않네. 이미 물질에 대한 우리의 통제는 절대적이니까."

윈스턴은 잠시 다이얼을 무시했다. 몸을 일으켜 앉으려 격렬히 애썼지만 고통스럽게 몸을 뒤틀기만 할 뿐이었다.

"하지만 어떻게 물질을 통제합니까? 날씨나 중력조차도 통제하지 못하지 않습니까. 세상에는 질병, 고통, 죽음…."

오브라이언이 손짓으로 윈스턴의 입을 다물게 했다. "우리는 정신을 통제하기 때문에 물질을 통제하네. 현실은 머릿속에 있어. 차차 알게 될 거야, 윈스턴. 우리가 하지 못하는 일이란 아무것도 없네. 눈에 보이지 않게 되는 것도, 공중에 뜨는 것도, 뭐든지. 내가 하고자 했다면 비눗방울처럼 바닥에서 떠오를 수도 있네. 내가 하려고 하지 않는 건 당에서 원하지 않기 때문이지. 자연법칙에 대한 19세기 관념을 버려야 하네. 자연법칙은 우리가 만드는 거니까 말이지."

"하지만 그렇게는 못 합니다! 당신들은 이 별의 주인도 아니잖습니까. 유라시아와 동아시아는요? 아직 그곳들도 정복하지 못했잖습니까."

"그런 건 중요하지 않아. 때가 되면 정복할 걸세. 설령 정복하지 않은들 무슨 차이가 있겠나? 우리는 그 나라들을 없애버릴 수도 있어. 오세아니아가 곧 세계라네."

"하지만 세상 자체가 먼지 한 점에 지나지 않습니다. 인간은 작고 무력하다고요! 인간이 세상에 존재한 지 얼마나 됐죠? 수백만 년 동안 지구에는 인간이 살지 않았단 말입니다."

"허튼소리. 지구의 나이는 인간의 나이와 같아. 더 오래되지 않았어. 어떻게 더 오래될 수 있겠나? 인간의 의식을 통하지 않고서는 아무것도 존재하지 않는데."

"하지만 암석에는 멸종된 동물들의 뼈가 가득합니다. 인간이 존재하기도 전에 오랫동안 지구에 살았던 매머드와 마스토돈과 거대한 파충류들의 뼈 말입니다."

"자네는 실제로 그 뼈들을 본 적이 있나, 윈스턴? 물론 없겠지. 19세기 생물학자들이 만들어낸 것이니. 인간 이전에는 아무것도 없었네. 인간이 멸종한 다음에야 아무것도 없게 될 것이고. 인간의 영역 밖에는 아무것도 존재하지 않아."

"하지만 우주 전체가 인간의 영역 밖에 있습니다. 별을 보십시오! 어떤 별들은 백만 광년 떨어져 있습니다. 영원히 인간이 도달할 수 없는 곳에 있다고요."

"별이란 게 뭐지?" 오브라이언이 무심히 말했다. "별은 몇 킬로미터 떨어져 있는 곳에 있는 불덩이에 불과해. 원하면 갈 수도 있어. 아니면 없애버릴 수도 있지. 지구가 바로 우주의 중심이네. 태양과 별들은 지구를 중심으로 돌지."

윈스턴은 다시 한번 발작적으로 움직였다. 이번에는 아무 말도 하지 않았다. 오브라이언은 마치 윈스턴의 반박에 대응하는 것처럼 말을 이었다.

"물론 어떤 목적에 있어서는 사실이 아니지. 바다를 항해할 때나 일식과 월식을 예측할 때는 지구가 태양을 중심으로 돌고 별들이 수백만 광년 떨어져 있다고 가정하는 편이 편리해. 하지만 그게 뭐 어떻단 말인가? 천문학의 이중 체계를 만들어내는 게 우리의 능력 밖이라고 생각하나? 우리의 필요에 따라 별은 가까울 수도, 멀 수도 있어. 우리 수학자들이 그런 일을 못 해낼 것 같나? 이중사고를 잊은 건가?"

윈스턴은 몸을 움츠렸다. 그가 무슨 말을 하든 오브라이언은 곤봉으로 때리듯 신속한 대답으로 그를 뭉개버렸다. 하지만 윈스턴은 자신이 옳다는 것을 알고 있었다. 분명 자기 자신의 정신 바깥에는 아무것도 존재하지 않는다는 믿음이 잘못되었다고 증명할 수 있는 방법이 있을 것이다. 그런 믿음은 아주 오래전에 오류라고 밝혀지지 않았던가. 심지어 그에 대한 이름도 있었는데, 기억나지는 않았다. 그를 내려다보는 오브라이언의 입가에 희미한 미소가 꿈틀거렸다.

"내가 말하지 않았나, 윈스턴. 형이상학은 자네의 전공이 아니라고. 자네가 생각하려는 단어는 유아론唯我論이네. 하지만 자네는 착각하고 있어. 그건 유아론이 아닐세. 원한다면 집단 유아론이라고 부를 수 있겠군. 하지만 그것과는 달라. 사실은 정반대지. 여기까지는 여담이었지만." 오브라이언이 말투를 바꾸었다. "진정한 권력, 우리가 밤낮으로 싸우는 목적인 권력은 물건에 대한 권력이 아니라 인간에 대한 권력이네." 그는 말을 멈추고 전도유망한 제자에게 질문을 던지는 스승 같은 태도를 취했다. "한 사람이 어떻게 다른 사람에게 권력을 행사하지, 윈스턴?"

윈스턴은 생각했다. "고통스럽게 해서요."

"맞았어. 고통스럽게 해서지. 복종으로는 충분하지 않아. 상대가 고통스럽지 않다면 어떻게 그 사람의 의지가 아닌 내 의

지에 따르고 있는지 확신할 수 있겠나? 권력은 고통과 굴욕을 주는 데 있어. 권력은 인간의 마음을 갈기갈기 찢은 다음 내가 원하는 새로운 형태로 맞추는 데 있지. 그럼 우리가 어떤 세상을 만들어내고 있는지 이제 알 것 같은가? 우리가 만드는 세상은 과거의 혁신가들이 꿈꾸던 어리석은 쾌락적 낙원과 정반대 것이네. 공포의 세계이자 배반이 고통이 되는 세계이고, 짓밟고 짓밟히는 세상이고, 개선을 거치면서 점점 더 무자비해지는 세상이지. 우리의 세상에서 진보란 더 큰 고통으로의 진보일세. 과거 문명들은 사랑이나 정의를 바탕으로 세워졌다고 주장했지. 우리의 문명은 증오를 바탕으로 세워졌어. 우리의 세상에는 공포, 분노, 승리, 자기 비하 외에는 어떠한 감정도 존재하지 않아. 다른 모든 감정은 우리가 전부 파괴할 거야. 이미 우리는 혁명 전부터 지속되어온 사고방식을 부수고 있지. 부모와 자녀 사이, 인간과 인간 사이, 남자와 여자 사이의 관계를 끊어버렸어. 더 이상 그 누구도 감히 아내나 자식이나 친구를 믿으려 하지 않을 걸세. 암탉이 낳은 달걀을 빼 오는 것처럼 아이들은 태어날 때부터 어머니에게서 박탈될 걸세. 성적 본능은 뿌리 뽑힐 거라네. 출산은 배급 카드를 갱신하는 것처럼 연례 의식이 될 거고. 우리는 오르가슴도 없애버릴 거라네. 우리 생물학자들이 지금 연구 중이지. 당에 대한 충성심을 제외하면 어떠한 충성심도 없게 된다네. 빅 브라더를 향한 사랑을 제외하면 사랑도 없어지지. 패배한 적에 대한 승리로 웃는 것을 제외하면 웃음도 전부 사라질 걸세. 예술도, 문학도, 과학도 없어질 거라네. 우리가 전능해지면 더 이상 과학도 필요 없지. 아름다움과 추함 사이에도 차이가 없어질 거야. 호기심도, 삶의 즐거움도 없어. 경쟁하는 즐거움은 전부 파괴되겠지. 하지만 이것만은 잊지 말게, 윈스턴. 끊임없이 커지고 끊임없이 교묘해지는 권력에 대한 도취는 영원히 존재할 걸세. 언제나 계속해서 승리의 전율이, 무력한 적을 짓밟는 감각이 존재할 걸세. 미래를 그려보고 싶다면 사람의 얼굴을 짓밟는 구둣발을 상상해보게. 영원히."

오브라이언은 윈스턴이 말할 거라고 생각한 듯 입을 다물었다. 윈스턴은 다시 몸을 움츠리려 했다. 그는 아무 말도 할 수 없었다. 심장이 얼어붙은 것 같았다. 오브라이언이 말을 이었다.

"그리고 그게 영원하리라는 걸 기억하게. 얼굴은 언제나 거기 존재하며 짓밟힐 걸세. 이단자들, 사회의 적들은 언제나 존재하면서 계속해서 패배와 수모를 당할 거라네. 자네가 우리에게 붙잡힌 이후로 당했던 그 모든 것은 계속될 거고, 더 심해질 걸세. 간첩 행위, 배신, 체포, 고문, 처형, 실종은 결코 멈추지 않아. 승리의 세상이면서 공포의 세상이 되는 거지. 당이 강력할수록 더욱 무자비해지고, 반대 세력이 약해질수록 독재는 엄격해질 걸세. 골드스타인과 그의 이단도 영원히 살아남을 거라네. 매일, 계속해서, 패배당하고, 의심받고, 조롱당하고, 경멸당하면서도 계속해서 살아남을 거라네. 내가 자네와 지난 칠 년 동안 해온 연극은 계속해서 세대를 걸쳐 점점 더 교묘한 형태로 반복될 걸세. 언제나 여기서 우리 손아귀에 놓고 고통으로 소리 지르고 산산이 부서지고 경멸을 받게 하다가, 마침내 완전히 참회하고 자신으로부터 구원받은 후 스스로 우리 발치를 기어 다니게 만들 거라네. 그게 우리가 준비하고 있는 세상이네, 윈스턴. 계속해서 승리하고 끊임없이 이기는 세상. 그리고 끝없이 권력을 다지는 세상. 자네도 이제 세상이 어떻게 될지 깨닫기 시작하지 않았나? 하지만 결국 자네는 이해하는 데서 끝나지 않을 거야. 자네는 받아들이고, 환영하고, 그 일부가 되겠지."

윈스턴은 말할 수 있을 정도의 기력을 되찾고 힘없이 입을 열었다. "그럴 수 없을 겁니다!"

"그 말이 무슨 뜻이지, 윈스턴?"

"방금 말한 것 같은 세상은 만들 수 없습니다. 그건 꿈입니다. 불가능합니다."

"어째서지?"

"공포와 증오와 잔인함을 바탕으로 문명을 세우는 건 불가능합니다. 그런 건 지속되지 않을 겁니다."

"왜 지속되지 않지?"

"활력이 없으니까요. 붕괴될 겁니다. 자멸할 거라고요."

"허튼소리. 자네는 사랑보다 증오가 더 소모적이라고 생각하고 있군. 왜 그래야만 하지? 만약 그렇다 한들 무슨 차이가 있나? 우리가 더 빨리 노화하기로 했다고 가정해봐. 서른 살이면 노인이 될 만큼 삶의 속도를 가속시킨다고 생각해보게. 그렇다 해도 뭐가 달라지지? 개인의 죽음은 죽음이 아니라는 걸 이해하지 못하고 있나? 당이 불멸이라네."

늘 그랬듯이 그 목소리는 윈스턴을 무력하게 만들었다. 게다가 계속해서 반기를 들었다가는 오브라이언이 다이얼을 돌릴 거라는 두려움에 휩싸였다. 하지만 잠자코 있을 수는 없었다. 오브라이언의 말에 더할 수 없는 두려움이 느껴지는 것을 제외하면 그 무엇도 자신을 뒷받침해줄 것이 없는 채로 윈스턴은 나약하게 논거도 없이 반박을 재개했다.

"모르겠습니다. 상관없어요. 어쨌든 당신들은 실패할 겁니다. 무엇인가가 당신들을 패배시킬 거예요. 삶이 당신들을 패배시킬 겁니다."

"윈스턴, 우리는 모든 단계에서 삶을 통제하네. 우리의 행동에 분노해서 적으로 돌아설 인간 본성이라는 게 존재한다고 생각하는 건가? 하지만 인간의 본성을 만드는 건 우리라네. 인간은 한없이 다루기 쉬우니까. 어쩌면 프롤레타리아들이나 노예들이 들고일어나서 우리를 전복시킬 거라는 예전 생각을 다시 떠올렸을지도 모르겠군. 그런 생각은 머릿속에서 지워버리게. 그들은 동물처럼 무력해. 인간성은 곧 당이네. 그 외에는 무의미해."

"상관없습니다. 결국 그들이 당신들을 물리칠 겁니다. 머지않아 당신들의 정체를 깨닫고 갈가리 찢어버릴 겁니다."

"그런 일이 일어난다는 증거가 있나? 아니면 그래야 한다는 이유라도?"

"아뇨. 제가 믿고 있습니다. 나는 당신들이 실패할 거라는 걸 압니다. 당신들이 극복할 수 없는, 잘은 모르겠지만 어떤 정신이나 원칙 같은 것이 우주에 존재합니다."

"신을 믿나, 윈스턴?"

"아니요."

"그럼 우리를 패배시킬 그 원칙이란 게 뭐지?"

"모르겠습니다. 인간의 정신이겠죠."

"그럼 자네는 자네 자신을 인간이라고 생각하나?"

"네."

"자네가 인간이라면 윈스턴, 자네는 마지막 인간일세. 자네의 종족은 이미 멸종했네. 우리가 그 후계자지. 자네는 자네가 **혼자**라는 걸 알고 있나? 자네는 역사 밖에 있어. 존재하지 않아." 오브라이언은 태도를 바꿔 좀 더 가혹하게 말했다. "잔인하고 거짓말을 하는 우리보다 자네가 도덕적으로 우월하다고 생각하나?"

"네, 제가 더 우월하다고 생각합니다."

오브라이언은 아무 말도 하지 않았다. 다른 두 사람이 말하는 소리가 들려왔다. 잠시 후 윈스턴은 그중 하나가 자신의 목소리라는 것을 알아챘다. 그것은 그가 형제단에 가입하던 날 밤에 오브라이언과 나눈 대화를 녹음한 음성이었다. 자신이 거짓말하고, 절도하고, 위조하고, 살인을 저지르고, 마약과 매춘을 장려하고, 성병을 퍼뜨리고, 아이 얼굴에 황산을 부어버리겠다고 약속하는 말소리가 들려왔다. 오브라이언은 이런 증명은 할 필요 없다고 말하려는 듯 안달하는 몸짓을 했다. 그가 스위치를 끄자 목소리가 그쳤다.

"침대에서 일어나." 오브라이언이 말했다.

끈이 저절로 풀어졌다. 윈스턴은 바닥에 몸을 굽혔다가 엉거주춤 일어섰다.

"자네는 마지막 인간이네. 자네는 인간 정신의 수호자이고 말이지. 자네는 자네 자신을 있는 그대로 보게 될 걸세. 옷을 벗게."

윈스턴은 작업복을 묶고 있던 끈을 풀었다. 지퍼는 오래전에 떨어져 나가 있었다. 체포된 이후 언제라도 옷을 전부 한꺼번에 벗은 적이 있었는지 기억나지 않았다. 작업복 밑으로 속옷 자투리라는 걸 겨우 알아볼 수 있는 누렇고 지저분한 누더기가 몸에 감겨 있었다. 그 누더기까지 벗어 내리자 방 반대쪽 끝에 있는 삼면 거울이 눈에 띄었다. 그는 거울을 향해 다가가다가 돌연 멈춰 섰다. 저도 모르게 울음이 터져 나왔다.

"계속 가. 거울 사이에 서. 옆모습도 보도록 해."

윈스턴은 두려운 나머지 걸음을 멈췄다. 구부정한 잿빛 해골 같은 것이 그를 향해 다가오고 있었다. 그것이 자기 자신이라는 사실도 끔찍했을 뿐만 아니라 거울에 비친 실제 모습도 무시무시했다. 윈스턴은 거울에 가까이 다가섰다. 자세가 구부정해서 얼굴이 툭 튀어나온 것처럼 보였다. 비참한 죄수의 얼굴에는 말쑥한 이마가 벗어진 정수리까지 이어져 있었고, 코는 휘어진 데다 후줄근한 광대뼈 위로 경계하는 험악한 두 눈이 보였다. 볼에는 주름이 깊게 파였고, 입은 쑥 들어갔다. 분명 자신의 얼굴이었지만, 내면의 변화보다도 외면의 변화가 훨씬 커 보였다. 이런 얼굴에 나타나는 감정은 실제 느끼는 감정과는 다를 것 같았다. 머리가 부분적으로 벗어져 있었다. 처음에는 머리가 허옇게 셌다고 생각했는데, 희끗희끗한 건 두피뿐이었다. 손과 얼굴을 제외하면 깊이 배어든 오래된 때로 인해 온

몸이 잿빛이었다. 상처 아래 여기저기에 붉은 흉터가 있었고, 발목 근처의 정맥류궤양은 살갗이 벗어진 채 곪아 있었다. 하지만 정말로 무시무시했던 건 초췌한 몸이었다. 갈비뼈 주변이 해골처럼 뼈만 앙상했다. 다리는 잔뜩 말라서 허벅지보다 무릎이 더 두꺼울 지경이었다. 윈스턴은 이제 오브라이언이 왜 옆모습을 보라고 했는지 알 수 있었다. 척추가 놀랄 만큼 굽어 있었다. 얇은 어깨가 앞으로 굽은 바람에 가슴팍이 움푹 들어가 있었고, 바싹 마른 목은 두개골 무게로 잔뜩 구부러져 있었다. 언뜻 악성 질환을 앓고 있는 예순 살의 몸처럼 보였다.

"자네는 가끔 내 얼굴이, 내부당원의 얼굴이 늙고 지쳐 보인다고 생각했겠지. 하지만 자네 얼굴은 어떤가?"

오브라이언은 윈스턴의 어깨를 붙잡고 빙글 돌려서 자신과 마주 보게 했다.

"자네의 몸 상태를 보라고! 온몸에 가득한 이 더러운 때를 봐. 발가락 사이에 낀 때를 보라고. 다리에 고름이 흐르는 역겨운 상처는 어떻고. 염소만큼 냄새가 지독하다는 건 알고 있나? 아마 못 느꼈겠지. 이렇게 여윈 것을 보라고. 보이나? 내 엄지와 검지로 자네 위팔을 쥘 수 있을 정도지. 자네 목을 당근처럼 부러뜨릴 수도 있겠어. 여기 잡혀 들어온 후로 25킬로그램이나 빠진 걸 알고 있나? 머리도 한 움큼씩 빠지고 있어. 보라고!" 그가 윈스턴의 머리카락을 잡아당기자 한 다발이나 뽑혀 나왔다. "입을 벌려봐. 이가 아홉 개, 열 개, 열한 개밖에 안 남았네. 여기 왔을 때는 몇 개였지? 얼마 남지 않은 이도 떨어져 나가려 한다고. 이것 봐!"

오브라이언은 힘센 엄지와 검지로 윈스턴의 남아 있는 앞니 하나를 세게 잡았다. 턱으로 심한 통증이 스쳤다. 오브라이언이 흔들리는 이를 뿌리째 비틀어 뽑고는 감방 바닥에 내던졌다.

"자네는 썩어가고 있네. 너덜너덜 부서져가고 있다고. 자네는 뭔가? 고작 오물 덩어리 아닌가. 이제 돌아서서 다시 거울을 봐. 자네를 바라보고 있는 저게 보이나? 저게 바로 최후의 인간이야. 자네가 인간이라면 저게 인간성이네. 이제 다시 옷을 입도록 해."

윈스턴은 느리고 뻣뻣한 동작으로 옷을 입기 시작했다. 지금까지 그는 자신이 얼마나 마르고 약해져 있는지 알지 못했다. 생각보다 훨씬 오래 이곳에 있었던 게 분명하다는 생각만 떠올랐다. 초라한 누더기를 몸에 걸치다가 갑자기 자신의 말라빠진 몸에 대한 동정심이 울컥 치밀었다. 저도 모르게 그는 침대 옆 작은 의자로 쓰러져 왈칵 눈물을 쏟아냈다. 윈스턴은 자신의 추하고 볼품없는 모습을, 자신이 해골 같은 몸뚱이에 더러운 속옷을 걸친 채 가혹한 불빛 아래서 흐느끼고 있다는 사실을 깨달았다. 하지만 울음을 그칠 수가 없었다. 오브라이언이 상냥하게 윈스턴의 어깨에 한 손을 올렸다.

"영원히 그렇지는 않을 거야. 자네가 원하면 언제든 벗어날 수 있어. 모든 건 자네 자신에게 달렸네."

"당신 짓이에요! 당신이 날 이 꼴로 만들었어." 윈스턴이 흐느끼며 말했다.

"아니야, 자네를 이 꼴로 만든 건 자네 자신이야. 자네가 당에 맞서기로 했을 때 받아들였던 것이 바로 이거라네. 이건 전부 그 최초의 행위에 포함되어 있던 거였어. 자네가 예측하지 못한 일은 아무것도 일어나지 않았네."

오브라이언은 잠시 말을 멈췄다.

"우리는 자네를 무너뜨렸네, 윈스턴. 자네를 박살 냈지. 자네 몸이 어떤지 보지 않았는가. 정신도 같은 상태일세. 자네 마음속에 자존심은 남아 있지 않을 걸세. 자네는 발로 차이고 채찍으로 얻어맞고 모욕을 당했어. 고통에 비명을 지르고 자네의 피와 토사물로 뒤덮인 바닥을 뒹굴었지. 자네는 흐느껴 울며 자비를 구했네. 모든 사람과 모든 것을 배신했어. 자네가 타락하지 않은 걸 한 가지라도 말할 수 있겠나?"

윈스턴은 흐느낌을 멈추었다. 하지만 눈에서는 여전히 눈물이 줄줄 흘러내렸다. 그는 오브라이언을 올려다보았다.

"저는 줄리아를 배신하지 않았습니다."

오브라이언은 생각에 잠긴 듯 그를 내려다보았다. "맞아. 그렇군. 자네는 줄리아를 배신하지 않았네."

그 어떤 걸로도 파괴할 수 없을 것 같은 오브라이언에 대한 이상한 존경심이 윈스턴의 가슴속에 다시 한번 넘쳐흘렀다. 그는 생각했다. 얼마나, 얼마나 현명한가! 오브라이언은 단 한 번도 자신이 한 말을 이해하지 못한 적이 없었다. 지구 상의 다른 모든 사람들은 자신이 줄리아를 배신**했다**고 즉시 말했을 것이다. 고문으로 빼내지 못한 정보가 대체 무엇이 있단 말인가? 윈스턴은 그들에게 줄리아에 대해 알고 있는 모든 것을 말했다. 그녀의 습관, 성격, 과거까지도 전부 말했다. 그녀를 만났을 때 일어났던 모든 사소한 일들, 자신이 그녀에게 했던, 그녀가 자신에게 했던 모든 말, 암시장의 음식, 간통, 당에 대한 막연한 반란 계획까지 모조리 구체적으로 털어놓았다. 하지만 말한 것처럼 그는 그녀를 배신하지 않았다. 윈스턴은 여전히 줄리아를 사랑했으며, 그녀에 대한 감정이 그대로 남아 있었다. 오브라이언은 따로 설명할 필요도 없이 그 말이 무슨 뜻인지 이해했던 것이다.

"언제 저를 총살할 건지 알려주십시오." 윈스턴이 말했다.

"오래 걸릴 수도 있네. 자네는 까다로운 경우라서 말이야. 하지만 희망을 놓지 말게. 결국 모두들 고쳐졌으니. 그러고 나면 자네를 쏘게 될 거야."

4

윈스턴은 부쩍 호전되었다. 나날이 살집이 붙었고 튼튼해졌다. 물론 '날'이라는 개념을 쓸 수 있다면 말이다.

흰 불빛과 윙윙대는 소음은 여전했지만 이 감방은 그동안 거쳐온 다른 곳들에 비해 조금 더 편안했다. 판자 침대에는 베개와 매트리스가 있었고, 앉을 수 있는 의자도 있었다. 목욕도 할 수 있었고 양철 대야에서 꽤 자주 씻을 수도 있었다. 몸을 씻을 따뜻한 물도 주었다. 새 속옷과 깨끗한 작업복도 주었다. 정맥류궤양에는 연고를 발라주었다. 남은 이를 뽑은 후 새로운 의치를 맞춰주었다.

분명 몇 주나 몇 달은 지났을 것이다. 규칙적으로 느껴지는 간격으로 식사를 제공받고 있으니 마음만 먹는다면 이제 시간의 흐름을 가늠해볼 수도 있을 것 같았다. 생각건대, 24시간 동안 세 끼를 제공받는 것 같았다. 식사는 세 번에 한 번꼴로 고기가 나올 정도로 훌륭했다. 한번은 담배 한 갑을 받기도 했다. 성냥이 없었는데, 결코 입을 열지 않는 간수가 음식을 가져다주면서 불을 빌려주었다. 처음 담배를 피웠을 때는 속이 메슥거렸지만 참아냈고, 매끼 식사 후 반 개비씩 태우면서 한 갑을 오랫동안 피웠다.

한쪽에 몽당연필이 붙어 있는 하얀 석판도 받았다. 처음에는 그것을 사용하지 않았다. 깨어 있을 때도 완전히 무기력한 상태였다. 끼니 사이에 때로는 잠을 잤고, 때로는 눈을 뜨기가 너무 수고스러워 막연한 공상을 하면서 거의 꼼짝도 않고 누워 있었다. 얼굴에 강렬한 조명을 받으며 잠드는 것은 이미 오래 전에 익숙해졌다. 그래도 아무런 차이는 없는 것 같았지만, 꿈이 좀 더 일관적이었다. 그동안 수많은 꿈을 꾸었는데 항상 행복한 꿈이었다. 그는 황금의 나라에 있거나, 햇빛이 비치는 거대하고 아름다운 폐허에 어머니와 줄리아와 오브라이언과 함께 앉아 있었다. 별다른 일은 하지 않고 햇볕 아래 가만히 앉아서 평화로운 대화를 나누었다. 깨어 있을 때 하는 생각은 대부분 꿈에 대한 것이었다. 고통스러운 자극이 사라졌기에 지적인 노력을 기울일 힘을 잃은 것 같았다. 지루하지도 않았고 대화나 기분 전환을 하고 싶은 마음도 없었다. 그저 홀로 있는 것, 얻어맞지 않고 심문당하지 않는 것, 먹을거리가 충분한 것, 구석구석 깨끗한 것만으로도 충분히 만족스러웠다.

자는 시간은 점차 줄어들었지만 여전히 침대에서 일어나고 싶은 마음은 들지 않았다. 조용히 누워 몸에 기운이 생기는 것을 느끼고 싶을 뿐이었다. 윈스턴은 손으로 여기저기를 눌러보면서 근육이 붙고 피부가 팽팽해지는 것이 착각이 아니라는 걸 확인하고자 했다. 마침내 살집이 생겼다는 데는 의심의 여지가 없었다. 확실히 허벅지가 무릎보다 두꺼워졌다. 이렇게 몸이 회복된 후 처음에는 내키지 않았지만 규칙적으로 운동을 시작했다. 이내 감방에서 걸음짐작으로 알아낸 3킬로미터를 걸을 수 있었고, 구부정했던 어깨도 점차 곧게 펴졌다. 윈스턴은 좀 더 까다로운 운동을 시도하며, 자신에게 어떤 운동이 불가능한지 확인하고는 놀라움과 굴욕감을 느끼기도 했다. 걷는 것보다 더 힘든 운동은 할 수 없었다. 의자를 들고 팔을 쭉 뻗은 채 버틸 수도 없었다. 넘어지지 않고 한 발로 설 수도 없었다. 발뒤꿈치를 대고 쪼그려 앉았다가 일어나려면 허벅지와 장딴지에 고통스러운 통증이 느껴졌다. 배를 대고 누워 있다가 팔굽혀펴기를 시도해보았지만 절망적이게도 조금도 일어날 수 없었다. 하지만 며칠이 지나자(몇 끼니 후에) 그 위업마저 달성했다. 무려 여섯 번 연속으로 할 수 있었다. 실제로 자신의 몸을 자랑스럽게 여기게 되었으며, 때때로 얼굴도 정상으로 돌아오고 있다고 믿었다. 단지 벗어진 머리에 우연히 손을 댈 때면 거울에서 자신을 바라보고 있던 깊게 주름지고 상해버린 얼굴이 떠올랐다.

마음도 점차 활기에 넘쳤다. 그는 벽에 등을 기대고 무릎에 석판을 올려놓은 채 판자 침대에 앉아 신중하게 자신을 재교육하는 과업에 착수했다.

윈스턴은 저항을 그만두었다. 그건 동의한 바였다. 사실 이제 와 생각해보면 이 결정을 내리기 훨씬 전부터 저항을 그만둘 생각이었다. 그가 애정부에 들어갈 때부터, 심지어 줄리아와 함께 텔레스크린으로부터 쇳소리 나는 목소리의 명령을 들으며 무력하게 서 있던 순간부터, 윈스턴은 당의 권력에 대항하고자 했던 자신의 경솔함과 천박함을 깨달았다. 지난 칠 년 동안 사상경찰이 돋보기 아래 딱정벌레처럼 자기를 지켜보고 있었다는 것을 이제야 깨달았다. 그들은 모든 행동과 말을 알아챘고, 모든 일련의 생각을 추론해낼 수 있었다. 일기 겉표지에 쌓인 하얀 먼지 몇 점조차 세심하게 다시 올려두었다. 그들은 목소리를 녹음한 음성을 들려주었고, 사진을 보여주었다. 줄리아와 자신이 찍혀 있는 사진도 있었다. 그렇다, 심지어… 윈스턴은 더 이상 당에 맞설 수 없었다. 더군다나 당은 옳았다. 틀림없었다. 어떻게 그 불멸의 집단적 두뇌가 틀릴 수 있단 말인가? 어떤 외부적 기준으로 당의 판단을 점검할 수 있겠는가? 제정신은 통계적인 것이다. 그저 그들이 생각하는 대로 생각하는 법을 배우면 되는 문제일 뿐이었다. 그뿐이었다!

손에 쥔 연필이 두껍고 어색하게 느껴졌다. 그는 머릿속에 떠오르는 생각을 적기 시작했다. 서투른 글씨로 커다랗게 우선 적었다.

자유는 예속

그리고 이어서 그 아래 다음과 같이 적었다.

2 더하기 2는 5

하지만 갑자기 멈칫했다. 무언가를 회피하려는 것처럼 정신을 집중할 수 없었다. 자신이 다음에 쓸 말이 무엇인지 알고 있다는 것은 알았지만, 잠시 동안 그 말이 떠오르지 않았다. 그 말을 떠올릴 수 있었던 건 의식적으로 무엇을 써야만 하는지 추론해낸 덕분이었다. 자발적으로 떠오른 것이 아니었다. 윈스턴은 이렇게 썼다.

신은 권력

그는 모든 것을 받아들였다. 과거는 바꿀 수 있다. 과거는 결코 바뀐 적이 없었다. 오세아니아는 동아시아와 전쟁 중이다. 오세아니아는 언제나 동아시아와 전쟁 중이었다. 존스, 아론슨, 러더퍼드는 고발당한 죄를 실제로 저질렀다. 윈스턴은 그들이 유죄가 아니라는 것을 입증하는 사진을 본 적이 없다. 결코 존재한 적도 없었고, 윈스턴 자신이 만들어낸 것이었다. 정반대의 일들을 기억하고 있었다는 걸 기억했지만, 그건 자기기만의 산물이라 할 수 있는 가짜 기억이었다. 얼마나 쉬운 일이던가! 굴복하기만 하면 다른 모든 것은 저절로 따라왔다. 그건 기를 쓰고 물살을 거슬러 올라가려고 하다가, 거스르는 대신 갑자기 방향을 바꿔서 물살을 따라가기로 한 것과 같았다. 자신의 태도를 제외하면 달라진 것은 아무것도 없었다. 예정된 일은 무슨 일이 있어도 일어났다. 애초에 왜 반역을 했는지 알 수 없었다. 전부 쉬운 일이었다. 다만!

무엇이든 진실이 될 수 있다. 소위 자연법칙도 터무니없는 말이었다. 중력 법칙도 헛소리였다. 오브라이언은 이렇게 말했다. "내가 하고자 했다면 비눗방울처럼 바닥에서 떠오를 수도 있네." 윈스턴은 이 말에 대해 생각했다. '만약 그가 바닥에서 떠오른다고 **생각**한다면, 동시에 내가 그 모습을 보고 있다고 **생각**한다면 그런 일은 일어난다.' 물속에 가라앉아 있던 잔해가 수면을 가르는 것처럼 문득 이런 생각이 떠올랐다. '실제로 그런 일은 일어나지 않아. 우리의 상상일 뿐이다. 그건 환영이다.' 그는 즉각 이 생각을 억눌렀다. 잘못된 생각이 분명했다. 그건 개인의 영역 밖 어디엔가 '진짜' 일들이 일어나는 '진짜' 세상이 있다는 걸 전제로 했다. 하지만 그런 세상이 어떻게 있을 수 있단 말인가? 정신을 통하지 않고서야 어떻게 무언가에 대한 지식을 가질 수 있단 말인가? 모든 것은 마음속에서 일어난다. 마음속에서 일어나는 모든 일은 정말로 일어난다.

윈스턴은 아무런 어려움도 없이 잘못된 생각을 버릴 수 있었고, 잘못된 생각에 넘어갈 위험도 없었다. 그럼에도 불구하고 애초에 잘못된 생각 자체를 하지 말았어야 한다는 걸 알고 있었다. 마음은 위험한 생각이 떠오르면 모순을 만들어내야 한다. 그 과정은 자동적이고 본능적이어야 한다. 이를 신어로는 **범죄중단**이라고 했다.

그는 범죄중단 훈련에 착수했다. 그는 '당은 지구가 평평하다고 말한다', '당은 얼음이 물보다 무겁다고 말한다'라는 명제들을 제시하고, 이를 반박하는 논거를 보지 않거나 이해하지 않는 훈련을 했다. 쉽지 않은 일이었다. 상당한 추리력과 임기응변 능력이 필요했다. 예를 들어 '2 더하기 2는 5'라는 서술로 제기된 연산 문제는 그의 지적 이해력으로 감당할 수 없는 문제였다. 한순간 가장 정교한 논리력을 사용했다가 다음 순간 가장 허술한 논리적 오류를 의식하지 않도록 집중적인 정신력을 발휘해야 했다. 지능만큼 어리석음이 필수적이었지만, 어리석어지는 것도 힘든 일이었다.

그동안 마음 한구석에서는 그들이 언제쯤 자신을 총살할지 궁금했다. "모든 건 자네 자신에게 달렸네." 오브라이언은 이렇게 말했다. 하지만 의도적인 행동으로 그 시기를 앞당길 수는 없다는 걸 알고 있었다. 지금부터 십 분 후일 수도, 십 년 후일 수도 있었다. 몇 년을 독방에 감금할 수도 있고, 강제 노동 수용소에 보낼 수도 있고, 가끔 그랬던 것처럼 잠시 풀어줄 수도 있었다. 총살당하기 전에 체포와 심문에 이르는 모든 사건이 전부 다시 반복될 가능성도 충분했다. 한 가지 확실한 것이 있다면 죽음은 결코 예상한 순간에 오지 않는다는 것이었다. 관례는, 아무도 들은 적 없지만 어쩐지 알고 있는 그 암묵적 관례는 등 뒤에서 쏘는 것이었다. 감방과 감방 사이 복도를 걷고 있을 때 경고도 없이 언제나 뒤통수를 쏜다고 했다.

어느 날('어느 날'은 적절한 표현이 아니다. 어쩌면 한밤중일 수도 있을 테니 말이다. 따라서 언젠가) 윈스턴은 이상하고 행복한 공상에 빠졌다. 그는 총알이 발사되기를 기다리며 복도를 걷고 있었다. 이내 총알이 발사되리라는 것을 알고 있었다. 모든 일이 처리되었고, 수월하게 해결되었고, 조정되었다. 더 이상 의혹도, 논쟁도, 고통도, 공포도 없었다. 몸은 건강하고 튼튼했다. 그는 움직이고 있다는 즐거움과 햇빛 아래를 걷고 있다는 기분에 흠뻑 젖은 채 평화로이 걸었다. 윈스턴은 더 이상 애정부의 좁고 하얀 복도에 있지 않았다. 햇빛이 비치는 1킬로미터의 거대한 복도를 약물에 취해 환각에 빠져 걷고 있는 것 같았다. 황금의 나라에서 토끼가 뜯어 먹은 오래된 목초지를 가로지르는 오솔길을 따라 걷고 있었다. 발밑으로 푹신푹신한 짧은 잔디가 느껴졌고 얼굴에는 햇살이 부드럽게 떨어지고 있었다. 들판 언저리에는 느릅나무 가지가 하늘거리고 있었고, 그 너머 어디엔가 버드나무 아래 초록색 웅덩이에서 황어들이 노니는 시내가 있었다.

윈스턴은 갑자기 공포에 휩싸여 침대에서 벌떡 일어났다. 등줄기를 따라 땀이 흘렀다. 저도 모르게 큰 소리로 외치고 있었다.

"줄리아! 줄리아! 줄리아, 내 사랑! 줄리아!"

잠시 동안 그는 줄리아가 옆에 있는 것만 같은 환영에 사로잡혔다. 함께 있는 걸 넘어서서 자신 안에 그녀가 있는 것 같았다. 줄리아가 자신의 가죽을 뒤집어쓰고 있는 것만 같았다. 그 순간 그는 두 사람이 자유롭게 함께 있었을 때보다 훨씬 더 그녀를 사랑하고 있었다. 또한 어딘가에서 줄리아도 살아남아 그의 도움을 원하고 있을 거라는 생각이 들었다.

그는 다시 침대에 누워 마음을 가다듬으려 애썼다. 대체 무슨 짓을 한 거지? 한순간의 나약함으로 이 노예 같은 삶을 몇 년이나 더 연장했단 말인가!

이내 밖에서 구둣발 소리가 들려올 것이다. 방금 전과 같은 고함을 처벌하지 않고 넘어갈 리 없었다. 만약 이전에 모르고 있었다면 이제는 윈스턴이 그들과 맺었던 합의를 저버렸다는 걸 알게 되었을 것이다. 그는 당에 복종했지만, 여전히 당을 증오했다. 과거에는 겉으로는 복종하는 척하면서 이단적인 마음을 숨기고 있었다. 이제는 한걸음 더 물러섰다. 마음속으로는 항복했지만, 마음속 깊은 곳만은 침범당하지 않고자 했다. 자신이 잘못하고 있다는 걸 알았지만, 잘못한 채로 있고자 했다. 그들은 이해할 것이다. 오브라이언도 이해할 것이다. 단 한 번의 어리석은 고함으로 이 모든 것을 전부 자백해버렸다.

처음부터 전부 다시 시작해야 할 것이다. 몇 년이 걸릴 수도 있었다. 새로운 얼굴에 익숙해지려고 손으로 얼굴을 쓱 만져보았다. 볼에는 깊은 주름이 잡혀 있었고, 광대뼈가 뚜렷했고, 코는 주저앉아 있었다. 게다가 마지막으로 거울에서 자신의 모습을 본 이후 새로운 의치를 받았다. 자신의 얼굴이 어떻게 생겼는지도 모르면서 뜻 모를 표정을 짓는 건 쉽지 않은 일이었다. 아무튼 단순히 이목구비를 통제하는 것만으로는 충분하지 않았다. 비밀을 지키기 위해서는 자기 자신에게도 그걸 숨겨야 한다는 것을 처음으로 깨달았다. 비밀이 있다는 것은 줄곧 알고 있어야 하지만, 필요할 때까지는 이름을 붙일 수 있는 어떠한 형태로라도 의식 속에 떠오르게 해서는 안 된다. 이제부터 그는 바르게 생각해야 할 뿐만 아니라, 바르게 느끼고 바르게 꿈꿔야 한다. 그러면서도 자신의 일부지만 나머지 부분과는 연결되어 있지 않은 낭종처럼 증오는 동그랗게 싸서 마음속에 가둬놓아야 한다.

어느 날 그들은 그의 총살을 결정할 것이다. 언제인지는 알 수 없지만, 총살당하기 몇 초 전에는 알 수 있을 것이다. 언제나 복도를 걷고 있을 때 뒤에서 쏜다. 10초면 충분할 것이다. 그때는 그의 내면 세계가 뒤집힐 것이다. 그리고 갑자기, 한마디도

하지 않고, 발걸음도 멈추지 않고, 얼굴 주름 하나 꿈틀거리지 않다가 갑자기 위장을 벗고 탕! 증오가 폭발할 것이다. 거대하게 이글거리는 불꽃처럼 증오가 몸속 가득 채워질 것이다. 거의 동시에 탕! 소리에 너무 늦게, 또는 너무 빨리 총알이 발사될 것이다. 총알은 그를 갱생시키기도 전에 그의 머리를 산산조각 낼 것이다. 이단적 생각은 처벌받지 않고 뉘우치지도 않은 채 영영 그들의 손을 떠날 것이다. 그들은 자신들의 완벽함에 하나의 구멍을 뚫게 될 것이다. 그들을 증오하며 죽는 것, 그것이 자유였다.

윈스턴은 눈을 감았다. 지적 훈련을 받아들이는 것보다 더 어려운 일이었다. 자기 자신을 타락시키고 불구로 만드는 문제였다. 오물 중의 오물 속으로 뛰어들어야만 했다. 그중 가장 끔찍하고 구역질 나는 건 무엇인가? 그는 빅 브라더를 생각했다. 짙고 검은 콧수염과 앞뒤로 자신을 따라오는 두 눈을 가진 거대한 얼굴이(계속 포스터로만 봤기 때문에 항상 얼굴은 1미터 너비라고 생각했다) 마음속에 저절로 떠오르는 것 같았다. 빅 브라더를 향한 자신의 진정한 감정은 무엇일까?

복도에서 무거운 구둣발 소리가 들렸다. 쾅 하고 철문이 열렸다. 오브라이언이 감방으로 들어왔다. 그 뒤로 밀랍 같은 얼굴의 장교와 검은 제복을 입은 간수들이 서 있었다.

"일어나. 이쪽으로 와." 오브라이언이 말했다.

윈스턴은 그의 반대쪽에 섰다. 오브라이언은 힘센 두 손으로 윈스턴의 양쪽 어깨를 잡고 그를 유심히 바라보았다.

"자네는 나를 속이려고 했네. 어리석은 생각이야. 똑바로 서.

내 얼굴을 봐."

그는 잠시 멈췄다가 좀 더 너그러운 투로 말했다.

"자네는 나아지고 있어. 지적인 측면에서는 거의 문제가 없어. 그저 감정적으로 발전하지 못하고 있을 뿐이야. 말해봐, 윈스턴. 명심해, 거짓말은 안 되네. 내가 언제나 거짓말을 간파해낸다는 걸 알고 있겠지. 말해보게. 빅 브라더에 대한 자네의 진정한 감정은 무엇인가?"

"그를 증오합니다."

"증오하는군. 좋아. 그럼 이제 마지막 단계를 밟을 때가 됐군. 자네는 빅 브라더를 사랑해야만 하네. 순종하는 걸로는 충분하지 않아. 사랑해야만 해."

그는 윈스턴의 어깨를 놓고 간수 쪽으로 살짝 밀며 말했다.

"101호실."

5

각 단계를 거칠 때마다 윈스턴은 이 창 없는 건물에서 자신이 어디쯤 있는지 알 수 있었다. 적어도 아는 것 같았다. 기압이 조금씩 다르게 느껴졌다. 간수들이 그를 두들겨 팼던 감방은 지하에 있었다. 오브라이언이 그를 심문했던 방은 옥상 근처의 아주 높은 곳이었다. 여기는 내려올 수 있는 곳 중에 가장 깊은 곳으로, 지하 수십 미터에 있었다.

이곳은 그동안 머물렀던 대부분의 감방보다 더 컸다. 하지만 주변을 거의 볼 수 없었다. 볼 수 있는 건 정면 앞으로 놓인 작은 테이블 두 개뿐이었다. 각각 초록색 베이즈 천으로 덮여 있었고, 하나는 일이 미터 앞에, 다른 하나는 더 멀리 문 근처에 놓여 있었다. 윈스턴은 의자에 바로 앉아 묶여 있었다. 너무 꽁꽁 묶여서 머리조차 움직일 수 없었다. 패드 같은 것이 뒤에서 머리를 단단히 고정해놓은 탓에 정면만 볼 수 있었다.

잠시 혼자 있었는데 문이 열리며 오브라이언이 들어왔다.

"자네가 언젠가 내게 101호실에는 뭐가 있느냐고 물어봤지. 나는 자네가 이미 답을 알고 있다고 말했네. 모두들 알고 있지.

101호실에 있는 건 세상에서 가장 끔찍한 거라네."

다시 문이 열렸다. 간수가 철사로 만든 상자인 것 같기도 하고 바구니인 것 같은 것을 들고 들어와 먼 쪽 테이블에 내려놓았다. 오브라이언이 가로막고 서 있어서 그 물건이 무엇인지 볼 수 없었다.

"세상에서 가장 끔찍한 건 사람에 따라 다르지. 산 채로 파묻히는 것일 수도 있고, 불타 죽는 것일 수도, 물에 빠져 죽는 것일 수도, 꿰뚫려 죽는 것일 수도 있어. 처형 방법이 쉰 가지는 될 거야. 하지만 치명적이지도 않고 아주 사소한 방법도 있네."

그가 한쪽으로 비켜선 덕분에 윈스턴은 테이블에 놓인 그 물건을 조금 더 잘 볼 수 있었다. 그것은 네모난 철제 우리로, 위쪽에는 손잡이가 붙어 있었다. 정면에는 펜싱 마스크처럼 보이는 것이 고정되어 있었고 얼굴이 들어가는 오목한 면이 밖을 향해 있었다. 삼사 미터쯤 떨어져 있었지만, 윈스턴은 그 우리가 위아래 두 공간으로 이루어졌으며, 각 공간에는 동물 같은 것이 들어 있다는 것을 알아챘다. 그 동물은 바로 쥐였다.

"자네에게 있어 세상에서 가장 끔찍한 건 쥐가 되는 셈이지." 오브라이언이 말했다.

무엇이 두려웠던 건지는 알 수 없지만 그 우리를 처음 본 순간 전조 같은 떨림이 윈스턴을 훑고 지나갔었다. 하지만 이제 우리 앞에 붙어 있는 마스크 같은 것이 무엇인지 충분히 알 수 있었다. 창자가 녹아내리는 것 같았다.

"이럴 순 없습니다! 안 돼, 안 돼요! 그럴 수 없어!" 윈스턴은 갈라진 목소리로 비명을 질렀다.

"꿈에서 나타나곤 했던 공포의 순간을 기억하나? 눈앞에는 어두운 벽이 있었고, 귓속으로 으르렁거리는 소리가 들렸지. 벽 반대쪽에는 무언가 끔찍한 게 있었어. 자네는 그게 뭔지 알고 있었지만 감히 밖으로 끌어내려고 하지는 못했지. 벽 반대쪽에 있었던 건 바로 쥐였어."

"오브라이언!" 윈스턴이 목소리를 진정시키려고 애쓰며 말했다. "이럴 필요 없다는 거 알잖습니까? 나한테 원하는 게 뭡니까?"

오브라이언은 바로 대답하지 않았다. 그가 입을 열었을 때는 종종 그랬던 것처럼 스승이라도 되는 듯한 말투였다. 오브라이언은 윈스턴의 뒤쪽 어딘가에 있는 청중에게 연설이라도 하는 양 생각에 잠겨 먼 곳을 바라보았다.

"고통 자체로는 충분하지 않지. 인간은 죽기 직전까지도 고통에 맞서는 경우가 있으니까. 하지만 사람은 누구나 견딜 수 없는 게 있는 법이야. 떠올리는 것조차 싫은 것 말이지. 용기나 비겁함과는 상관없는 문제야. 높은 곳에서 떨어질 때 밧줄을 붙잡는 건 비겁한 게 아니지. 깊은 바닷속에서 헤엄쳐 나온 후 숨을 잔뜩 들이쉬는 것도 비겁한 게 아니야. 그건 어쩔 수 없는 본능일 뿐이지. 쥐도 마찬가지야. 자네에게 있어 쥐는 도저히 견딜 수 없는 거지. 견디려 해도 견딜 수 없는 하나의 압박이라고 할 수 있네. 자네는 자네에게 요구되는 걸 하게 될 거야."

"하지만 그게 뭐죠, 대체 뭡니까? 그게 뭔지 모르면 내가 어떻게 할 수 있습니까?"

오브라이언은 우리를 들어 가까운 쪽 테이블로 가져왔다. 그리고 베이즈 천 위에 조심스레 올려놓았다. 윈스턴은 귓속에서 피가 고동치는 소리가 들렸다. 철저한 고독 속에 앉아 있는 기분이었다. 아무것도 없는 광활한 평원 한가운데, 햇볕이 쨍쨍 내리쬐는 평탄한 사막 한가운데 내버려진 채로 모든 소리는 한없이 멀리서 들려오는 것 같았다. 하지만 쥐가 들어 있는 우리는 2미터도 채 떨어져 있지 않았다. 몸집이 거대한 놈들이었다. 나이가 꽤 들어서 주둥이는 뭉뚝하고 사나운 데다 털도 잿빛이 아니라 갈색이었다.

오브라이언이 여전히 보이지 않는 청중에게 연설하듯 말했다. "쥐는 설치류인데도 육식성이지. 자네도 알고 있을 거야. 이 도시 빈민가에서 일어나는 일들을 들어봤을 테지. 어떤 거리에서는 부인네들이 아이들을 집에 5분도 혼자 놔두지 못한다더군. 쥐들이 틀림없이 공격해오니까. 순식간에 뼛속까지 뜯어먹는다지. 아픈 사람이나 죽어가는 사람도 공격하고 말이야. 이 놈들은 인간이 언제 무력한지를 귀신같이 알아내거든."

우리 안에서 찍찍대는 소리가 터져 나왔다. 그 소리는 멀리에서 들려오는 것 같았다. 쥐들은 싸우고 있었다. 칸막이 너머에서 서로에게 마구잡이로 들이대고 있었다. 깊은 절망의 신음 소리도 들려왔다. 그 소리도 자기의 내면이 아닌 다른 곳에서 들려오는 것 같았다.

오브라이언은 우리를 들고 그 안에 있는 무언가를 눌렀다. 딸깍하는 소리가 날카롭게 들렸다. 윈스턴은 의자에서 빠져나오려고 미친 듯이 몸무림쳤다. 소용없었다. 몸 전체가, 심지어 머리까지도 꼼짝 못하게 묶여 있었다. 오브라이언은 우리를 더 가까이 가져왔다. 이제 그것은 윈스턴의 얼굴에서 1미터도 떨어져 있지 않았다.

"첫 번째 레버를 눌렀네. 이 우리가 어떤 구조인지 알고 있을 거야. 마스크는 빠져나갈 구멍 하나 없이 얼굴에 꼭 맞을 거야. 이 다른 레버를 누르면 우리의 문이 열린다네. 그럼 이 굶주린 짐승들은 총알처럼 튀어나오겠지. 쥐가 공중으로 뛰어드는 걸 본 적 있나? 자네 얼굴에 뛰어들어서 곧장 구멍을 뚫어놓겠지. 눈알부터 파먹기도 해. 볼을 파고들어서 혀를 집어삼키기도 하지."

우리는 더 가까워져서 코앞으로 다가왔다. 머리 위에서 들리는 듯한 날카로운 비명 소리가 연달아 들려왔다. 하지만 윈스턴은 맹렬히 공포에 맞섰다. 생각해라. 생각해. 1초도 남지 않은 순간이라도 생각하는 것만이 유일한 희망이었다. 갑자기 놈들의 케케묵고 역겨운 냄새가 코를 찔렀다. 구역질이 왈칵 치솟아 정신을 잃을 지경이었다. 눈앞이 캄캄했다. 윈스턴은 잠시 정신을 잃고 짐승처럼 비명을 질러댔다. 하지만 한 가지 생각을 부여잡고 퍼뜩 정신을 차렸다. 이 상황에서 자신을 구해낼 단 한 가지 방법이 있었다. 저 쥐들과 자신 사이에 다른 인간을, 다른 인간의 **몸뚱이**를 끼워 넣어야만 한다.

마스크가 이제 시야를 잔뜩 가린 탓에 다른 것들은 보이지 않았다. 철망 문은 얼굴에서 두 뼘 정도밖에 떨어져 있지 않았다. 쥐들은 이제 무슨 일이 일어날지 알고 있는 듯했다. 한 놈은 위아래로 뛰어올랐고, 시궁쥐들의 할아버지쯤 되는 다른 놈은 분홍색 앞발로 빗장을 붙잡고 일어선 채 사납게 코를 킁킁거렸다. 수염과 누런 이빨이 훤히 보였다. 다시 공포로 눈앞이 캄캄해졌다. 앞을 볼 수도, 몸을 움직일 수도 없는 상태에서 아무 생각도 할 수 없었다.

"이건 제국주의 시대의 중국에서 흔한 형벌이었지." 오브라이언이 여느 때처럼 가르치듯이 말했다.

마스크가 얼굴로 바짝 다가왔다. 철사가 볼을 스치고 지나갔다. 그리고… 아니다, 이건 구제책이 아니다, 그저 희망일 뿐. 아주 작은 희망일 뿐이다. 어쩌면 너무 늦었는지도 모른다. 하지만 갑자기 윈스턴은 이 형벌을 덮어씌울 사람이 이 세상에서 단 **한** 사람 있다는 것을 깨달았다. 쥐들과 자신 사이에 끼워 넣을 수 있는 몸뚱이가 단 **하나** 있었다. 윈스턴은 미친 듯이 계속해서 소리쳤다.

"줄리아한테! 줄리아한테 하십시오! 나 말고 줄리아! 그 여자한테 무슨 짓을 하든지 상관없습니다! 얼굴을 잡아 뜯고 뼛속까지 뜯어먹게 하십시오! 나 말고 줄리아한테! 나는 안 돼!"

윈스턴은 뒤로 넘어지면서 쥐들에게서 멀어지며 깊은 나락으로 빠져들었다. 여전히 의자에 묶여 있었지만 그는 바닥을 뚫고, 건물 벽을 뚫고, 땅바닥을 뚫고, 바다를 뚫고, 대기를 뚫고, 우주를 향해, 별들 사이의 심연 속을 향해, 쥐들에게서 멀고 먼 곳으로 언제까지나 떨어져 나갔다. 그는 몇 광년이나 떨어져 있었지만 오브라이언은 여전히 그의 곁에 있었다. 여전히 차가운 철망이 볼에 닿아 있었다. 하지만 윈스턴을 둘러싼 어둠 속에서 또 한 번 금속이 딸깍하는 소리가 들렸다. 그 소리는 우리의 문이 열리는 게 아니라 닫히는 소리라는 걸 알 수 있었다.

6

체스넛 트리 카페는 거의 텅 비어 있었다. 창을 통해 비스듬히 비치는 한 줄기 햇살이 먼지 쌓인 테이블 위로 떨어졌다. 한적한 시간인 15시였다. 텔레스크린에서 쇳소리 나는 음악이 드문드문 들려왔다.

윈스턴은 늘 앉던 구석 자리에 앉아 빈 잔을 바라보고 있었다. 그는 때때로 고개를 들어 반대편 벽에서 자신을 바라보는 거대한 얼굴을 쳐다보았다. **빅 브라더가 당신을 지켜보고 있다**. 얼굴 아래로 이런 문구가 적혀 있었다. 부르지도 않았는데 웨이터가 다가와 잔에 승리 진을 채우고 코르크 마개에 빨대가 꽂힌 다른 병에서 음료를 몇 방울 떨어뜨려 섞었다. 가게의 명물인 정향으로 맛을 낸 사카린이었다.

윈스턴은 텔레스크린에서 나오는 소리를 듣고 있었다. 지금은 음악만 나오고 있었지만, 금방이라도 평화부에서 특별 속보가 나올 수 있었다. 아프리카 전선의 소식이 극도로 불안했다. 그는 하루 종일 시시때때로 그 일을 걱정하고 있었다. 유라시아군(오세아니아는 유라시아와 전쟁 중이었다. 오세아니아는 언제나 유라시아와 전쟁 중이었다)이 무서운 속도로 남쪽으로 이동하고 있었다. 정오 속보에서는 어떤 지역인지 분명히 언급하지 않았지만, 이미 콩고 입구에서 전투가 벌어지고 있을 가능성도 있었다. 브라자빌과 레오폴드빌(콩고민주공화국 수도 킨샤사의 옛 이름 – 옮긴이)이 위험했다. 이 말이 무슨 뜻인지 알기 위해 굳이 지도를 펼쳐 확인할 필요는 없었다. 중앙아프리카를 잃느냐 마느냐에서 그치는 문제가 아니었다. 전쟁 역사상 처음으로 오세아니아 영토 자체가 위협받고 있었다.

공포라고는 할 수 없지만 무차별적인 흥분에 가까운 격정이 내면에서 타올랐다가 곧 사그라졌다. 윈스턴은 전쟁에 대한 생각을 그만두었다. 최근 그는 한 가지 대상에 대해 생각할 때 몇 분 이상을 집중할 수가 없었다. 윈스턴은 잔을 들어 한입에 털어 넣었다. 언제나 그렇듯 진을 마시자 몸서리가 쳐지고 헛구역질까지 조금 올라왔다. 끔찍한 맛이었다. 정향과 사카린 자체도 느글느글했는데 김빠진 진의 기름 냄새를 가려주지도 못했다. 그중 최악은 밤낮으로 그에게 풍기는 진 냄새가 마음속에서 그것들의 냄새와 떼려야 뗄 수 없이 뒤섞여 있다는 것이었다.

윈스턴은 절대 마음속에서조차 그것들의 이름을 부르지 않았다. 가능하면 그 모습을 떠올리지도 않았다. 얼굴 가까이에서 맴돌며 코를 찌르는 냄새를 풍겼던 그것들을 그는 부분적으로만 의식하고 있었다. 진이 올라오면서 보랏빛 입술 사이로 트림이 나왔다. 그들에게 풀려난 후로 그는 살이 쪘고, 예전의 혈색을 되찾았다. 아니, 그보다 더 좋아졌다. 이목구비는 뚜렷해졌고, 코와 광대뼈는 거친 붉은색을 띠었고, 벗어진 머리마저 진분홍색이 되었다. 웨이터는 또 부르지도 않았는데 체스판과 함께 체스 문제가 실린 페이지를 엎어놓은 〈타임스〉 최신호를 가져다주었다. 윈스턴의 잔이 빈 것을 보고는 술병을 가져와 잔을 채워주었다. 주문할 필요는 없었다. 그들은 윈스턴의 취향을 알고 있었다. 체스 판도 언제나 대기 상태였고, 구석 자리 테이블도 언제나 남겨져 있었다. 카페에 손님이 가득할 때도 테이블을 독차지할 수 있었다. 다들 윈스턴 옆에 가까이 앉은 모습을 보이는 걸 꺼렸기 때문이다. 굳이 몇 잔을 마셨는지 셀 필요도 없었다. 가게에서는 불규칙한 간격으로 그에게 계산서라며 지저분한 종이쪽지를 갖다 주었는데, 언제나 마신 것보다 덜 청구하는 것 같았다. 하지만 돈을 더 청구한다고 해도 별 차이는 없었을 것이다. 최근에 윈스턴은 언제나 금전적으로 풍족했다. 한직이지만 예전보다 돈을 더 많이 주는 직업을 가지고 있었다.

텔레스크린에서 음악이 멈추고 대신 목소리가 흘러나왔다. 윈스턴은 고개를 들어 귀를 기울였다. 하지만 전선에서 온 속보는 아니었다. 그저 풍요부에서 전하는 짤막한 발표였다. 전 분기에 제10차 3개년 계획 신발 끈 생산 목표를 98퍼센트 초과 달성했다는 소식이었다.

그는 체스 문제를 검토한 후 체스 말을 놓기 시작했다. 나이트를 두 개 사용하는 까다로운 문제였다. '백을 움직여 두 수 만에 체크메이트를 시킬 것.' 윈스턴은 빅 브라더의 초상화를 올려다보았다. 언제나 백이 체크메이트를 시킨다. 윈스턴은 막연한 신비감을 가지고 생각했다. 언제나 예외 없이 그렇게 되어 있었다. 태초부터 체스 문제에서는 결코 흑이 이기는 법이 없었다. 그것은 영원히 변함없이 선이 악을 이긴다는 걸 상징하는 것이 아닐까? 차분한 힘이 가득한 빅 브라더의 거대한 얼굴이 윈스턴을 내려다보았다. 언제나 백이 체크메이트를 시킨다.

텔레스크린의 목소리가 잠시 멈췄다가 좀 더 엄숙한 투로 덧붙였다. "15시 30분에 중대 발표가 있을 예정이니 대기하십시오. 15시 30분입니다! 매우 중요한 소식입니다. 놓치지 않도록 주의하십시오. 15시 30분입니다!"

윈스턴의 마음에 동요가 일었다. 전선에서 도착한 속보였다. 좋지 않은 소식임을 본능으로 알 수 있었다. 하루 종일 조금 흥분한 상태로 우리 군이 아프리카에서 치명적인 패배를 당했을 거라는 생각이 마음 안팎을 드나들고 있었다. 유라시아군이 난공불락이었던 전선을 뚫고 개미 떼처럼 아프리카 대륙으로 몰려 들어가는 모습이 실제로 보이는 것 같았다. 어떻게 해서든 그들을 측면에서 칠 수 있는 방법은 없었던 걸까? 서아프리카 해안선의 광경이 머릿속에 선명하게 떠올랐다. 윈스턴은 흰 나이트를 집어서 체스 판 위로 움직였다. **저기**에 적절한 자리가 있었다. 검은 무리가 남쪽으로 돌진하는 와중에 비밀스럽게 소집되어 갑자기 그들의 후방을 공격해 해상과 육상의 통신을 끊어버리는 또 다른 병력의 모습이 보였다. 그렇게 되기를 간절히 바란다면 그 다른 병력을 실제로 나타나게 할 수도 있을 것 같았다. 하지만 재빨리 행동할 필요가 있었다. 유라시아군이 아프리카 전역을 장악한다면, 케이프의 비행장과 해군기지를 손에 넣는다면 오세아니아를 반으로 갈라놓게 될 것이다. 그것은 패배, 실패, 세계의 재분할, 당의 파멸까지도 의미할 수 있었다. 그는 깊은숨을 들이쉬었다. 온갖 잡다한 감정이 솟구쳤다. 아니, 잡다하다기보다는 여러 감정이 겹겹이 쌓여 있어서 가장 깊숙이 자리한 감정이 무엇인지 알 수 없었다.

욱신거림이 가셨다. 그는 흰 나이트를 원래 자리에 돌려놓았다. 하지만 잠시 체스 문제에 집중할 수가 없었다. 다시 생각이 흐트러졌다. 윈스턴은 거의 무의식적으로 테이블에 쌓인 먼지 위에 손가락으로 끼적였다.

2 + 2 = 5

"그들은 마음속까지 들어오지 못해요." 줄리아가 말했다. 하지만 그들은 마음속으로 들어올 수 있었다. "여기서 자네에게 일어난 일은 **영원히** 지속된다네." 오브라이언이 말했다. 맞는 말이었다. 절대로 회복할 수 없는 일들이, 절대로 회복할 수 없는 행동들이 있었다. 마음속에서 무언가 죽어버렸다. 불타 없어지고, 마비되어버렸다.

윈스턴은 줄리아를 만났고 이야기까지 나누었다. 그런다 해도 아무 위험이 없었다. 이제 그들은 자신의 행동에 거의 아무런 관심도 없다는 것을 본능적으로 알 수 있었다. 둘 중 한 사람이라도 그럴 마음이 있었다면 다음에 만날 약속을 잡을 수도 있었다. 사실 그들이 만난 건 우연이었다. 살을 에는 듯이 추운 3월, 공원에서였다. 땅은 쇠처럼 차갑고 단단하게 얼어 있었고,

잔디는 모두 죽어버린 듯했으며, 땅 위로 얼굴을 내밀었다가 바람에 잘려나간 크로커스 몇 송이를 제외하면 꽃봉오리 하나 찾아볼 수 없었다. 손이 꽁꽁 얼고 눈에 눈물이 맺힌 채 서둘러 걷고 있는데 10미터도 떨어지지 않은 곳에 줄리아가 있었다. 그녀를 보자마자 정확히 콕 집어 말할 순 없지만 어딘가 변했다는 느낌이 들었다. 서로 알은척도 하지 않고 지나갔다가, 곧 윈스턴은 썩 내키지는 않았지만 돌아서서 줄리아를 뒤따라갔다. 아무런 위험도 없다는 것을 알고 있었고, 아무도 그에게 관심을 가지지 않았다. 줄리아는 아무 말도 없었다. 그녀는 그를 따돌리려는 듯 잔디를 가로질러 비스듬히 걸어갔다가 곧 체념하고 나란히 걷기로 한 것 같았다. 이내 그들은 몸을 숨기는 데도, 바람을 피하는 데도 쓸모없을 정도로 잎이 다 떨어진 들쭉날쭉한 관목 덤불 가운데에 다다랐다. 그들은 멈춰 섰다. 지독한 추위였다. 나뭇가지 사이로 바람이 휘휘 울어대며 여기저기 지저분하게 나 있던 크로커스 봉오리들을 좀먹고 있었다. 윈스턴은 줄리아의 허리에 손을 감았다.

텔레스크린은 없었지만 분명 마이크가 숨겨져 있을 것이다. 게다가 누군가 볼 수도 있었다. 상관없었다. 아무것도 상관없었다. 원하기만 했다면 땅바닥에 누워 **그 짓**이라도 할 수 있었을 것이다. 그 생각을 떠올리는 것만으로도 공포로 살이 얼어붙는 것 같았다. 그의 팔이 어디를 끌어안아도 줄리아는 아무런 반응이 없었다. 몸을 떼어내려고 하지도 않았다. 윈스턴은 이제 줄리아의 어디가 변했는지 깨달았다. 안색이 더 나빠졌고, 머리로 일부 가려져 있었지만 이마에서 관자놀이까지 긴 상처가 있었다. 변한 건 그뿐만이 아니었다. 허리는 더 굵어졌고 놀라울 정도로 뻣뻣했다. 언젠가 로켓 폭탄이 떨어졌을 때 건물 잔해에서 시체를 끌어내는 것을 도운 적이 있었는데, 시체가 믿기 힘들 정도로 무거울 뿐만 아니라 살이라기보다 돌에 가까울 정도로 딱딱하고 다루기 힘들다는 사실에 경악한 적이 있었다. 줄리아의 몸이 그렇게 느껴졌다. 피부의 감촉도 예전과는 달라졌을 것 같다는 생각이 들었다.

윈스턴은 줄리아에게 키스하려고 하지도 않았고 이야기도 하지 않았다. 수풀을 가로질러 걸어 돌아가면서 그녀는 처음으로 윈스턴을 똑바로 바라보았다. 순간적으로 스친 눈빛에는 경멸과 혐오가 가득 담겨 있었다. 그 혐오의 감정이 순전히 과거에 있었던 일 때문인지, 그의 부은 얼굴과 바람 때문에 흘러나오는 눈물 때문인지 궁금했다. 두 사람은 철제 의자 두 개에 나란히, 하지만 거리를 두고 앉았다. 줄리아가 말을 하려는 것 같았다. 그녀는 볼품없는 신발을 살짝 움직여 굳이 나뭇가지를 짓이겼다. 발도 조금 넓어진 것 같았다.

"나는 당신을 배신했어요." 줄리아가 단도직입적으로 말했다.

"나도 당신을 배신했어요." 윈스턴이 말했다.

줄리아는 다시 한번 혐오스럽다는 눈빛으로 흘깃 쳐다보고는 말했다.

"가끔 그들은 무언가로 협박을 하죠. 도무지 견딜 수 없는, 생각할 수조차 없는 무언가로 말이에요. 그러면 말하게 되죠. '나한테 하지 마세요, 다른 사람한테 하세요, 아무개한테 하세요'라고. 어쩌면 그 후에 방금 그 말은 속임수였던 척, 그들의 협박을 멈추게 하려고 한 말일 뿐, 진심은 아니었던 척할 수도 있어요. 하지만 그 순간 한 말은 진심이에요. 나를 지킬 다른 방법을 찾을 수 없어 그런 말로 목숨을 구하려고 했던 거죠. 다른 사람이 대신 당하길 **바라면서**요. 그 사람이 무슨 일을 당하든 아랑곳하지 않고요. 중요한 건 자기 자신뿐이니까."

"중요한 건 자기 자신뿐이죠." 윈스턴이 따라 말했다.

"그런 일이 있고 나면 그 사람에 대한 감정이 더 이상 전과 같지 않아요."

"그래요, 감정이 더 이상 같지 않아요."

더 이상 할 말은 없는 것 같았다. 바람 때문에 얇은 작업복이 살갗에 바싹 달라붙었다. 아무 말도 없이 앉아 있는 것이 곧 어색해졌다. 게다가 가만히 있기에는 날이 너무 추웠다. 줄리아는 지하철을 타야 한다며 그만 일어서려 했다.

"다시 만나게 되겠죠." 윈스턴이 말했다.

"네, 다시 만나게 되겠죠." 줄리아가 말했다.

윈스턴은 반걸음 정도 떨어져서 엉거주춤 줄리아를 뒤따라갔다. 더 이상은 말하지 않았다. 그녀는 그를 따돌리려고 하지는 않았지만 나란히 걷지 않게 될 정도로 걸음을 빨리했다. 윈스턴은 지하철역까지 동행하려고 했지만, 갑자기 추위 속에서 그녀를 따라가는 일이 무의미하고 견딜 수 없는 일인 것처럼 느껴졌다. 줄리아에게서 도망치고 싶다기보다는 체스넛 트리 카페로 돌아가고 싶다는 마음에 사로잡혔다. 그 순간 그 카페의 공간이 그렇게 간절할 수가 없었다. 신문과 체스 판과 계속해서 채워지는 진이 있는 구석 자리 테이블이 그리웠다. 무엇보다 그 안은 따뜻할 것이다. 다음 순간, 결코 우연만은 아닌 듯한 무리의 사람들이 끼어드는 바람에 두 사람은 따로 떨어지게 되었다. 윈스턴은 성의 없이 따라잡으려고 하다가 돌아서서 반대 방향으로 급히 발을 옮겼다. 50미터 정도 걷다가 뒤를 돌아보았다. 거리에 사람이 많지 않았는데도 이미 줄리아의 모습은 보이지 않았다. 서둘러 지나가는 여남은 명의 사람들 중 하나가 줄리아일 수도 있었다. 그녀의 두껍고 딱딱해진 몸은 더 이상 뒤에서 알아볼 수 없게 된 걸지도 몰랐다.

줄리아는 이렇게 말했다. "그 순간 한 말은 진심이에요." 윈스턴 역시 진심이었다. 단순히 내뱉은 말이 아니라 그렇게 되기를 소망했다. 자신이 아닌 그녀가 대신 그것을 당하길 바랐던 것이다.

텔레스크린에서 흘러나오던 음악이 바뀌었다. 갈라지고 야유하는 듯한 황색 음이 흐르기 시작했다. 그리고(아마 실제로 들린 것이 아니라, 소리가 비슷해서 떠오른 기억일 뿐일 수도 있었다) 어떤 목소리가 노래하기 시작했다.

활짝 핀 밤나무 아래에서
나는 너를 팔았고 너는 나를 팔았네

눈물이 왈칵 솟아올랐다. 지나가던 웨이터가 그의 잔이 빈 것을 알아채고 술병을 가지고 돌아왔다.

윈스턴은 잔을 들어 냄새를 맡았다. 냄새는 한 모금 마실 때마다 점차 끔찍해지기만 했다. 하지만 이제 그는 술독에 빠져

살았다. 술은 그의 삶이었고, 죽음이었고, 부활이었다. 매일 밤 그를 인사불성으로 만드는 것도, 매일 아침 그를 되살아나게 하는 것도 진이었다. 윈스턴은 11시 이전에 일어나는 일이 거의 없었는데, 눈에는 눈곱이 가득하고 입속은 얼얼하고 허리는 부러질 것 같은 상태에서 일어날 때면, 밤새 침대 옆을 지킨 술병과 술잔이 아니라면 몸을 일으키는 것조차 불가능했을 것이다. 한낮에는 손 닿는 곳에 병을 둔 채 멍한 얼굴로 텔레스크린 소리를 들었다. 15시에서 폐점 시간까지는 체스넛 트리 카페의 붙박이로 지냈다. 더 이상 윈스턴인 무얼 하는지 신경 쓰는 사람도 없었고, 호각 소리로 깨우는 일도 없었으며, 텔레스크린에서 그에게 주의를 주지도 않았다. 일주일에 두 번 정도 다 잊혀버린 듯한 진리부의 먼지 쌓인 사무실에 출근해서 일을, 혹은 일이라고 불리는 것을 조금 했다. 그는 신어 사전 11판 편찬 과정에서 발생하는 사소한 애로 사항을 처리하는 수많은 위원회에서 파생된 분과 위원회의 위원으로 임명되었다. 그들은 중간 보고서라고 불리는 문서를 작성하는 업무를 담당했는데, 보고 내용이 무엇인지는 확실히 파악하지 못했다. 쉼표가 괄호 안에 들어가야 하는지, 밖에 들어가야 하는지 하는 문제와 관련이 있었다. 위원회에는 네 사람이 더 있었는데, 모두 그와 비슷한 사람들이었다. 어떤 날은 모였다가 실제로 할 일이 없다는 것을 서로 인정하고는 곧바로 헤어질 때도 있었다. 하지만 어떤 날은 열심히 업무에 몰두했다. 회의록을 기입하고 결코 완성되지 않을 길고 긴 제안서의 초안을 쓰는 척할 때도 있었고, 그들이 무엇에 대해 논의해야 하는지에 대한 논의가 몹시 복잡하고 난해해져서 단어의 정의에 대해 미묘하게 옥신각신하고 한참 딴소리를 하다가 다투고, 심지어 상부에 항의하겠다는 협박까지 할 때도 있었다. 그러다 갑자기 생기를 잃고 테이블에 둥그렇게 모여 앉아 새벽녘에 사라지는 유령들처럼 시들시들한 눈빛으로 서로를 바라보았다.

텔레스크린에서는 잠시 아무 소리도 나지 않았다. 윈스턴은 다시 고개를 들었다. 속보다! 하지만 아니었다. 단순히 음악이 바뀐 것뿐이었다. 눈을 감으면 아프리카 지도가 훤히 보였다. 군대의 움직임이 도표처럼 그려졌다. 남쪽을 향해 수직으로 돌진하는 검은색 화살이 있었고, 검은색 화살의 꼬리를 자르며 동쪽을 향해 수평으로 달려가는 흰색 화살이 있었다. 윈스턴은 마음을 진정시키려는 듯 초상화에 그려진 차분한 얼굴을 올려다보았다. 두 번째 화살이 존재하지도 않는다는 것을 상상이나 할 수 있을까?

다시 흥미가 시들해졌다. 그는 진을 한 모금 더 마시고 흰 나이트를 들어 시험 삼아 움직여보았다. 체크메이트. 하지만 그건 분명 옳은 수가 아니었다. 왜냐하면….

굳이 생각지도 않은 기억이 머릿속에 떠올랐다. 촛불을 켜놓은 방에 흰 시트를 씌운 넓은 침대가 있었고, 아홉에서 열 살쯤 된 그가 바닥에 앉아 주사위 통을 흔들며 신나게 웃고 있었다. 어머니도 맞은편에 앉아 웃고 있었다.

분명 어머니가 사라지기 한 달 전쯤이었을 것이다. 배 속에서 계속되는 허기를 잊고 어머니에 대한 애정이 잠시 되살아났던 화해의 순간이었다. 그날의 일은 잘 기억하고 있었다. 비가 억수같이 쏟아져서 빗물이 창유리를 타고 흘러내렸고 실내 등은 너무 어두워서 책을 읽을 수도 없었던 날이었다. 어둠 속에서 지루해진 두 아이는 비좁은 침실에서 좀이 쑤시기 시작했다. 윈스턴은 징징대고 칭얼거리며 먹을 것을 달라고 헛되이 졸라댔다. 온갖 물건을 들쑤시면서 이웃이 벽을 두들길 때까지 징두리널을 발로 차며 방을 돌아다녔다. 그사이 여동생은 간간이 울음을 터뜨렸다. 마침내 어머니는 "착하게 있으면 엄마가 장난감을 사줄게. 아주 멋진 장난감이라 마음에 들 거야"라고 말한 후 빗속을 뚫고 나가, 근처에 아직도 이따금 문을 여는 잡화점에 들러 뱀과 사다리 게임이 들어 있는 골판지 상자를 들고 돌아왔다. 아직도 그 축축한 골판지 냄새가 기억났다. 형편없는 모양새였다. 놀이판은 깨져 있었고, 작은 나무 주사위는 엉망으로 깎여 있어서 제대로 서 있지도 못했다. 윈스턴은 그것을 못마땅한 얼굴로 시큰둥하게 바라보았다. 하지만 어머니가 촛불을 켰고 함께 바닥에 앉아 게임을 했다. 윈스턴은 곧 신이 났다. 작은 말이 힘차게 사다리를 타고 올라갔다가 뱀을 타고 출발점 가까이까지 미끄러져 내려가자 웃음을 터뜨리며 소리를 질렀다. 어머니와 그는 여덟 판을 했고, 각각 네 판씩 이겼다. 여동생은 너무 어려서 게임을 이해할 수 없었지만 베개에 기대앉아 함께 따라 웃었다. 그들은 그가 훨씬 어렸을 때 그랬던 것처럼 오후 내내 행복한 시간을 보냈다.

윈스턴은 마음속에서 그 장면을 밀어내 버렸다. 잘못된 기억이었다. 그는 가끔씩 잘못된 기억이 떠올라 난처했다. 그래도 기억들의 정체만 알고 있다면 아무런 문제도 없었다. 어떤 일들은 실제로 일어났었고, 어떤 일들은 일어나지 않았었다. 윈스턴은 체스 판으로 돌아가 다시 흰 나이트를 들었다. 거의 동시에 달가닥 소리를 내며 말이 체스 판 위로 떨어졌다. 윈스턴은 핀에 찔리기라도 한 듯 깜짝 놀랐다.

날카로운 트럼펫 소리가 허공을 갈랐다. 속보다! 승리다! 뉴스가 나오기 전에 트럼펫 소리가 나오면 언제나 승리를 의미했다. 가게 안에 빠르게 전율이 번졌다. 웨이터들마저 깜짝 놀라 귀를 기울였다.

트럼펫 소리가 몹시 시끄럽게 울려 퍼졌다. 이미 텔레스크린에서는 흥분한 목소리가 재잘대고 있었지만, 속보가 시작되는 바로 그 순간에 바깥에서 터져 나온 환호에 묻혀 잘 들리지 않았다. 속보는 마술처럼 거리 곳곳으로 퍼져나갔다. 텔레스크린에서 발표하는 내용을 겨우 듣고서야 그가 예측한 대로 모든 일이 일어났다는 것을 알 수 있었다. 거대한 해상 함대가 몰래 집결해 적의 후방을 급습했다. 흰 화살표가 검은 화살표의 꼬리를 갈라놓은 것이다. 소음 사이로 승전보가 드문드문 들려왔다. "대규모 전략적 기동작전… 완벽한 합동… 철저한 패주… 포로 오십만 명… 완전한 사기 저하… 아프리카 전역 장악… 종전에 근접… 승리… 역사상 가장 위대한 승리… 승리, 승리, 승리!"

테이블 밑에서 윈스턴의 다리가 발작적으로 움직였다. 의자에서 일어나지는 않았지만, 마음속에서는 바깥의 군중들과 함께 귀가 먹먹하도록 환호하며 빠르게 달리고 있었다. 그는 다시 빅 브라더의 초상화를 올려다보았다. 세계를 지배하는 거인! 아시아인들의 돌격을 수포로 만든 바위! 10분 전만 해도, 그렇다, 단 10분 전만 해도 전선에서 도착한 소식이 승리일지 패배일지 궁금해하며 미심쩍은 마음을 품고 있었다. 아아, 사라져버린 건 유라시아군만이 아니었다! 애정부에 잡혀 들어갔던 첫날 이후로 윈스턴은 많이 변해버렸지만, 궁극적이고 필수적이며 치유적인 변화가 일어나지는 않았었다. 바로 지금 이 순간까지는 말이다.

텔레스크린의 목소리가 여전히 포로들과 전리품과 학살에 대한 무용담을 쏟아내고 있었지만, 바깥에서 들려오던 고함소리는 조금 잦아들었다. 웨이터들은 다시 하던 일로 돌아갔다. 그중 한 명이 술병을 들고 다가왔다. 윈스턴은 잔이 채워지는 것도 알아채지 못한 채 자리에 앉아 더없이 행복한 꿈을 꾸었다. 머릿속에서 그는 더 이상 달리고 있지도, 환호하고 있지도 않았다. 그는 다시 애정부에 돌아가 있었다. 모든 것을 용서받은 그의 영혼은 눈처럼 새하얬다. 그는 공개재판의 피고석에 앉아 모든 것을 자백하며 모든 사람들을 연루시켰다. 그는 햇살 아래를 걷는 듯한 기분으로 무장한 간수를 뒤에 둔 채 하얀 타일이 깔린 복도를 걷고 있었다. 오랫동안 바라왔던 총알이 그의 머릿속에 날아와 박혔다.

윈스턴은 거대한 얼굴을 올려다보았다. 검은 콧수염 뒤에 어떤 미소가 숨겨져 있는지 깨닫는 데 사십 년이라는 세월이 걸렸다. 아아, 잔인하고 불필요한 오해였다! 아아, 저 다정한 품으로부터 완고하고 고집스럽게 도망쳤었다! 진 냄새를 풍기는 두 줄기 눈물이 코 양옆을 타고 흘러내렸다. 하지만 괜찮다. 모든 것이 잘 해결되었다. 싸움은 끝났다. 그는 자신과의 싸움에서 승리했다. 그는 빅 브라더를 사랑했다.

부록
신어의 원리

신어는 오세아니아의 공식 언어이며 영사, 즉 영국 사회주의의 이념적 필요에 의해서 창안되었다. 1984년에는 말이나 글을 통한 의사소통에서 신어만을 유일하게 사용하는 사람은 아직 없었다. 〈타임스〉에 게재되는 사설이 신어로 작성되긴 했지만, 이는 전문가만이 구사할 수 있는 기교였다. 최종적으로 2050년경에 신어가 구어(혹은 이른바 표준 영어)를 대체할 것으로 예상되었다. 그동안 신어는 차츰 입지를 넓히면서 모든 당원이 일상 회화에서 점차 신어 단어와 문법구조를 활용하기 시작했다. 1984년에 사용한 신어는 시험판인 9판과 10판의 신어 사전에 수록된 것으로, 추후 대체 혹은 삭제해야 할 단어와 구식 구조를 포함하고 있었다. 여기서 다루고자 하는 것은 신어 사전 11판에 수록된 최종 완성본이다.

신어의 목적은 영사의 추종자들에게 적절한 세계관 및 정신적 습관을 위한 표현 수단을 제공하는 한편, 다른 모든 사고방식을 불가능하게 만드는 것이었다. 신어가 최종적으로 채택되고 구어가 잊히게 되면, 이단적 사고, 즉 영사의 원칙에서 벗어나는 사고는 사실상 불가능해질 것이다. 적어도 사고가 언어에 종속되는 한 그렇게 된다. 신어의 어휘는 당원들이 적절히 표현하고자 하는 모든 의미를 정확하고도 교묘하게 표현할 수 있도록 고안되었으면서도, 다른 모든 의미를 제거함은 물론 간접적인 방법으로 다른 의미를 표현할 수 있는 가능성도 제거했다. 이는 부분적으로 새로운 단어를 만들어냈기 때문이기도 했지만, 주로 바람직하지 않은 단어를 삭제하면서 남아 있는 단어들에서 비정통적 의미나 가능한 한 모든 이차적 의미를 없애버렸기 때문에 가능했다. 한 가지 예시는 다음과 같다. **자유로운Free**이라는 단어는 신어에도 여전히 존재하지만, '이 개는 이가 없다This dog is free from lice'나 '이 들판에는 잡초가 없다This field is free from weeds'라는 문장에서만 쓰일 수 있다. '정치적으로 자유로운Politically free'이나 '지적으로 자유로운Intellectually free' 같은 구식 의미로는 쓰일 수 없다. 정치적 자유나 지적 자유는 개념상으로 더 이상 존재하지 않으므로 당연히 그 말을 표현할 단어가 필요하지 않다. 확실한 이단적 단어를 폐지하는 것과는 별도로, 어휘의 축소 자체가 목적으로 간주되었으며, 없어도 되는 단어는 전부 제거되었다. 신어는 사고를 확장하는 것이 아니라 축소하기 위해 고안되었고, 단어 선택의 여지를 최소화함으로써 간접적으로 이 목적에 일조했다.

신어는 현재 우리가 알고 있는 영어를 기반으로 창안되었다. 하지만 오늘날의 영어 구사자들은 신조어가 포함되어 있지 않더라도 신어 문장을 거의 이해할 수 없을 것이다. 신어 단어는

A어군, (복합어라고도 불리는) B어군, C어군의 세 가지 특징적인 어군으로 분류된다. 각 어군을 별개로 설명하는 편이 더 간단하겠지만, 세 어군에서 동일한 법칙이 적용되므로 신어의 문법적 특성은 A어군 부분에서 다루도록 하겠다.

A어군

A어군은 먹기, 마시기, 일하기, 옷 입기, 계단 오르내리기, 이동 수단 타기, 정원 가꾸기, 요리하기 등 일상생활에 필요한 어휘로 이루어졌다. 즉, A어군은 **치다Hit**, **달리다Run**, **개Dog**, **나무Tree**, **설탕Sugar**, **집House**, **들판Field**과 같이 거의 전부 우리가 이미 보유하고 있는 단어들로 구성되었다. 하지만 현대 영어 어휘와 비교했을 때 그 숫자는 극히 적으며, 의미는 훨씬 엄격하게 정의되었다. 애매하거나 미묘한 의미 차이는 제거되었다. 그 목적을 달성할 수 있는 한, A어군의 어휘는 단 **한 가지** 명확한 개념만을 표현하는 단음斷音이 된다. A어군의 어휘를 문학적 목적이나 정치적, 철학적 토론에 활용하는 것은 전적으로 불가능한 일이었다. 이 단어들은 오직 실체적인 사물이나 신체 활동 등 단순하고 목적이 분명한 생각을 표현하는 데만 사용되었다.

신어의 문법에는 두 가지 두드러진 특징이 있었다. 첫 번째 특징은 다른 품사들 간에 거의 완벽한 호환이 가능하다는 것이다. 어떤 단어라도(원칙상 이 법칙은 **만약if**이나 **언제when** 등 추상적 단어에도 적용된다) 동사, 명사, 형용사, 부사로 모두 사용될 수 있었다. 어원이 같다면 명사와 동사 간에는 형태 변형이 일어나지 않았다. 이 법칙으로 많은 구식 어형을 파기할 수 있었다. 예를 들어 **생각**Thought이라는 단어는 신어에 존재하지 않았다. 이 단어는 **생각하다**Think로 대체되었으며 이 단어가 명사와 동사 역할을 병행한다. 여기에는 어떠한 어원학적 원칙도 수반되지 않는다. 어떤 경우에는 기존 용법처럼 명사로 쓰이며, 다른 경우 동사로 쓰인다. 유사한 의미를 가진 명사와 동사는 어원학적으로 연관되지 않았다 하더라도 많은 경우 어느 한쪽이 폐기되었다. 예를 들어, **자르다**Cut와 같은 단어는 존재하지 않는다. 그 뜻은 명동사인 **칼**Knife로 충분히 표현할 수 있기 때문이다. 형용사는 명동사에 **-스러운**-ful, 부사는 **-스럽게**-wise라는 접미사를 붙여 만들었다. 따라서 **속도스러운**Speedful은 '빠른'이라는 뜻이며, **속도스럽게**Speedwise는 '빠르게'라는 뜻이다. 오늘날 사용되는 형용사 중 **좋은**Good, **강한**Strong, **큰**Big, **검은**Black, **부드러운**Soft과 같은 일부 형용사는 그대로 유지되었지만 그 수는 매우 적었다. 거의 모든 형용사적 의미는 명동사에 **-스러운**을 붙여서 만들어낼 수 있기 때문에 필요가 없게 된 것이다. 원래부터 **-스럽게**로 끝나는 극히 적은 수의 부사를 제외하면 현존하는 부사는 전혀 남지 않게 되었다. 모든 부사는 **-스럽게**의 형태로 끝났다. 예를 들어 **잘**Well이라는 단어는 **좋다스럽게**Goodwise로 대체되었다.

또한 어떠한 단어라도(이 법칙은 원칙적으로 모든 단어에 적용되었다) 접사 **안**-un-을 붙이면 부정어로 만들 수 있었으며, 접사 **더**-plus-를 붙이면 의미를 강화할 수 있었다. 그보다 의미를 더 강조하고 싶다면 **더더욱**-doubleplus-을 붙였다. 따라서 예를 들어 **안추운**Uncold은 '따뜻한Warm'을 뜻하며, **더추운**Pluscold과 **더더욱추운**Doublepluscold은 각각 '아주 추운Very Cold'과 '최고로 추운Superlatively Cold'을 뜻했다. 현대 영어에서는 **전**-ante-, **후**-post-, **위**-up-, **아래**-down- 같은 전치사적 접두어를 사용해서 거의 모든 단어의 의미를 바꿀 수 있었다. 이 방법으로 어휘를 대량으로 축소할 수 있게 되었다. 예를 들어 **좋은**Good이라는 단어가 있다면 **나쁜**Bad은 존재할 필요가 없었다. **안좋은**Ungood이라는 단어로 충분히 동일하게, 실은 더 분명하게 표현할 수 있었기 때문이다. 두 단어가 서로 반대말을 이루고 있는 경우에는 어떤 단어를 없앨지만 결정하면 됐다. 예를 들어, 선호에 따라 **어두운**Dark은 **안밝은**Unlight으로 대체하거나 **밝은**Light은 **안어두운**Undark으로 바꿀 수 있었다.

신어 문법의 두 번째 특징은 규칙성이다. 다음에 언급할 몇 가지 예외를 제외하고 모든 어미변화는 같은 규칙을 따랐다. 즉, 모든 동사의 과거형과 과거분사형은 모두 동일하게 -ed로 끝났다. **훔치다**Steal의 과거형은 Stealed이며, **생각하다**Think의 과거형은 Thinked였다. 전부 이런 방식이었기 때문에 Swam, Gave, Brought, Spoke, Taken 등의 형태는 모두 폐지되었다. 복수형은 전부 -s 또는 -es를 붙여서 만들었다. **사람**Man, **소**Ox, **삶**Life의 복수형은 Mans, Oxes, Lifes였다. 형용사의 비교급은 예외 없이 -er, -est(Good, Gooder, Goodest)를 붙여 만들었으며, 불규칙 변형과 more, most 형태는 폐기됐다.

여전히 불규칙 변형이 허용되는 유일한 단어는 대명사, 관계사, 지시형용사, 조동사였다. 이들은 과거의 용법을 따랐다. 다만 Whom은 불필요한 것으로 간주되어 폐기되었고, Shall과 Should 시제는 사라지고 그 용법은 Will과 Would로 대체되었다. 빠르고 쉽게 말하기 위해 만들어진 조어에도 불규칙성이 있었다. 발음이 어렵거나 불명확하게 들릴 수 있는 단어는 바람직하지 못한 단어로 간주되었다. 따라서 듣기 좋게 만들기 위해 가끔 철자가 삽입되거나 구형이 유지되었다. 하지만 이 같은 필요성은 주로 B어군과 관련되어 있었다. 쉬운 발음이 왜 그렇게 중요한지는 후반에서 설명할 것이다.

B어군

B어군은 정치적 목적을 위해 의도적으로 만들어진 단어들로 구성되었다. 즉, 이 단어들은 모든 경우에서 정치적 함의를 담고 있을 뿐만 아니라 사용자에게 바람직한 정신적 태도를 강제하려는 데에 목적이 있었다. 영사의 원칙을 완전히 이해하지 못하면 이 단어들을 정확하게 사용하기가 힘들었다. 경우에 따라 이 단어들은 구어로 번역되거나 A어군에서 차용한 단어들도 번역될 수도 있었지만, 이 경우 글이 길어지고 언제나 함축된 의미가 사라졌다. B어군의 단어는 일종의 구술 속기로, 모든 생각을 몇 가지 음절로 함축시키는 동시에 일반 언어보다 더 정확하고 효과적이었다.

B어군의 단어는 모두 합성어였다(**음성기록기Speakwrite** 같은 합성어는 물론 A어군에도 있지만 A어군에서는 단순한 편의적 약어로서 어떠한 이념적 색채도 담고 있지 않다 - 원주). 이 단어들은 쉽게 발음될 수 있는 형태로 결합된 둘 이상의 단어 또

는 단어 일부분으로 구성되었다. 그 결과 만들어진 합성어는 언제나 명동사이며, 어형변화는 일반 법칙을 따랐다. 한 가지 예를 들어보자. **좋은생각**Goodthink이라는 단어는 대략 '정통'을 뜻하며, 동사로 사용하면 '정통적으로 생각하다'라는 의미다. 이 단어의 어형변화를 보면 명동사는 Goodthink, 과거 및 과거완료는 Goodthinked, 현재분사는 Goodthinking, 형용사는 Goodthinkful, 부사는 Goodthinkwise, 동명사는 Goodthinker와 같은 식이다.

B어군의 단어는 어원학적 구상에 따라 만들어진 것이 아니었다. B어군의 단어를 이루는 낱말들은 어떤 품사라도 올 수 있으며, 어떤 어순이라도 상관없고, 어원을 나타내는 한 발음을 쉽게 하기 위해 어떤 방법으로도 탈락될 수 있었다. 예를 들어 Crimethink(사상죄Thought crime)'라는 단어는 Think가 뒷자리에 오는데, Thinkpol(사상경찰Thought police)에서는 앞자리에 오며 Police는 두 번째 음절을 탈락시켰다. 발음하기 쉬운 말을 만드는 데는 많은 어려움이 따랐기 때문에 A어군에서보다 B어군에서 불규칙 변형이 흔히 나타났다. 예를 들어, **진부**Minitrue, **평부**Minipax, **애부**Miniluv의 형용사형은 각각 Minitruthful, Minipeaceful, Minilovely인데, 그건 그저 -trueful, paxful, -loveful이 다소 발음하기 어렵기 때문이었다. 하지만 원칙적으로 B어군의 단어는 전부 변형할 수 있고 정확히 동일한 방식으로 변형되었다.

B어군에는 의미가 매우 미묘해서 언어 전체를 숙달하지 못한 사람은 거의 이해할 수 없는 단어들이 있었다. 예를 들어

〈타임스〉 사설에서 보통 찾아볼 수 있는, **구사고인들은 영사를 안통감한다**Oldthinkers unbellyfeel Ingsoc라는 문장을 살펴보자. 구어로 가장 짧게 번역하면, '혁명 이전에 사상이 형성된 사람들은 영국 사회주의의 원칙을 정서적으로 완전히 이해할 수 없다'가 될 것이다. 하지만 이는 알맞은 번역이 아니다. 우선, 위에 인용한 신어 문장을 완전히 이해하려면 **영사**Ingsoc가 무슨 뜻인지 명확히 이해해야 한다. 또한 영사에 철저히 근거하고 있는 사람만이 오늘날 상상하기 어려운 맹목적이고 열정적인 수용을 의미하는 **통감한다**bellyfeel나, 사악함과 타락이 불가분하게 연결되어 뒤섞인 **구사고**Oldthink의 의미를 완전히 이해할 수 있을 것이다. 하지만 위 단어 중 **구사고**Oldthink와 같이 특정 신어 단어가 지닌 특별한 역할은 그 의미를 표현하기보다는 파괴하는 데 있었다. 이 같은 단어들은 필연적으로 그 수가 많지 않았고, 수많은 단어들의 의미를 내포할 때까지 의미가 확장되었다가, 한 가지 포괄적인 용어로 충분히 의미를 표현할 수 있게 되면 다른 단어들은 폐기되어 잊혔다. 신어 사전 편찬자들이 직면한 가장 큰 어려움은 새로운 단어를 만들어내는 것이 아니라, 그 새로운 단어를 어떤 의미로 사용할지 규정하는 것에 있었다. 즉 새로운 단어가 존재함으로써 얼마나 많은 단어를 없앨지를 결정하는 것이었다.

자유로운Free에서 살펴본 것처럼 한때 이단적 의미를 포함했던 단어들이 편의상 남아 있기도 했지만, 그중에서 바람직하지 않은 의미는 제거되었다. **명예**Honour, **정의**Justice, **도덕**Morality, **국제주의**Internationalism, **민주주의**Democracy, **과학**

Science, **종교Religion** 등 수많은 다른 단어들은 단순히 사멸되었다. 이런 단어들은 몇몇 포괄적 단어들로 의미가 대체되었으며, 그렇게 함으로써 기존 단어들은 폐기되었다. 예를 들어, 자유와 평등이라는 개념과 유사한 단어들은 모두 **Crimethink**라는 한 단어에 포함되었고, 객관성과 합리주의라는 개념과 유사한 단어들은 모두 **Oldthink**에 포함되었다. 의미를 정확하게 따지는 것은 위험했다. 당원에게 필요한 건, 달리 잘 알지 못하면서 자국을 제외한 다른 모든 국가가 '거짓된 신'을 숭배한다고만 알고 있던 고대 히브리인과 유사한 관점을 가지는 것이었다. 이 신들이 바알, 오시리스, 몰렉, 아스다롯과 같은 이름으로 불린다는 사실은 알 필요가 없었다. 아마 잘 모르면 모를수록 정통적 사고에는 더 좋았을 것이다. 당원들은 여호와와 여호와의 계명을 알고 있었다. 따라서 다른 이름과 다른 속성을 가진 모든 신들은 거짓된 신으로 여겼다. 동일한 방식으로, 당원들은 올바른 행위가 무엇인지 알고 있었으며, 그로부터 어떤 식의 이탈이 가능한지를 극히 모호하고 일반화된 용어로 알고 있었다. 예를 들어 성생활은 전적으로 **성범죄Sexcrime**(성적 문란)와 **좋은성Goodsex**(순결)이라는 두 단어로 통제되었다. **성범죄**는 모든 성적 비행을 포함하고 있었다. 간음, 간통, 동성애, 기타 도착증 등이 포함되며, 성행위 자체를 위한 정상적 성행위도 포함되었다. 이 모든 범죄들은 똑같이 유죄이며 원칙적으로 사형에 처해야 마땅한 범죄이므로 그 종류를 별도로 나열할 필요는 없었다. 과학기술 어휘로 구성된 C어군에서는 특정한 성적 일탈에 대해 특별한 명칭을 붙일 필요도 있었지만, 일반 시민의 경우 그럴 필요가 없었다. **좋은성**의 의미를 알고 있었기 때문이다. 즉, **좋은성**은 출산이라는 유일한 목적을 위해 여성의 성적 쾌감 없이 이루어지는 부부간의 정상적 성행위이며, 그 외 행위는 전부 **성범죄**였다. 신어에서는 이단적 생각이 이단적 **이라는** 인식을 갖는 것 이상으로 생각을 이어나가기가 힘들었다. 그 이상 생각하는 데 필요한 단어가 존재하지 않았기 때문이다.

B어군에서 이념적으로 중립적인 단어는 없었다. 단어 상당수가 완곡어법이었다. 예를 들어 **기쁨수용소Joycamp**(강제 노동 수용소), **평부Minipax**(전쟁부) 등은 겉보기와는 거의 정반대 의미를 지녔다. 반대로 어떤 단어들은 오세아니아 사회의 본성을 솔직하고 경멸적으로 나타냈다. 당에서 대중들에게 배포하는 형편없는 오락과 거짓 소식을 뜻하는 **프롤먹이Prolefeed**가 대표적인 예다. 한편 당에 적용할 때는 '선'을 내포하지만 적에게는 '악'을 내포하는 상반된 의미를 지닌 단어들도 있었다. 또 언뜻 보기에는 단순 약어로 보이지만 의미가 아니라 구조에서 이념적 색채를 전달하는 단어들도 수없이 많았다.

어떠한 정치적 의미를 담고 있거나 담고 있을 소지가 있는 모든 단어는 가능한 한 B어군에 속했다. 모든 조직, 신체 부위, 강령, 국가, 기관, 공공건물의 이름은 언제나 익숙한 형태로 축약되었다. 즉, 어원을 간직하면서 최소 음절로 쉽게 발음할 수 있는 한 단어로 간략하게 줄이는 것이다. 예를 들어 진리부에서 윈스턴이 근무한 기록국은 **기국Recdep**, 창작국은 **창국 Ficdep**, 텔레프로그램국은 **텔국Teledep**이 되는 식이었다. 이는 시간을 절약하기 위해서만은 아니었다. 20세기 초반부터 축약어와 축약 구절은 정치 언어의 특징적인 부분이었다. 이 같은 약어를 사용하는 경향은 전체주의 국가와 전체주의 조직에서 가장 두드러지게 나타났다. 예를 들면 **나치Nazi**, **게슈타포Gestapo**, **코민테른Comintern**('공산주의인터내셔널Communist International'의 약칭으로 1919년 창설된 공산주의 국제연합 - 옮긴이), **인프레코르Inprecorr**('국제 보도 통신International Press Correspondence'의 약칭으로 코민테른의 공식 기관지 - 옮긴이), **아지프로Agitprop**('선동 선전Agitation and Propaganda'의 약칭 - 옮긴이)가 있었다. 처음에는 이 관례가 본능적으로 채택되었으나, 신어에서는 의식적 목적으로 사용되었다. 이름을 축약함으로써 축약하지 않았을 때 뒤따를 수 있는 연상적 의미들이 사라지게 되므로 단어의 의미가 한정적이고 미묘하게 달라졌다. 예를 들어 **공산주의인터내셔널**은 보편적 형제애, 붉은 깃발, 바리케이드, 카를 마르크스, 파리코뮌의 모습을 복합적으로 떠올린다. 반면 **코민테른**은 유대가 긴밀한 조직과 명확히 정의된 강령만을 시사한다. 이런 단어는 거의 의자나 테이블만큼 쉽게 인식되고 그 목적이 한정되어 있는 것을 나타낸다. **코민테른**이라는 단어는 거의 아무런 생각도 없이 말할 수 있는 반면, **공산주의인터내셔널**은 순간적으로라도 여운을 남길 여지가 있었다. 동일하게, **진부** 같은 단어에 의해 연상할 수 있는 단어는 **진리부**에 의해 떠오를 수 있는 단어보다 그 수도 적을뿐더러 통제가 더 용이했다. 이러한 이유로 가능하면 항상 습관적으로 말을 축약하며 모든 단어를 쉽게 발음할 수 있게 하는 세심한 노력을 기울였던 것이다.

신어에서 의미의 정확성 다음으로 중요하게 고려된 점은 발음이었다. 필요한 경우 문법 질서는 항상 발음의 편의를 위해 희생되었다. 당연히 그래야 하는 것이, 무엇보다 정치적 목적을 위해서는 빠르게 발음하고 화자의 마음속 반향을 최소화할 수 있는, 명백한 의미가 있는 짧은 축약어가 필요했기 때문이다. B어군 단어들은 거의 대부분 비슷한 형태를 지닌다는 것도 강점이라 할 수 있다. 이 단어들(**좋은생각**, **평부**, **프롤먹이**, **성범죄**, **기쁨수용소**, **영사**, **통감한다**, **사상경찰** 등)은 첫음절과 끝음절 사이에 강세가 동일하게 들어가는 두세 개의 음절로 구성되어 있었다.

이런 단어들을 사용하면 딱딱 끊어지는 짧고 단조로운 억양으로 빠르게 말할 수 있다. 그 목적은 말, 특히 사상적으로 중립적이지 않은 어떤 주제에 대한 말을 가능한 한 의식과 무관하게 할 수 있도록 만드는 것이었다. 일상 대화를 나눌 때는 말하기 전에 곰곰이 생각하는 과정이 반드시 혹은 때때로 필요했지만, 정치적 또는 도덕적 판단을 내려야 할 때면 당원들은 총알을 퍼붓는 기관총처럼 자동적으로 정확한 의견을 퍼부을 수 있어야 했다. 훈련 덕분에 이렇게 말할 수 있게 되었고, 언어는 아주 간단히 활용할 수 있는 도구가 되었으며, 영사의 정신과 일치하는 거친 음성과 고의적 추함이 담긴 단어의 구조가 그 과정에 한층 더 일조했다.

선택할 수 있는 단어가 거의 없다는 점도 빨리 말하기에 도움이 되었다. 현대 영어에 비하면 신어 어휘는 그 수가 매우 적고, 단어 수를 줄이기 위한 새로운 방법이 끊임없이 고안되었다. 사실 신어는 그 어휘가 매년 늘어나기보다 줄어든다는 점에서 대부분의 다른 언어들과 달랐다. 어휘가 줄어든다는 것은 이득이었다. 선택할 수 있는 단어가 적어질수록 생각의 유혹이 적어지기 때문이다. 궁극적으로 신어의 목표는 뇌의 중심을 전혀 사용하지 않고 목구멍에서 곧장 유창한 달변을 쏟아낼 수 있게 만드는 것이었다. 이 목표는 신어 단어인 **오리말Duckspeak**에 숨김없이 나타나 있는데, 이는 '오리처럼 꽥꽥거린다'라는 의미다. B어군의 다른 수많은 단어들처럼 **오리말**에는 상반된 의미가 있었다. 꽥꽥거리며 말한 의견이 정통적 의견이라고 한다면 그 말은 그저 단순한 칭찬에 불과하지만, 〈타임스〉에서 당의 연사를 두고 **더더욱좋은 오리말연사 Doubleplusgood duckspeaker**라고 했다면 연사를 높이 사는 따뜻한 호평이 되었다.

C어군

C어군은 다른 어군들을 보완하는 단어들로, 전부 과학기술 용어로 구성되었다. 이 어휘들은 오늘날 사용되는 과학 용어들과 유사하며 같은 어원에서 형성되었지만, 다른 어군들과 마찬가지로 단어의 의미가 엄격하게 정의되었고 바람직하지 못한 의미는 제거되었다. C어군도 다른 두 어군의 어휘와 동일한 문법을 따랐다. C어군의 어휘는 일상 대화에서도 정치적 담화에서도 거의 통용되지 않았다. 과학자나 기술자 들은 필요한 단어들을 전문 분야 용어집에서 찾을 수 있었는데, 다른 용어집

에 나오는 단어들은 수박 겉핥기식 이상으로는 알지 못했다. 모든 용어집에 공통으로 실린 단어들은 그 수가 극히 적었고, 과학의 기능을 특정 분야와 관계없는 정신적 습관이나 사고의 방식이라고 표현하는 어휘는 존재하지 않았다. 사실상 '과학'에 해당하는 단어는 없었는데, 그런 의미는 이미 **영사**라는 단어로 충분히 대체되었다.

앞에서의 설명을 통해 신어에서는 아주 낮은 수준을 넘어서는 비정통적 의견을 표현하기가 거의 불가능하다는 것을 알았을 것이다. 물론 모독에 불과한 매우 허술한 이단적 주장은 말할 수 있었다. 예를 들어, **빅 브라더는 안좋다Big Brother is ungood**라고 말할 수는 있다. 하지만 정통적 신념을 가진 사람에게는 명백한 논리적 모순일 뿐인 이 문장은 조리 있는 주장을 통해 입증해낼 수 없었다. 거기에 필요한 단어가 존재하지 않았기 때문이다. 영사에 반하는 생각들은 말로 표현되지 않는 모호한 형태로만 함축할 수 있었으며, 이단 전체를 정의 내리지도 않고 동일하게 싸잡아 비난하는 아주 개괄적인 용어로만 명명할 수 있을 뿐이었다. 사실상 비정통적 목적으로 신어를 사용하려면 일부 단어를 불법적으로 구어 번역해야 했다.

예를 들어 **모든 인간은 평등하다All mans are equal**는 신어로 표현 가능한 문장이지만, **모든 인간은 붉은 머리다All men are redhaired**가 구어로 표현 가능한 문장이라고 하는 것과 같은 맥락에 있었다. 이 문장에는 문법적 오류가 없지만, 명백한 허위가 담겨져 있다. 즉, 모든 인간은 체구와 몸무게와 체력이 동일하다는 거짓을 담고 있는 것이다. 정치적 평등이라는 개념은 더 이상 존재하지 않으며, 따라서 이 부차적 의미는 **평등equal**이라는 단어에서 제거되었다. 1984년에 구어가 여전히 정상적인 의사소통 수단이었을 때, 사람들이 신어 단어를 사용하면서 원래 의미를 기억할 수도 있다는 위험성이 이론상 존재했었다. 실제로는 **이중사고**를 충분히 익힌 사람이라면 이런 행동을 어렵지 않게 자제할 수 있었는데, 두 세대가 지나면 그런 실수를 할 가능성조차 사라졌을 것이다. 체스를 전혀 접해본 적 없는 사람이 **퀸**이나 **룩**에 붙는 부수적 의미를 알지 못하듯, 신어를 단일 언어로 배우며 자라난 사람은 **평등한**이라는 단어가 한때 '정치적으로 평등하다'라는 부수적 의미를, **자유로운**이 한때 '지적으로 자유로운'이라는 부수적 의미를 지녔다는 것을 더 이상 알지 못했을 것이다. 수많은 범죄와 실수들은 사실상 저지를 수 없게 되어서 저지르지 못하게 되었을 것이다. 단순히 그런 범죄들을 부를 수 있는 이름이 없으므로 생각조차 할 수 없어진 것이다. 시간이 지남에 따라 신어의 특징이 점차 확연해지고, 어휘는 점차 줄어들고, 의미는 더욱 엄격해지고, 바람직하지 않은 방법으로 사용할 가능성은 언제까지나 감소할 것이라고 예상되었다.

구어가 완전히 대체되었다면 점점 과거와의 마지막 연결고리는 사라졌을 것이다. 과거는 이미 고쳐 써졌지만, 과거의 문학 작품들은 검열이 불완전했던 탓에 단편적으로 여기저기 남아 있었다. 따라서 구어의 지식을 유지하고 있는 한 작품들을 읽을 수 있었다. 미래에는 그런 작품들이 용케 남아 있다고 해도 이해할 수도, 해석할 수도 없게 될 것이다. 기술적 과정 또는 단순한 일상 행동이나 정통적(신어로는 **좋은생각스러운 Goodthinkful**) 경향을 표현한 부분이 아니라면, 구어로 쓰인 작품의 한 구절이라도 신어로 번역한다는 건 불가능했다. 사실상 이 말은 대략 1960년 이전에 쓰인 책들은 모두 번역될 수 없다는 뜻이었다. 혁명 전 문학은 사상적 번역(즉, 언어는 물론 의미까지 바꾼 번역)만 가능했다. 독립선언문의 유명한 구절을 예로 들어보자.

> 우리는 다음과 같은 사실을 자명한 진리라고 주장한다. 모든 인간은 평등하게 태어나고, 조물주로부터 양도할 수 없는 권리를 부여받으며, 그중에는 생명과 자유와 행복을 추구할 권리가 있다. 이 같은 권리를 보장하기 위해 정부가 설립되며, 정부의 권력은 국민의 동의에서 나온다. 어떤 형태의 정부라도 이 목적을 파괴하면, 정부를 변혁 및 폐지하고 새 정부를 세우는 것이 국민의 권리다.

원문의 의미를 유지하면서 이 구절을 신어로 바꾸는 것은 거의 불가능했을 것이다. 신어로 바꾸는 가장 근접한 방법은 전체 구절을 '사상죄'라는 한 단어로 바꿔버리는 것이었다. 완전한 번역은 이념적 번역밖에 될 수 없기 때문에 제퍼슨의 말은 절대 정부에 대한 찬사로 바뀌었을 것이다.

사실상 과거 문학작품들의 상당수가 이런 방식으로 번역되었다. 특정 역사적 인물의 명성을 고려해서 그들에 대한 기억을 남겨두는 것이 바람직했지만, 동시에 그들의 업적을 영사의 철학에 끼워 맞추는 식의 수정이 가해졌다. 따라서 셰익스피어, 밀턴, 스위프트, 바이런, 디킨스와 같은 수많은 작가들의 작품이 번역 중에 있었다. 번역이 완료되면 원작들은 아직 남아 있는 다른 모든 작품들과 함께 파기될 것이다. 이 같은 번역은 더디고 어려운 작업이며, 21세기에 들어선 이후 십 년 내지 이십 년이 될 때까지도 완료되리라고 예상되지 않았다. 또한 동일한 방식으로 처리되어야 할 실용 문학(필수적 기술 설명서 등)들도 상당히 많았다. 신어의 최종 채택 시기를 2050년으로 늦추어 결정한 것은 주로 번역 예비 작업에 필요한 시간을 벌기 위해서였다.

1984

1984

작품 해설

《1984》와 디스토피아 문학

– 박경서 (영문학 박사, 번역가 겸 문화 평론가)

1984

《1984》와 디스토피아 문학

주요 등장인물

윈스턴 스미스

1984년 오세아니아에 살고 있는 서른아홉 살의 남자로 이 소설의 주인공이다. 진리부에서 외부당원으로 근무하며 신문이나 잡지에 실렸던 과거의 기록을 날조하는 업무를 담당하고 있다. '빅 브라더'가 지배하는 전체주의 사회에 반감을 가지고 있으며, 일기 쓰기부터 시작해 당에 대한 반역을 꾀하는 인물이다. 결혼은 했지만 아내와는 사실상 별거 중이고 자식은 없다. 줄리아를 만나면서 육체적, 정신적 건강을 되찾아 당에 대한 반역 행위를 구체화한다. 그러나 결국 사상경찰에 의해 체포되어 애정부로 끌려가 고문과 세뇌를 당한다. "그는 빅 브라더를 사랑했다"라고 말하며 소설은 비극적으로 끝난다.

줄리아

진리부 창작국에 근무하는 스물여섯 살 된 여성 외부당원이다. 줄리아 역시 비밀리에 당을 증오하지만 겉으로 드러내지는 못하는 소극적 인물로, 윈스턴을 만나 사적 세계를 형성하고 사랑을 나눈다. 줄리아는 윈스턴과는 달리 반역을 도모할 의지가 결여되어 있는, 단지 생존의 문제로만 삶을 인식할 뿐이다. 오웰의 소설에 등장하는 대부분의 여성 인물은 적극적 실천 행위가 결여된 채 소설의 플롯을 지배하지 못하는 소극적 인물로 묘사된다.

빅 브라더

오세아니아 정치조직의 정점에 있는 최고 지도자이다. 소설에 직접적으로 등장하지는 않는다. '빅 브라더'는 이론적으로 당의 최초 설립자이지만 윈스턴은 그가 존재하지 않는 가공인물이라고 믿는다. 《1984》에서 '빅 브라더'는 당의 대변자이며 모든 당원들이 숭배하는 상징이다.

오브라이언

윈스턴과 불가분의 관계를 맺고 있는 오세아니아의 내부당원이며, 모순으로 가득 찬 인물이다. 오브라이언은 반역 단체인 '형제단'의 일원으로 가장해 윈스턴에게 접근한다. 그가 윈스턴에게 고문을 가하는 장면에서는 오세아니아의 전체주의 권력의 본질에 대한 설전이 벌어진다.

채링턴

고물상 주인으로 가장한 사상경찰이다. 윈스턴은 채링턴에게서 일기장과 유리 문진을 구입한다. 채링턴은 고물상 2층 다락방을 윈스턴과 줄리아에게 빌려주고 텔레스크린을 통해 그들의 동태를 감시한다. 윈스턴과 줄리아를 체포해 오브라이언에게 넘긴다.

사임

윈스턴의 친구로 당에서 추진하는 신어 사전 제11판을 편집하는데 종사하고 있는 신어 전문가다. 충성스러운 당원이지만 너무 똑똑하고 자신의 일을 떠벌리고 돌아다녔기에 사전이 완성된 후 당에 의해 제거된다.

이매뉴얼 골드스타인

한때 빅 브라더와 같은 지위에 있던 당의 지도자급 인물로, '빅 브라더'처럼 소설에 직접 등장하지는 않는다. 당의 공식적 발표에 따르면 반혁명 운동에 가담했다가 사형선고를 받고 자취를 감췄으며, 현재 당을 전복하기 위해 결성된 비밀 지하조직인 '형제단'을 이끄는 지도자라고 한다. 이 소설에 등장하는 현대 전쟁의 목적에 대해 적은 책《과두적 집단주의의 이론과 실제》의 저자로 알려져 있기도 하다.

파슨스

진리성에 근무하는 윈스턴의 동료다. 어리석고 우둔해 보이지만 당에 충성하는 인물이다. 당은 체제의 안정성을 '사상경찰'보다도 아무런 의심 없이 당에 열성적으로 충성하는 이런 인간들에게 의존한다. 파슨스의 딸은 "빅 브라더를 타도하라"라고 잠꼬대하는 것을 듣고 아버지를 사상경찰에 고발한다.

파슨스 부인

톰 파슨스의 아내이자 윈스턴의 이웃이다. 나이는 서른 살 정도 되었지만 더 늙어 보이고 주름살 사이에 먼지가 끼어 있는 지저분한 인물이다. 그녀의 두 아이는 '첩보단'의 일원으로 당의 규율에 절대 반발하지 않으며, 심지어 자신들의 부모조차도 당에 고발한다.

캐서린

윈스턴의 아내로, 윈스턴과 별거한 지 10년 이상 되었다. 이 소설에 직접 등장하진 않지만 길게 묘사된다. 윈스턴이 보기에 캐서린은 멍청하고 천박하며 실속 없는 여자이며 그 머릿속에 들어 있는 것이라곤 오직 슬로건뿐이었고, 당에서 비롯된 것이라면 무엇이든 다 받아들이는 인물이다. 윈스턴과는 십오 개월 정도 함께 살았다.

위더스 동무

한때 주요 내부당원이었던 탁월한 인물로 '2급 특별공로훈장'을 수여받았다. 하지만 윈스턴은 당의 지시로 위더스에 관한 모든 기록을 삭제해 그 존재를 증발시킨다. 이제 위더스 동무는 현재에 존재하지 않고 과거에도 존재하지 않았던 인물이 되어버린다.

오길비 동무

윈스턴이 위더스 동무를 증발시키고 대신 창조해 낸 인물이다. 결코 존재하지 않았던 오길비 동무는 이제는 샤를마뉴 대제나 카이사르처럼 역사에 분명히 존재하는 인물이 된다.

조지 오웰이 1949년에 발표한《1984》는 세계 최대의 단행본 출판사인 '랜덤하우스'가 1998년에 선정한 '가장 위대한 20세기 영미 소설 100권' 중 13위에 선정되었다. 그리고 2006년에는 〈아메리칸 북 리뷰〉가 선정한 '소설 최고의 첫 문장 100'과 '소설 최고의 마지막 문장 100'에서 첫 문장이 8위에, 마지막 문장이 7위에 각각 랭크되었다. 《1984》의 첫 문장은 이렇게 시작한다. "화창하고 쌀쌀한 4월의 어느 날이었다. 시계가 13시를 알렸다." 그리고 마지막 문장은 "그는 빅 브라더를 사랑했다"이다. 이 세상의 어떤 벽시계도 오후 1시에 종이 열세 번 울리지 않는다. 《1984》를 읽어본 독자들이라면 잘 알겠지만 이 소설의 배경이 되는 오세아니아 사회가 그만큼 심상치 않은 비정상 사회라는 걸 방증하는 대목일 것이다. 또한 '빅 브라더'에 대항해 당을 전복시키려 몸부림친 주인공 윈스턴 스미스를 두고 "그는 빅 브라더를 사랑했다"고 끝맺은 말에서 우리는 오웰의 극단적인 비관주의 세계관을 이해할 수 있다. 필자가 조사한 바로는 '소설 최고의 첫 문장 100'과 '소설 최고의 마지막 문장 100'이 10위권 안에 동시에 선정된 작품은 조지 오웰의 《1984》와 찰스 디킨스의 《두 도시 이야기》밖에 없었다. 《1984》에 대한 '랜덤하우스'와 〈아메리칸 북 리뷰〉의 호평을 굳이 예로 들지 않더라도, 이제 이 소설은 20세기를 넘어 21세기에도 고전 중의 고전 반열에 올라 반드시 읽어봐야 할 소설이 되었다. 《1984》가 도대체 어떤 이유로 이렇게 좋은 평가를 받게 되었는지, 그리고 어떤 사회적 함의가 있기에 전 세계 젊은이들의 필독서가 되었는지에 관해 독자들이 이해하는데 본 글이 조금이나마 도움이 되었으면 한다.

《1984》는 러시아의 작가 예브게니 자먀틴의 《우리들》, 영국의 소설가 올더스 헉슬리의 《멋진 신세계》와 함께 세계 3대 디스토피아 소설로 불리고 있다. 먼저 '유토피아Utopia'와 '디스토피아Dystopia'라는 개념부터 살펴보자. '디스토피아'는 '유토피아'의 반대어이다. 원래 '유토피아'라는 용어는 '없다'라는 뜻의 그리스어 'U'와 '장소'라는 뜻의 '토포스Topos'의 복합어로 '어디에도 없는 땅'이라는 뜻이다. '유토피아'는 긍정적인 의미와 부정적인 의미를 동시에 지니고 있다. 긍정적인 의미로는 인간의 가장 고귀한 꿈이 실현되는 지고의 선과 행복이 충만한 '이상향'을 가리키고, 부정적인 의미로는 비현실적이고 실현 불가능한 '어디에도 존재하지 않는 곳'을 가리킨다. 그런데 20세기에 접어들면서 유토피아 사상은 역사란 과연 진보할 수 있는가에 대한 의문에서 추동된 '역逆이상향'을 담고 있는 '디스토피아'라는 독자적인 개념으로 발전하게 되었다. 헝가리의 사회학자 카를 만하임의 말을 빌리자면 "인간의 역사를 형성하려는 의지를 잃고 역사를 이해하려는 인간의 안목이 상실되는 어처구니없는 역설"이 도래케 된 것이다. '유토피아'가 인간이 꿈꿀 수 있는 최고의 '이상향'이라 한다면, '디스토피아'는 인류가 현재로부터 예견해 볼 수 있는 최악의 미래가 되는 셈이다.

사회·경제·정치적 상황이 불안한 시대에 탄생하는 '유토피아/디스토피아 문학'은 당대의 정신을 긍정적으로든 부정적으로든 가장 잘 반영해왔다. 따라서 '유토피아 문학'이 중세 이후 사람들의 희망과 자신감을 표현했다면, '디스토피아 문학'은 현대인의 무력감과 절망감을 표현하고 있다. 유토피아/디스토피아 문학의 본질은 당대 사회에 기반을 두고 있기에 현실에 대한 부정은 곧 현실에 대한 비판으로 해석되며, 현실을 비판하고 현재가 나아갈 미래 사회를 묘사한다. 특히 근대에 접어들어 유토피아/디스토피아 문학은 자본주의 문명을 비판하는 문학적 준거로 자리매김하기에 이르렀다.

20세기 전반기의 서구 근현대사는 문명의 빛나는 진보에 이어 인간의 오만함에서 비롯된 퇴보를 겪던 격동의 시대였다. 양차 세계대전, 서구 제국주의자들의 식민지 수탈, 히틀러와 무솔리니의 전체주의의 발현 등이 역사적 진보의 수레바퀴를 거꾸로 돌린 시대였다. 이런 20세기 전반기의 역사적 상황은 19세기의 자유주의적 자본주의가 발전하면서 필연적으로 잉태될 수밖에 없었던 모순이 낳은 산물이었다. 따라서 지식인들은 부르주아 사회의 파국을 예견하면서 역사를 진보 가능한 것으로 봐야 할 지에 강한 의문을 제기하기에 이르렀다. 20세기 전반기의 허무와 절망을 냉철하게 인식한 실천적 지성인이 바로 오웰이며, 영문학에서 디스토피아라는 반反유토피아를 이용해 20세기 전반기의 암울한 서구 정치 상황을 그린 대표적 작품이《1984》라 할 수 있다. 오웰은 1922년부터 1927년까지 당시 영국의 식민지였던 버마에서 제국주의 경찰로 일하면서 영국 제국주의가 식민지에 가하는 온갖 폐해를 목도함으로써 '반제국주의자'가 되었다. 그리고 1936년 스페인 내전에 의용군으로 참전한 경험을 통해 파시즘, 나치즘, 스탈린주의로 대변되는 전체주의가 가하는 절망적 상황을 인식함으로써 '반전체주의자'로 돌아섰다.

오웰은 "1936년 이후 내가 쓴 진지한 작품의 모든 구절은 하나같이 직접적이든 간접적이든 '전체주의'를 반대하고 내가 이해하고 있는 '민주적사회주의'를 옹호하는 글이었다"고 자신의 문학관을 밝히고 있다. 이와 같이 오웰 문학의 단초가 '반제국주의'라면 '반전체주의'는 그의 문학의 완성체라 할 수 있다. 오웰은 전체주의라는 현실적 악을 설정해 디스토피아적인 권력의 타락을 그렸는데, 《1984》는 그러한 전체주의 사회를 극한까지 몰고 간 미래의 디스토피아 상황을 섬세하게 묘사했다. 오웰은 1941년 〈문학과 정치〉에서 "전체주의는 (…) 그 유례를 찾아볼 수 없을 정도로 사고와 자유를 말살시키고 있다. (…) 그것은 (…) 우리의 사고를 지도하고, 우리에게 이데올로기를 주입하고, 행위규범을 설정해 우리의 감정까지도 지배하려 한다"고 적었다. 나아가 1949년 프란시스 A. 핸슨에게 보낸 편지에는 "나는 내가 묘사하고 있는 종류의 사회가 반드시 도래할 것이라고는 믿지 않지만(《1984》가 풍자소설이라는 사실을 감안하더라도), 그것과 유사한 어떤 것이 도래할 수도 있다고 믿고 있다"고 밝히고 있다. 전체주의를 누구보다도 두려워한 오웰은 전체주의적 사상이 모든 곳에서 지식인들의 머릿속에 뿌리박혀 있다고 믿었던바, 결국 모든 현대의 지적문화는 전체주의적 경향으로부터 탈출할 수 없다는 극한의 상황을 인식한 것이다. 이렇게 《1984》의 본령은 반反전체주의 사상이다.

《1984》가 우리의 관심을 끄는 이유 중 하나는 전체주의 사회의 절대자 '빅 브라더'라는 인물 때문일 것이다. '빅 브라더'는 단순히 허구적인 상상력의 산물이지만 작가의 실제 경험에 근거한 것이기도 하다. 오웰은 인도제국 경찰로서의 경험, 바르셀로나에서 겪은 경험, 스탈린의 폭정과 우상화, 전시 동안의 부조리한 검열 등에서 권위주의적 모델을 찾았다. 《버마 시절》에서 도덕적 딜레마에 빠진 플로리, 《카탈로니아 찬가》에서 멀어져만 가는 노동자혁명, 《동물농장》에서 혁명적 이상을 상실한 돼지들의 전제주의 등을 인식한 오웰에게 남아 있는 것은 더 이상 물러설 수 없는 총체적 절망감뿐이었을 것이다. 따라서 그의 마지막 소설 《1984》에서 '빅 브라더'의 출현과 인간성의 패배는 어쩌면 당연한 귀결일지도 모른다. 오웰의 오세아니아에는 "빅 브라더가 당신을 지켜보고 있다"라고 협박하는 대형 포스터가 모든 거리와 건물에 붙어 있다. 사람이 존재하는 모든 곳에 송수신이 가능한 텔레스크린이 걸려있고, 심지어 인적이 드문 숲 속이나 들판에도 마이크가 숨겨져 있다. 시내에는 수시로 헬리콥터가 떠다니며 건물 안을 감시하고 거리마다 사상경찰이 돌아다닌다. 한마디로 인간으로서는 도저히 살 수 없는 악몽 같은 세계다. 도처에 붙어있는 "빅 브라더가 당신을 지켜보고 있다"라는 글귀가 대변해 주듯, 오세아니아는 인간의 과거를 통제해 인간의 감정과 본성까지도 지배하는 전체주의 사회라는 사실을 단적으로 보여준다.

《1984》에 나오는 국가들은 모두 물리적이고 이데올로기적으로 밀봉된 거대 국가들로서 전체주의 목표가 완성된 사회이다. 1950년 원자전쟁을 겪은 뒤, 세계는 병합을 통해 오세아니아, 유라시아, 동아시아라는 3개의 초강대국으로 나누어진다. 그중 오세아니아의 정치 구조는 피라미드 형태로, '영사(영국사회주의English Socialism의 축약인 Insoc)'라는 당이 나라를 이끌고 그 정점에는 빅 브라더가 있다. 그 아래에는 전 인구의 2퍼센트 미만의 내부당원, 또 그 아래에는 외부당원이 있고, 맨 아래에는 전 인구의 85퍼센트를 점유하는 극빈하고 무지한 상태에 있는 프롤Proles, 즉 노동자들이 있다.

《1984》는 주인공 윈스턴 스미스가 실낱같은 희망을 품고 '빅 브라더'와 당을 전복시키려 하면서 겪는 정치적 투쟁과 좌절에 대한 이야기이다. 윈스턴은 무산자 계급(프롤)을 중심으로 한 혁명만이 '빅 브라더'의 전체주의적 정권을 전복시킬 수 있다고 확신하고, 오세아니아의 전체주의 체제를 전복시키려는 혁명론자로 그려져 있다. 전체주의에 대항해 '인간적인 인간'으로 남아있는 것이 과연 가능한가하는 것이 오웰이 던진 화두라 할 수 있다. 따라서 이 소설은 결코 성공이 보장되어있지 않은 윈스턴의 정치적 투쟁의 과정과 결과를 면밀히 추적하고 있다고 해도 틀리지 않는다.

윈스턴의 정치적 투쟁은 과거에 대한 '기억 찾기'와 '일기'를 쓰는 것에서부터 시작해 구체적 행위로 확대된다. 그는 줄리아를 만나 개인적 자유를 만끽함으로써 당의 체제에 저항한다. 나아가 일기를 쓰고 줄리아와 성행위를 하는 것 같은 소극적 저항을 뛰어넘어 적극적인 저항을 결심한다. 그는 줄리아와 함께 오브라이언을 만나 비밀 지하조직인 '형제단'의 존재와 그 단체의 지도자 골드스타인의 실체에 대한 이야기를 듣고 '형제단'의 일원이 되어 반역 행위에 동참할 것을 맹세한다. 윈스턴은 전체주의에 반역하는 혁명 정신을 프롤에게서 찾고자 하지만 시간이 흐를수록 그의 신념은 어두워져 간다. 결국 윈스턴은 스스로의 투쟁에서도 성공하지 못하거니와 자신이 유일한 희망이라고 믿고 있는 무산자 계급도 혁명을 일으키지 못할 것임을 인식한다. 윈스턴은 직관적으로는 노동자에 희망을 걸 수 있었지만 현실적으로는 그 기대를 철회하고 마는 딜레마에 빠지게 된다. 《1984》의 프롤은 《동물농장》의 복서, 클로버, 벤저민을 위시한 무력한 동물들의 연장선에 불과하다. 그들에게 혁명을 기대한다는 것은 난망難望일 뿐이다. 결국 무산자 계급을 중심으로 한 혁명은 일어나지 못하고, 윈스턴 자신도 사상경찰에 붙잡혀 세뇌당하고 죽음에 이르게 된다.

오웰은 이 소설에서 당이 반역 행위를 철저히 무력화시키고 오세아니아의 전체주의 통치 권력을 공고히 하기 위해 권력 배후에 놓아둔 중요한 통치 수단을 우리들에게 폭로하고 있다. 첫 번째는 '과거 통제'다. "과거를 통제하는 자가 미래를 통제한다. 현재를 통제하는 자가 과거를 통제한다"는 당의 슬로건은 당의 영속성을 위해 과거의 사건을 날조하고 말살시켜 진실을 왜곡함으로써 과거에 대한 기억까지도 당이 지배한다는 것을 뜻한다. 오세아니아 주민들의 과거는 오직 당이 날조한 자료와 통제된 기억이 한데 뭉친 것에 불과하다. 윈스턴이 과거의 진실이 어딘가에 남아 있을 것이라고 믿고 프롤이 거주하는 노동자 구역을 돌아다니며 그들에게 과거를 기억하느냐고 묻는 장면이 있다. 윈스턴은 술집에 들어가 어느 노인에게 "혁명 전의 생활이 지금보다 더 나았습니까?"라고 물어보지만, 그 노인은 쓰레기 같은 잡동사니만 기억할 뿐 본질적 과거를 전혀 기억해내지 못했다. 따라서 오세아니아는 과거에 대한 기억이 완전히 사라지고 과거에 대한 역사적 기록도 당에 유리하도록 백 퍼센트 날조되고 있는 것이다. 그래서 윈스턴이 "빅 브라더를 타도하라"라는 반역적 내용의 일기를 쓰는 행위, 즉 과거를 기록한 것 자체가 범죄 행위가 되는 것이다.

두 번째는 오웰이 스스로 만들어낸 용어인 '이중사고Doublethink'다. '이중사고'란 빅 브라더, 텔레스크린과 함께 오웰이 만들어낸 조어 중 하나이다. '이중사고'란 한 사람의 마음속에 두 개의 서로 모순된 신념을 동시에 지니며 두 개 모두를 받아들이는 것을 의미한다. 소설 속 오웰의 말을 빌리자면 다음과 같다. "진실로 믿으면서 의도적으로 거짓을 말하고, 번거로워진 사실을 잊어버렸다가 필요해지면 필요한 만큼 앞서 잊어버렸던 사실을 되돌리고, 객관적 현실의 존재를 부정하면서 부정한 현실을 계속 염두에 두는 것이 반드시 필요하다. 이중사고라는 말을 사용할 때조차 이중사고를 발휘해야 한다." 오세아니아에서는 '이중사고'에 의해 '전쟁은 평화'가 되고, '자유는 예속'이 되고, '무지는 힘'이 된다. 보편적 사고로는 전쟁은 평화가 될 수 없고, 자유는 예속이 될 수 없으며, 무지는 힘이 될 수 없지만, '이중사고'를 받아들이면 그런 모순에 저항할 사고 체계가 없어져 버린다. 둘 더하기 둘은 넷이지만 당에서 둘 더하기 둘은 다섯이라고 하면 사람들은 이중사고에 의해 자발적으로 다섯이라는 사실을 받아들이게 된다. '이중사고'에 대한 오웰의 냉정한 예언이 오늘날 틀리지 않았음을 확인할 수 있다. 소설에 나오는 '평화부'처럼 나라를 지킨다는 뜻인 '국방부'의 군대가 남의 나라를 침략하고, 남의 나라를 점령한 군대가 '평화유지군'이 되고, 공격을 위한 핵무기의 이름이 '평화의 수호자'라 해도 우리 대다수는 아무렇지 않게, 혹은 당연하게 받아들인다. 이런 게 바로 '이중사고'의 영향 아니겠는가.

세 번째 수단은 '2분 증오'다. 오웰의 '디스토피아'에서는 교육이 중요한 이데올로기 주입의 수단으로 작용하고 있다. 독일계 유대인 정치 이론가 한나 아렌트에 따르면 "전체주의 교육의 목표는 확신을 심는 것이 아니라 어떤 형태의 신념도 가질 수 없도록 그 지적 능력을 파괴하는 데 있다"고 한다.

오세아니아에서의 교육은 엘리트 집단, 즉 전체 인구 중 약 15퍼센트에 해당하는 내부당원과 외부당원에게 집중된다. '2분 증오'는 공포, 증오, 광증을 끊임없이 주입시키며, 절정에 이르면 공포와 복수심에 도취되어 광적인 히스테리 증상으로 발전하게 된다.

그리고 네 번째로는 '신어Newspeak'를 창조해 전체주의 권력의 영속적 유지를 꾀하고 있다. 신어의 목적은 사고의 영역을 넓히기 위해서가 아니라 오히려 줄이기 위해 만들어졌다. 필요한 모든 개념은 '하나'의 단어로만 표현되고 가능한 한 언어의 2차적 의미는 제거한다. 한마디로 언어가 줄어들면 그만큼 사고도 줄어든다는 이야기이다. 신어에 대한 이야기는 〈신어의 원리〉라는 제목으로 이 소설에 부록 형식으로 들어 있다. 이 글에서 오웰은 20세기 전반기 동안 축약의 원리가 정치 용어의 뚜렷한 특징이 되어왔으며, 약어의 사용이 전체주의 국가에서 두드러지게 나타나고 있다고 말하고 있다. 오웰은 이 작업은 21세기 첫 10년이나 20년이 되기 전에 끝날 것이며

2050년께에 가서야 최종 채택이 될 것이라고 말하고 있는데, 신어가 채택되면 이단적 사상, 즉 영사의 원리에 위배 되는 사상은 모두 신어로 번역되어 과거의 역사는 완전히 소멸된다는 것이다.

이런 전체주의 통치 수단이 작동되는 절망적 사회에서 윈스턴의 저항과 반역은 처음부터 실패로 예견될 수밖에 없다. 그렇다면 《1984》는 우리들에게 절망감만을 담보하는가? 그렇지 않다. 사적 사유 체계와 인간성까지 말살시키는 디스토피아 사회에 대한 묘사는 당대 정치사에 대한 작가 자신의 깊은 환멸감에서 비롯된 절망의 표출이다. 하지만 유토피아/디스토피아 문학의 본령을 생각해 볼 때, 그런 디스토피아 세계에서 삶을 살아 나가는 인간의 비극적 운명은 현대인에게 던지는 하나의 경고이기도 하다. 역설적이긴 하지만 패배로 끝났을지언정 인간의 사적 사유 체계와 자유를 지키고자 하는 윈스턴의 정신은 현재를 살아가는 우리들에게 희망으로 다가오기 때문이다. 상상력이 있는 한, 현실에 안주하지 못하는 한, 현대를 살아가는 우리들은 유토피아든 디스토피아든 둘 중 하나를 상정해 볼 수 있다. 윌리엄 모리스가 주장하는 목가적 유토피아든, 권력의 힘이 작용하는 '또 다른 형태의 유토피아(디스토피아)'든 상상한다는 자체가 현존하고 있는 문제들에 대한 비판적 사고와 미래의 삶에 대한 높은 안목을 길러주게 된다.

처음으로 다시 돌아가 보자. '랜덤하우스'와 〈아메리칸 북 리뷰〉가 《1984》에 대해 호의적 평가를 내리고 있지만, 사실 독자 입장에서 보면 '도대체 이런 게 소설인가?'라는 의문을 가질 수 있다. 재미라고는 없는 무거운 정치 이야기인 게 사실이다. 자발적인 욕구에 의해《1984》를 다시 읽고자 하는 사람들은 많지 않을 것이다. 이 책에 나타난 묵시록적 처절함에 당황하여 독자들은 이 소설이 죽음이 임박한 작가의 신경과민적인 소산이 아닌가 하는 의심까지 품을 수 있다. 이 문제는 비단 독자들의 반응만이 아니다. 오웰 비평가들도《1984》의 스토리가 다양하지 않고 등장인물들도 대부분 시대에 적응하지 못하는 소외된 인물들로 그려져 있기 때문에 박진감이 떨어져 읽기에 따분하다는 느낌이 든다고 평가한다. 영국의 문화 비평가 레이먼드 윌리엄스 또한 "《1984》는 구체적인 사회와 그에 알맞은 인물을 결여하고 있다"고 지적하고 있다. 맞는 말이다. 그러나 이 문제는 정치소설이라는 틀에서 접근해야 한다. 비평가들의 지적은 이 소설만의 문제가 아니고 정치소설이 갖는 보편적 문제이자 그 특성이기도 하다. 한마디로 이 책은 정치소설이다. 프랑스의 소설가 스탕달은 "문학작품에서 정치는 음악회 중간에 들린 총소리처럼 매우 시끄럽고 속된 것이지만 우리가 관심을 가지지 않을 수 없는 그런 것이다"라고 썼다. 이 소설은 음악회 중간에 들리는 의문의 총소리처럼 우리 모두가 관심을 가지지 않을 수 없는 그런 절박한 소설이다. 정치소설은 개인의 이상이 정치를 통해서 실현되는 것을 그리는 것이 아니라, 오히려 정치적 힘 앞에서 좌절되고 소외되고 희생되는 것을 다루고 있다. 때문에 정치소설에서 정치는 타협을 거부한다. 주인공과 그가 맞서는 사회 사이에는 화해나 타협이란 없다. 그래서 대체로 《1984》의 윈스턴과 같은 주인공은 패배 아니면 희생으로 결론지어진다.

오웰의 정치소설에 등장하는 이런 무기력한 인물들은 흔히 '오웰적Orwellian'이라 불리는 전형적 형태의 인물들이다. '오웰적'이라는 말은 당대의 사회현상을 설명하기 위해 오웰의 이름을 붙인 사회학적 용어이다. '오웰적'이란 용어는 개인성이 말살된 '비인간화되어버린 사회'를 지칭하기도 하고, 또는 고독한 아웃사이더인 《버마 시절》에서의 플로리나 《1984》에서 반역자 윈스턴 스미스와 같은 인물들의 '인간 소외'를 의미하기도 한다. '오웰적' 인물들은 전체주의적 사회를 전복시키거나 그곳에서 탈출하려고 홀로 투쟁하지만, 능동적 대처를 상실한 채 딜레마에 빠진다. 그리고 결국에는 그 환경에 다시 지배당하고 마는 비극적 인물들이다. 오웰은 1948년에 쓴 한 편지에서 자신이 폐결핵에 걸렸다고 설명하고, "얼마 있지 않아 이 병은 나의 목숨을 앗아갈 것"이라고 말했다. 오웰의 개인적인 입장에서 보자면, 이렇게 죽음과 사투를 벌이며 소설을 썼던 자신의 모습은 이 소설에서 죽음을 무릅쓰고 '일기'를 쓰는 주인공 윈스턴 스미스의 모습과 닮아 있다. 《1984》에서 노동자혁명을 일으켜 빅 브라더를 전복시키려 했지만 실패로 돌아가고 자신도 처형되는 주인공 윈스턴의 비극과 천신만고 끝에 《1984》를 출간하고 이듬해에 숨을 거둔 오웰은 서로 닮은꼴이다. 하지만 그가 건강했더라도 이 소설의 분위기는 똑같이 우울했을 것이다. 독자들 또한 《1984》를 읽는 동안 뭔가에 짓눌리는 듯한 압박감과 허탈감에 빠질지도 모르겠다. 하지만 마지막 책장을 덮는 순간 오웰의 처연한 문학적 메시지는 우리의 가슴속을 울릴 것이며, 시간이 아무리 흘러도 그 울림은 뇌리 속에 잔상으로 영원히 남아 있을 것이다. 이런 게 오웰이 쓴 정치소설의 맛이 아니겠는가.

오웰은 이 소설을 1948년에 쓰고 이듬해에 발간했다. 제목이《1984》이고 시간적 배경이 1984년이었기에 1980년대 초반까지 많은 사람들은 1984년을 '공포의 해'로 진지하게 받아들였다. 하지만 1984년은 이미 지나갔으며, 오늘날의 상황은 오웰이 예언했던 1인 독재 체제의 전체주의 사회가 되지 않았으므로 그의 예언이 틀렸다고 말하는 것은 오웰 문학을 잘못 이해하고 있는 것이다. 사실 이 소설의 제목은 오웰이 작품을 쓴 해인 1948년도의 뒤 숫자를 서로 바꾼 것에 불과하다. 1984년은 오웰이 미래의 어느 시대를 상정한 것이지 노스트라다무스의 예언처럼 특정한 시대를 적시해 놓은 것으로 이해하면 곤란하다. 숫자의 의미를 떠나 여전히 어느 미래 시대의 고도 관리사회를 가리키고 있는 것이다. 이 소설이 미래 어느 시대의 전체주의 혹은 고도 관리사회를 예언한 것이라면 그의 예언이 과연 얼마만큼 적중했는가에 대해 알아보는 것도 재미있을 것이다. 미국의 미래학자인 데이비드 굿맨이 1972년에 오웰의《1984》에서 예언한 137가지를 검토해보았더니 그중에서 80가지가 실현되었다고 했다. 그리고 1978년에 다시 비교했더니 실현된 것이 무려 100가지가 넘었다고 말한바 있다. 반면에 미국의 사회 비평 이론가인 닐 포스트먼은 1984년을 주시해왔지만 오웰의 악몽은 닥치지 않았고 자유민주주의의 토대가 여전히 굳건히 버티고 있다고 말했다. 닐의 주장대로 정치적 전체주의는 현실화되지 않았지만 굿맨의 지적처럼 기술적 전체주의는 상당히 현실화되어 있는 실정이다. 그런데 사실 오웰의 예언이 몇 퍼센트나 맞았느냐는 소설의 본질을 이해하는 데 크게 중요하지 않다. 이 소설은 현재를 비판하는 것을 통해 미래의 암담한 모습을 제시한 디스토피아 문학의 본령을 충실히 따른 소설이라는 사실을 명심하자.

또한 비디오 아티스트 백남준 씨가 문제의 해였던 1984년 1월 1일 〈굿모닝 미스터 오웰: 1984〉라는 쇼를 만들어 인공위성을 통해 전 세계에 생중계해 오웰에 대한 사회적 관심을 불러일으킨 적이 있다. 이 쇼는 '텔레스크린'이라는 고도로 발전된 대중매체에 의해 인간의 개성과 자유가 억압당하는 암울한 미래 사회를 예언한 조지 오웰에게 응답한 작품으로, 오웰의 예언이 틀렸으며 오히려 대중매체를 예술로 이용해 상호 소통적인 참여 TV의 가능성을 제시하려고 했다. 하지만 현실은 오웰이 제시한 문제가 여전히 상존해 있어 백남준의 의도대로는 흘러가지 않고 있다. 식민지들이 2차 세계대전 후 독립해 고전적 제국주의는 사라졌지만, 여전히 거대 금융자본 또는 산업자본으로 무장한 신제국주의라고 부르는 또 다른 형태의 제국주의가 대신하고 있다. 전 지구적 자본주의의 침투와 작동으로 탈식민화는 새로운 형태의 어려움에 직면하고 있는 게 사실이다. 그것은 "제국주의가 함축하는 권력적 질서는 평등의 원리로 대체돼야 한다"는 오웰의 믿음이 아직 이루어지지 않은 까닭이다.

오웰은 죽기 직전《1984》에 대해 다음과 같이 말했다. "내 소설은 사회주의나 영국 노동당에 대한 공격으로서 의도된 것이 아니다. 중앙 통제적 경제가 자칫하면 빠지기 쉬운 한 도착적 현상을 보여주자는 것이었다"고 밝히고 있다. 자신의 소설에 대해 작가가 이러쿵저러쿵 밝힌 것은 자신의 소설이 그만큼 논쟁적이라는 사실에 대한 반증이다. 이 소설의 전체주의는 스탈린주의에서 그 모델을 따왔고, 전체주의에 대한 비판이 곧 스탈린주의에 대한 비판이라고 한다면, 독자에 따라서는 이 소설을 사회주의 비판서로 읽을 수도 있다. 하지만《1984》에서 오웰의 비전은 "민주주의적 규범의 절박성을 강조한 것 외에 어떤 한 가지의 정치적 결론으로 지향될 필요는 없는 것이다"고 말한 어빙 하우의 진단을 참조할 만하다. 분명한 것은 오웰은 스탈린주의를 진정한 사회주의로 간주하지 않았다는 사실이다. 오웰은 인간의 자유와 개성을 억압하는 모든 이데올로기를 증오했을 뿐이며,《1984》는 스탈린주의와 같은 어떤 특별한 정치적 이데올로기를 비판한 작품은 아니다. 이 작품은 윈스턴과 같은 인간의 본성을 지키려고 하는 의식 있는 젊은이가 더 이상 존재하지 않는, 인간의 사적 사유 체계가 완전히 말살된 먼 미래의 디스토피아 사회를 보여준다. 오웰의 이런 디스토피아는 당대 정치사에 깊은 혐오감과 환멸을 드러낸 것이기도 하거니와, 그런 억압적인 정치 상황이 계속된다면 미래 언젠가는 오세아니아와 같은 세계가 올 것이라는 데 대한 현재적 경고이다. 이것은 먼 미래의 디스토피아 환경 속에 사는 사람들의 삶을 현재로 끌어와 미래를 경고하는 동시에 현재를 비판하는 '디스토피아' 문학의 본령이다. 오늘날 우리들은 핵무기를 비롯한 대량 살상 무기, 각종 테러, 빈익빈 부익부의 이중구조, 생태계 파괴 등으로부터 결코 자유스럽지 못하다. 윈스턴이 '빅 브라더'의 공포에서 벗어나지 못했듯이 우리들도 이런 것들의 위협과 공포에 지배당할 가능성은 얼마든지 있다. 오웰은 우리들에게 이렇게 처절하게 요청한다. 우리들이 깨우치기를.